CLAUDIA ROMES

Die Fabrik der süßen Dinge

Helenes Hoffnung

ROMAN

atb aufbau taschenbuch

MIX
Papier | Fördert
gute Waldnutzung
FSC® C083411

ISBN 978-3-7466-3943-7

Aufbau Taschenbuch ist eine Marke
der Aufbau Verlage GmbH & Co. KG

1. Auflage 2023

www.aufbau-verlage.de
13187 Berlin, Prinzenstraße 85

Umschlaggestaltung www.buerosued.de, München
unter Verwendung eines Bildes von © Joanna Czogala / Arcangel
Satz Greiner & Reichel, Köln
Druck und Binden CPI books GmbH, Leck, Germany

Printed in Germany

Für Anita.

⋙ KAPITEL 1 ⋘

Köln, Frühling 1927

Schwarzer Rauch stieg aus den Schornsteinen des Hauptwerks und schlängelte sich in einen fast durchgehend blauen Himmel hinauf. Helene kletterte aus dem Wagen, der sie von der elterlichen Villa zum Deutzer Firmengelände gebracht hatte, und sog den herben Geruch von erhitztem Rohlakritz ein. Mühelos überlagerte er den Duft der Fliederbüsche, die mit prächtig weißen Blüten vor dem Eingang der Manufaktur von Ratschek aufwarteten. Von Montag bis Freitag dominierten hier Lakritz- und Fruchtsaftdämpfe die Umgebung. Als eine von wenigen Fabriken schmolzen die von Ratscheks sogar die Süßholzspäne noch selbst ein, bevor sie weiterverarbeitet wurden. Stangen, Hustenbonbons, Konfekt und Fruchtgummi in sämtlichen Variationen: Das Kerngeschäft des Familienbetriebs blieb seit Jahren unverändert und Helene hatte den Produktionsplan genau im Kopf. Heute waren Rauten und Pastillen an der Reihe, dachte sie, als sie die rote Fassade des Backsteingebäudes hinaufschaute.

»Wollen Sie gegen Mittag wieder abgeholt werden?«, erkundigte sich der Fahrer.

»Ich bleibe. Danke.« Helene wedelte flink mit einer Hand und der Wagen fuhr davon. Kurz schaute sie ihm nach, wie er ruckelnd um die Ecke bog. Zwei dieser neuartigen Automobile hatte ihr ältester Bruder Alfred für Firmenfahrten angeschafft. Ihr Vater hatte es bis zuletzt vorgezogen, die Kutsche zu nehmen. Theodor von Ratschek hielt am Altbewährten fest. Knatternde Motoren und selbstdrehende Räder waren ihm nicht geheuer.

Helene umklammerte fest den Griff ihrer Aktentasche mit einer Hand, während sie mit der anderen die schwere Tür der Produktionshalle aufschob. Sofort schlug ihr der scharfe Geruch von Salmiak entgegen.

»Morgen, Fräulein von Ratschek.« Die ungewöhnlich tiefe Stimme der zweiten Vorarbeiterin Helma Berens durchdrang den Lärm der dampfbetriebenen Walze, die diese beaufsichtigte.

»Guten Morgen«, antwortete Helene freundlich. »Wie sind wir heute in der Zeit?«

»Auf die Minute genau.« Helma sah vom Förderband mit den präzise ausgestochenen Rauten auf, dann fasste sie sich an den Schirm ihrer grauen Schiebermütze. »Läuft wie 'ne Eins das Ding.«

»Sehr gut.« Beeindruckt betrachtete Helene die neue Maschine, die ihr Bruder Henri mitkonstruiert hatte. Inzwischen war auch ihr Vater von dieser Modernisierung überzeugt, für die sie sich eingesetzt hatte. Mithilfe der musterbedruckten Walzen konnten sie doppelt so viel Lakritze an einem Tag produzieren. Ein echter Gewinn.

»Wollen Sie probieren?«, fragte Helma und bot zwei Rauten in ihrer ausgestreckten flachen Hand an.

Nickend nahm sich Helene vom Lakritz und schob es sich in den Mund. Die andere Raute verschwand zwischen Helmas Lippen. Das Lakritz war noch warm und weich, es klebte wie Gummi an Helenes Gaumen. Seine Festigkeit bekam es erst, nachdem es abgekühlt war, was bis zu fünf Tage dauerte.

»Ist jut, ne?« Helma kaute mit offenem Mund, dabei gab sie einen Blick auf die schwarze Masse frei, die an ihren Vorderzähnen haftete. Helene musste sich ein Grinsen verkneifen. Angestrengt kaute auch sie und nickte. Der bittere Geschmack von Salmiak brannte ihr auf der Zunge, doch dann entfaltete sich das würzige Aroma. Aus salzig wurde süß. Es war dieses Zusammenspiel vollkommen gegensätzlicher Geschmacksrichtungen, welches sie so faszinierte.

Zufrieden machte sie ihre übliche Morgenrunde durch die Produktionsstätte. Das Rattern der Walze war Musik in Helenes Ohren. Unwillkürlich schlossen sich ihre Finger fester um ihre Aktentasche. Die Rezepte, die sich darin befanden, ließen ihr Herz schneller schlagen. Vielleicht würden es schon bald ihre Süßigkeiten sein, die von Henris Maschine geprägt wurden. Sie beschleunigte ihren Gang durch die Halle, nickte den Arbeitern freundlich zu, die Mehl und Zuckersirup in hohen, dampfenden Kesseln verrührten, bis der eingedickte Süßholzsaft die richtige Konsistenz besaß. Etwas weiter hinten wurde die leimige Masse von einem Dutzend Frauen in Streifen geschnitten und anschließend zu Schnecken gedreht. Als Helene noch ein Kind gewesen war, hatte sie oft mit ihnen am Band gestanden. Bei Butterkuchen und Kakao hatte sie mit den Fabrikarbeiterinnen die Pausen verbracht und deren unverfälschter Kölner Mundart gelauscht. Dabei hatte Helene Wörter wie Schwaadlappe und Klläävbotze aufgeschnappt. Sie schlichen sich in ihr Vokabular ein und ihr Vater untersagte ihr den näheren Kontakt zum Fabrikpersonal. Helene hielt jedoch an ihnen fest – wenn auch heimlich.

»Sind sie da drin?« Friedas herzliche Stimme riss sie aus ihren Kindheitserinnerungen und sie blickte ins mütterliche Gesicht der ersten Vorarbeiterin.

»Sind sie«, antwortete Helene schmunzelnd. Sie konnte ihre Vorfreude nicht verbergen, die ebenso groß war wie ihre Aufregung. Frieda, die mit Helene einige der Entwürfe ausprobiert hatte, strich bestärkend über deren Schulter.

»Er wird deine Ideen großartig finden und sicher etwas davon übernehmen.«

Helene biss sich nervös auf die Unterlippe, nickte aber.

»Und nun los.« Frieda schenkte ihr ein Lächeln und auch Helma, die auf den Gang gekommen war, zeigte ihr, genau wie die Frauen am Band, beide Daumen hoch. Unter den Fabrikarbeiterinnen hatte es sich herumgesprochen, dass Helene heute ihrem Vater Ideen für neue Süßigkeiten präsentieren wollte. Endlich hatte sie eine vorzeigbare Auswahl zusammengestellt.

Mit flatterndem Herzen machte sich Helene auf den Weg. Über eine eiserne Wendeltreppe gelangte sie zu den Geschäftsräumlichkeiten. In der grauen Atmosphäre der Büros fühlte sie sich weit weniger wohl als in der Produktionshalle. Die oberste Etage hatte eine einschüchternde Wirkung auf sie. Hier wurden wesentliche Betriebsentscheidungen gefällt, Stellen besetzt oder gestrichen, Süßigkeiten für unrentabel erklärt und gepriesen. Helene ging den langen Flur entlang, an dessen Wänden Bilder der Geschäftsleitung angebracht waren. Mittendrin das Familienporträt der von Ratscheks, auf dem Helene zwischen ihren Brüdern mit ernstem Gesichtsausdruck in die Kamera starrte. Zu den Seiten standen ihre Eltern und blickten dem Betrachter ebenso streng entgegen. Sie hatten Stunden für diese Aufnahme gebraucht, auf die ihr Vater so erpicht gewesen war. Helene jagte es jedes Mal einen Schauer über den Rücken, wenn sie daran vorbeimusste. Unmerklich schüttelte sie sich, bevor sie weiterging. Sie spürte, wie ihre Schultern zusammensackten, je näher sie dem Büro ihres Vaters kam, und sah auf ihre Füße, die sich langsam über den marineblauen Teppich bewegten. Sie rief sich Henris Worte in Erinnerung, der ihr geraten hatte, selbstsicher aufzutreten und nicht zu betteln oder ihren Vater zu bedrängen. Unterwürfigkeit und Verzweiflung durchschaute er binnen weniger Sekunden und er verabscheute beides gleichermaßen.

»Bleib nonchalant«, ermahnte sie sich lautlos. Mit beiden Händen umklammerte sie den Griff ihrer Aktentasche, bevor sie in den Flur bog, in dem das unermüdliche Klacken einer Schreibmaschine zu hören war.

»Guten Tag, Fräulein Schneider«, grüßte Helene.

Abrupt hielt die Sekretärin ihres Vaters inne, schaute von der Tastatur auf und lächelte dünn. »Guten Tag.«

»Ist er zu sprechen?« Helene deutete auf die Tür neben Fräulein Schneiders penibel aufgeräumtem Arbeitsplatz.

»Ist er. Gehen Sie nur rein«, trällerte sie ungeduldig, schob sich ihre Brille auf die Nase und tippte angestrengt mit zwei Fingern weiter. Helenes Dank ging im Klacken der Schreibmaschine unter. Sie atmete tief ein und aus und versuchte, ihr vor Aufregung wild klopfendes Herz zu bändigen, bevor sie hineinging. Das Geschäftszimmer ihres Vaters erschlug sie jedes Mal mit seiner Extravaganz. Hohe Stuckdecke, eichenvertäfelte Wände, Marmorfußboden. Das teure Mobiliar, darunter ein breiter Mahagonischreibtisch mit Goldfüßen, stand dem eines Aristokraten in nichts nach. Helenes Vater legte großen Wert darauf, die noble Herkunft der Familie für jeden sichtbar zu machen. So prangte das blau-weiße Wappen der Landadelsfamilie aus Polen auf sämtlichen Produkten des Unternehmens. Helenes Schritte hallten im hohen Raum wider, als sie auf ihren Vater zuschritt, der hinter seinem Tisch saß und ganz versunken in seine Bücher schien.

»Wie sind die Absatzzahlen?« Sie versuchte, sämtliche Scheu zu überspielen.

Ihr Vater hob den Blick und stöhnte gequält. »Abgesehen vom üblichen Chaos in den Tabellen zufriedenstellend. Aber wir müssen unbedingt diesen Buchführer ersetzen. Der Kerl bringt nur Durcheinander in meine Bücher. Ich werde Fräulein Schneider noch heute beauftragen, zu annoncieren.«

»Er ist doch neu. Gib ihm noch etwas Zeit, sich einzugewöhnen. Soll er sich nicht beweisen dürfen?« Helene wusste, dass seine Abneigung gegenüber dem Buchhalter in der Tatsache begründet war, dass dieser die Tabellen nicht schlechter, sondern lediglich anders organisierte.

Theodor lächelte besänftigt, dann schob er müde die Listen von sich weg, nahm seine Brille ab und drehte sie am Bügel in seiner Hand.

»Hast du eine Minute für mich?«, fragte Helene geradeheraus.

»Immer doch, Lenchen. Was gibt es denn?«

Sie nahm vor seinem Schreibtisch Platz und holte ihren Rezeptordner aus der Tasche, den sie ihm aufgeschlagen präsentierte.

»Was ist das?«, fragte er nüchtern und setzte seine Brille wieder auf.

»Du erwähntest kürzlich deine Angst um die Zukunft unserer Firma. Ich habe mir lange Gedanken gemacht. Das hier sind meine Ideen für gänzlich neue Süßigkeiten. Du hast gemeint, du würdest sie dir ansehen.«

»Ah«, tönte er knapp, als könne er sich nicht daran erinnern, ihr das zugesagt zu haben.

Die Tür hinter Helene ging auf. Fräulein Schneider kam herein, auf den Händen ein Tablett mit Tee und Plätzchen, das sie seitlich auf dem Schreibtisch abstellte.

»Für Sie auch einen Süßholztee oder etwas anderes zu trinken?«, fragte sie an Helene gewandt. Diese winkte dankend ab.

Sobald sie wieder allein waren, fuhr Helene fort: »Wenn wir das Sortiment mit Weingummi erweitern, wird das unseren Marktwert langfristig steigern. Damit sichern wir uns ab.«

»Spiel mal eben die Hausfrau. Sei so gut, ja? Zwei Stück Zucker, bitte.« Er deutete mit dem Kinn zum Tablett. Gehorsam bereitete Helene den Tee für ihn zu und reichte ihm die Tasse.

»Ich habe alle Rezepte bereits zu Hause, in unserer Küche, ausprobiert. Sie funktionieren wunderbar und schmecken köstlich. Wir könnten einiges davon saisonal produzieren. Zum Beispiel habe ich ein Orangenpunsch-Fruchtgummi kreiert, das sich für das Weihnachtsgeschäft anbieten würde.«

Er lachte abschätzig. »Du hast alle diese Rezepte in unserer Küche ausprobiert? Ich frage mich gerade, was Käthe dazu gesagt hat.«

»Unsere Köchin hat mir assistiert, wenn du es genau wissen möchtest, und Mutter hatte auch nichts dagegen. Ich bin vorgegangen wie Großvater damals.«

»Du machst ihm alle Ehre.« Er schlürfte seinen Tee.

»Danke. Wenn man bedenkt, dass er einst genauso begonnen hat, fand ich es passend, in einer einfachen Küche zu arbeiten.«

»Du musst mich nicht daran erinnern, wie sich mein Vater vom bescheidenen Bonbonmacher zum Industriellen hochgearbeitet hat«, sagte Theodor von Ratschek missfällig, während er mit einem Löffel ein weiteres Stück Zucker in seinen Tee rührte.

»Nun, scheinbar schon. Alles, was er damals brauchte, war seine Entschlossenheit.«

»Vergiss nicht den Kupferkessel«, erinnerte er sie schelmisch.

»Und die Walze«, erwiderte sie beherzt. Unzählige Male hatte er ihr und ihren Brüdern diese Geschichte erzählt.

»Natürlich … die Walze.« Ihr Vater seufzte, schwelgend in Erinnerungen. Helene lächelte in sich hinein, denn sie hatte einen Nerv getroffen. Die alte Bonbonwalze hütete ihr Vater wie einen Schatz. Sie war auf einer Granitplatte in der Empfangshalle des Firmengebäudes ausgestellt wie ein Denkmal.

»Gemahnt sie uns nicht stets, dass der eiserne Wille eines Handwerkers nicht zu unterschätzen ist?«, fragte Helene ermutigt. Ihr Vater ließ ein Brummen hören, anschließend beäugte er sie kritisch über den Rand seiner Tasse hinweg. Helene schluckte angespannt. Für einen Moment hatte sie vergessen, dass er kaum etwas mit ihrem Großvater gemein hatte. Er teilte weniger dessen Liebe zum Handwerk als die zum Geschäft. Während Johann von Ratschek beides zu einem ganzheitlichen Erfolg vereint hatte, war sein Sohn in einem bereits angesehenen Unternehmen aufgewachsen. Er hatte nie selbst Bonbonmasse eingekocht oder Lakritzschnecken gedreht. Theodor von Ratschek kannte nichts außer seiner Verkaufsbücher und den Profit, den die Produkte seines Vaters erbrachten.

Er schwieg, seine Augenbrauen zuckten verdächtig. Helene war gezwungen zu handeln. »Schau es dir wenigstens an. Es sind ein paar richtig gute Dinge dabei, wie ich finde. Und die Testesser stimmen mir zu.« Sie biss sich strafend auf die Lippe. Hatte sie Henri nicht versprochen, ihren Vater nicht zu drängen? Kurzerhand warf sie über Bord, was sie sich vorgenommen hatte, und holte die kleine dreieckige Papiertüte aus der Tasche. Sie war ihr Ass im Ärmel. Hastig krempelte sie die Lasche auf und legte das Tütchen vor ihrem Vater auf den Tisch, so dass die daumenlangen Lakritz-Pfefferminz-Stangen hinauspurzelten.

»Hm«, machte er nur.

»Die hab ich gemacht.«

Er ließ die Süßigkeit unbeachtet. Schweigend nahm er sich ihren Ordner vor und blätterte darin.

»Du darfst gern probieren«, forderte Helene ihn auf.

Er schüttelte den Kopf, deutete auf seinen Bauch und verzog das Gesicht. »Eher nicht. Danke. Sodbrennen.«

Helene rang sich ein Lächeln ab, das schwand, als sie sah, wie nachlässig ihr Vater seinen stark gesüßten Tee schlürfte. Ein Klecks landete mitten auf der Zutatenliste für ihre Zitronen-Ingwer-Fruchtgummis, zu denen sie sogar eine aufwendige bunte Zeichnung angefertigt hatte. Grob fuhr er mit seiner Krawatte darüber, wodurch er den Tee nur noch mehr verteilte und die leuchtend gelbe Farbe verwischte. Helene hatte geahnt, dass es schwierig werden würde, ihn zu überzeugen. Trotzdem hatte sie sich nach Henris Dampfmaschine und Alfreds Automobilanschaffung wenigstens ein bisschen Interesse für das erhofft, was sie beschäftigte.

»Ganz nett, Lenchen. Wirklich nett«, sagte er und klappte den Ordner zu.

»Und?«

Er verzog den Mund und seine Augenbrauen bildeten eine senkrecht abflachende Linie.

»*Außergewöhnlich, köstlich, innovativ*«, wiederholte er die Beschreibungen ihrer Testesser. »Das ist nichts als höfliches Geplänkel.«

»Das denkst du, ja?« Sie stieß erzürnt den Atem aus. »Genau wie beim Kompliment des Reichskanzlers, der bei dem Bankett letzten Winter mein Kirschfruchtgummi probiert und anschließend ein halbes Pfund davon bestellt hat?«

Er sah sie an, wieder mit diesem bedauernden Zug um den Mund. Doch diesmal glaubte sie ihm nicht. Frieda scheute sich nicht davor, ihr die Wahrheit zu sagen, auch dann nicht, wenn sie schmerzte. Und sie war begeistert gewesen von dem Pfefferminz-Lakritz, das nun unangetastet auf dem Schreibtisch lag.

»Das ist mehr als bloße Höflichkeit«, widersprach Helene, die noch einmal ihren ganzen Mut zusammengenommen hatte. »Das ist Anerkennung!«

Theodor lehnte sich im Sessel zurück und das Leder knarzte unter ihm. »Lensche«, begann er in seinem rheinischen Sprachklang, der immer dann mit ihm durchging, wenn er persönlich wurde. Belehrend schlug er ein Bein übers andere. »Ich bitte dich.«

Sie suchte seinen Blick mit derselben Bestimmtheit, die er ihr entgegenbrachte. »Ich bin der Überzeugung, dass uns einige dieser Ideen weiterbringen werden.«

Ächzend faltete er die Hände vor sich und sah seine Tochter an. »Wir müssten weitere Geräte anschaffen.«

»Daran habe ich gedacht. Wenn du bis zur letzten Seite des Ordners geblättert hättest, wäre dir die Aufstellung an Modernisierungsmaßnahmen aufgefallen, die ich mit Henri besprochen habe. Ich komme gerade aus der Produktionshalle und die Angestellten berichten neben der erhöhten Produktivität auch von einer Arbeitserleichterung durch die Maschine. Vielleicht kämen wir in Zukunft sogar mit weniger Personal aus.«

Er betrachtete sie empört. »Dann sollen Maschinen plötzlich die Arbeit von Menschen übernehmen? Du weißt, wie ich dazu stehe.«

Sie nickte. »Du vertraust der Technik nicht, aber ich schon. Des Weiteren wäre sie eine zukunftsweisende Investition. Die Ausgaben dafür hätten wir innerhalb eines Jahres wieder eingespielt.«

Er schlug ihren Ordner erneut auf, überflog ihre Aufstellung und strich mit Zeigefinger und Daumen über die gezwirbelten Enden seines weißen Schnurrbarts.

»Was sagst du?«, fragte sie erwartungsvoll.

»Ich sage, es ist gut. Ein solider Plan.«

Helene lächelte erleichtert.

»Aber wir werden ihn trotzdem nicht umsetzen.«

»Wieso nicht?«, stieß sie verständnislos aus.

»Eine Umstrukturierung in dieser Größe wäre zum jetzigen Zeitpunkt nicht klug. Ich habe die Wünsche deiner Brüder gewürdigt, das reicht fürs Erste. Wir müssen erst abwarten, wie sich alles entwickelt.«

»Was genau soll sich denn entwickeln?«, fragte sie ungehalten.

Er schaute sie eine Weile stumm an, dann lehnte er sich vor. »Leni, ich plane, mich aus dem Unternehmen zurückzuziehen.«

»Schon?« Sie hatte gewusst, dass dieser Tag kommen würde, hatte aber frühestens in einem Jahr damit gerechnet.

Er nickte lang anhaltend. »Meine Entscheidung werde ich morgen Abend bekannt geben. Es bietet sich an. Wie du weißt, hat deine Mutter ein riesiges Fest geplant. Dabei wollte ich es eigentlich klein halten. Aber du kennst sie ja. Sie braucht diesen Wirbel und die Aufmerksamkeit der Gesellschaft.«

»Ja, ich habe ihr dabei geholfen, alles zu arrangieren.«

»Sicher«, gab er zögerlich an, als hätte sie ihn daran erinnern müssen, dass sie für einen Großteil der Organisation zur Feier seines fünfundsechzigsten Geburtstages verantwortlich war.

»Dann willst du also wirklich schon in den Ruhestand gehen?«, erkundigte sie sich nochmals.

Er nickte seufzend und sie schloss sich ihm an. Helene konnte sich nicht vorstellen, dass ihr Vater die Beine hochlegte. Er lebte für sein Unternehmen. Sie kannte ihn nicht anders als in schickem Anzug, brütend über seinen Büchern. Seit sie denken konnte, war er immer in der Firma beschäftigt gewesen oder befand sich auf Reisen zu den Süßholzplantagen im Süden Italiens. Helene stockte bei diesem Gedanken, denn er war schon lange nicht mehr dort gewesen. Früher hatte er die Felder zweimal jährlich besucht. Doch die Gicht kontrollierte zunehmend seinen Alltag und erschwerte ihm das Reisen. Helene wurde klar, dass er seine Entscheidung, aus dem Unternehmen auszusteigen, auch aus gesundheitlichen Gründen gefällt hatte.

»Denkst du wirklich, das gelingt dir?«, fragte sie dennoch mit einer Mischung aus Stolz und Fürsorge.

»Es ist Zeit für mich, die Geschäfte abzugeben.« Theodor zog seine goldene Taschenuhr aus der Innenseite des Jacketts und warf einen prüfenden Blick darauf. »Natürlich werde ich im Hintergrund noch einige Fäden ziehen. Zumindest, bis ich sicher sein kann, dass sich deine Brüder in die Firma eingearbeitet haben.«

»Meine … Brüder?«, wiederholte sie stockend.

Er klappte ihre Mappe zu und legte seine Brille darauf.

»Ich hatte gehofft, du würdest mir die Leitung übertragen.« Laut ausgesprochen hörte sich Helenes Hoffnung fast töricht an.

»Dir?« Er lachte kurz auf und bestätigte damit ihr Empfinden.

Ihr Magen verkrampfte sich. »Haben Alfred oder Henri jemals Interesse an der Firma gezeigt?«, verlangte sie zu wissen und merkte, wie ihre Unterlippe vor Anspannung zitterte. »Außerdem … Alfred ist doch im Baugewerbe.«

Er schaute sie ruhig an. »Er wird seine Stellung zugunsten des Familienunternehmens aufgeben.«

Helene blinzelte bestürzt. Die Gelassenheit, mit der er ihr seinen Entschluss vortrug, machte ihr zwei Dinge deutlich: Er war unumstößlich und er hatte ihn schon lange gefällt.

Doch so einfach würde sie das nicht hinnehmen. »Henri ist Erfinder, Künstler. Er lebt für das Reisen und seine Abenteuer.«

»Dein Bruder hat sich viel zu lang herumgetrieben. Es ist an der Zeit für ihn, Verantwortung zu übernehmen. Mit dieser Maschine hat er bewiesen, dass er mitdenken kann. Er wird sich steigern.«

»Ich hatte gehofft, du würdest mich zumindest ins Unternehmen einplanen«, sagte sie bitter und machte damit ihrer Enttäuschung Luft.

»Och, Leni«, stieß er gedehnt aus. Für einen Moment sah er sie mitleidig an, bis er merkte, dass sie seinen Blick erwiderte, pochend auf eine Begründung für ihren Ausschluss. Er räusperte sich lautstark, ehe er ihr diese lieferte. »Es ist doch schlicht und einfach so: Du hättest nicht die Autorität, unser Unternehmen zu repräsentieren.«

»Weil ich eine Frau bin?«

»Weil für dich etwas anderes vorgesehen ist«, sagte er in aller Gelassenheit. Er kam um seinen Schreibtisch herum und knetete mit einer Hand ihre Schulter. »Es gibt weitere Möglichkeiten, sich abzusichern. Jeder von euch Kindern muss seinen Teil dazu beitragen. Übrigens wird Armin Langen morgen auch da sein. Er freut sich schon darauf, dich wiederzusehen. Jetzt entschuldige mich bitte, der Aufsichtsrat erwartet mich.«

Er tippte ungeduldig auf das Ziffernblatt seiner Taschenuhr, dann ließ er sie allein. Hinter ihm schloss sich die Tür. Für einen Moment saß Helene bewegungslos da. Obwohl ihr Vater es mit keinem Wort ausgesprochen hatte, wusste sie, was sie zum Unternehmen beitragen sollte. Ihre Heirat mit Armin Langen würde die finanzielle Zukunft des Familienunternehmens sichern. Seit Karneval vor einem Jahr hatte der Meckenheimer Zuckerfabrikant ein Auge auf sie geworfen. Zu verdanken hatte sie das dem Schmetterlingskostüm, das ihre Mutter für sie ausgesucht hatte. Für das erste Karnevalsfest nach dem Weltkrieg hatten die Kostüme besonders sein müssen. Mit figurbetonendem Schnitt und großzügig angelegtem Dekolleté war Helene, die aufgrund der englischen Besatzung keinen Debütantinnenball gehabt hatte, in die Gesellschaft eingeführt worden. Und wie ein Küken, das gerade aus seinem Ei schlüpft und dem ersten Wesen verfällt, das es sieht, hatte sich Armin Langen auf die Spätzünderin Helene geprägt. Sie selbst hatte kaum gemerkt, dass ihre kindliche Form weiblichen Rundungen gewichen war. Mit einem Mal war ihre einstmals grobporige Haut ebenmäßig, ihre Wangenknochen hoch und ihr strohiges dunkelblondes Haar glänzend und weich wie Seide. Ihre Wandlung vom unscheinbaren Wesen zur Schönheit kam für sie jedoch einem Desaster gleich. Plötzlich war sie nicht nur aufgrund ihrer Stellung als einzige Tochter der von Ratscheks eine begehrte Partie. Dabei hasste sie den Gedanken an Heirat. Sie hatte gesehen, was die Ehe aus Frauen machte – Schatten ihrer Männer, ohne eigene Meinung und die Möglichkeit auf ein selbstbestimmtes Leben. So wollte Helene nicht sein.

Sie liebte jeden noch so kleinen Winkel der Fabrik, jeden einzelnen Schritt bei der Produktion der Süßigkeiten, vom Anbau der Rohstoffe bis hin zur Verwandlung in wahre Köstlichkeiten. Daneben strotzte sie vor Ideen, Kreativität und Tatendrang. Das alles sollte sie aufgeben und Platz machen für ihre Brüder, die sich ständig uneins waren? Beide hatten wenig für die Firma übrig und verfolgten andere berufliche Ziele. Helene konnte nicht verstehen, was sich ihr Vater dabei dachte, ihnen allen vorzuschreiben, was sie zu tun hatten. In seiner Engstirnigkeit war er blind für die Probleme, die seine Entscheidung mit sich brachte. Schlimmstenfalls könnte sie ihr aller Ruin bedeuten. Doch solange ihre Brüder gehorchten und sie, als seine Tochter, ihren Platz in der Gesellschaft kannte und wahrnahm, war sein Weltbild intakt. Helene knirschte mit den Zähnen, wütend bohrte sie ihre Finger in die Armlehnen des Sessels, auf dem sie saß. Sie fühlte sich unwohl in ihrem Körper, bestraft durch den Umstand, eine Frau zu sein. Mit Tränen in den Augen riss sie den Ordner an sich, stopfte ihn wirsch zurück in ihre Tasche und hastete auf den Flur.

⋟ Kapitel 2 ⋞

Die Sonne schien durch die halb zugezogenen Vorhänge. Das Gezwitscher der Amseln, die in den Birken und Platanen vor Helenes Fenster nisteten, mischte sich unter ihre Gedanken an den gestrigen Tag. Helene hatte gehofft, dass es nur ein Alptraum gewesen war. Dass ihr Vater nicht wirklich vorhatte, das Feld für ihre Brüder zu räumen und sie mit einem Mann zu verheiraten, den sie nicht ausstehen konnte. Doch die hektischen Schritte und Stimmen, die von der anderen Seite ihrer Zimmertür zu ihr drangen, widersprachen ihrem Wunsch.

»Ist sie denn immer noch nicht aufgestanden?«, hörte sie ihre Mutter sagen. »Aber der Empfang steht doch kurz bevor. Die Gäste werden schon bald da sein.«

»Ach wat«, folgte Katharinas knappe Antwort. Das neue Stubenmädchen war binnen kürzester Zeit zum Schatten ihrer Mutter und deren Zofe geworden. Helene wähnte sich bereits in Sicherheit vor unerwünschten Fragen, als auf einmal die Schlafzimmertür aufflog.

»Morgen, Fräulein.« Katharina stapfte laut zum Fenster und zog ruckartig die Vorhänge auf. Das grelle Licht blendete Helene. Reflexartig brachte sie eine Hand vor ihr Gesicht.

»Morgen«, antwortete sie mit belegter Stimme. Müde zwang sie sich auf die Bettkante und fasste sich an die pochenden Schläfen.

»Ausgeruht?« Die Hände in die Hüften gestützt, betrachtete das Dienstmädchen sie forsch. »Leeve Jott, Sie haben ja dicke Tränensäcke. Haben Sie etwa geweint?«, fragte sie unverhohlen.

»Nein«, antwortete Helene kurz angebunden und dachte nur, dass sie das rein gar nichts anging.

»Sieht nicht so aus. Soll ich Ihnen einen Kräutertee bringen? Beruhigt die Nerven.«

»Nein, danke«, murrte Helene, die nur für sich sein wollte. Katharina schnaufte und ging. Helene schüttelte unmerklich den Kopf. Vielleicht war die Tatsache, dass Katharina ursprünglich aus dem Gastgewerbe kam, ein möglicher Grund für die Distanzlosigkeit, die sie hin und wieder zu überwältigen schien. Ihren Bruder Alfred störte es ebenso. Er machte seinem Unmut über das Mädel, wie er Katharina nannte, Luft, wann immer er zu Besuch war. Da stolzierte ihre Mutter ins Zimmer.

»Liebes, du musst dich anziehen«, sagte sie, ohne ihre Tochter richtig anzusehen.

»Ich bin fertig«, erwiderte Helene als Provokation.

»Sehr witzig.« Ihre Mutter drehte sich zum Kleiderschrank und öffnete beide Türen. Wie immer war ihre Erscheinung vorbildlich. Klara von Ratschek sah, egal zu welcher Uhrzeit, ausgeruht und elegant aus, als würde sie in ihrer weißen Spitzenbluse und dem bodenlangen Rock die Nacht verbringen.

»Hach, du musst unbedingt einkaufen. Die hattest du alle schon an.« Klara gab ein Stöhnen von sich. Zum wiederholten Mal schob sie Helenes Garderobe von einer zur anderen Seite über die Kleiderstange.

»Es soll ja Leute geben, Mama, die ihre Sachen mehr als einmal tragen.« Helene hatte sich diese zynische Bemerkung nicht verkneifen können.

»Nicht in der Öffentlichkeit!« Klara bedachte ihre Tochter mit einem tadelnden Blick, bevor sie sich wieder dem Innern des Kleiderschranks widmete und hinzufügte: »Und wir sind nicht jene Leute, von denen du sprichst. Das weißt du sehr wohl.«

Helene sah von einer Belehrung ab. Es brachte nichts, ihr zu erklären, dass die meisten Menschen mit schwerwiegenderen Problemen beschäftigt waren als einem vollen Kleiderschrank. Sie strich sich das zerzauste Haar zurück und ging zum Fenster, blinzelte hinaus auf den schmalen Grat von Villen und herrschaftlichen Wohnsitzen der Kölner Oberschicht. Ein Frachtschiff fuhr den Rhein hinauf. Auf der anderen Uferseite blitzten zwischen einer grünen Mauer aus Bäumen und Sträuchern kleinere Gebäude des Stadtteils Poll hindurch. Schlichte Einfamilienhäuser, einfache Straßen, unaufdringliche Bauten, die für das Fischereiwesen ausreichten, für das das Viertel bekannt war. Von der linksrheinischen Seite aus gesehen eine völlig andere Welt.

»Bei dem Empfang heute wirst du das blaue Kleid tragen. Das gefällt deinem Vater doch so gut. Und da es sein Geburtstag ist, wirst du über den kratzigen Kragen hinwegsehen können.« Ihre Mutter strich mit der flachen Hand über die feine Seide, die sie auf die Récamiere gelegt hatte.

Helene brummte hinnehmend.

»Für den Abend dachte ich an das weinrote. Das mit der schwarzen Spitze. Was meinst du?«

Helene nickte gleichgültig und ohne sich vom Fenster abzuwenden.

»Katharina wird dir beim Ankleiden helfen«, sagte Klara, kam hinter ihre Tochter und rieb ihr über die Oberarme. »Du wirst hinreißend aussehen, Leni.«

»Das ist alles, was ich kann. Was ich können soll? Hinreißend aussehen.« Helene schüttelte niedergeschmettert den Kopf und starrte auf die gewellte Oberfläche des Rheins.

Klara entfuhr ein leiser Seufzer. Sie schien zu wissen, was sie bedrückte, sprach es aber nicht aus. Es war nicht ihre Art, über Dinge zu reden, an denen sie nichts ändern konnte. Stattdessen strich sie erneut über Helenes Arme.

»Ist das wirklich alles, was von mir erwartet wird? Nett auszusehen und eine gute Ehefrau abzugeben?« Helene schaute ihrer Mutter direkt ins Gesicht. Sie wollte wissen, ob sie davon überzeugt war.

»Ach, Liebes.« Klara legte ihre Hand an Helenes Wange und ließ sie darauf ruhen. »Wir sind nicht für das Werk der Männer geschaffen. Wir haben andere Qualitäten und Aufgaben. Jene, die nur wir erledigen können.«

Helene schaute ihrer Mutter skeptisch in die Augen. Diese hatte ihre Worte wenig überzeugend vorgetragen. Sie hatten geradezu phrasenhaft geklungen.

»Wir können alles tun, was Männer können, und noch mehr«, sagte Helene und hob ihr Kinn an.

Klara seufzte und die feinen Falten um ihre Augen wurden tiefer. Für einen Moment erhoffte Helene sich Zuspruch von ihr, einen Vorschlag, einen Ausweg aus ihrer Situation oder wenigstens eine Alternative zu Armin Langen. Allein der Gedanke, im selben Raum mit ihm zu sein, bereitete Helene Bauchschmerzen. Ihre Mutter öffnete leicht den Mund, als wolle sie etwas sagen, tat es aber nicht. Ihre Lippen schlossen sich fest und was auch immer sie hatte antworten wollen, blieb ihr Geheimnis. Sanft küsste sie Helene auf die Stirn. »Ich warte unten auf dich, Leni.«

Wie automatisiert erledigte Helene ihre Morgentoilette. Sie verzichtete auf das Frühstück, für das ohnehin keine Zeit mehr war, und ließ sich von Katharina beim Ankleiden und Frisieren helfen. Eine Stunde später betrachtete sie sich im Spiegel. Wie so oft in letzter Zeit erkannte sie sich nicht wieder. Sie kam sich vor wie eine Puppe, die nach dem Willen anderer tanzte, gefangen in einer stimmlosen Hülle.

Ein Klopfen an der Tür ließ sie zusammenfahren.

»Wer ist da?«, fragte sie.

»Ich bin's. Henri.« Die Stimme ihres Bruders heiterte sie schlagartig auf.

»Kommst du raus? Die ersten Gäste sind da. Adelheid und Louise fallen schon übers Büfett her. Wenn das so weitergeht, lassen die nichts übrig.«

Helene konnte ein Kichern nicht unterdrücken. »Haben sie wieder tagelang vorher gefastet?«

»Wohl eher Wochen«, erwiderte Henri mit aufgesetzter Ernsthaftigkeit.

Wieder musste Helene lachen. Feste wie dieses waren für ihre neidvollen Zwillingscousinen ein Schlaraffenland, in dem sie, im Gegensatz zu ihrer Dauerdiät im Alltag, haltlos schlemmten.

»Und noch etwas: Vater erwartet dich«, fügte Henri heiser hinzu. »Du solltest ihm gratulieren.«

Helenes Lachen verstummte und eine sekundenlange Stille trat an seine Stelle. Sie hatte kein Interesse daran, ihrem Vater gefällig zu sein. Geburtstag hin oder her. Henri schien genau zu wissen, warum sie nicht antwortete, und versuchte sie auf andere Gedanken zu bringen. »Ach, und Großtante Christel und Onkel Felix haben mich schon wieder belagert. Ich konnte seinem sich ewig wiederholenden Geschwafel vom Deutsch-Französischen-Krieg gerade so entkommen. Ich fürchte, ich falle noch ins Koma vor Langeweile. Du musst mir beistehen!«

Helene blickte ihrem Konterpart entgegen. Ein Grinsen ließ ihren Mundwinkel zucken. Henri wusste immer, wie er sie aufrichten konnte. Er war der einzige Lichtblick in ihrer von Disziplin regierten Familie. Trotz ihres Altersunterschiedes von sieben Jahren standen sie sich näher als er und Alfred. Gemeinsam hatten sie schon so manche schnöde Zusammenkunft der gehobenen Gesellschaft überstanden, für die sie beide nichts übrig hatten.

Helene wagte sich aus ihrem Zimmer.

»Oh, là, là, wie geschmackvoll.« Henri schaute angeregt an ihr hinunter.

Helene verpasste ihm einen Stoß in die Seite. »Deine Mutter zwang mich, das anzuziehen.«

»Nun ja, wenn ich mich recht entsinne, ist sie auch deine Mutter«, konterte er schmunzelnd. Sie rollte mit den Augen, dann hakte sie sich bei ihm unter. Henris Anwesenheit beruhigte ihr aufgeregt schlagendes Herz. Zusammen gingen sie die große Freitreppe hinunter.

»Du weißt, dass Vater heute seinen Rückzug aus dem Unternehmen verkünden will.«

Augenblicklich erstarrte Henris Miene. Kurz senkte er seinen Blick, dann nickte er knapp.

»Er will euch die Firmenleitung übertragen. Dir und Alfred.« Jene Worte gingen ihr nur schwer über die Lippen.

»Ich habe ihn nie darum gebeten«, antwortete Henri besonnen. Er wusste, wie sehr sich seine Schwester gewünscht hatte, in den Familienbetrieb einbezogen zu werden. Sie hatten oft genug davon gesprochen.

»Dann wirst du dein Kunststudium abbrechen?« Helene bemühte sich, gelassen zu klingen. Henri hatte endlich etwas gefunden, das ihm Freude bereitete. Weshalb sollte er es also einfach so hinter sich lassen?

»Darüber will ich mit Vater noch verhandeln«, sagte er leise.

»Du weißt sehr wohl, dass er nicht mit sich verhandeln lässt. Mir scheint, er ist fest entschlossen, die Träume von uns allen unter dem Familienwappen zu verscharren.«

Henri bettete seine Hand über ihre. »Es tut mir leid, dass er dich nicht berücksichtigt. Ich habe versucht, mit ihm darüber zu sprechen, wollte, dass er dich an meiner Stelle in die Geschäftsleitung bringt, aber …«

»Schon gut.« Sie rang sich ein Lächeln ab und merkte erst, dass ihr die Tränen in den Augen standen, als sie im Foyer angekommen waren. Rasch wischte sie sie unauffällig mit Mittel- und Zeigefinger fort.

Im weitläufigen Salon hatten sich die üblichen Gäste versammelt. Geschäftspartner, Großhändler, Mitglieder aus Politik und Wirtschaft und ausgewählte Familienangehörige. Ein Streichquartett spielte unaufdringliche Kammermusik, das Büfett erstreckte sich bis zum Wintergarten. Helene krallte sich am Arm ihres Bruders fest, sobald sie spürte, wie ihr Puls anstieg. Die vielen Menschen, die sie voller Neugier musterten, die kritischen Blicke der feinen Damen und die wertenden der Männer – das alles behagte ihr nicht. Manchmal glaubte sie, die Stimmen, die ihren Marktwert abschätzten, zu hören, als wäre sie nichts als ein weiteres Produkt aus von Ratscheks Süßwarenmanufaktur.

»Wehe, du lässt mich allein«, flüsterte sie dringlich in Henris Ohr und blickte sich verstohlen um.

Er grinste verschmitzt. »Ich weiche dir nicht von der Seite, Schwesterchen.«

Sie nickten mit einstudierter Freundlichkeit den Gästen zu und bahnten sich ihren Weg zu ihrem Vater, der gerade feierlich die dreistöckige Torte anschnitt. Umringt von eifernden Gratulanten mit Kuchentellern in den Händen.

»Herzlichen Glückwunsch, Papa!« Helene trat an ihn heran und ergab sich seiner kühlen Umarmung.

»Wie lieb, Lenchen. Ist sie nicht eine Augenweide?« Er wedelte mit dem Tortenheber und schaute in die illustre Runde. »Meine Tochter!«

Helenes Wangen wurden warm. Sie spürte das unangenehme Gefühl in ihrer Magengrube aufwallen, das sie immer dann überkam, wenn sie im Mittelpunkt stand. Ein Brennen, als hätte sie kochend heißes Wasser geschluckt.

»Ich bin wahrlich gesegnet mit meinen Kindern. Ist es nicht so?« Ihr Vater erntete erneut Kopfnicken und raunenden Zuspruch. Helene vermied es, die Umherstehenden anzusehen, und fixierte stattdessen ihn mit ihrem Blick. Am liebsten hätte sie gleich hier klargestellt, dass er einen schweren Fehler beging. Dass sie sehr wohl das Unternehmen führen könnte. Begriffe wie austauschbar und unwichtig schossen ihr durch den Kopf. War es das, was ihr Vater in ihr sah?

Ein dicklicher Mann mit Halbglatze schob sich zwischen sie und gratulierte Theodor von Ratschek überschwänglich. Es war Herr Klagenfurt, dessen kleine Süßwarenfirma kurz davor stand, von der Manufaktur von Ratschek geschluckt zu werden. Selbst an seinem Geburtstag sah ihr Vater nicht davon ab, Geschäfte zu machen. Seit Jahren kaufte er systematisch Konkurrenzbetriebe auf und stärkte damit seine monopolistische Stellung. Der arme Klagenfurt, dachte Helene, ob er wohl ahnte, was ihn erwartete? Beinahe hatte sie Mitleid mit ihm, doch sie erkannte auch ihre

Gelegenheit, sich davonzustehlen. Langsam ging sie zum Schokoladenbrunnen, der in der Mitte des Raums, umringt von einem Bett aus Erdbeeren, stand und leise vor sich hin plätscherte.

»Was für eine Verschwendung.« Henri, der neben seine Schwester getreten war, sprach aus, was diese dachte.

Hinnehmend zuckte Helene die Schultern. »Mama hat darauf bestanden. Er ist von Stollwerck.«

Henri hob gespielt beeindruckt seine Brauen.

»Helene! Henri!« Auf der anderen Seite des Brunnens erschien eine dürre, ältere Dame in weißem Gürtelkleid. Unter ihrem kleinen Topfhut blitzten silberne Haarsträhnen hervor.

»Tantchen Astrid. Schön dich zu sehen!« Henri nahm ihre Hand und drückte ihr einen Kuss auf.

»Du Charmeur.« Sie errötete leicht, winkte ab und wandte sich Helene zu. »Wo soll das noch hinführen? Du wirst ja immer hübscher, Kind.«

»Danke«, sagte Helene und rang sich ein mattes Lächeln ab.

»Aber was ist denn? Das hier ist doch keine Beerdigung. Du wirkst bedrückt. Ist alles in Ordnung?« Astrids Blick ruhte prüfend auf ihrer Nichte. Sie hatte schon immer über ein feines Gespür für die Gefühlswelt ihrer Mitmenschen verfügt. Helene kannte niemanden, der empathischer und schwieriger zu täuschen war. Dennoch versuchte sie es.

»Es ist nichts. Ich bin nur etwas müde.«

Astrid runzelte leicht die Stirn. Theodors ältere Schwester war nicht nur bei Henri beliebt, auch Helene blickte zu ihr auf. Sie war emanzipiert, geistreich und ledig. Astrid lebte seit fast zwanzig Jahren mit ihrer französischen Freundin Laurie zusammen, die sich aus Prinzip von Gesellschaften wie diesen fernhielt. Helene war ihr noch nie begegnet. Für die Familie war Astrids Lebensmodell skandalös. Für Helene jedoch war ihre Tante ein Vorbild, weil diese ihr Leben so lebte, wie sie es für richtig hielt.

»Wir reden noch darüber. Wann immer du möchtest.« Astrid tätschelte liebevoll Helenes Arm, dann ging sie um den Brunnen herum und auf ihren Bruder zu, der noch immer mit Herrn Klagenfurt sprach.

Gelangweilt sah sich Helene um. Ihre Mutter war nirgends zu sehen. Wahrscheinlich hatte sie sich in die Küche zurückgezogen, um französischen Cognac in ihren Tee zu geben, ohne den sie den Vormittag nicht überstand. Zwischen den hohen Terrassentüren, die den Salon mit Licht fluteten, tickte die Standuhr aus Kirschbaum. Auf der anderen Seite hing das Porträt ihres Großvaters über dem Kamin. Johann von Ratschek blickte erhaben aus seinem verschnörkelten Rahmen auf die Gäste herab. Was er wohl von diesem unverhältnismäßigen Fest und den Entscheidungen seines Sohnes gehalten hätte? Helene betrachtete ihn nachdenklich. Nach allem, was ihr über ihn erzählt worden war, war er ruhig und bescheiden gewesen. Sie bedauerte es, ihn nicht kennengelernt zu haben.

»Sieh mal einer an.« Adelheids piepsige Stimme schreckte Helene auf. Wie aus dem Nichts waren ihre Cousinen aufgetaucht. Wie immer in aufeinander abgestimmter Mode. Die silbergrauen Fransenkleider sowie der passende Federschmuck ließen Helene spontan an Hühner denken.

»Wenn das nicht unsere Leni ist«, tönte Louise und schob sich eine schokoladengetränkte Erdbeere in den Mund.

»Bist du schon aufgeregt?«, fragte Adelheid.

»Wieso sollte ich aufgeregt sein?« Helene hatte keine Ahnung, warum die beiden sie belagerten und dabei so breit grinsten, als stünde eine Zirkusvorstellung bevor.

»Na, wegen … du weißt schon.« Louise machte sich nicht die Mühe, den Grund näher auszuführen.

Helene starrte sie an. »Nein. Leider nicht. Entschuldigt mich. Ich hab noch zu tun.«

Im Wintergarten suchte sie nach Ruhe und Einsamkeit. Sie war noch nicht lange unten und schon raubte ihr dieser Empfang die Nerven. Es waren immer dieselben Gesichter, die gleichen stumpfsinnigen Gespräche, in einem sich nie ändernden Ablauf.

»Sieh jetzt bloß nicht zur Tür.« Henri lugte zwischen den fächerförmigen Blättern einer Hanfpalme hervor. Unbedacht ignorierte Helene seine Warnung und wünschte sich umgehend, es nicht getan zu haben.

»Nicht doch!«, quäkte sie. Armin Langen hatte in Begleitung seiner Schwester den Salon betreten. Irene Langen war ebenso gestelzt, hager und rothaarig wie ihr jüngerer Bruder. Außerdem hatte sie dasselbe ausdruckslose Gesicht, das sich je nach Temperatur und Gesprächsthema krebsrot verfärbte. Bei vorangegangenen Begegnungen hatten Helene und Henri nur darauf gewartet, dass ein Langen-Gesicht seine Farbe wechselte, um sich darüber zu amüsieren. Doch heute war alles anders. Die unmissverständliche Andeutung, die ihr Vater ihr gegenüber gemacht hatte, verleitete Helene zur Flucht. Das Dienstbotenzimmer schien ihr ein geeigneter Ort zu sein. Geduckt trat sie aus dem Wintergarten heraus und schlich um den Brunnen herum, wo sie im Schatten der Schokoladenfontäne Deckung suchte.

Automatisch positionierte sich Henri vor ihr, doch es war zu spät. Armin Langen manövrierte sich bereits durch das Gemenge und schnitt ihr den Weg ab.

»Herr Langen!« Henri begrüßte ihn überfreundlich. »Wie nett, Sie zu sehen.«

Die beiden Männer schüttelten sich die Hände.

»Ja, Sie auch«, antwortete Langen trocken, dabei reckte er seinen Hals, um einen Blick auf Helene werfen zu können.

Henri folgte seinen Bewegungen, als wäre er sein Spiegelbild. »Wie läuft das Zuckergeschäft? Ich hörte, Sie investieren vermehrt in die Produktion von Zuckerrübensirup?«

»Da haben Sie richtig gehört.« Langen lächelte blasiert.

»Höchstinteressant! Beziehen Sie die Rüben aus der Grafschaft oder aus dem Ausland?«, fragte Henri hartnäckig weiter, um seiner Schwester einen Vorsprung zu verschaffen.

Helene versuchte, in Richtung Büfett zu entkommen, stieß jedoch mit einem properen Herrn zusammen.

»Verzeihung«, nuschelte sie.

»Aus der Grafschaft.« Langen wand sich mit einer Flinkheit um Henri herum, die diesen überrascht straucheln ließ.

»Fräulein von Ratschek!« Er sprach so laut, dass andere Gäste sich zu ihm umdrehten. Helene hatte keine andere Wahl, als es ihnen nachzutun.

»Guten Tag, Herr Langen.« Sie nickte ihm höflich zu und wollte sich bereits wieder zum Gehen wenden.

»Ich hatte gehofft, Sie heute wiederzusehen«, vereitelte er ihren Abgang. »Ich muss schon sagen, Sie sehen noch reizender aus als bei unserer letzten Begegnung. Und die war wahrhaft schwer zu überbieten. Diese Schmetterlingsflügel.« Er verzog anzüglich das Gesicht.

»Nun, wie nett von Ihnen, das zu erwähnen.« Helene lächelte krampfhaft.

»Darf ich Sie bitten, mich auf einen Spaziergang durch Ihren ergreifenden Garten zu begleiten?«, fragte er unverhohlen.

Ihr Mund öffnete sich unkontrolliert und ihr Herzschlag erhöhte sich. Fahrig überlegte sie, wie sie sich aus dieser Lage befreien konnte. Sie spielte die Unwissende. »Ergreifend, nun ja. Um ehrlich zu sein, ich hatte nicht die leiseste Ahnung, dass Sie sich für Pflanzen interessieren.«

Kurz grübelte er offenkundig, was sie mit dieser Bemerkung bezweckte. Sie hatte auf seine Humorlosigkeit spekuliert. Bevor er etwas erwidern konnte, hatte sich aber ihr Vater zu ihnen gesellt. Er klopfte Armin Langen auf die Schulter, als wäre er bereits sein Schwiegersohn, und zog Helene neben ihn.

»Ein bisschen frische Luft kann nicht schaden, Helene«, befand er streng. Sie sah, wie Henri von ihr zu Langen schaute und betreten ein Champagnerglas in der Hand schwenkte. Widerwillig bewegte sie sich daraufhin zur Terrassentür und betrat vor Armin Langen den Garten. Draußen wehte ihr ein milder Wind entgegen. Sie stieg die Stufen der gepflasterten Veranda hinunter und setzte eilig auf den Steinweg über, der sich durch die Wiese schlängelte.

»Der Flieder blüht weiter unten«, eröffnete sie das Gespräch, weil er ihr zu aufdringlich wurde. »Es ist ein halber Wald in Lila und Weiß. Unser Vater ließ ihn bereits vor meiner Geburt anpflanzen. Der Duft ist ein Genuss.«

Er kam dichter an sie heran. Helene beschleunigte ihren Gang nochmals, doch er hielt Schritt.

»Meine Mutter liebt diese Pflanze«, betonte sie, als die insektenumschwirrten Bäume in Sichtweite kamen. »Was halten Sie von Flieder?«, fragte sie stockend und ohne sich nach ihm umzusehen.

»Zu penetrant«, antwortete er.

»Ah.« Es überraschte sie nicht, dass er sich nicht dafür begeisterte.

»Ich muss Ihnen sagen, dass ich nicht der Pflanzen wegen um diesen Spaziergang bat«, verkündete er ungeduldig.

Helenes Magen verkrampfte. Sie schluckte mühsam und erstarrte für einen Augenblick.

»Wie Sie vielleicht schon wissen, hege ich die Absicht, mich zu binden«, sagte Langen. Stoisch setzte sie weiterhin ein Bein vors andere, kam vorbei an leuchtend gelben Forsythien-Sträuchern und rosafarbenen Buschröschen, die bis zur abschüssigen Grundstücksgrenze reichten.

»Die Natur ist in dieser Jahreszeit wirklich ergreifend.« Sie pflückte eine Rose und roch daran, während sie weiterging.

»Ich gedenke schon bald eine eigene Familie zu gründen«, fuhr Langen gehetzt fort, und bemühte sich, zu ihr aufzuschließen.

Bitte nicht!, schoss es Helene durch den Kopf. Sie war an der Mauer angelangt, hinter der sich die Rheinpromenade erstreckte – eine Sackgasse.

»Nun ist es meine wohlüberlegte Absicht, eine Frau zu wählen, die meiner gesellschaftlichen Stellung entspricht«, keuchte Langen.

Langsam drehte sie sich um, schickte ihm einen kurzen, abwertenden Blick zu. »Ich glaube, ich habe genug frische Luft für heute. Ich werde wieder reingehen.«

»Fräulein von Ratschek!« Er ergriff ihre Hand, als sie an ihm vorbeigehen wollte und zwang sie auf diese Weise, ihn anzusehen. »Seien Sie unbesorgt. Mit Ihrem Vater ist bereits alles besprochen.« Sein Blick tastete sich frivol über ihren Körper.

Helene erschauderte. Sie wollte ihm ihre Hand entziehen, doch er hielt sie mit einer Kraft fest, die sie ihm nicht zugetraut hatte.

»Verzeihen Sie, aber ich kann Sie nicht heiraten«, versuchte sie ihm klarzumachen.

»Sicher!«, zischte er leise. Ihre Gegenwehr schien ihn nur noch mehr zu reizen. »Dieses Temperament!« Säuselnd zog er sie zu sich. »Es ist alles längst verhandelt.« Seine Hand schob sich um ihre Taille.

»Lassen Sie mich los!«, forderte sie. In dem Moment begegneten ihnen zwei Damen und ein Herr, die sie verwirrt musterten. Langen ließ von Helene ab, doch sie war wie erstarrt.

»Schönen guten Tag«, grüßte Langen mit aufgesetzter Freundlichkeit und ließ die Gäste vorbeiziehen. Als sie außer Hörweite waren, kam er wieder nah an Helene heran. »Du wirst meine Frau werden! Es wäre besser für dich, du lernst schon mal, dich zu fügen.«

Noch einmal glitt sein Blick über ihre schlanke Figur, dann kehrte er mit einem zufriedenen Grinsen im Gesicht ins Haus zurück. Schockiert über sein schamloses Benehmen, blieb sie stehen. Aus irgendeinem Grund hatte sie geahnt, dass Langen keinen Anstand besaß. Doch der Vorgeschmack, den er ihr soeben gegeben hatte, übertraf ihre schlimmsten Befürchtungen. Er war ein Schwerenöter, ein Hitzkopf und besitzergreifend. Wie könnte sie jemals die Frau dieses Mannes werden? Ihr wurde schwindelig bei dem Gedanken an das Kommende und Tränen schossen ihr in die Augen. Ihre Zukunft schien festgeschrieben. Sie gehörte zum Firmeninventar ihres Vaters, der sie beliebig einsetzte. Ihr brannte das Herz in der Brust bei der Frage, ob er vom fragwürdigen Charakter seines Geschäftspartners wusste. Selbst wenn würde es wahrscheinlich keine Rolle für ihn spielen.

Niedergeschmettert sank sie auf eine der steinernen Bänke oberhalb des abfallenden Gartens mit Blick auf den Rhein. Der Fluss hatte schon immer eine tröstliche Wirkung auf sie gehabt. Doch nun wartete sie vergebens. Stattdessen nahm sie plötzlich etwas anderes wahr. Etwas, das sie mit dem Fluss verband. Der Rhein war nicht gefügsam. Er ließ sich von niemandem kontrollieren.

⋺ KAPITEL 3 ⋲

»Hier versteckst du dich also.« Alfreds Stimme holte Helene aus ihren Gedanken.

Sie bemühte sich, zu lächeln, als ihr ältester Bruder bei ihr haltmachte. Er war in Begleitung seiner Frau Eva, die sich atemlos an seinem Arm festhielt. Helene hatte immer schon gedacht, dass ihre Schwägerin ein nobles Antlitz besaß. Ihre Silhouette war äußerst feminin. Dazu hatte sie blondes Haar und grüne Augen mit goldfarbenen Sprenkeln, die jedes Mal dazu einluden, sie näher zu betrachten.

»Ich brauchte etwas Ruhe vor dem Trubel dadrinnen.« Helene ging den beiden entgegen.

»Genau wie ich.« Eva prustete angestrengt.

»Du siehst gut aus. Wann ist es so weit?« Helene deutete auf ihren vorgewölbten Bauch.

Eva winkte ab. »Hach, ich wünschte, es wäre schon da. Die Schwangerschaft empfinde ich als furchtbar anstrengenden Zustand.«

»Ich finde, es ist ein Wunder«, sagte Helene aufrichtig. »Du bist dabei, einem neuen Menschen das Leben zu schenken.«

»Es gibt kein größeres Glück, fürwahr.« Eva legte den Kopf schief und lächelte beseelt.

»Du wirst eine vorbildliche Mutter sein«, versicherte Helene.

»Danke. Lieb, dass du das sagst.«

»Frauen«, grummelte Alfred ungeduldig. »Lass sie drinnen nicht zu lange auf dich warten, Helene. Ich glaube, da hat jemand vor, etwas zu verkünden.«

Helenes Miene verfinsterte sich. Offenbar wusste jeder über die Verlobung mit Langen Bescheid.

»Lass uns noch ein Stück gehen«, bat Eva ihren Mann, die Helenes Beklemmung bemerkt zu haben schien. Die beiden spazierten weiter durch den Garten, machten kleine unaufgeregte Schritte. Helene sah, wie sie beim Fliederwäldchen erneut stehen blieben und sich mit einem älteren Paar unterhielten. Niemand schien Anteil an ihrer Situation zu nehmen. War sie wirklich allen egal?

Sie folgte dem Drang, der sie vom Grundstück ihrer Familie trieb, und eilte in einem unbeobachteten Moment aus dem Gartentor hinaus. Schnellen Schrittes folgte sie dem Flusslauf und die von Spaziergängern gerne besuchte Rheinpromenade hinunter. Die Arme vor der Brust verschränkt und das Gesicht gesenkt haltend, wollte sie unentdeckt von möglichen Bekannten bleiben. Ihr war nicht nach Reden zumute, sondern nach Stille und Einsamkeit. Am seichten Ufer, wo die Birkenzweige im Wind schaukelten, schlüpfte sie aus ihren Schuhen und der Rheinkies knirschte unter ihren nackten Füßen. Dort setzte sie sich auf einen großen Stein und schaute aufs Wasser hinaus. Hier, an ihrem Lieblingsplatz, nahm sie einen tiefen Atemzug. Der Geruch von Algen und Salz stieg ihr in die Nase, als ein vorbeifahrendes Schiff feine Wellen ans Ufer trug. Wenige Meter davon entfernt, flussaufwärts, schwammen zwei Stockenten gemächlich mit dem Strom. Das Gefieder des Erpels funkelte im Licht der hoch stehenden Sonne in einem kräftigen dunkelgrün. Neben ihm tauchte seine Gefährtin mit dem Kopf unter Wasser. Helenes Gedanken verselbstständigten sich. Was, wenn auch sie einfach im Fluss verschwinden und nie wieder auftauchen würde?

Ein Schluchzen entwand sich ihrer Kehle. Sie wollte nicht sterben. Sie wollte leben. Könnte sie nur alles hinter sich lassen und irgendwo völlig neu beginnen. An einem Ort, an dem sie nicht bloß die Tochter eines reichen Unternehmers war. In einer Umgebung, in der sie sich entfalten konnte. Unter Menschen, die mehr in ihr sahen als die brave Ehefrau, die sie zu sein hatte.

Als sie sich endlich von ihrem Platz am Ufer aufraffte, stand die Sonne bereits hinter den hohen Birken des gegenüberliegenden Ufers, deren tief hängende Äste das Wasser streiften. Ohne Hast machte sie sich auf den Rückweg. Sie nahm die Musik und leises Gelächter wahr, das, von der Villa ausgehend, auf die Promenade vordrang. Der Wind hatte aufgefrischt. Helene schloss das Gartentor hinter sich und umklammerte ihre Oberarme. Mit wachsender Anspannung bewegte sie sich auf das Haus zu. Auf halber Höhe der Wiese stand ihre Mutter. Sie hatte die Hände in die Hüften gestützt und betrachtete sie mürrisch.

»Wo in aller Welt bist du gewesen?« Sie hastete auf sie zu, nahm sie am Arm und zog sie den Hügel hinauf bis zur Terrasse.

»Dein Vater wollte seine Rede halten und du warst nicht da.« Ihr unsicherer Gang verriet, dass sie zu viel getrunken hatte. Helene sprach sie nicht darauf an. Es war die Art ihrer Mutter, mit dem gesellschaftlichen Druck umzugehen. Welch Ironie, schoss es Helene jedes Mal durch den Kopf, wenn sie sie so sah. Dass sich Klara von Ratscheks Perfektionismus ausgerechnet auf diese Weise entlud, war ein trauriger Nebeneffekt ihres vollkommenen Lebens.

»Du kannst dich nicht einfach so wegstehlen, wenn die Zukunft unseres Unternehmens verkündet werden soll«, zischelte ihre Mutter weiter.

»Wozu braucht er mich dafür? Er hat doch Alfred und Henri.«

Klara stieß ein bisher unterdrücktes Stöhnen aus. »Du weißt, dass das nicht alles ist. Armin Langen ist eine sehr gute Partie. Du kannst dich glücklich schätzen, dass er dich zur Frau nehmen will.« Sie wiederholte die Worte ihres Mannes, als wäre sie dessen Papagei.

Helene biss die Zähne aufeinander. Verzweifelt suchte sie den Blick ihrer Mutter, hoffend auf ein wenig Mitgefühl. »Es ist doch mein Leben, Mama! Habe ich da nicht auch ein Wörtchen mitzureden?«

»In diesem Fall nicht, Lenchen. In diesem Fall nicht.«

Sie kehrten in den Salon zurück, in dem es Helene furchtbar heiß wurde. Trotz der geöffneten Terrassentüren fehlte ihr die Luft zum Atmen. Die Gäste hatten sich inzwischen um ihren Vater versammelt, der auf der Schwelle zum Salon stand, ein Glas Champagner in der Hand. Er schenkte Helene einen strafenden Blick, bevor er eine Kuchengabel gegen das Glas klirren ließ und mit seiner vorbereiteten Rede begann. Ausschweifend erzählte er von der Geburtsstunde der Süßwarenmanufaktur, von Höhen und Tiefen und dem erfolgreichen Werdegang der von Ratscheks. Helene stand wie erstarrt neben ihrer Mutter, die sie an der Hand hielt, als befürchte sie, ihre Tochter könne erneut entwischen.

»Umsatzsteigerungen sind zukunftweisende Zeichen«, leierte ihr Vater herunter und Helene war, als befände sie sich ganz weit weg. Gedämpft nahm sie die Jubelrufe zur Kenntnis und den Beifall, der erklang, sobald ihr Vater verkündet hatte, dass er das Unternehmen in die Hände seiner beiden Söhne geben würde. Alfred und Henri kamen neben ihn und erhoben ihre Gläser. Helene betrachtete ihre Mutter von der Seite, die wie berauscht von dem Anblick ihrer drei Männer wirkte. Ihre Augen funkelten stolz,

Tränen der Freude glitzerten auf ihrer Wange. Für einen Moment schien die Zeit stillzustehen.

»Klatschen, Leni«, raunte Klara ihrer Tochter zu, ohne dabei ihr strahlendes Lächeln zu verlieren. Kraftlos trafen Helenes Hände aufeinander. Sie applaudierte geräuschlos und kam sich dabei vor wie ein dressierter Affe.

»Und lächeln! Dies ist keine Beerdigung«, hielt ihre Mutter sie an.

Eine Bedienstete servierte noch mehr Champagner. Helene schnappte sich gleich zwei Gläser vom Tablett und trank sie in einem Zug leer. »Entschuldige mich, Mama.«

Sie drängte sich an den Gästen vorbei, Richtung Wintergarten, dann hörte sie ihren Vater weitersprechen: »Voller Stolz darf ich außerdem einen weiteren Meilenstein in der Familie von Ratschek verkünden.«

Helene hielt erschrocken den Atem an und drehte sich ihm zu.

»Mein geschätzter Geschäftspartner Armin Langen und meine Tochter Helene werden heiraten.« Die Bekanntgabe kam einem Hammerschlag gleich. Helenes Schläfen pochten, ihr Magen drohte sich umzustülpen. Alle starrten sie an und sie wollte am liebsten in einem Loch im Boden verschwinden. Bevor sie ihre Bewegungsfähigkeit jedoch wiedererlangt hatte, hatte Armin Langen sie schon erreicht.

»Nun ist es amtlich«, triumphierte er, dann spürte sie seine klobige Hand in ihrem Rücken. »Schluss mit diesem Zieren und dem Geschwätz von Fliederbüschen«, flüsterte er ihr zu. »Jetzt bist du mein, kleiner Schmetterling.«

Helene wurde schlecht. Wäre ich doch in den Rhein gegangen, sagte die Stimme in ihrem Kopf. Wäre ich doch abgetaucht!

Die Worte ihres Vaters drangen nur noch dumpf zu ihr vor. »Eine Verbindung, die unser Haus zweifellos segnen wird.«

Theodor hob erneut sein Glas und wieder taten es ihm die Gäste willenlos nach. Helenes ganzer Körper fühlte sich mit einem Mal schwer an. Ein Kloß hatte sich in ihrer Kehle festgesetzt, der ihr das Sprechen versagte. Wehrlos ließ sie die Glückwünsche über sich ergehen. Die meisten davon galten ihrem frisch Verlobten. Sie selbst stand starr daneben, als wäre sie eine Trophäe, die er gewonnen hatte.

»Habt ihr die Aufmachung in der Zeitung gesehen?« Katharinas Frage ließ Helene auf dem Flur zum Gesindetrakt innehalten.

»Was täte ich dafür geben, so ’nen Mann zu heiraten«, ergänzte Elise, das Küchenmädchen, missbilligend.

Helene blieb neben der Küchentür stehen, lehnte sich mit dem Rücken gegen die Wand und biss sich so fest auf die Unterlippe, dass sie Blut schmeckte. Eigentlich hatte ihre Mutter sie beauftragt, der Köchin die Änderungen für das morgige Abendessen zu überbringen, bei dem auch ihr Zukünftiger anwesend sein würde. Nun stand sie still auf dem Korridor, der nur vom fahlen Licht einer flackernden Laterne erleuchtet war, und knetete nervös ihre Finger. Seit die Anzeige über ihre Verlobung mit Armin Langen in der Zeitung gestanden hatte, sprach ganz Köln darüber als das Ereignis des Jahres.

»Ne janze Seite nur für dat Fräulein«, bestätigte Käthe zwischen dem geräuschvollen Brechen von hartem Gemüse. Getratscht wurde in der Küche seit eh und je. Sie war das Zentrum für Klatsch und Neuigkeiten aller Art und nie hatte sich Helene daran gestört. Doch nun war es anders. Diesmal ging es um sie.

»Ob wir dat Essen machen müssen?«, fragte Elise erschrocken.

»Im Leeve nit«, erwiderte Käthe und schlug mit dem Beil aufs Schneidebrett, so dass es donnerte. Doch es war nicht der Krach, der Helene erzittern ließ. Sie hatte sich stets dem Personal zugehörig gefühlt. Egal ob in der Fabrik oder bei ihr zu Hause. Durch ihre nahende Vermählung aber schien sie ihren Platz im Gesindetrakt verloren zu haben. Sie war nun eine *von denen*, so wie Käthe Angehörige des Patriziats abwertend nannte – ohne Rückfahrschein. In zwei Wochen würde sie einen anderen Namen haben und sie hatte das Gefühl, mit jedem Tag ein Stück mehr von sich selbst zu verlieren. Leise zog Helene ihre Nase hoch. Sie schloss die Faust um den Zettel mit dem Perlhuhn in Weißweinsauce und der Crème brûlée und machte kehrt.

Mittags zog es sie zu dem einzigen Ort, an dem sie Trost und Ablenkung finden konnte. Glänzend schwarz und glatt war die Masse aus Lakritz, die über das Band rollte. Helene nahm einen noch warmen Streifen und wickelte ihn um ein Holzstäbchen, so, wie es die Arbeiterinnen neben ihr taten. Frauen jedweden Alters hatten hier eine sichere Anstellung gefunden, und Helene schmerzte es, dass sie bald von ihnen getrennt sein würde. Als Armin Langens Ehefrau würde sie nur noch gelegentlich nach Köln kommen. Ihre Jahre im Süßigkeitenwerk, in denen sie ihrer Leidenschaft nachgehen konnte, würden für immer vorbei sein.

Die Pausenglocke ertönte und Helene konnte sich kaum von der Arbeit lösen. Erst als Frieda sie am Arm fasste, ließ sie die Lakritzfäden sinken, die sie in Form gebracht hatte.

»Zeit für einen Kaffee.« Frieda war seit mehr als zwanzig Jahren bei den von Ratscheks beschäftigt, hatte Helene aufwachsen sehen und erlebt, wie aus einem schüchternen Mädchen eine Frau mit Ambitionen wurde.

Zaghaft nahm Helene die weiße Schutzhaube von ihrem Kopf und sank auf einen Stuhl im Pausenraum. »Der Abschied von euch fällt mir besonders schwer«, sagte sie und spürte Friedas liebevolle Berührung an ihrer Schulter.

»Du bist jederzeit willkommen.« Sie stellte Helene eine dampfende Tasse hin und setzte sich ihr gegenüber.

»Mein Bräutigam hat ziemlich deutlich gemacht, wo von nun an mein Platz sein wird. Und er teilt Vaters Meinung, wenn es um den Kontakt zum Personal geht. Es schicke sich nicht für mich, in einem solchen Umfeld zu sein, mit rauen Sitten und ungeheuerlichem Benehmen.« Helene schüttelte den Kopf, weil sie diese Meinung einfach nicht nachvollziehen konnte.

»Und genau aus diesem Grund bist du hier«, gab Frieda mit vorgerecktem Kinn zurück. »Wegen des ungeheuerlichen Benehmens.«

»Und nur deshalb.« Helene lachte herzlich und Frieda stieg mit ein. Es war schön, dass sie in der Fabrik wahre Freunde hatte. Dem gegenüber war selbst Helenes Vater machtlos.

»Ich habe keine Ahnung, was mich in meiner Ehe erwartet«, sagte Helene nachdenklich.

»Könntest du dich nicht in der Zuckerindustrie nützlich machen? Dieser Langen hat doch seine eigene Fabrik, oder nicht?«

»Hat er, ja. Aber das geht nicht.« Helene schüttelte den Kopf. »Er würde nicht zulassen, dass ich mich in sein Unternehmen einmische. Das haben er und mein Vater gemeinsam. Frauen sind nur zum Kinderkriegen da. Für alles andere sind sie nicht zu gebrauchen.«

Frieda betrachtete sie mitfühlend. »Du weißt, das stimmt nicht.«

Energisch blinzelte Helene die Tränen weg, die ihre Sicht verschleierten. »Dieser Langen ist vollkommen verständnislos und ich fürchte sogar, er ist unberechenbar.« Sie dachte daran, wie grob er sie im Garten angefasst hatte, und ihr graute es davor, mit seinem Zorn Bekanntschaft zu machen. Würde sie sich ihm in der Ehe widersetzen, würde sie darauf sicher nicht allzu lange warten müssen.

»Er ist gewohnt, zu bekommen, was immer er will. Und sein Wohlstand bedeutet ihm alles«, fügte Helene angstvoll hinzu.

»Er hält sich für was Besseres«, schloss Frieda naserümpfend und trank ihren Kaffee.

»Definitiv«, stimmte Helene zu, denn das war das Einzige, dessen sie sich sicher war.

»So ein reicher Schnösel. Hat noch nie in seinem Leben auch nur einen Finger krummgemacht.« Frieda schlug die Beine übereinander und schüttelte abfällig seufzend den Kopf. »Er passt nicht im Geringsten zu dir. Ich weiß nicht, was sich deine Eltern dabei denken …«

»Es geht ums Geschäft.« Helenes Antwort war so leise gewesen, dass sie sie selbst kaum verstanden hatte. Schluchzend stützte sie die Ellenbogen auf den Tisch und vergrub ihr Gesicht unter ihren Händen. »Heute Nachmittag ist die Anprobe meines Hochzeitskleides. Mehr als zweihundert Gäste wurden eingeladen. Die Torte ist bestellt. Weiße Tauben werden von der Kirche aufsteigen. Die Feier findet im Brühler Schloss statt.« Die restlichen Details ersparte sie Frieda. Ihre zukünftige Schwägerin hatte ein Team aus Hochzeitsplanern aufgestellt und die Organisation an sich gerissen. Helene befürchtete, dass sich das auch nach der Eheschließung nicht ändern würde. Irene war äußerst dominant und Helene nur eine Schachfigur.

»Das alles tut mir unendlich leid für dich, Leni.« Frieda strich tröstlich über Helenes Arm. »Das hast du nicht verdient. Gewiss nicht.«

Helene rieb sich mit den Fingerkuppen die Augen, in denen Tränen brannten. Sie wollte nicht weinen. Nicht schon wieder. Doch in Gegenwart ihrer Freundin hatte sie das Gefühl, loslassen zu können.

»Ich fühle mich, als würde mir das Herz brechen!« Helene schluchzte.

Frieda reichte ihr ein Taschentuch. »Weißt du, Peter und ich hatten es nicht immer leicht. Er war nicht der Mann, den meine Familie für mich wollte. Ein armer Fischer. Meine Mutter hat mich vor ihm gewarnt. Sie meinte, ich würde meine Entscheidung, aus Liebe zu heiraten, eines Tages bereuen.«

»Und? Hast du?« Helene schnäuzte sich.

»Nicht eine Sekunde«, versicherte Frieda und lächelte beseelt. »Aber in einem Punkt hatte sie recht: Eine Ehe einzugehen, ist eine der wichtigsten Entscheidungen in unserem Leben. Deswegen sollte sie wohlüberlegt getroffen werden.«

Helene seufzte leise. Sie beneidete sie um ihr Glück. »Es muss schön sein, frei wählen zu können.«

»Wer sagt denn, dass du das nicht auch kannst?«

»Ich bin nicht wie du, Frieda. Ich habe nicht deinen Kampfgeist.«

Frieda bettete ihre Hand über Helenes. »Du bist eine starke Frau. Du bist gesund und du hast Grips. Lass dir von niemandem einreden, dass dir nicht zusteht, was du dir wünschst.«

»Ich wünschte, ich könnte …« Helene fühlte sich machtlos. Gefesselt durch die Ketten, die ihre Familie ihr angelegt hatte. »Ich weiß einfach nicht, was ich machen soll.«

Frieda stand vom Stuhl auf, ging zu ihr, beugte sich hinunter und nahm sie in den Arm. »Es gibt etwas«, hauchte sie und griff in die Tasche ihres grauen Kittels. »Ich habe es zufällig in der Zeitung entdeckt und es ausgeschnitten. Du weißt, ich bin davon überzeugt, dass nichts ohne Grund geschieht. Ich dachte, es käme vielleicht für Jupp infrage, aber mein Sohn hat wohl andere Pläne.« Sie hielt Helene ein Stück Papier hin, eine Anzeige. Helene überflog sie:

Die Bonbonfabrik Spiegel sucht
Personal (w) für die Produktion.
Und einen Auszubildenden in der Manufaktur.
Werden Sie Bonbonmacher in einem der
traditionsreichsten Unternehmen Hamburgs.

»Für Jupp?« Skeptisch schaute Helene zu Frieda auf. Ihr Sohn hatte eine Lehre als Stahlbauer absolviert. In seinem Ausbildungsbetrieb war er inzwischen fest angestellt und zufrieden in seinem Beruf. Jedenfalls nach allem, was Helene wusste.

Frieda lächelte wehmütig und zuckte ertappt die Achseln. »Wir alle wissen, dass es hier nicht mehr dasselbe sein wird, wenn du nicht mehr da bist. Wenn deine Brüder die Firma übernehmen, dann …«

»Henri wird ein gerechter und guter Arbeitgeber sein.«

»Und Alfred?«, fragte sie schnippisch. Helene seufzte erschwert. Sie wusste, dass die Frauen in der Fabrik bereits Bekanntschaft mit seinem herrischen Wesen gemacht hatten. Anders als Helene und Henri schaute er auf sie herab, war fordernd und respektlos ihnen gegenüber.

»Der ist ein aufgeblasener Jockel«, erläuterte Helma, die mit einem Mal in der Zarge stand. Frieda schickte ihr einen ermahnenden Blick, woraufhin sich Helma mit gespielter Reue an den Mund fasste. »Ist mir so rausgerutscht.«

Helene musste grinsen, denn sie hatte nicht unrecht. Die Besorgnis der Mitarbeiter konnte sie verstehen. Zu wissen, dass sie ihnen nicht mehr würde beistehen können, setzte ihr zu. Helma schenkte sich Kaffee ein. Verblüfft sah Helene, wie sie ihn in einem Zug leer trank, sich mit dem Ärmel über den Mund fuhr und wieder an die Arbeit ging.

»Ich könnte nicht weggehen.« Frieda schloss leise die Tür hinter ihrer Kollegin. »Noch nicht. Ich kann meine Mädchen jetzt nicht im Stich gelassen. Aber *du* könntest in Hamburg dein Glück versuchen.«

Helene runzelte die Stirn. »Das hört sich wahnwitzig an.«

»Warum nicht etwas riskieren? Was hast du schon zu verlieren?« Frieda sprach in gesenkter Lautstärke weiter. »Wenn du bleibst, sperrt man dich in einen Käfig, aus dem du vielleicht nie wieder entkommen kannst. Wenn du gehst, hast du alle Möglichkeiten.«

»Meine Familie würde das nicht gutheißen.«

Frieda blickte ihr nun direkt in die Augen. »Dann sage es niemandem.«

Die Glocke beendete die Pause. Helene und Frieda sahen einander an.

»Es fährt ein Zug von hier aus direkt nach Hamburg. Jeden Dienstag um halb acht.«

»Das ist morgen«, dachte Helene laut.

»Wenn ich könnte, würde ich auf dich setzen, Lenchen.« Frieda drückte ihr die Anzeige in die Hand und kehrte ans Band zurück. Helene starrte auf die Adresse am Hamburger Hafen und fragte sich, was sie da von ihrer mütterlichen Freundin bekommen hatte. Ein verräterisches Stück Papier oder eine Reißleine?

Sie konnte ihre Familie nicht diffamieren, sie derart im Stich lassen. So war sie nicht erzogen worden. Naserümpfend faltete sie die Anzeige zusammen und steckte sie in ihre Tasche. Einen Zweck erfüllte sie jedenfalls: Sie gab ihr das Gefühl, nicht vollkommen perspektivlos zu sein.

Kapitel 4

Die Anprobe am Nachmittag ließ Helene schweigsam über sich ergehen. Umringt von ihrer Mutter, Eva und Irene Langen stand sie erhöht auf einem Hocker in der Schneiderei. Das Gespräch mit Frieda wollte ihr nicht aus dem Kopf gehen.

»Es sieht meinem Kleid recht ähnlich«, merkte Eva an. »Natürlich ist es weniger schlicht, aber vom Schnitt her erinnert es daran.«

»Zu aufregend sollte es selbstverständlich nicht sein. Mein Bruder mag es nicht, wenn die Garderobe einer Frau auch nur ansatzweise anstößig ist.« Irene schlug der Kleidermacherin mit der flachen Hand auf die Finger. »Passen Sie das an!«, zischte sie und sorgte damit für einen langen, stillen Moment. Fügsam steckte die Schneiderin die Nadeln neu.

»Sie sieht wunderschön aus!«, brach Klara das Schweigen. Irene zupfte so energisch an der Schleppe, dass Helene Mühe hatte dagegenzuhalten, um nicht vom Hocker zu fallen.

»Ist es so angenehm?«, erkundigte sich die Schneiderin, als sie die Taille abgesteckt hatte. Helene nickte stoisch.

»Es dürfte ruhig noch ein paar Zentimeter enger sein«, antwortete Irene, die das Reden für sie übernommen hatte.

Innerlich kochte Helene vor Wut. Wie sollte sie diese Person nur ertragen? Entweder hatte Irene eine perfide Freude daran, sie zu quälen, oder sie neidete ihr die bevorstehende Hochzeit. Helene hatte sich schon mehrmals gefragt, warum Irene mit Mitte dreißig noch ledig war. Ihr Status passte nicht in die Familie Langen, die danach strebte, vorteilhafte Verbindungen einzugehen. Wahrscheinlich hatte sich für sie niemand finden lassen, der sie freiwillig nahm. Bei diesem Gedanken zuckte Helenes Mundwinkel. Sie räusperte sich und schüttelte dabei ihr aufkommendes Grinsen weg.

»Nun steh doch still, Mädchen!«, ermahnte Irene sie prompt.

»Verzeihung«, erwiderte Helene lasch.

»Was ist mit den Brautjungfern? Sind die schon eingekleidet?«, erkundigte sich Eva.

»Selbstredend«, antwortete Irene. »Sie werden allesamt Grau tragen. Unaufdringlich und dezent. Mein Bruder kennt diverse Pressevertreter und die sollen ihr Augenmerk allein auf das Paar richten. Was bei unserer unscheinbaren Braut schon Herausforderung genug ist.«

Helenes Körper war starr geworden. Es war, als wäre sie überhaupt nicht anwesend. Weder ihre Mutter noch ihre Schwägerin schienen sich gegen Irene behaupten zu wollen. Dabei verrieten jedes Wort, jeder Blick und jede Geste, dass sie von Helene nicht viel hielt.

Als die Modistin Helenes Taille enger schnürte, stellte diese ihren Atemzug ein und schluckte schwerfällig in ihrem Gefängnis aus Crêpe-Georgette-Seide. Weder die Nadelstiche, die sie ab und an spürte, noch Irenes unverhohlen vorgetragene Kritik an ihr ließen sie noch zucken. Sie schaute stur geradeaus, während Irene ihr Haar stumpf und spröde nannte und ihre Körpergröße von eins fünfundsechzig einen entscheidenden Makel. Immerhin hatte sie an Helenes gebärfreudigem Becken nichts auszusetzen.

Nach einer fast dreistündigen Prozedur war die Schneiderin endlich fertig und Irene und Klara verschwanden mit ihr im Atelier, um letzte Änderungen zu besprechen. Eva reichte Helene die Hand und half ihr, vom Hocker hinunterzusteigen.

»Ermüdend, nicht?« Nun, da sie allein waren, wirkte auch sie befreiter. Helene nickte matt. Eva schlug kurz die Augen nieder und atmete in den Bauch.

»Geht es dir denn gut? Du bist blass heute.« Helene musterte sie besorgt.

Eva nickte. »Es ist nichts. Nur das Kind. Es lässt mir wenig Ruhe.« Sie nahm Helenes Hand und legte sie auf ihren Bauch. Sogleich bekam diese einen Tritt ab, der sie verzückt auflachen ließ.

»Er ist kräftig.« Eva lächelte unbeschwert.

»Du denkst, es wird ein Junge?«

Sie zuckte schmunzelnd die Schultern. »Nun, Alfred wünscht sich das.«

»Ach, mein Bruder wäre auch mit meinem Mädchen überaus zufrieden. Solange das Kind gesund ist«, versicherte Helene, doch ihre Schwägerin wirkte nicht überzeugt.

»Frau von Ratschek.« Irenes kratzige Stimme störte ihren Austausch. Sie kam zwischen Helene und Eva. »Wir hatten noch keine Gelegenheit, uns richtig zu unterhalten.«

»Ja, ein Jammer«, entgegnete Eva leicht schroff.

»Dabei gibt es so viel zu besprechen«, befand Irene und schielte kurz zu Helene hinüber. »Wie ich hörte, ist Ihr Mann überaus fleißig gewesen. Armin ist sichtlich angetan von Alfreds Geschäftssinn. Die beiden trafen sich erst kürzlich bei einer Abendgesellschaft der Scheels.«

»Tatsächlich?«, murrte Eva leise.

Irene bejahte großspurig. »Er legt einen guten Start hin, ich muss schon sagen.«

Eva senkte betreten den Blick und Helene zog verunsichert die Brauen tief.

»Seine Erfindung ist bereits jetzt in aller Munde laut Herrn Mayer aus dem Vorstand, der ebenfalls Gast der Scheels gewesen war«, fuhr Irene fort. »Der Vorstand hat sofort zugestimmt, sie in den neuen Katalog aufzunehmen. Pfefferminz-Lakritz-Stangen, wenn ich mich recht entsinne?«

Schlagartig wich Helene die Farbe aus dem Gesicht. »Was?«

Irenes Augen blitzten höhnisch, als sie sich ihr zuwandte. »Ich dachte, Sie wüssten es schon. Na ja, bei dem ganzen Hochzeitstrubel kann man es Ihnen nicht verdenken. Eine Braut hat eben anderes im Sinn.« Sie kehrte zur Modistin zurück. Helene legte eine Hand über ihr polterndes Herz.

»Was ist denn, Liebes?« Klara war neben sie gekommen.

Helene war heiß und kalt zugleich. Pfefferminz-Lakritz-Stangen, echote es in ihrem Innern. Das war ihre Idee, ihre Entdeckung. Ihr Rezept! Alfred musste es gestohlen haben. Ihr Herzschlag beschleunigte nochmals, als sie sich daran erinnerte, die Tüte mit den Stangen auf dem Schreibtisch ihres Vaters zurückgelassen zu haben. Achtlos, wie sich nun herausstellte.

»Ich muss weg!«, murmelte Helene, stürmte hinaus und stieg in ein Taxi.

»Deutzer Werk, bitte«, wies sie den Fahrer an. »Und schnell, ich bin in Eile«, fügte sie hinzu. Der Mann trat aufs Gaspedal und Helene plumpste in den Sitz. Am Rande nahm sie Irene und ihre Mutter wahr, die mit irritierten Mienen auf das Pflaster vor der Schneiderei getreten waren. Sie hörte noch, wie Irene ihr ein »Unerhört« hinterherschickte, bevor ihre Stimme im Verkehrslärm unterging.

»Auf ein Wort!«, scheppernd stellte Helene das Tablett mit dem Teegedeck, das sie der Sekretärin entrissen hatte, vor ihrem Bruder auf den Tisch.

»Helene, was zum Teuf…« Alfred unterbrach sich. Sein beschämter Blick glitt zu den beiden Vorstandsmitgliedern, als hätte er kurzzeitig deren Anwesenheit vergessen. Mayer und Bendrick sahen mit steigendem Interesse zwischen den Geschwistern hin und her.

»Liebe Schwester …« Alfred lächelte krampfhaft, bemüht, sich nicht im Ton zu vergreifen. »… wie du siehst, sind wir mitten in einer Besprechung.«

»Oh, es dauert nicht lange.« Sie zwang sich, ruhig zu bleiben.

»Entschuldigen Sie uns kurz, meine Herren.« Lustlos stemmte sich Alfred aus seinem tiefen Sessel und folgte Helene auf den Gang. Sobald er die Tür hinter sich geschlossen hatte, machte sie ihrem Ärger Luft. »Was fällt dir eigentlich ein?«

»Nicht so laut!«, herrschte er sie gedämpft an. »Hast du inzwischen jegliche Contenance verloren?«

»Tja, offenbar haben wir doch etwas gemeinsam.«

Er stützte eine Hand in die Hüfte und schaute sie unschuldig an.

»Tu nicht so scheinheilig«, sagte Helene aufgebracht. »Du weißt genau, warum ich hier bin.«

»Bedauere. Vielleicht klärst du mich auf?«

Sein schuldloses Gehabe machte Helene nur noch wütender. »Du gibst meine Idee als deine aus und sie wird produziert?«

»Ach, das. Leni, es ist nicht so, wie du denkst.« Schnaufend stützte er eine Hand in die Hüfte.

»Wie ist es denn dann?« Ungeduldig wippte sie mit den Fußspitzen auf und ab.

»Der Aufsichtsrat wollte kurzfristig etwas Neues ausprobieren, da haben wir einen Entwurf von dir genommen. Ist es nicht das, was du immer wolltest? Hast du nicht erst kürzlich unseren Vater mit deinen Rezepten behelligt?«

Sie nickte mechanisch.

»Na, also. Tut mir leid, aber in Anbetracht dessen verstehe ich deine Aufregung ganz und gar nicht.«

»Dann wissen sie, dass diese Süßigkeit von mir ist?«, hakte sie nach.

Alfred räusperte sich. »Wir müssen sie langsam an die Veränderung heranführen. Du weißt ja, wie schwierig einige Herren zu überzeugen sind. Mayer hatte seine Zweifel.«

»Mayer hat immer Zweifel«, entgegnete sie. »Er steht seit Jahren dem Fortschritt im Weg. Selbst Vater weiß das.«

»Mag sein. Aber er ist auch einer der ältesten im Vorstand und die anderen schätzen seine Meinung.«

Helene sah ihm in die Augen, um aus ihnen zu lesen, ob er die Wahrheit sagte. Doch ihr Bruder und seine Beweggründe blieben ihr ein Rätsel.

»Und wann sagst du ihnen, dass das Rezept von mir stammt?«, fragte sie.

Er schnitt eine Grimasse und versenkte die Hände in seine Hosentaschen. »Du kennst ihre Ansichten. Ich will nicht gleich mit der Tür ins Haus fallen.«

»Du hast gar nicht vor, es ihnen zu sagen.« Helene spürte, wie ihre Welt aus den Angeln gehoben wurde. Kurz schauten sie einander an. Die Miene ihres Bruders blieb eisern, und plötzlich erkannte sie seine wahren Absichten. Er wollte diesen Erfolg für sich verbuchen, um seine Position in der Firma zu stärken und sich unentbehrlich zu machen.

»Ich werde Vater davon berichten«, drohte sie, weil es alles war, was ihr einfiel. Vielleicht würde er ihre Lage verstehen, einsehen, dass Alfred eine Grenze überschritten hatte und Partei für sie ergreifen – wenigstens dieses eine Mal.

»Mach nur. Was denkst du, wird er tun?«

»Das ist Diebstahl, Alfred! Es ist mein Gedankengut. Du kannst damit nicht einfach tun, was du willst. Nicht ohne meine Zustimmung.«

»Wo hast du das denn nun wieder aufgeschnappt? Du übertreibst mal wieder maßlos, Helene. Was bringt dir dein Gedankengut, wenn niemand es umsetzen will, hm?«

»Aber sie wollen es umsetzen.« Sie deutete zur geschlossenen Tür hin. »Wenn sie glauben, es kommt von dir, ja?«

»Na ja, weißt du …«

Helene schluckte mühsam. Sie hatte das Gefühl, als hätte man ihr den Boden unter den Füßen weggerissen. »Ihr hattet niemals vor, meine Rezepte aufzunehmen. Du und Papa«, stellte sie bestürzt fest. »Was war es dann? Eine Art Beschäftigungstherapie für mich?«

Er hob einen Mundwinkel. »Lenchen, du bist immer so bemüht, da wollten wir, dass du dich nützlich fühlst. Aber die Firma ist nun mal Angelegenheit der Männer, da ist kein Platz für weiblichen Übereifer. Das verstehst du doch?«

Für einen Moment starrte sie ihn mit einer Mischung aus Verdruss und Enttäuschung an, dann nickte sie abschätzig. »Doch«, äffte sie ihn nach. »Ich verstehe nur zu gut.« Sie ließ ihn stehen.

»Jetzt sei nicht kindisch!«, rief er ihr hinterher. »Das, genau das, ist der Grund, weshalb …«

Für Helene war das Gespräch beendet. Sie drehte sich nicht mehr um, rannte über den Flur zurück und die Treppe hinunter.

Sie musste fort. Von ihm und von dem Unternehmen, von dem sie geglaubt hatte, ein wesentlicher Teil zu sein. Alfreds Handeln war nur ein Vorgeschmack dessen, zu was er als Geschäftsführer fähig wäre. Es glich einem Faustschlag ins Gesicht. Sie war getäuscht worden. Die Bitterkeit dieser Tatsache schnürte ihr beinahe die Luft zum Atmen ab. Keuchend stürmte sie aus dem Gebäude, erst vor der Tür, wo sie die Hände auf die Knie stützte, erkannte sie das volle Ausmaß ihrer Situation sowie ihre eigene Dummheit. Eine solche Niedertracht hatte sie nicht kommen sehen.

In der Nacht fand sie keinen Schlaf. Sie stand auf dem Balkon ihres Zimmers und schaute hinaus. Der volle Mond spiegelte sich verzerrt auf der Oberfläche des Rheins. Der Himmel war klar, die Sterne schienen auf sie herab und kündigten einen kühlen Morgen an. Helene hatte die Arme vor der Brust verschränkt, um ihren Morgenrock verschlossen zu halten. Sie dachte an Frieda, an die Zeitungsanzeige, die sie ihr gegeben hatte. Hamburg, diese Stadt drängte sich ihr zunehmend auf. Und sie wünschte sich, sie wäre mutig genug, um die Gelegenheit zu ergreifen. Einfach zu gehen. Doch sie war nie besonders abenteuerlustig gewesen und auch nicht gut darin, sich ihrem Vater zu widersetzen. Obwohl sie wusste, wie wichtig Veränderungen für den Fortschritt waren, fühlte sie sich unfähig, sie selbst herbeizuführen. Womöglich war die fehlende Anerkennung schuld daran. Jedes Mal, wenn Helene etwas gewagt hatte, hatte ihre Familie ihr klargemacht, dass sie zu weit für ihr Geschlecht und die Rolle dachte, die ihr auf den Leib geschneidert worden war. Alles in ihrem Leben war so verworren, dass Helene nicht wusste, woher sie noch den Glauben daran nehmen sollte, dass sich auch nur irgendetwas zu ihren Gunsten entwickeln könnte.

Ein durchdringendes Scheppern holte sie ruckartig aus ihrem düsteren Resümee. Im Untergeschoss bellte Goldie aufgeregt.

»Herrgott nochmal«, brüllte Theodor so laut, dass es durch das ganze Haus schallte und Klaras Jack Russell Terrier verstummte. An seiner Stelle hörte Helene ein leises Wimmern. Schritte verhallten auf dem unteren Flur und die Haustür fiel krachend ins Schloss. Vorsichtig wagte sich Helene hinaus. Sie folgte dem Schluchzen ihrer Mutter, die auf dem Parkettfußboden im Wohnzimmer kauerte und sich von ihrem Hund das Gesicht abschlecken ließ. Daneben glänzten Glasscherben in einer Rotweinlache im Kerzenlicht.

»Mama?« Helene half ihrer Mutter, aufzustehen. Hinter ihr betrat Katharina den Raum, ganz, als hätte sie darauf gewartet, dass Helene zuerst eingriff.

»Ein Missgeschick.« In Klaras Säuseln klang der Wein nach, den sie sich zuvor eingeflößt hatte.

»Nicht so schlimm.« Helene redete beruhigend auf sie ein. »Das kann passieren.« Sie bedachte Katharina mit einem auffordernden Blick. Sogleich machte sich diese still daran, die Scherben aufzufegen. Es war nicht das erste Mal, dass Katharina die Spuren der Streitigkeiten zwischen den von Ratscheks beseitigte. Diesmal wirkte sie jedoch verängstigter als sonst.

»Was war denn los?«, fragte Helene fürsorglich, während sie ihre Mutter ins Schlafzimmer geleitete.

»Nichts, gar nichts«, lallte diese. »Es war meine Schuld.«

Helene zog ihr die Pantoffeln aus, half ihr ins Bett und deckte sie zu. Katharina stellte ein Glas Wasser mit einer Aspirintablette auf den Nachttisch.

»Danke«, sagte Helene. Das Stubenmädchen nickte und ließ Mutter und Tochter allein.

»Du zitterst ja.« Helene strich ihrer Mutter eine verklebte Haarsträhne aus dem Gesicht. »Bist du krank? Brauchst du etwas? Soll ich dir irgendetwas bringen?«

»Es geht mir gut, Lenchen. Wirklich.« Klara lächelte mit geschlossen Augen. Helene seufzte, denn sie wusste, dass ihre Mutter fabelhaft darin war, sich selbst etwas vorzumachen.

»Schade um die Karaffe. Die mochte ich«, brummelte Klara und drehte sich auf die Seite.

Regelmäßig ging etwas zu Bruch, wenn ihre Eltern allein miteinander waren. Manchmal fragte Helene sich, ob ihre Ehe jemals glücklich gewesen war. Unter der sorglosen Fassade herrschte eisige Stille. Es schien, als hätten sie sich nichts mehr zu sagen. Eine Leere, die ihre Mutter immer öfter mit Alkohol füllte, und die darauffolgenden verzweifelten Annäherungsversuche ließen ihren Vater cholerisch reagieren. Es war immer dasselbe.

»Mach das Licht aus, Leni, ja?«, nuschelte Klara in ihr Kissen.

»Mach ich.« Helene betrachtete ihre Mutter mitleidig. Bis vor Kurzem war ihr nicht klar gewesen, wie einsam diese in Wahrheit war. Sie ergab sich ihren Pflichten, führte sie sorgsam aus, ohne je etwas dafür zu verlangen. Ihre Mutter erhielt weder Zuspruch für ihre Vorzeigbarkeit noch hatte sie jemanden, bei dem sie sich fallen lassen konnte. War das der Preis, den man für finanzielle Freiheit zahlte? Friedas Worte über den Käfig, von dem auch sie bald umgeben sein würde, hallten unaufhörlich in ihr nach.

»Gute Nacht, Mama.« Leise ging sie aus der Tür und war überrascht, Katharina auf dem Flur zu treffen. Noch immer wirkte diese verschreckt.

»Ist bei dir alles in Ordnung?«, fragte Helene.

»Sicher«, antwortete Katharina trocken, dabei wanderte ihr Blick fahrig umher.

»Sie streiten sich. Das tun sie immer. Auch mir macht das manchmal Angst. Aber du wirst sehen, morgen ist es, als wäre nichts passiert.«

Das Mädchen nickte unmerklich.

»Leg dich schlafen«, sagte Helene.

Wieder nickte Katharina und tippelte über den Flur in ihre Kammer.

Helene hingegen ging in die Küche und trank ein Glas Milch. Es war nach Mitternacht und das Haus erdrückend still. Ohne Henri, der nach einer Auseinandersetzung mit seinen Eltern am Vortag eine mehrtägige Vernissage in Brüssel besuchte. Er hatte auf Helenes Entscheidungsfreiheit bei der Heirat gepocht und war von seinem Vater aufgrund seines Junggesellendaseins rüde abgemahnt worden. Helene hatte die hitzige Konversation belauscht und die überstürzte Abreise ihres Bruders beobachtet. Beides setzte dem Familienfrieden zu. Womöglich war ihr Vater auch deshalb in sein Stammetablissement in die Innenstadt geflohen, aus dem er nicht vor morgen Mittag zurückkehren würde.

Helene trank ihr Glas aus, spülte es unter fließendem Wasser ab und stellte es neben die Spüle. Warum fühlte sie sich dermaßen für ihre Mutter verantwortlich? Immerhin hatte Klara sie, wie der Rest ihrer Familie, diesem Langen zum Fraß vorgeworfen. Doch dann erkannte Helene den Grund: Irgendwann, so befürchtete sie, würde es nicht bei zerbrochenem Glas bleiben. Sie erschauderte bei dem Gedanken.

Eine halbe Stunde später kehrte Helene in ihr Zimmer zurück. Mittlerweile war es stockfinstere Nacht, aber sie spürte keine Müdigkeit, nur Unruhe. Ihre Gedanken führten sie immer wieder im

Kreis: Ausgehend von dem Entschluss ihres Vaters, ihre Brüder im Betrieb zu bevorzugen und sie zu übergehen, bis dahin, sie mundtot zu machen, indem er sie an seinen Geschäftspartner verkaufte. Allmählich fügte sich alles wie ein Puzzle zusammen, welches das Abbild eines sich wiederholenden Schreckensszenarios zeigte. Helene hatte ihre Mutter nicht zum ersten Mal so zerstört gesehen wie heute. Und immer gab Klara sich selbst die Schuld am Streit mit ihrem Ehemann, für den sie zu funktionieren hatte. Die Jahre, in denen sie sich für ihn geformt und letztlich aufgegeben hatte, hatten sie ausgelaugt. Helene hatte das längst erkannt. Die Folgen eines solchen Lebens wurden ihr aber erst jetzt klar, da sie im Begriff war, ihren Fehler nachzuahmen. Auch die Ehe ihrer Eltern war von deren Familien arrangiert worden. War sie bereit, das Schicksal ihrer Mutter zu teilen? Unsichtbar und ungeliebt von dem Mann, an den sie gekettet war?

Nein! Helenes Verstand war mit ihrem Herzen im Einklang. Und plötzlich hatte sie Gewissheit. Sie wusste, was zu tun war. Es gab nur einen Weg.

Entschlossen kramte sie ihren Koffer unter dem Bett hervor, klappte die Schranktüren auf und packte. Eilig verstaute sie ihren Pass und kippte den Inhalt ihrer Schmuckschatulle in ihre Tasche und die in Gold gebundene Ausgabe von *Alice im Wunderland*, die sie von ihrer Tante zum zehnten Geburtstag bekommen hatte. Helene würde alles, was von Wert war, verkaufen, damit es für eine Zugfahrkarte und ein Pensionszimmer in Hamburg reichte. Fürs Erste würde sie versorgt sein. Je eher sie weg war, desto besser.

⋙ Kapitel 5 ⋘

Nebel verhüllte die Straße am Rhein. Erste Vögel stimmten ihr Lied an und begrüßten einen neuen Tag. Helene schlang ihren roten Schal enger um ihren Hals, während sie einen letzten Blick auf das Haus warf, in dem sie aufgewachsen war. Sie spürte Wehmut aufkommen, aber es gab keine andere Möglichkeit. Sie musste diesem goldenen Käfig entkommen, der bereits für sie verschweißt worden war.

Bevor sie zum Bahnhof ging, machte sie bei Frieda halt, die in der Trankgasse, in der Nähe des Doms, wohnte. Helene hatte sie erst einmal besucht, erinnerte sich aber genau an das kleine Reihenhaus mit der grünen Tür neben tristem Grau. Sie klopfte an. Es dauerte eine Weile, bis ihr geöffnet wurde. Friedas Ehemann blinzelte ihr schlaftrunken entgegen. »Ja?«

»Verzeihung, dass ich so früh störe, aber ich muss mit Frieda sprechen.«

Er nickte knapp und bat sie herein. Leise schloss er die Tür hinter ihr und schlurfte über einen engen Flur in die Küche. Helene kam nicht umhin, sich umzuschauen. Der Raum war spärlich eingerichtet: ein kleiner Tisch mit drei Stühlen, ein Ofen und ein Regal mit überschaubaren Lebensmittelvorräten.

»Leni?« Frieda kam in einem langen Nachthemd auf sie zu, das weiße Haar hatte sie zu einem seitlichen Zopf geflochten.

Helene fiel ihr in die Arme. »Ich habe es einfach nicht mehr ausgehalten.«

Frieda drückte sie an sich und Helene bettete das Gesicht an die Schulter ihrer Freundin. Unverhofft kam sie in deren tröstlicher Umarmung zur Ruhe.

»Schon gut.« Frieda strich ihr über die vor Aufregung gerötete Wange. »Erzähl! Was ist geschehen?«

»Sie sind zu weit gegangen. Ich habe mich entschieden«, erklärte Helene. »Ich fahre nach Hamburg, noch heute. Aber ich wollte nicht gehen, ohne mich vorher von dir zu verabschieden und dir zu danken, für das Wachrütteln.«

Frieda lächelte leicht. »Du tust das Richtige. Daran glaube ich fest.«

Helene stimmte ihr lächelnd zu.

»Peter wird dich zum Bahnhof bringen. Um diese Zeit ist es für eine junge Frau nicht ungefährlich da draußen.«

Ihr Mann nickte zustimmend, kehrte auf den Flur zurück, wo er sich Mantel und Stiefel anzog, als es plötzlich an der Tür klopfte.

»Wer kann das sein?«, fragte Frieda.

»Weiß jemand, dass du hier bist?«, wollte Peter wissen.

Helene überlegte. »Nein. Ich denke nicht.«

Zögerlich öffnete Peter die Haustür. Helene, die hinter ihn getreten war, vergaß zu atmen.

»Mama?« Es war, als stünde ein Gespenst vor ihr. Gehüllt in einen weißen Pelzmantel und den dazu passenden Hut, betrat ihre Mutter den Flur. Verstört ließ sie ihren Blick über die Wände des ärmlichen Hauses schweifen. Es war ihr anzusehen, dass sie sich unbehaglich fühlte.

»Guten Morgen, Frau Kramer«, begrüßte sie Frieda dennoch förmlich, bevor sie sich ihrer Tochter zuwandte.

»Guten Morgen«, antwortete Frieda gleichermaßen unterwürfig wie verblüfft über den Besuch. »Ich lasse euch allein.« Sie und ihr Mann verschwanden in der Stube nebenan.

»Was machst du hier?«, wollte Helene wissen.

Klara ging einige Schritte umher, nahm eine Hand aus ihrem Beutelmuff und begutachtete einen blauen Porzellanvogel, der auf einer Anrichte stand.

»Ich hatte nicht damit gerechnet, dass du schon wach bist.« Helene konnte ihren Zynismus nicht zurückhalten.

»War ich auch nicht«, entgegnete ihre Mutter kühl. »Katharina hat mich geweckt. Sie hat sich wohl Sorgen um dich gemacht.«

»Schwer zu glauben. Du spionierst mir doch nicht etwa nach?«

»Habe ich denn einen Grund dazu?«

Kurz herrschte Stille. Klara massierte mit zwei Fingern ihre Stirn. »Es ist ja nicht so, als würde alles in unserer Familie nach Plan verlaufen. Bedauerlicherweise gibt es immer wieder Hürden, die es zu überwinden gilt.«

»Und ich bin eine dieser Hürden?« Helene war nicht sicher, worauf sie hinauswollte.

Ihre Mutter lächelte kopfschüttelnd. »Nun, das waren deine Worte. Aber ich dachte mir, dass du eine Flucht von zu Hause in Erwägung ziehst.«

Helene schwieg betreten.

Klara ließ von dem Vogel ab und schaute ihrer Tochter ins Gesicht. »Es mag dich schockieren, Leni, aber ich kenne dich besser, als du glaubst.«

»Das bezweifle ich.« Helene verschränkte die Arme vor der Brust und vermied es, ihrer Mutter in die Augen zu sehen.

»Du denkst, ich würde deinen Schmerz nicht kennen? Wegen Vaters Entscheidung, dich aus dem Unternehmen auszuschließen und deiner Verlobung mit diesem … diesem Langen.« Der ablehnende Unterton in ihrer Stimme ließ Helene aufhorchen.

»Ich dachte, du würdest ihn schätzen?«

Klara lachte kurz verächtlich auf. »Es ist schwerlich, sich vorzustellen, dass das irgendjemand tut. Er ist ein Trottel, der unter der Fuchtel seiner Schwester steht. Pah, es tat gut, das laut auszusprechen.«

Helenes Augen weiteten sich. So geradeheraus hatte sie ihre Mutter noch nie erlebt.

»Ich bin längst nicht mit allem einverstanden, was dein Vater tut oder vorhat«, machte Klara deutlich. »Aber er ist eben ein überaus stolzer Mann.«

Helene musste erst mal schlucken. Ein wenig irritierte sie diese Version ihrer Mutter. »Warum bist du hier, Mama? Um mir zu sagen, dass ich wieder nach Hause kommen soll? Das werde ich nicht. Nicht, solange ich von allen entmündigt werde. Ich bin nicht wie du, und ich will auch nicht so sein. Weder jetzt noch in Zukunft.«

Klara schlug die Augen nieder. »Ich weiß.« Seufzend griff sie in ihre Tasche und holte ein Bündel hervor. Im blassen Licht der Petroleumlampe erkannte Helene zuerst nicht, was sie ihr reichte. Erst in ihrer Hand entfalteten sich die Reichsmark-Scheine.

»Dann mach auch nicht dieselben Fehler wie ich«, sagte Klara.

Überrascht starrte Helene auf das Geld.

»Das da wird es dir erleichtern. Geh und lebe dich aus. Tu, was deine Brüder längst taten.« Mit einem Taschentuch tupfte sie sich die Augenwinkel trocken. Helene begriff, dass es ihr Ernst war. Nie hätte sie damit gerechnet, dass ihre Mutter ihr Fortgehen gutheißen, sie sogar dabei unterstützen würde. Sie schloss sie in ihre Arme und hielt sie ganz fest. »Danke, Mama.«

»Nun ...« Klaras Körper blieb steif. »Vielleicht meldest du dich ab und zu, damit ich weiß, dass es dir gut geht.«

»Das werde ich, versprochen«, versicherte Helene ihr und schob eine Frage nach: »Was wirst du Vater erzählen?«

Klara benetzte die Lippen mit ihrer Zunge, bevor sie antwortete. »Ich sage ihm, du brauchst Zeit für dich. Er wird es verstehen. Das hoffe ich jedenfalls.«

Helene sah ihre Mutter an. Plötzlich hatte sie das Gefühl, sie nie wirklich gekannt zu haben.

»Verzeihung, aber ...« Frieda kehrte auf den Flur zurück. »Der Zug.«

Helene nickte ihr zu. Peter stellte den Kragen seiner Jacke auf und setzte sich seine Mütze auf den Kopf.

»Achte gut auf dich, Lenchen.« Klara strich ihrer Tochter das Haar hinters Ohr.

»Und du bitte auf dich.« Das zu sagen, fiel Helene nicht leicht. Gerade erst hatte sie erfahren, wer ihre Mutter wirklich war – eine Verbündete, mit deren Hilfe sie eines Tages wieder nach Hause zurückkehren könnte. Noch einmal drückte Helene sie fest an sich, bevor sie mit Peter in den anbrechenden Tag verschwand.

Am Bahnhof stieß die Dampflok zischend eine dunkle Rauchschwade in die Luft. Der Wind verwehte sie vor dem Fenster des Abteils, in dem Helene saß. Ratternd setzte sich der Zug in Bewegung. Helenes Herz schlug schneller, im Rhythmus der sich drehenden Kuppelstangen, die die Lok antrieben. Mit jedem Kilometer, den sie sich von Köln entfernte, wuchs in ihr die Vorfreude auf das Unbekannte. Gebäude zogen in einem raschen Tempo an ihr vorbei, wurden zu Feldern, Dörfern und Städten. Helene war nie zuvor allein gereist, doch jetzt spürte sie eine ungeahnte Freiheit in sich.

Sie lehnte sich entspannt zurück und nahm die Zeitungsannonce aus der Tasche. Sie betrachtete sie, als wäre es ihr Fahrschein in dieses neue selbstbestimmte Leben. Mit jeder Faser ihres Körpers spürte sie, dass sie auf dem richtigen Weg war. Diese Zeitungsanzeige war für sie bestimmt gewesen. Dessen war sie sich sicher.

Es war früher Abend, als der Zug die Hafenstadt erreichte. Trotz der langen Fahrt, während der sie nicht viel geschlafen hatte, war Helene regelrecht aufgedreht. Sie spürte eine unbändige Tatkraft in sich, sobald sie einen Fuß auf Hamburger Boden gesetzt hatte. Mit funkelnden Augen sah sie sich auf dem Hauptbahnhof um. Mit seinen Türmen und weiten Hallen erinnerte er sie an einen Palast, in dem reger Betrieb herrschte, erfüllt von buntem Stimmenwirrwarr und dem Getrampel eiliger Füße. Menschen strömten in alle Richtungen und Helene stand mittendrin, hielt ihren Koffer in der einen und das Inserat in der anderen Hand – wie einen Stadtplan mit klar definiertem Ziel.

Sobald sie auf den Bahnhofsvorplatz getreten war, nahm sie die Luftveränderung wahr. Eine frische Brise trieb ihr den Duft von Salz in die Nase und sie nahm einen tiefen Atemzug. Sie bildete sich ein, den Hafen zu riechen, über den sie gelesen hatte. Mit seinem Fischmarkt und den vielen Schiffen, die dort an- und ablegten, war er sicher einer von Hamburgs außergewöhnlichsten Plätzen. An der Straße standen zahlreiche Autodroschken geparkt. Dahinter floss ein lebendiger Verkehr, der dem glich, den sie aus Köln gewohnt war. Doch die Leute, die sie sah, wirkten weit weniger gehetzt auf sie. Ein Mann, der an ihr vorbeikam, fasste sich an seinen Hut und schenkte ihr Lächeln. Freundlich erwiderte sie den Gruß des Fremden. Bemerkenswert, dachte sie, während sie die Menschen beobachtete. Sie flanierten regelrecht, mit entspannten Mienen, als hätten sie alle Zeit der Welt.

»Ahoi, dat Fräulein. Wo darf et hingehen?« Die Stimme eines Taxifahrers half ihr, sich von der unbeschwerten Regsamkeit loszureißen.

»Zur Bonbonfabrik Spiegel«, antwortete sie. Der Mann nickte und verstaute ihren Koffer im Wagen. Zögerlich stieg Helene ein. »Sie wissen, wo das ist?«, erkundigte sie sich.

Der Fahrer drehte sich ihr lachend zu. »Na sicher.« Er fuhr so ruckhaft an, dass Helene in den Sitz gepresst wurde.

Auf der Fahrt staunte sie über den dezenten Luxus, der sich zwischen grauen Wohnvierteln, beschaulichen Parkanlagen und Wassergräben fand. Sie war noch nicht richtig angekommen, da zeigte sich ihr bereits die Vielschichtigkeit der Hansestadt.

Die Adresse auf der Annonce lag in Altona-Ottensen, ein Arbeiterstadtteil mit Gewerbe und Fabriken. Mit etwas mehr Feingefühl stoppte der Fahrer den Wagen. »Da wären wir.«

Helene drückte ihm sein Geld in die Hand, konnte ihren Blick aber nicht von dem großen Gebäude nehmen, vor dem sie standen. Eine helle Fassade und hohe Fenster ließen das Haupthaus der Bonbonfabrik Spiegel ebenso einladend wirken wie der zweiflügelige Eingang, der einen verschnörkelten Rahmen mit maritimen Mustern besaß. Darüber war das raffinierte Firmenzeichen des Süßwarenproduzenten in Stein gemeißelt: ein goldener Spiegel mit einem geschwungen *S* im Zentrum.

Hinter Helene rauschte der Wagen davon und sie näherte sich dem Haupteingang. Ehrfürchtig betrat sie den weitläufigen Vorraum, der mit rotem Teppich ausgelegt und von zwei Kronleuchtern mit buntem Kristallglas erhellt war.

»Hallo.« Eine blond gelockte Frau kam hinter einem erhöht gelegenen Tresen hervor. »Wie kann ich ihnen helfen?«, fragte sie mit einem überfreundlichen Strahlen im Gesicht.

Helene riss sich von der extraordinären Einrichtung los und stellte ihren Koffer vor dem Tresen ab. »Hallo. Ich bin hier wegen einer Arbeitsstelle. Am liebsten wäre mir die Lehre. Aber ich könnte mir auch vorstellen, am Band zu stehen, jedenfalls vorerst.«

Die Frau klimperte aufmerksam mit ihren langen Wimpern. »Wie lautet denn Ihr Name?« Sie begann eifrig in ihrem Terminkalender nachzuschlagen.

»Helene …« Sie stockte und befand dann, dass es sicherer war, einen falschen Nachnamen anzugeben. »Helene Kramer.«

»Hm. Ich kann Sie hier nicht finden. Mit wem haben Sie denn Ihren Termin?«

»Termin?« Helene keuchte nervös.

»Sie haben doch einen, oder?«

»Um ehrlich zu sein … nein.« Helene war nicht einmal klar gewesen, dass einer erforderlich war. In Köln stellten sich ständig neue Leute ohne Voranmeldung vor und in den meisten Fällen fand sich auch eine Arbeit.

»Ich habe Ihre Anzeige in der Zeitung gefunden und bin daraufhin hergekommen.« Helene holte das Papier aus ihrer Tasche und hielt es ihr vor die Nase. Die Dame betrachtete sie müde.

»Wissen Sie, ich entwerfe schon seit Jahren meine eigenen Süßigkeiten«, erzählte Helene. »Meine Rezepte habe ich Ihnen mitgebracht.« Sie kramte ihren Ordner hervor.

»Oh, das tut mir jetzt leid, Frau …«

»Kramer.«

Mit einem stumpfen Lächeln entgegnete die Empfangsdame: »Bedauerlicherweise sind alle Stellen besetzt. Und die Ausbildung war sowieso nur männlichen Bewerbern vorbehalten. Wenn Sie genau lesen, erkennen Sie den Hinweis hinter der Ausschreibung.« Sie wies auf die Annonce in Helenes Hand. Jetzt erst registrierte diese die eindeutige Formulierung.

»Wir haben schon im Januar in der Zeitung inseriert«, erklärte die Dame weiter. »Sie sehen also, Sie kommen viel zu spät.«

»Ich verstehe«, raunte Helene und stand für einen Moment einfach nur da, sammelte sich neu. Sie wollte noch nicht aufgeben. Immerhin hatte sie es bis nach Hamburg geschafft.

Vorsichtig lehnte sie sich vor und las das Namensschild, das unterhalb des Kragens der Dame befestigt war. »Annette. Ich habe eine weite Reise auf mich genommen und alles hinter mir gelassen, damit ich hier neu anfangen kann – in dieser Firma. Es gibt doch sicher eine andere Stelle? Ein Unternehmen wie dieses braucht bestimmt immer jemanden, der gut anpacken kann, zuverlässig und fleißig ist. Etwas im Reinigungsbereich möglicherweise? Ich bin nicht wählerisch.« Helene war zu allem bereit, um nicht wieder nach Hause fahren zu müssen. Hauptsache bei Spiegel, hocharbeiten konnte man sich immer.

Angeführt von einem Stöhnen wühlte sich Annette durch Unterlagen, die neben ihrer Schreibmaschine aufgetürmt waren. Nur wenig später hielt sie schnaufend inne. »Ich fürchte nicht. Schade! Versuchen Sie es doch in ein paar Monaten noch mal. Im Winter stellen wir für die Weihnachtsmärkte zusätzliche Kräfte ein. Sie wissen schon, Manon, Glühweinbonbons und so was. Das muss alles in diese niedlichen kleinen Tütchen verpackt werden.« Sie lächelte breit.

»Wir haben Frühling«, murmelte Helene.

»Ich weiß. Wunderbar, nicht?«

»Ich bin extra aus Köln hergekommen«, machte Helene nochmals deutlich, doch Annette schien das nicht zu beeindrucken.

»Tut mir leid. Wiedersehen«, sagte sie und wandte sich wieder ihrem Kalender zu.

»Auf Wiedersehen.« Helenes Stimme war nur ein Flüstern, als sie ihren Koffer packte und rückwärts Richtung Tür ging. Mit einem Mal wurde ihr bewusst, wie naiv sie gewesen war. Sie hatte fest damit gerechnet, dass die Firma Spiegel sie nehmen würde, sobald sie angereist war. Wie dumm!, schalt sie sich gedanklich. Nun habe ich gar nichts. Nicht einmal ein Dach über dem Kopf.

In Hamburg kannte sie sich nicht aus. Sie stand mit leeren Händen da.

»Der Fischmarkt«, fiel Annette jetzt noch ein. »Vielleicht versuchen Sie es dort. Da kann man Sie bestimmt brauchen.«

Helene drehte sich mit dem Koffer in der Hand zu ihr um und verzog unmerklich das Gesicht. Sie war nicht nach Hamburg gekommen, um Fische auszunehmen. Sie wollte ihr Handwerk ausüben.

»Danke«, hauchte sie dennoch und ging niedergeschlagen aus der Tür, ihren Ordner wie einen Schild vor sich haltend. Bisher hatte er ihr kein Glück gebracht und sie spielte mit dem Gedanken, ihn bei der ersten sich bietenden Gelegenheit in die Alster zu werfen.

Draußen peitschte ihr kalter Wind entgegen. Mittlerweile war es dämmrig geworden. Die Straßenlaternen schalteten sich ein und erste Motten machten sich über die Lichtausbeute her. Suchend nach Orientierung schickte Helene ihren Blick zu allen Seiten. Die Nebenstraße, in der sich der Spiegel-Betrieb befand, war kaum befahren. Es gab keine Taxis, in denen sie vor der nahenden Dunkelheit Schutz suchen konnte.

»Wunderbar«, grollte sie leise und festigte den Griff um ihren Koffer, der ihr mit einem Mal unglaublich schwer vorkam.

Womöglich hat Alfred recht. Ich bin kindisch, dachte sie, während sich ihre Füße wie von selbst über das Pflaster bewegten. Hinter ihr hörte sie, wie die zweiflügelige Tür verriegelt wurde und Annettes Absätze im Inneren der Fabrik verhallten. Eine heftige Böe erwischte Helene, fast hätte der Wind ihr den Hut vom Kopf und den Ordner aus der Hand gerissen. Er pfiff durch die Äste der hohen Kastanie, die auf einer Verkehrsinsel gegenüber des Spiegelgebäudes stand, und brachte deren Blätter zum Rascheln. Helene fasste den Entschluss, der Straße zu folgen, über die sie gekommen war. Sie wollte gerade die Fahrbahn überqueren, als ein Auto heranschnellte. Allzu langsam nahm sie die grellen Scheinwerfer wahr, in dessen Strahl sie gerückt war. Der Fahrer legte eine Vollbremsung hin. Trotz ihres in letzter Sekunde getätigten Sprungs zum Straßenrand streifte Helene die Motorhaube der weißen Limousine und landete im schmalen Graben zwischen Fahrbahn und Verkehrsinsel. Die Wucht ihres plötzlichen Sturzes entriss ihr Hut und Ordner. Auf dem Rücken liegend, verschwamm das Bild der dämmrigen Straße vor ihren Augen. Über ihr schaukelten die Äste der Kastanie im Abendwind, der von einer aufgebrachten, männlichen Stimme durchschnitten wurde.

»Großer Gott! Sind Sie verletzt?«

Der Mann beugte sich über sie, seine hellen Haare flatterten im Wind.

»Ich glaube nicht. Nein.« Benommen stemmte sich Helene hoch, fasste sich an den Hinterkopf, richtete ihr Haar, das zu allen Seiten abstand, und klopfte ihr Kleid ab.

»Geht es Ihnen gut?«, hakte der Mann nach. Entsetzt sah Helene das viele Papier auf dem Boden.

»O nein«, jammerte sie, ging in die Hocke und sammelte ihre Rezepte auf, die überall verstreut lagen.

Der Mann half ihr. »Wir haben Sie nicht gesehen«, beteuerte er. »Oder … besser gesagt … zu spät.«

»Es war mein Fehler. Ich hätte nicht einfach so über die Straße gehen sollen. Ich war in Gedanken.« Sie wischte mit einem Zipfel ihres Schals Schmutz von einem ihrer Rezepte. Der Mann kam neben sie.

»Sie sind Bonbonmacherin?« Er reichte ihr die Seiten, die er aufgehoben hatte.

»Ich wollte es werden«, gab sie traurig zu. »Doch das war wohl nur ein dummer Traum.« Helene stopfte das Papier unsanft zwischen die Seiten ihres Ordners.

»Haben sie sich bei Spiegel beworben?« Er zeigte auf das Firmengebäude hinter sich.

»Ja.« Sie seufzte niedergeschlagen. »Aber auch das war dumm.« Sie raffte sich auf und klappte die Mappe zu. »Ich werde dann jetzt gehen. Danke fürs Einsammeln.« Sie klaubte ihren Koffer vom Boden und machte sich auf den Weg.

»Warten Sie. Bitte!« Der Mann schloss zu ihr auf. »Darf ich Sie auf etwas zu trinken einladen?«

Zaghaft drehte sich Helene zu ihm um. »Lieber nicht. Nein.« Sie schaute kurz zu seinem Fahrer auf, der neben den Wagen getreten war, und setzte sich wieder in Bewegung.

»Ihre Ideen … die sind gut.« Der Mann ließ nicht locker.

»Nett von Ihnen, aber das sehen andere nicht so.« Helene schenkte ihm ein knappes Lächeln. »Und jetzt entschuldigen Sie mich. Ich muss wirklich weiter.«

»Ich habe mich noch gar nicht vorgestellt«, sagte er rasch. »Mein Name ist Frederik. Frederik Spiegel.«

Helene drehte sich im Stand um.

»Spiegel?«, fragte sie, weil sie nicht sicher war, ob sie sich nicht verhört hatte.

Er nickte schulterzuckend, dabei lächelte er verhalten. »Die Firma gehört meinem Vater.«

Sie hob überrascht die Brauen. »Nun, es ist mir eine Freude, Sie kennenzulernen«, sagte sie gelöst, aber immer noch entschlossen zu gehen.

»Mir auch«, entgegnete er hastig. »Obwohl ich mir gewünscht hätte, wir wären unter anderen Umständen aufeinander getroffen.«

Helene legte den Kopf schief. Dem hatte sie nichts hinzuzufügen.

»Also, ich wollte gerade noch mal ins Büro«, sagte er und machte einen Schritt auf sie zu. »Würden Sie mir die Freude erweisen und mir Ihre Rezepte bei einer Tasse Tee zeigen? Das, was ich bisher sehen konnte, hat mich neugierig gemacht.«

Helene betrachtete ihn skeptisch. Er war nicht viel größer als sie, blondes Haar, dunkle Augen. In dem Zweireiher, den er trug, war er fast unverschämt attraktiv. War sein Interesse nur vorgeheuchelt, um einer Anzeige wegen Fahrlässigkeit im Straßenverkehr zu entgehen? Ihr war mulmig zumute. Hatte Frieda sie nicht vor Fremden bei Dunkelheit gewarnt?

»Kommen Sie schon. Ich verspreche, ich bin völlig harmlos«, lockte er sie charmant lächelnd, als spüre er ihre Bedenken.

Helene rang mit sich, nickte aber. »In Ordnung.«

Er wollte ihr den Koffer abnehmen, doch sie winkte ab. In dem Moment, in dem er seinen Schlüsselbund vor der Tür zückte, fragte sich Helene, ob sie im Begriff war, eine weitere Dummheit zu begehen. Ihr banger Blick glitt zu dem Fahrer, der, nachdem er die Motorhaube nach Dellen abgetastet hatte, ans Lenkrad zurückgekehrt war.

»Ich brauche nicht lange, Piet«, rief Frederik Spiegel dem Fahrer zu und hielt Helene die Tür auf, so dass sie vor ihm eintreten konnte. Er schaltete das Licht ein und die bunten Kristallleuchter hatten erneut Helenes Aufmerksamkeit.

»Venezianisches Glas«, erklärte er beiläufig, als sie an Annettes verwaistem Tresen vorbei zum Fahrstuhl gingen.

»Wie exquisit.« Eine bessere Antwort war Helene nicht eingefallen.

»Wie soll ich Sie nennen?«, fragte er, als sie den Aufzug betraten. »Sie haben doch sicher einen Namen?«

»Oh, ja. Natürlich. Helene Kramer«, antwortete sie und war selbst überrascht, wie schnell sie sich das von Ratschek abgewöhnt hatte.

»Helene. Ein schöner Name!« Helene spürte, wie er sie von der Seite betrachtete, was ihr die Hitze ins Gesicht trieb. Scheu erwiderte sie seinen Blick und ihr fiel auf, dass sein Haar nicht einfach blond, sondern weißblond war – in Verbindung mit seinen braunen Augen eine seltene Mischung.

Blinzelnd senkte sie den Kopf und fasste sich an die Stirn. »Haben Sie sich auch wirklich nicht verletzt?«, erkundigte er sich umsichtig.

»Nein. Mir geht es gut.« Ihr Unwohlsein war der Aufregung geschuldet, die ihr Herz wild klopfen ließ. Ihr war klar, dass es nun auf ein selbstsicheres Auftreten ankam, wenn sie beim Sohn des Firmenchefs Eindruck machen wollte. Der Aufzug ruckelte in den dritten Stock und Helene krallte sich an ihrem Koffer fest.

Ihr Schweigen schien Frederik Spiegel zu irritieren, der sie immer noch unschlüssig ansah. »Ich kann nach einem Arzt schicken. Nur zur Sicherheit.«

Helene zwang sich, zu lächeln. »Das ist nicht nötig.«

»In Ordnung.« Er nickte erleichtert. Ruckartig stoppte der Fahrstuhl.

»Nach rechts, den Flur herunter.« Frederik Spiegel gab ihr erneut den Vortritt. Helenes Lippen schlossen sich nervös um die Haarsträhne, die sich immer wieder vor ihren Mund schob.

»Bitte nehmen Sie doch Platz«, sagte er, sobald sie in seinem Büro angelangt waren. Er schob ihr einen Ledersessel zurecht. Helene nickte dankbar, kam aber nicht umhin die Ausstattung zu begutachten. Das Mobiliar war zweckdienlich, weit weniger nobel, als sie es von zu Hause gewohnt war. Sie blies die Strähne aus ihrem Gesicht und setzte sich. Frederik Spiegel nahm den Hörer seines Telefons ab, wählte und horchte abwartend. »Ich fürchte, unsere Sekretärinnen haben alle schon Feierabend.« Er legte auf. »Darf ich Ihnen anstatt Tee etwas anderes anbieten?«

»Wasser, bitte.«

Er nickte und schenkte zwei Gläser ein, die zusammen mit einer Karaffe auf einem Servierwagen standen.

»Also«, begann er und zog sich einen Stuhl zu ihr heran. »Was für Süßigkeiten entwerfen Sie?« Interessiert schaute er auf ihren Ordner, aus dem Papierecken ragten.

»Eigentlich alles Mögliche. Aber häufig verwende ich Lakritz.«

Er hob verwundert die Brauen. »Hat das einen bestimmten Grund?«

»Nein«, log sie und schlug die Mappe auf, in dem ein beträchtliches Chaos herrschte. Sie versuchte, die Rezepte zu ordnen, machte es damit aber nur schlimmer. Galant sah Frederik Spiegel über ihre Fahrigkeit hinweg und zog ein Rezept nach dem anderen aus der unsortierten Sammlung. Angeregt besah er sich ihr Lakritz-Karamell-Konfekt. »Spannend!«

»Das sind nur ein paar meiner Ideen, die ich aufgeschrieben habe. Hier drin sind noch viele mehr.« Sie klopfte sich mit dem Zeigefinger an die Schläfe.

»Darf ich?«, fragte er.

Sie nickte und er nahm sich auch die anderen Rezepte vor. Während er sie prüfte und wie selbstverständlich ordnete, ging er einige Schritte durch den Raum.

»Das sieht alles sehr professionell aus. Sie haben die ganz allein entworfen?«

»Ja.«

»Erdbeer-Sahne-Weingummi. Bemerkenswert. Wie sind Sie darauf gekommen, eigene Süßigkeiten zu machen?«

»Es ist ein … Zeitvertreib.« Helene knetete ihre Hände in ihrem Schoß.

»Ein Hobby?« Er hob rätselnd die Brauen.

»So ist es.«

»Und nun haben Sie beschlossen, daraus eine Berufung zu machen?«

»Richtig. Ich denke, ich kann etwas bewirken in der Süßigkeiten-Branche. Ich kann mir nicht vorstellen, etwas anderes zu machen.«

»Was sagen Ihre Eltern dazu?« Er lehnte sich gegen den Schreibtisch und blätterte sich weiter durch ihre Rezepte.

Helene zuckte die Schultern. »Na ja, Sie haben mich hergeschickt.« In der Sekunde, in der sie die Wahrheit verzerrte, wünschte sie sich, es wäre tatsächlich so gewesen. »Ich glaube, dass jeder Mensch eine Bestimmung hat«, fügte sie hinzu und zeigte auf ihr Werk in seinen Händen. »Das da ist meine.«

»Ein hübscher Gedanke.« Er gab ihr die Seiten zurück. »Es sind wirklich viele Lakritzrezepte.«

»Stimmt.«

»Unglücklicherweise stellen wir keine Lakritze her. Der Mythos hält sich hier hartnäckig, da wäre …«

»Ochsen- oder Pferdeblut drin.«

Er nickte verhalten. »Nun ja. Es ist natürlich eine lächerliche Annahme.«

»Nichts scheint das Land so sehr zu spalten wie die Vorliebe und Abneigung gegenüber dem schwarzen Gold.« Helene gab wieder, was ihr Vater stets zu sagen pflegte, und geriet darüber ins Schmunzeln. »Wussten Sie, dass es in Bayern gänzlich verpönt ist? Dort nennen sie es Bärendreck.«

»Davon hörte ich. Und ich fürchte mein Vater auch.«

»Oh, bitte denken Sie nichts Falsches. Es muss nicht zwingend Lakritz für mich sein«, sagte sie, um einer höflichen Absage zu entgehen. »Ich will das volle Spektrum. Ich kann alles lernen und ich begreife schnell.«

Seelenruhig nahm er einen Schluck Wasser, stellte sein Glas auf dem Schreibtisch ab und sah sie an. »Es wäre schön, wenn ich Ihnen helfen könnte.«

Helene atmete ernüchtert aus. »Ich verstehe.« Unverhofft war sie an diesem Abend doch noch angehört worden. Gleichwohl überwog nun ihre Enttäuschung. Sie stand auf, schnappte sich Ordner und Koffer.

»Ihre Empfangsdame hat mir bereits mitgeteilt, dass alle Stellen vergeben sind. Trotzdem danke, dass Sie sich Zeit für mich genommen haben. Auch wenn es nur wegen des Unfalls war.« Sie ging an ihm vorbei zur Tür.

»Frau Kramer!«, rief er sie zurück.

Mit der Hand bereits am Türknauf drehte sie sich um.

»Wir haben zurzeit keine Stellen mehr ausgeschrieben, das ist richtig. Aber wie es der Zufall will, wurde ich kürzlich von meinem Vater bevollmächtigt, das Personal aufzustocken, wenn ich überzeugt bin, dass jemand in unser Unternehmen passt.« Er trat hinter seinen Schreibtisch, riss eine Schublade auf und holte Papier und Stift heraus. »Ich würde Ihnen gerne eine Ausbildungsstelle zur Bonbonmacherin anbieten.«

Helene riss verwirrt die Augen auf. Hatte sie richtig gehört? Geschwind ging sie auf ihn zu. »Ist das Ihr Ernst?«

»Mein voller Ernst.«

Helenes Herz klopfte so schnell, dass das Blut in ihren Ohren rauschte. »Aber es hieß doch, es dürfen nur Männer …«

Energisch schüttelte er den Kopf. »Reine Formalität. Die lässt sich ändern. Nun, was meinen Sie?«

»Ja! Ja, natürlich will ich«, stolperte sie beinahe über ihre eigenen Worte.

»Gut.« Er setzte seine Unterschrift unter den Vertrag und dessen Abschrift. »Dann müssen Sie nur noch hier unten unterschreiben.« Er drehte beide Exemplare des Vertrags auf dem Schreibtisch, so dass sie sie lesen konnte. »Die Vergütung wird pünktlich zum Monatsende ausgezahlt. Die Probezeit beträgt acht Wochen. Währenddessen kann jede Partei fristlos kündigen.«

»Partei?«, fragte sie ratlos.

»Das heißt, Sie können aufhören, sollten Sie feststellen, es ist doch nicht das Richtige für Sie. Und wir, wenn … na ja …«

»Das wird nicht passieren«, unterbrach sie ihn. »Sind Sie denn befugt, diese Entscheidung allein zu treffen?«, erkundigte sie sich vorsichtig.

»Aber ja«, antwortete er lächelnd.

Bei von Ratschek musste jede Kleinigkeit vom Aufsichtsrat abgesegnet werden. In Hamburg hingegen schien man die Dinge einfacher zu handhaben. Sie las sich den Vertrag durch. Er war solide aufgebaut und schien gerecht zu sein. Ähnliche Übereinkommen setzte die Personalabteilung ihres Familienunternehmens auf. Sie nahm den Füllfederhalter, den er ihr hingelegt hatte, und führte ihn mit zittriger Hand. Hochkonzentriert und ein wenig nervös schrieb sie ihren falschen Namen unter beide Ausfertigungen. »Wann fange ich an?«

Frederik Spiegel nahm den Vertrag an sich und pustete die Tinte trocken. »Am Montag. Seien Sie um sieben Uhr hier, dann zeige ich Ihnen unseren Betrieb.«

»Ich werde pünktlich sein«, versicherte sie strahlend. Ihr Blick glitt zum Fenster, vor dem es zu regnen begonnen hatte. Der Wind hatte den Wetterumschwung zuverlässig angekündigt.

»Sagen Sie, können Sie mir irgendeine Pension empfehlen?«, fragte sie, weil sie der Gedanke an die Nacht beunruhigte.

»Sie haben noch keine Bleibe?«

Helene schüttelte den Kopf.

Er schien kurz nachzudenken. »Einige unserer Mitarbeiterinnen sind in einem firmeneigenen Mietshaus untergebracht. Dort ist bestimmt noch ein Bett frei. Wenn es Ihnen nichts ausmacht, bringe ich Sie hin.«

»Das wäre wunderbar.« Helene konnte ihr Glück kaum fassen.

»Wollen wir dann?« Wieder nahm er ihren Koffer und ließ sie vorgehen. Helene presste den Ordner fest an ihr Herz, in dem sich nun auch eine Abschrift ihres Vertrags befand, und ging mit ihrem neuen Arbeitgeber hinaus.

Das Haus, zu dem er sie brachte, lag in einem typischen Arbeiterviertel in der Bahrenfelder Straße. Die Verwalterin Frau Ploch war eine dürre Frau mit zerzaustem schlohweißem Haar und herben, faltigen Gesichtszügen. Sie führte Helene durch das schmale Treppenhaus in den vierten Stock, wo sich der einzige noch freie Schlafplatz befand.

»Das ist's.« Ploch öffnete die quietschende Tür zur Dachkammer und Helene warf einen Blick hinein. Zwei Betten mit Kleiderschränken und Frisiertisch verengten den ohnehin schon kleinen Raum so, dass man sich kaum darin drehen konnte.

»Drei Mark die Woche, sechs Mark im Voraus«, sagte Ploch, ungeduldig im Türrahmen stehend.

Helene schluckte, doch Wohnraum war auch in Hamburg knapp und teuer.

»Ich nehme es.«

Ploch nickte brummend. Sie hielt ungeduldig die Hand auf. Mit einem verdutzten Augenblinzeln nahm sie das Reichsmark-Bündel zur Kenntnis, aus dem Helene die Miete entrichtete.

»Stimmt so, oder?«

Ploch entblößte breit grinsend ihre fehlenden Schneidezähne. »Jawohl, Fräulein«, antwortete sie betont vornehm. »Melden Sie sich ruhig, wenn Sie noch was benötigen.« Sie verabschiedete sich mit einer ungeschickten Verbeugung und ließ Helene allein.

Dumpfe Schritte im Treppenhaus, Kindergeschrei und sich lautstark streitende Paare – die Geräuschkulisse konnte Helenes Freude nichts anhaben. Zufrieden räumte sie ihre Sachen in den Schrank neben ihrem Bett und schob den leeren Koffer darunter.

Im Zimmer unter ihr schepperte es, ein Baby plärrte. Helene sank auf die Bettkante und lehnte sich zurück. Es war so, wie sie sich ihren Neuanfang vorgestellt hatte, nur besser.

Das Zimmer teilte sie sich mit der neunzehnjährigen Magda, die sie nach einem Feierabendbockbier auf dem Kiez herzlich empfing. Magda war klein und zierlich und redete ohne Unterlass. Helene erfuhr, dass sie vor zwei Jahren von Polen nach Hamburg gekommen war und bei Spiegel als Produktionshelferin anfangen durfte, obwohl sie damals noch kein Deutsch konnte.

»Du wirst schon sehen, Helene«, sagte Magda und kroch unter die Decke. »Es wird dir gefallen hier zu arbeiten. Sind nette Leute.« Interessiert sah sie zu, wie sich Helene aus ihren Seidenstrümpfen schälte, sie ordentlich über ihre Schuhe legte und dann zaghaft ins Kissen sank.

»Gute Nacht«, wünschte Helene ihr.

»Nacht.« Magda gab ein leises Stöhnen von sich.

Eingewickelt in eine kratzige Wolldecke, lag Helene auf dem Rücken und blickte auf den bröckeligen Verputz der Zimmerdecke. Erst jetzt spürte sie die Schrammen an den Knien, die von ihrem Sturz auf das Pflaster herrührten. Ein Pieken und Brennen. Und ihr war kalt. Schlotternd rieb sie ihre Füße aneinander. Jeder Muskel ihres Körpers fühlte sich vor Erschöpfung steinhart und verkrampft an, doch an schlafen war nicht zu denken. Ihre Gedanken ließen es nicht zu. Das Zusammentreffen mit Frederik Spiegel war ein Glücksfall gewesen, von dem sie noch nicht wusste, was sie davon halten sollte. Magda hatte von schicksalhafter Fügung gesprochen, nachdem sie ihr davon erzählt hatte. Helene dachte mehr an Zufall. Die Tatsache, dass sie in Hamburg war und schon in ein paar Tagen ihre Lehre als Bonbonmacherin beginnen konnte, fühlte sich wie ein Traum an, der die Wirklichkeit weit hinter sich gelassen hatte. Könnte ich doch nur Frieda und Henri davon erzählen!, dachte sie.

»Morgen zeige ich dir Stadt.« Magda blies die Kerze vor ihrem

Bett aus und es wurde dunkel und still im kleinen Zimmer unter dem Dach. Der Regen trommelte gleichmäßig gegen das Fenster und der Wind pfiff ums Haus. Beides hatte eine beruhigende Wirkung, die Helene schließlich, mit dem Ordner neben sich liegend, zu einem tiefen festen Schlaf verhalf.

⋙ KAPITEL 6 ⋘

Es war ein warmer Samstag. Der Sommer schickte seine Vorboten aus. Die Sonne schien kräftig von einem atemberaubend blauen Himmel. Helene stapfte mit nackten Füßen durch den Sand. Magda und sie waren seit dem frühen Morgen auf den Beinen. In den vergangenen Tagen hatte ihre Zimmergenossin ihr den Kiez gezeigt, die große Freiheit und den Stausee. Helene befand sich in einem Zustand voller Vorfreude und Aufregung, denn Hamburg glich einer pulsierenden Perle. Die Hafenstadt bestach durch den Charme unterschiedlicher Baustile und Epochen, die sich in der Altstadt vereinten. Zuletzt waren sie an gewaltigen Kirchtürmen vorbeigekommen, hatten sich beim Bäcker Franzbrötchen gekauft und rasteten nun am Elbufer mit Blick auf den Hafen. Hier picknickten Paare, Familien saßen unter bunten Sonnenschirmen beisammen, Kinder spielten Ball und plantschten im seichten Wasser.

»Herrlich, oder?« Magda ließ sich in den Sand plumpsen. Helene setzte sich neben sie.

»Das ist es wirklich.« Sie hatte vieles erwartet, aber sicher keinen Sandstrand in der Großstadt. Ein Dampfschiff zog an ihnen vorbei. Lachmöwen und Schellenten gingen auf die wellige Oberfläche des Flusses nieder.

»Ist fast wie Urlaub. So ein schönes Fleckchen gibt es sicherlich nicht da, wo du herkommst. Bald ist dein Heimweh vergessen.

War bei mir auch so.« Magda schob ihren Rock über die Knie und reckte das Gesicht der Sonne entgegen. Eine Gruppe junger Männer, die an ihnen vorbeiflanierte, pfiff betört. Magda schenkte ihnen ein Lächeln und winkte, so dass die goldgelben Perlen ihrer Armbänder aneinanderklirrten. Helene senkte schamrot den Blick.

»Was ist? Ist flirten nicht erlaubt, da, wo du herkommst?« Magda stupste sie in die Seite.

»Haben die eigentlich eine besondere Bedeutung?«, wich Helene aus und wies auf die durchscheinenden Perlen um Magdas Handgelenk, die sie immer trug, sofern sie nicht in der Fabrik arbeitete.

»Bernsteine aus meiner Heimat. Nicht wertvoll, aber da, wo ich geboren wurde, sind die Strände voll davon. Meine Großmutter hat immer gesagt, sie fangen das Licht ein.« Sie drehte ihre Hand und die Steine glänzten in der Sonne.

»Sie sind wunderschön!«, sagte Helene.

Magda lächelte gerührt, dann sah sie Helene mit zusammengezogenen Brauen an. »Erzähl mal. Wie ist das Leben denn so in Köln?«

»Es ist … anders«, antwortete Helene kurz angebunden. Magda nickte, schloss wieder die Augen und grinste. Bisher hatte Helene ihr lediglich erzählt, woher sie kam, dabei aber jegliche Details ausgelassen.

»Dann werden wir zwei sehr viel Spaß haben.« Magda tätschelte ihr den Arm. Noch während Helene darüber nachdachte, wie ernst sie dieses Versprechen nehmen sollte, fuhr ihre Zimmergenossin fort: »Ich kann mir nichts Schöneres vorstellen, als hier zu wohnen. Du wirst sehen, bald willst auch du hier nie mehr weg.«

Helenes Blick verlor sich erneut auf dem Fluss. Es war ein idyllisches Bild. Unbeschwert griff sie neben sich und spürte, wie der Ufersand zwischen ihren Fingern hindurchrann.

Die neue Woche hatte begonnen und Helene sah aufgeregt ihrem ersten Arbeitstag entgegen.

»Du hast alles, was du brauchst«, betonte Magda zum wiederholten Mal und zog Helene aus der Dachkammer ins Treppenhaus.

Helene stoppte und sah an sich herunter. Sie trug ein schlichtes blaues Kleid, das Haar hatte sie wie Magda unter einem Tuch zusammengebunden. Der Ordner mit ihren Rezepten klemmte unter ihrem Arm.

»Los jetzt. Wir kommen sonst noch zu spät«, maulte Magda und trieb sie an.

Helene folgte ihr die Treppe hinunter und aus dem Haus. Erst letzte Nacht war ihr eingefallen, dass sie vergessen hatte, mit Frederik Spiegel zu besprechen, was sie mitbringen sollte oder welche Kleidung sie zu tragen hatte. Genau genommen wusste sie nicht einmal, was sie an ihrem ersten Tag erwartete, und dabei hasste sie die Vorstellung, unvorbereitet zu sein. Auf der Straße trafen sie auf weitere Frauen in ähnlicher Montur und Magda stellte Helene ihre Freundinnen Ina Bähr und Karin Haubrichs vor. Beide waren wie sie hergezogen, um ihr Glück in der Hansestadt zu finden. Ina war schmal und redegewandt und kam aus Bad Homburg. Die stämmige Karin, die alle mit einer schlüpfrigen Bemerkung über Männer in langen Unterhosen unterhielt, aus Dresden.

Die Masse bewegte sich in Richtung Fabrik und Helene war mittendrin. Ihr Herz klopfte wild vor Aufregung, aber auch vor

Freude darüber, dazuzugehören. Die Mitarbeiterinnen von Spiegel wirkten allesamt ausgelassen und fröhlich. Eine so gute Stimmung vor Schichtbeginn hatte sie in Köln nie erlebt. Diese Frauen sangen, pfiffen und alberten herum. Sie gingen gerne zur Arbeit. So müsste es bei uns im Betrieb auch sein, schoss es ihr durch den Kopf.

»Ich geh mit den anderen schon mal rein«, sagte Magda und deutete zu einer breiten Stahltür hin, auf die sich die Menge zubewegte. »Da ist die Produktion. Wir sehen uns später, ja? Viel Glück!«

Helene rang sich ein Lächeln ab, bevor sie zum Hauptgebäude ging, das vor der Fabrik lag und mit seinen hohen Fenstern leicht wiederzuerkennen war. Die muntere Frauentruppe, die sie herbegleitet hatte, hatte ihre Nervosität beinahe vertrieben. Nun, da sie wieder allein war, war ihr beim Betreten des Hauses mulmig zumute. Wie von selbst glitt ihr Blick hinauf zu den bunten Kristallglasleuchtern, die bei Tageslicht nur halb so hübsch waren.

Annette begrüßte sie freudestrahlend von ihrem Platz am Empfang. »Guten Morgen. Wie kann ich Ihnen helfen?«

Helene ging auf sie zu. »Ich war letzte Woche schon mal hier«, erinnerte sie sie.

»Name?« Annette schlug reglos in ihrem Kalender nach.

»Helene Kramer.«

Mit undurchsichtiger Miene schaute Annette zu ihr auf. »Ach ja, Sie sind das. Wie schön, dass wir doch noch einen Platz für Sie finden konnten.«

»Nun, all das kam recht unerwartet. Sie waren bereits weg, als …«, erklärte Helene, wurde jedoch jäh unterbrochen.

»Frau Kramer!« Frederik Spiegels Stimme klang vom Aufzug zu ihr. »Sie sind pünktlich, wie schön.«

»Herr Spiegel«, murrte Annette peinlich berührt und stand mit einem Mal kerzengerade hinter ihrem Pult.

»Guten Morgen, Herr Spiegel.« Helene reichte ihm die Hand. Er drückte sie leicht und lächelte freundlich. »Frederik. Bitte nennen Sie mich Frederik. Sonst komme ich mir so alt vor.«

Hinter ihm trat ein älterer Mann aus dem Fahrstuhl. Stöhnend lockerte er die rote Krawatte über seinem weißen Hemd.

»Darf ich vorstellen«, sagte Frederik, als dieser neben ihn kam. »Das ist unsere neue Auszubildende Helene Kramer. Helene, das ist mein Vater.«

Herr Spiegel lächelte angetan und schüttelte ihre Hand. »Freut mich sehr, Sie kennenzulernen, Frau Kramer. Mein Sohn hat mir bereits von Ihnen vorgeschwärmt. Ich hoffe doch, er hat Sie nicht überfahren mit seinem Enthusiasmus.«

Helenes Brauen schnellten hinauf.

Er lachte. »Ein Scherz. Er hat mir von dem kleinen Unfall erzählt. Piet fährt manchmal recht bedenkenlos. Ich hoffe doch, Sie haben sich nicht verletzt?«

»Nein, gar nicht.« Sie behielt die Schrammen und blauen Flecken für sich.

»Da bin ich wahrlich beruhigt. Und was für ein Glück für uns. Mein Sohn meint, Sie seien eine Künstlerin, wenn es um Süßigkeiten geht.«

Helene errötete. »Nun, das ist sehr freundlich von ihm. Ich bin Ihnen beiden überaus dankbar. Um ehrlich zu sein, ich kann es noch gar nicht richtig glauben, hier sein zu dürfen.«

»Glauben Sie es ruhig«, sagte er mit väterlicher Ruhe. »Wir freuen uns immer über junge Menschen wie Sie, die mit vollem Eifer dabei sind. Es ist doch die Liebe zu dem, was wir tun, die dem Ganzen seinen Zauber verleiht. Ist es nicht so?«

»Dem ist so«, stimmte sie vorbehaltlos zu.

»Schön, also sind wir uns einig.«

Helene lachte zustimmend.

»Ich muss jetzt leider zu einer Vertreterversammlung. Mein Sohn hier wird Ihnen alles zeigen.« Herr Spiegel klopfte Frederik auf die Schulter und verschwand daraufhin im angrenzenden Flur.

Ungläubig sah Helene dem charismatischen Senior nach. Er schien das Gegenteil ihres Vaters zu sein, der nicht ein einziges Mal neue Mitarbeiter persönlich begrüßt hatte – jedenfalls nicht, soweit sie wusste. Ein Akt der Wertschätzung, der vielleicht die spürbare Zufriedenheit des Spiegel-Personals erklärte.

»Ist er immer so?«, fragte Helene Frederik, der sie unschlüssig betrachtete.

»Er wirkt nett. Und er scheint nicht das geringste Problem damit zu haben, dass ich eine Frau bin.« Der letzte Satz war ihr versehentlich herausgerutscht.

Frederik lachte jedoch unbefangen. »Er ist immer so, ja«, beantwortete er ihre Frage. »Sein Humor kann irritierend sein, aber man gewöhnt sich dran. Wollen wir?«

Er machte eine einladende Handbewegung. Helene konnte ihre Überraschung kaum abschütteln. Die Unterschiede zwischen Köln und Hamburg schienen gravierender zu sein, als sie geahnt hatte.

Frederik führte sie durch den Betrieb. Er zeigte ihr, wo sich die Personalräume im Hauptgebäude befanden, und ging dann mit ihr in die Fabrik, wo ihr ein fruchtig-süßer Duft entgegenwehte. Helene roch Anis, Sanddorn und Zitronenaroma heraus sowie einen Hauch von Schokolade. Die Fabrik war kleiner und weniger protzig als die ihrer Familie. Doch Helene war überrascht festzustellen, dass es gerade die überschaubare Gemütlichkeit war, die ihr gefiel. Maschinen suchte man hier vergebens. In einem großen Kupferkessel blubberte Bonbonmasse. Sie sah von Hand geführte Walzen und erkannte einige der Frauen wieder, die zuvor singend und lachend mit ihr zur Arbeit aufgebrochen waren. Darunter Karin, die Zuckerteig zum Auskühlen auf eine Marmorplatte kippte. Etwas weiter daneben zog Magda mit einer Kollegin Bonbonmasse zu Wülsten und zerteilte sie in mundgerechte Stücke, bevor sie ausgerollt und ausgestanzt wurden. Als Magda Helene bemerkte, winkte sie ihr hastig zu. Helene tat es ihr unauffällig nach. Das Prozedere in der Spiegel-Fabrik war dem der Von-Ratschek-Manufaktur sehr ähnlich. Helene war sich sicher, dass sie sich schnell zurechtfinden würde.

Frederik übergab Helene an ihren Meister Konstantin Brauns und verabschiedete sich anschließend in sein Büro.

»Moin moin, Fräulein.« Konstantin, der sich ihr als Konni vorstellte, schüttelte Helenes Hand so heftig, dass ihr Kopftuch verrutschte. Er war eben so, wie man sich einen Zuckerbäcker vorstellt. Ein Vollbart verdeckte seine Kieferpartie wie einen Vorhang, was seinem freundlichen Gesicht noch mehr Ausdrucksstärke verlieh. Um seinen hervorstehenden Bauch war eine Schürze mit roten und gelben Lebensmittelfarbklecksen darauf festgeschnürt.

»Das is ja ma 'ne Überraschung«, sagte er in verwaschenem Niederdeutsch. »Der Hannes und ich, wir waren ein bisschen überrascht, als wir hörten, dass der Spiegel noch wen eingestellt hat.«

Helene schaute perplex zwischen ihm und dem jungen Mann hin und her, der hinter seinem Meister eine rosafarbene Bonbonmasse mit einer Handwalze malträtierte.

»Musst ihn ja ziemlich begeistert haben.«

Helene zuckte mit einem verlegenen Lächeln die Schultern und winkte Hannes zu. Ohne ihren Gruß zu erwidern, kam er neben seinen Meister, stützte die Hände in die Hüften und musterte Helene abfällig.

»Was will die denn hier?«, zischte er leise im Glauben, Helene höre ihn nicht.

»Kümmere dich ums Zuckerwerk, Hannes«, entgegnete Konni. Der Lehrling unterdrückte ein verächtliches Schnauben und stiefelte davon.

»Mach dir nix draus, Deern. Er muss sich erst noch dran gewöhnen, dass er nun nicht mehr der einzige Lehrling ist. Und dann bis du auch noch 'ne Frau. Daran hat er erst mal zu knabbern.«

»Dich stört das nicht?«, fragte Helene angespannt.

»Was denn?«

»Na, dass ich eine Frau bin?«

»Na ja, ist schon was Besonderes.« Er lachte. »Aber im guten Sinne.« Er führte sie durch den Bereich im hinteren Teil der Fabrik, welcher der Bonbonmacherei zur Verfügung stand. Eine Werkstatt voll köstlichem Zuckerwerk, das noch nicht für den Markt freigegeben war, daneben die mit Sirup, Aromen, Farbstoffen, Mehl und Stärke bestückte Vorratskammer. Ein hoher Raum, in dem die Regale bis unter die Decke reichten.

Anschließend machte Konni Helene mit den Gerätschaften vertraut, mit denen sie täglich arbeiten würde. Kessel, Ofen, Zuckerthermometer, Walze. Ab und an warf sie Verständnisfragen ein, damit er nicht merkte, dass sie mit allem bereits vertraut war. Aufmerksam schaute er im Anschluss dabei zu, wie sie eine erste eigene Zuckermasse anrührte, deren Zutaten sie selbst wählen durfte. Zitronensäure, Apfelaroma, Maissirup. Helene mischte alles in einem Topf zusammen und ließ es köcheln.

»Was willst du denn machen, wenn du die Ausbildung hast? Hast du schon Pläne?« Konni schaute ihr gespannt über die Schulter.

»Noch nicht so richtig.«

»Hoffentlich denkst du nicht, du könntest deinen eigenen Laden aufmachen«, spottete Hannes, der mit einer Kiste Puderzucker an ihnen vorbeiging.

»Wieso eigentlich nicht?« Helene verquirlte ihre Bonbonmasse mit einem Schneebesen, dann prüfte sie deren Klebrigkeit mit einem langen Holzlöffel. Sie hatte genau die richtige Konsistenz.

»Sieht gut aus.« Konni nickte anerkennend.

»Hältst dich für was Besseres, was?«, neckte Hannes.

Helene ging nicht auf ihn ein. Fachmännisch gab sie die Zuckermasse auf einen Ausrolltisch und plättete sie mit einer kleinen Messingwalze mit vorgeprägtem Muster.

»Du hast das schon öfter gemacht«, stellte Konni fest.

Unschuldig zuckte sie die Schultern. »Vielleicht ein- oder zweimal.«

Solange die Bonbons auskühlten, machte Konni sie mit dem täglichen Arbeitsablauf und dem Produktionsplan vertraut. Neben der Überwachung der Qualität der Ware, die von den Fabrikarbeiterinnen in Handarbeit hergestellt wurde, hielt sich Konni hauptsächlich in der Bonbonwerkstatt auf. Der geräumige Arbeitsraum diente dem Experimentieren. Prototypen neuartiger Süßigkeiten wurden hier auf Markttauglichkeit erprobt. An einer Korkpinnwand waren Dutzende von Rezepten angebracht. Alles von Weingummi bis Konfekt in den unterschiedlichsten Formen, Farben und Geschmäckern. Beim Anblick der vielfältigen Auswahl begann Helene zu verstehen, wieso Frederik sie für diese Stelle wollte. Das Augenmerk der Firma Spiegel lag auf dem Wachstum. Neue Süßigkeiten zu entwickeln war eines ihrer Steckenpferde.

Die Zeit verging und Helene merkte gar nicht, wie schnell Stunde um Stunde ihres ersten Arbeitstages verstrich. Am Nachmittag ummantelte sie ihre Bonbons mit Puderzucker. Die fruchtige durchscheinend gelbe Textur entsprach ihren Vorstellungen, auch vom Geschmack zeigte sich Konni angetan. Genüsslich schob er ein Bonbon von der einen in die andere Wangentasche, schmatzte und rieb sich über den Bart. »Gar nicht mal schlecht«, verkündete er Zunge schnalzend.

Hannes, der Helenes Bonbon abgelehnt hatte, funkelte seine neue Kollegin an. »Die sind nun wirklich nix Besonderes. Die kann jeder machen.«

»Womöglich noch eine Zutat mehr«, schlug Konni nach einer Pause vor. »Versuch es mit Sternanis.«

Helene nickte dankbar für seinen Rat. Sie holte ihren Ordner aus der Umhängetasche am Haken und nahm sogleich Verbesserungen auf ihrem schriftlich festgehaltenen Rezept vor. Sternanis, dachte sie, als sie die Ingredienz dazugeschrieben hatte, das klingt perfekt.

In ihrer ersten Woche lernte Helene die dreiunddreißig Traditionssüßigkeiten der Firma Spiegel kennen, wurde in deren Zusammensetzung, Aufbereitung und Saisonalität eingewiesen. Wie ein wandelndes Lexikon behielt sie nach nur wenigen Tagen die Zutaten- und Produktionslisten auswendig im Kopf. Ihr Meister brachte ihr bei, wie sie Weingummi und Dauerlutscher herstellte und wie die Zugabe von Sahne die Konsistenz der Süßigkeiten veränderte. Helene war in ihrem Element. Ihr Arbeitseifer war ungebrochen. Sie sog alles Wissen wie ein Schwamm in sich auf.

Jeden Morgen war sie die Erste in der Werkstatt, am Abend die Letzte, die sie verließ. Zwischen den Lehrstunden ließ Konni ihr freie Hand, um Rezepte auszuprobieren. Hannes schien sich an dem Vertrauen zu stören, das der alte Meister seiner neuen Schülerin nach nur so kurzer Zeit entgegenbrachte. Er wurde nicht müde, ihr Fallen zu stellen. Damit sie negativ auffiel, vertauschte er so manche Zutat, aber nachdem Helene einmal statt Gelierpulver, Mehl benutzt hatte, war sie achtsamer geworden. Vor jeder Kochstunde prüfte sie den Inhalt der beschrifteten Dosen, bevor sie diese verwendete. Zwar ärgerte sie sich über Hannes' Missgunst, sah aber davon ab, ihn bei Konni anzuschwärzen. Durch ihre Brüder war sie einiges an Schabernack und durchaus auch Niedertracht gewohnt und glaubte, selbst damit fertigzuwerden. An einem Freitag suchte sie deswegen das Gespräch mit Hannes. Sie hoffte, die Vorurteile auszuräumen, die er offensichtlich gegen sie hegte.

Es war kurz vor Feierabend und Konni hatte die Fabrik bereits verlassen. Hannes verstaute gerade letzte gereinigte Gerätschaften in den Schränken.

»Du magst mich nicht sonderlich.« Helene hob einen Holzlöffel vom Boden auf, der ihm heruntergefallen war.

»Wieso sollte ich auch?« Er riss ihr den Löffel aus der Hand.

»Nun, sitzen wir nicht im selben Boot?« Sie lächelte hoffnungsvoll. Hannes musterte sie von oben bis unten mit hochgezogenen Brauen.

»Ich meine, wir könnten uns doch unterstützen. Wir könnten Freunde sein«, ergänzte sie.

»Nein«, sagte er kühl. »Das können wir nicht.« Er hängte den Löffel an die Utensilienleiste über dem Arbeitstisch, nahm seine Schürze ab und ging.

Für einen Moment stand Helene still. Mit so viel männlichem

Trotz hatte sie nicht gerechnet. Seine Zurückweisung war eine deutliche Botschaft an sie. Wenn sie keine Verbündeten werden konnten, würden sie dauerhafte Kontrahenten sein, was den Arbeitsalltag nicht gerade erleichtern würde. Hannes schien fest entschlossen, Konni zu beweisen, dass sie als Bonbonmacherin untauglich war, folglich musste sie ihn des Gegenteils überzeugen und sich unentbehrlich machen. Ein guter Grund, den Feierabend aufzuschieben.

Nur eine Stunde nach Hannes' Aufbruch herrschte in der Fabrik eine seltene Ruhe, die auf Helene inspirierend wirkte. Mit großem Eifer stellte sie ein Erdbeergeleeweingummi her, auf das sie während einer Hafenrundfahrt mit Magda gekommen war. Seitdem ging es ihr nicht mehr aus dem Kopf. Sie war so beschäftigt damit, die Formen zu begießen, dass sie nicht merkte, dass sie beobachtet wurde.

»Sie sind noch hier?« Frederiks Stimme ließ sie zusammenzucken und ein Klecks heißer Weingummimasse tropfte auf ihre Hand. Zischend verzog sie das Gesicht und wischte das Missgeschick an ihrer Schürze ab.

»Verzeihen Sie«, sagte er schnell. »Ich wollte Sie keinesfalls stören.«

»Haben Sie nicht. Wirklich nicht.« Sie stellte den Topf beiseite.

»Sie haben sich doch nicht verbrüht?«, erkundigte er sich fürsorglich und deutete auf ihre Hand.

»Ach, das passiert ständig. Berufsrisiko.«

Frederik rümpfte die Nase, dann lächelte er erleichtert.

»Kann ich etwas für Sie tun?«, fragte sie, als er einfach nur dastand und sie ansah.

»Ich hatte nicht damit gerechnet, dass um diese Uhrzeit noch jemand hier ist«, erklärte er unbeholfen.

Helene warf einen Blick auf die Uhr. Halb zehn. »Ach je, ich vergesse jedes Mal die Zeit, wenn ich … na ja …« Schmunzelnd wies sie auf ihr Zuckerwerk, das nun erkalten musste.

Frederik kam neben sie und begutachtete ihre Arbeit. »Ah, ich sehe schon. Eine Ihrer Kreationen?«

»Ja.« Helene wies ihn mit einer einladenden Geste an, zu kosten.

Er tunkte einen Finger in das warme Gelee und probierte es. »Das ist keine Bonbonmasse«, stellte er scharfsinnig fest.

»Äh, nein. Es ist eine Art Weingummi. Anstatt der Fruchtsäure habe ich Weißwein genommen.«

»Tatsächlich?« Er betrachtete sie stirnrunzelnd. »Ich glaube, so etwas stellen wir nicht her.«

»Das weiß ich. Ich wollte auch nur testen, ob mein Rezept funktioniert. Die Zutaten dafür habe ich selbst eingekauft. Der Bestand im Vorratsraum ist also noch derselbe.«

Er hob eine Hand. »Helene, Sie müssen sich nicht rechtfertigen. Sie können ausprobieren, was immer Sie wollen. Ich finde das spannend.«

»Danke«, hauchte sie überrascht und ihre Blicke trafen sich.

Für einen Moment standen Sie still beieinander. Frederik sah sich in der Werkstatt um. »Unser Bonbonmeister ist ziemlich beeindruckt von Ihnen.«

»Wirklich?«

Er nickte lang anhaltend. »Und jetzt sehe ich auch, warum. Nicht, dass ich Zweifel gehabt hätte. Immerhin habe ich Sie ja eingestellt.«

»Wofür ich Ihnen nicht genug danken kann. Es ist alles so umwerfend hier. Die Arbeit macht mir eine solche Freude.«

»Dann fühlen Sie sich wohl?«

»Ich könnte mich nicht wohler fühlen.«

Er lächelte gerührt, ehe er die Hände hinter seinem Rücken zusammenbrachte und einige Schritte ging. »Sagen Sie, haben Sie schon etwas gegessen? Außer der Weingummimasse natürlich.«

»Ich? Äh, nein.« Sie nahm den Topf wieder in die Hände, um den Rest ihres Zuckerbreis mit einem Schaber herauszukratzen.

»Ich hatte bis gerade eben eine Besprechung. Handelsvertreter.« Schnaubend schüttelte er den Kopf.

Helene verkniff sich ein Grinsen. Auch sie kannte die mitunter nervenzehrenden Verhandlungen und Gespräche mit den Vertretern nur zu gut. Wie gerne hätte sie ihn jetzt wissen lassen, dass sie ihn verstand.

»Sie sind sehr engagiert in Ihrer Firma«, sagte sie stattdessen.

»Es ist nicht immer leicht, allen Aufgaben gerecht zu werden, aber ich gebe mir Mühe. Und es ist und bleibt etwas Besonderes, wenn man Teil eines Familienunternehmens ist. Die Verantwortung ist eine andere, als wenn man unter einem fremden Herrn dient. Selbstredend ist es manchmal schwierig, ihr gerecht zu werden, aber es ist noch kein Tag vergangen, an dem ich nicht gerne hergekommen wäre. Wenn Sie verstehen, was ich meine?«

Seine Worte ließen ihr Herz schneller schlagen, denn besser hätte sie nicht ausdrücken können, wie es war in einem Familienbetrieb aufzuwachsen. Nie hatte sie es als Bürde verstanden, es hatte sie stets mit Stolz erfüllt.

Helene schluckte die Wehmut herunter, die unerwartet in ihr hochgestiegen war, und schenkte ihm ein aufrichtiges Lächeln. »Ich finde, Sie machen das sehr gut. Jedenfalls das, was ich bisher mitbekommen habe. Ihre Mitarbeiter machen allesamt einen zufriedenen Eindruck. Sie kümmern sich um sie, schätzen sie wert. Und ihre Familie steht zusammen. Das ist …«

»Das ist doch alles selbstverständlich«, unterbrach er sie mit Bedacht.

»Ist es nicht«, verneinte sie leise.

Er musterte sie nachdenklich, bevor er zum vorherigen Thema zurückkehrte. »Essen. Sie müssen hungrig sein. Ich bin es jedenfalls. Ich kenne ein Restaurant auf dem Kiez, das bis nach Mitternacht geöffnet hat. Gutbürgerliche Küche. Zu empfehlen.«

»Ich würde ja gerne, aber ich muss noch aufräumen«, antwortete sie und zeigte auf die Unordnung in der Werkstube. »Konni bringt mich sonst um.«

»Na, das wollen wir auf keinen Fall riskieren.« Er zog sein Jackett aus, krempelte sich die Ärmel seines weißen Hemdes hoch und packte mit an.

⋙ Kapitel 7 ⋘

Die Straßenlaternen leuchteten in einem warmen Gelb. Menschen flanierten auf der Hafenmeile, als wäre es helllichter Tag. Fröhliche Musik drang aus einer der zahlreichen Tavernen, an denen Helene mit Frederik vorbeiging. Entgegen ihrer Erwartung hatte er sie nicht in ein nobles Restaurant geführt, sondern in eine gemütliche Hafenstube, in der sie Fischbrötchen gegessen und Malzbier getrunken hatten. Helene war keineswegs enttäuscht von dieser Überraschung. Vielmehr staunte sie über die Bodenständigkeit des jungen Unternehmersohns, der ganz anders war, als sie es von jenen aus der Kölner Gesellschaft kannte. Sie unterhielten sich über Literatur. Romane, die sie beide gelesen hatten.

»*Die Odyssee*«, sagte Frederik, als sie wissen wollte, welches sein Lieblingsbuch war. »Wie Odysseus mit scheinbar unlösbaren Aufgaben umgeht, sie bewältigt und gegen finstere Kreaturen kämpft, das hat mich bereits als Kind fasziniert.«

»Dann haben Sie daraus Ihre Lehren fürs Leben gezogen?«

Er lächelte. »Das habe ich. Auch wenn die finsteren Kreaturen in unserer Zeit eine andere Gestalt angenommen haben, so denke ich, sind die Herausforderungen immer noch dieselben.«

»Sie haben recht. Obwohl es dabei wohl weniger zu Bogenkämpfen kommt.«

Frederik lachte herzlich und erzählte ihr von seinem Geschäft und den Handelspartnern. Sie sprachen über die Zuckerindustrie und die Börse, in die mittlerweile viele mittelständige Unternehmen investierten. Helene empfand das Gespräch als so anregend, dass sie sich mehrfach auf die Zunge beißen musste, um sich daran zu erinnern, wer sie in Hamburg war. Auf keinen Fall durfte sie zu allwissend wirken, dennoch schien sie seine Skepsis geweckt zu haben.

»Sie kennen sich gut aus«, befand er, während sie die beleuchtete Speicherstadt über die Poggenmühlenbrücke passierten.

»Das meiste habe ich nur aufgeschnappt«, sagte Helene, betreten schaute sie zu Boden.

Sein verwunderter Blick haftete auf ihr. »Die Wenigsten interessieren sich wirklich fürs Geschäft. Das, was sich hinter den Süßigkeiten in der Ladentheke verbirgt, ermüdet die meisten Menschen doch recht schnell.«

»Das empfinde ich gar nicht so. Es gibt in meinen Augen nichts Reizvolleres als ein Unternehmen, das funktioniert, das wächst. Und man selbst darf es dabei unterstützen.«

»Sie brennen ja regelrecht für Ihren Beruf.«

»Das tue ich!« Helene hatte Mühe, sich zurückzunehmen.

Seine Augen funkelten. »Beneidenswert! Manchmal vermisse ich diese Leidenschaft bei mir selbst.«

»Aber Sie sind doch mit Leidenschaft dabei.« Helene hatte den Eindruck, dass er sich kleinredete.

»Nicht immer so, wie ich sollte.« Er brachte seine Hände hinter sich. »Ich bin das einzige Kind meiner Eltern. Somit lasten ihre Erwartungen und Verpflichtungen mitunter schwer auf mir. Es ist nicht immer leicht, sie zu erfüllen.«

»Ich bin sicher, Ihre Eltern sind überaus zufrieden mit Ihnen. Wie könnten sie es nicht sein? Das erkannte ich allein an der

Art und Weise, mit der Ihr Vater Sie ansieht. Er ist sehr stolz auf Sie.«

Frederik schaute sie von der Seite an und lächelte dankbar.

»Außerdem …«, fügte sie hinzu und räusperte sich. »Es kann auch von Vorteil sein, keine Geschwister zu haben.«

Er legte seine Stirn in Falten. »Haben Sie welche?«

»Zwei Brüder«, antwortete sie in einem Ausatmen und tat ihre aufkommende Verunsicherung kopfschüttelnd ab. »Aber das ist nicht der Punkt. Ich könnte mir vorstellen, dass es mühselig ist, alle Aufgaben gerecht unter den Geschwistern aufzuteilen, wenn es ein Familienunternehmen gibt.«

»Da haben Sie möglicherweise recht. Ich hörte, dass eine große Kölner Firma vor Kurzem ihren Vorstand neu sortiert hat, weil der Senior sich aus dem Geschäft zurückziehen will. Noch wurde aber wohl keine endgültige Führung gefunden. Man wurde sich nicht einig.«

Helene schnappte unmerklich nach Luft und ihr Gang wurde langsamer.

»Sie sind doch aus der Nähe von Köln«, sagte er und sah sie an. »Kennen Sie die von Ratscheks?«

Helene schluckte einen widerborstigen Kloß herunter, der sich in ihrem Hals festgesetzt hatte. »Nur vom Hörensagen«, antwortete sie heiser.

Er nickte leicht. »Ein Traditionsbetrieb – so wie wir. Nur um einiges gewaltiger.«

»Nun, die Größe ist nicht relevant.« Sie vermied es, ihn anzusehen und wandte sich stattdessen der Alster zu, deren Oberfläche durch Lichtreflexionen an ein Mosaik erinnerten.

»Wenn es nach den Zahlen geht, dann schon«, korrigierte er sie sanft.

Helene schüttelte den Kopf und blieb stehen. »Es gibt Wichtigeres als Zahlen.«

Er betrachtete sie auf eine Weise, die ihr eine Gänsehaut am ganzen Körper einbrachte. Getrieben davon herauszufinden, welchen Ursprungs sie war, erwiderte sie seinen durchdringenden Blick.

»Hat Ihnen schon mal jemand gesagt, dass Sie eloquent sind?«, fragte er sanft lächelnd.

»Schon möglich.« Sie schritt voran und grinste hinter vorgehaltener Hand.

Lachend schloss Frederik zu ihr auf.

Am Jungfernstieg angekommen, setzten sie sich auf eine Bank oberhalb des Ufers der Binnenalster. Seufzend schaute Helene aufs Wasser hinaus, das im warmen Licht der Laternen flimmerte.

»Fehlt Ihnen Ihre Heimat?«, fragte Frederik sie nach einer Weile. Helene bemerkte, dass er sie die ganze Zeit über angesehen haben musste. Sie zögerte mit ihrer Antwort, denn sie hatte bis jetzt nicht darüber nachdenken wollen. Seit sie Köln verlassen hatte, hatte sie sich geweigert, Gefühle wie Heimweh oder Schuld zuzulassen. Nun hatte er sie darin erinnert, dass es ihr nicht möglich war, sie noch länger zu verdrängen.

»Ein wenig«, sagte sie leise und ohne vom Wasser aufzusehen.

»Ich war selbst nie in Köln. Wie ist es dort?«

Sie zuckte die Achseln. »Es ist irgendwie unvollkommen. Ich schätze, das macht die Stadt so liebenswert.« Helene spürte, wie sich ihr Herz bei diesen Worten zusammenschnürte. Zum ersten Mal, seit sie in Hamburg war, hatte sie ausgesprochen, was ihr fehlte. Sie vermisste den Rhein, die Domspitze, Verwandte und Freunde, und den unverkennbaren Duft von Lakritz.

»Sie sollten für ein paar Tage zu Ihrer Familie fahren«, schlug Frederik vor.

»Das geht nicht«, verneinte sie kopfschüttelnd.

»Dann laden Sie sie ein. Ich bin sicher, sie würden gerne sehen, wo Sie arbeiten.«

Helene dachte kurz nach. Henri, schoss es ihr durch den Kopf. Es war an der Zeit, dass sie sich ihm mitteilte. Gleich nach ihrer Ankunft hatte sie lediglich Frieda und ihrer Mutter geschrieben. Während sich ihre Freundin bereits mit einem euphorischen Brief zurückgemeldet hatte, in dem sie ihrer Freude über Helenes Erfolg Ausdruck verlieh, war von ihrer Mutter noch keine Antwort gekommen. Zweifellos hatte es zwischen ihren Eltern Streit gegeben, als bekannt wurde, dass Helene vor ihrer arrangierten Ehe geflohen war. Womöglich hatte ihre Mutter ihre Beihilfe nicht vor ihrem Vater verbergen können.

»Ich werde meinem Bruder schreiben und ihn einladen«, sagte Helene entschlossen, denn Henri verdiente es, von ihr zu hören.

»Gute Idee. Machen Sie das.« Frederik lehnte sich zurück.

Gemeinsam lauschten sie dem Plätschern der Alster und der aus der Ferne klingenden Straßenmusik, bis die Kirchturmuhr Mitternacht schlug. Frederik begleitete Helene nach Hause und verabschiedete sich mit einem Handkuss. »Ich habe den Abend mit Ihnen sehr genossen.«

Helene spürte, wie ihr die Hitze in die Wangen stieg. Ihr gelang jedoch nichts weiter als ein beklommenes Lächeln, bevor er in den Wagen zurückkehrte, der sie hergebracht hatte.

»Wo in aller Welt warst du denn?« Magda saß aufrecht im Bett, als Helene das Zimmer betrat. Im fahlen Mondlicht, das durch das Dachfenster schien, erkannte sie den mütterlich verkniffenen Gesichtsausdruck ihrer Freundin und schwieg. Sie fand schlicht keine Worte, um ihr Lächeln zu erklären, das sie einfach nicht los wurde.

»Du hast dich mit jemandem getroffen«, stellte Magda scharfsichtig fest.

»Vielleicht.« Helene sackte auf ihre Bettkante und seufzte glücklich.

»Mit wem? Doch nicht etwa mit …?« Magdas aufgesetzte Strenge wich einem begeisterten Aufschrei.

»Ich habe keine Ahnung, wen du meinst«, beteuerte Helene. Dabei wusste sie sehr wohl, auf wen Magda hinauswollte. Schließlich hatte sie schon zuvor einmal verlautbart, dass sie glaubte, dass Frederik Spiegel Interesse an ihrer Zimmergenossin habe.

»Ist nicht dein Ernst!«, jauchzte Magda, als Helene ihr die Antwort schuldig blieb. »Wie …?«, stammelte sie mit weit aufgerissenen Augen.

»Wir waren nur etwas essen und haben geredet.« Und doch konnte sie noch immer nicht recht glauben, dass sie am heutigen Abend mit Frederik unterwegs gewesen war.

»Oh, oh. Nicht gut. Pass nur auf. Wenn man euch zusammen erwischt, das wird dem alten Herrn Spiegel nicht gefallen.«

Helene ließ sich rücklings auf ihr Bett fallen und starrte zur Zimmerdecke hinauf. »Auf mich wirken die Spiegels überhaupt nicht spießig. Sie sind so … so anders als alle ihres Standes.«

»Aha. Und wie vielen reichen Leuten bist du schon in deinem Leben begegnet?«, verlangte Magda zu wissen.

Helene drehte sich auf die Seite und stützte den Kopf auf ihre Hand. »Na ja, natürlich habe ich wenig Erfahrung, was das angeht«, versicherte sie um einen glaubwürdigen Ton bemüht. »Trotzdem, ich kann mir nicht vorstellen, dass sie Klassenunterschiede machen.«

Magda starrte kurz in die Luft. Sie schien zu überlegen, ob Helene recht haben könnte. »Wirken nicht so, mag sein«, befand sie schließlich. »Aber sind und bleiben reiche Leute. Und reiche Leute machen Unterschiede. Tun sie immer.« Magda gähnte und Helene konnte hören, wie sie sich im Bett umdrehte.

»Schlaf jetzt, Leni. Gute Nacht.«

»Gute Nacht.« Leise zog Helene ihr Nachthemd an und kroch unter die Decke. Der Abend mit Frederik hatte etwas in ihr ausgelöst. Von ihm fühlte sie sich verstanden. Es hatte ihr gefallen, sich mit ihm zu unterhalten, sich auszutauschen. Doch was bedeutete das schon? Sie hatten ein paar Stunden zusammen verbracht. Mehr als sie mit Armin Langen geteilt hatte. Magdas Sorgen waren unbegründet. Dennoch beschäftigten sie Helene. War sie als Bonbonmacherin in Ausbildung wirklich unter Frederiks Würde?

Helene wälzte sich von einer auf die andere Seite. Sie zog sich ihre Decke über die Ohren und dachte an das wohlige Gefühl zurück, das sie an Frederiks Seite verspürt hatte. Die bewundernden Blicke, die er ihr zugeworfen hatte. Waren sie aufrichtig gewesen? Welche Absichten er wohl hegte? Unmerklich schüttelte sie sich. Vermutlich war all das bedeutungslos, flößte der Verstand ihr ein. Sie war doch nach Hamburg gekommen, weil sie einer Ehe entfliehen und nicht, weil sie etwas an ihrem Familienstatus ändern wollte.

Am nächsten Morgen schrieb sie Henri einen Brief. Sie teilte ihm mit, wo sie war und dass sie sich über seinen Besuch freuen würde. Ihren Zeilen legte sie ein Salbeibonbon aus der Spiegel-Werkstatt bei, eines, das sie selbst produziert hatte. Wenn jemand aus ihrer Familie verstehen konnte, warum sie keine andere Wahl hatte, als fortzugehen, dann war es Henri. Hatte er nicht immer wie sie gedacht? War er nicht genauso freiheitsliebend und der Meinung, dass jeder seiner eigenen Bestimmung folgen sollte?

Die Wochen vergingen, ohne dass sie eine Antwort von ihm erhielt. Jeden Tag wartete sie gespannt, wenn der Postbote seine Runde durch die Werkshalle drehte, und blieb enttäuscht zurück, weil nichts für sie dabei war.

Währenddessen hatte sich ein Gemurmel über Helenes Ausflug mit Frederik Spiegel wie ein Lauffeuer in der Fabrik verbreitet. Ebenso hartnäckig wurde das Gerücht gestreut, Helene habe vor, sich den jungen Spiegel zu angeln. Dabei schien die Tatsache, dass sich die beiden seitdem nicht mehr gesehen hatten, keine Rolle zu spielen.

»Was ist nur los mit den Leuten?«, fragte Helene, nachdem sie bei der Dame, die den Kaffee unter den Angestellten verteilte, leer ausgegangen war.

Konni winkte lachend ab. »Ein bisschen Neid, ein wenig Unverständnis. Du hast doch nicht gedacht, es würde hier leicht für dich werden, oder?« Er zerdrückte eines der roten Geleebonbons, die sie am Morgen zubereitet hatten, zwischen Daumen und Zeigefinger, um seine Konsistenz zu prüfen.

Helene zuckte die Achseln. »Nein. Eigentlich nicht.«

Bis zu dem Abend mit ihrem Vorgesetzten war alles mit einer Leichtigkeit verlaufen, die beinahe ungewöhnlich war. Es wunderte sie nicht, dass sich für sie in Hamburg nun erste Schwierigkeiten zeigten, die sie nicht einfach so umgehen konnte.

»Freddie ist in der Stadt ein bunter Hund. Dass man dich mit ihm zusammen gesehen hat, kann jeder verbreitet haben, weil ihn jeder kennt«, erklärte Konni und reagierte damit auf die neugierigen Blicke der Kollegen, die Helene wieder einmal unverhohlen folgten, seit sie an diesem Morgen die Bonbonwerkstatt betreten hatte.

Das Geleebonbon verschwand im Mund des Meisters. Genüsslich wälzte er es in seinen Wangentaschen hin und her, bevor er schmatzend hinzufügte: »Ist übrigens einer der begehrtesten Junggesellen Hamburgs.« Er zwinkerte ihr zu. »Ein guter Fang. Würde ihn an deiner Stelle nicht mehr vom Haken lassen.«

»Ich habe nicht vor, mir einen Mann zu angeln«, stellte Helene klar und wickelte sich energisch die Schürze enger um ihre Taille. »Deswegen bin ich nicht hier.«

»Natürlich nicht.« Hannes schlug mit der flachen Hand kräftig gegen die Unterseite einer Form, woraufhin Dutzende von Kräuterbonbons klackernd auf den Tisch fielen.

Helene sog scharf die Luft ein. Seine Unterstellung war ihr nicht entgangen und sie machte sie wütend. »Wie soll ich das verstehen?« Auffordernd schaute sie ihn an.

Hannes hob einen Mundwinkel zur Wange. »Na ja, ihr Frauen habt doch im Grunde nur das eine im Sinn«, sagte er, als wäre er ein Experte in Sachen weiblicher Neigungen.

»Und das wäre?« Sie verschränkte die Arme vor der Brust.

»Na, heiraten. Und je reicher der Kerl, desto besser.«

»Du musst es ja wissen«, wandte Konni grinsend ein, stahl sich ein Kräuterbonbon vom Tisch und verschwand glucksend im Lagerraum.

Nachdem der Meister außer Hörweite war, lehnte sich Hannes zu Helene vor. »Willst du 'nen guten Rat hören?«

»Von dir? Immer!« Helene hatte es längst aufgegeben, Freundlichkeit vorzuheucheln.

Hannes setzte eine bedauernde Miene auf. »Der Spiegel, der wird auch nur auf eines aus sein. Warum sonst hätte er dich eingestellt?«

Helene vergaß kurz zu atmen, dann schluckte sie ihre Wut hinunter und mahnte sich zur Ruhe. »Klär mich doch bitte auf«, forderte sie mit gespielter Gelassenheit. Von ihm würde sie sich nicht provozieren lassen.

»Du weißt schon. Er hat ein Auge auf dich geworfen. Mehr ist da nicht. Außerdem, du bist auch nicht die Erste, mit er das macht. So Geldsäcke nehmen sich, was sie wollen, die hält ja auch keiner auf.«

»Das denkst du also?« Helene bemühte sich, die Beherrschung nicht zu verlieren. Er hatte nicht nur sie, sondern auch Frederik beleidigt. »An deiner Stelle würde ich aufpassen, was ich sage.«

Hannes zuckte unbeteiligt die Achseln. »Na ja, aber der will sicher nicht nur Freundschaft von dir und auch keine Ratschläge, weil du so tolle Süßigkeiten machst. Das kann der selbst. Da solltest du dir keine falschen Hoffnungen machen.«

»Danke für diesen Rat!« Helene knirschte mit den Zähnen.

»Nix für ungut.« Er wandte sich wieder den Bonbons zu.

Für einen Moment sah Helene ihm dabei zu, wie er die Süßigkeiten seelenruhig mit Puderzucker bestäubte. Immer noch kochte in ihr die Wut. Einem inneren Impuls folgend, griff sie in den Eimer, schnappte sich eine Ladung Zucker und schmetterte sie Hannes entgegen. Kurz stand er entgeistert da, ebenso wie sie.

»Sag mal, geht's noch?«, schrie er, das Gesicht weiß wie ein Pantomime.

Helene schnaufte aus. Hannes war zu weit gegangen. Doch sie auch. »Es tut mir leid. Das … hätte ich nicht tun dürfen«, entschuldigte sie sich dafür, sich vergessen zu haben. »Aber eines sollst du wissen: Frederik Spiegel hat mir eine Möglichkeit gegeben, weil er glaubt, dass ich etwas leisten kann. Ich bin niemand Dahergelaufenes. Ich bin …« Sie musste sich bremsen, um nicht zu sagen, aus welcher Familie sie kam.

Hannes wischte sich mit einem Lappen den Puderzucker aus dem Gesicht. »Du bist wer?«, hakte er mit vorgetäuschtem Interesse nach.

Helene machte einen lang gezogenen Atemzug. »Niemand«, sagte sie, biss sich auf die Lippe und schwieg, ehe sie mit dem Abklopfen der Formen weitermachte.

»Willkommen im Klub«, zischte er. »Fast hätte ich gesagt, wir sitzen im selben Boot. Aber im Gegensatz zu dir bin ich auf diese Stelle angewiesen.«

»Wer sagt denn, dass ich das nicht bin?«, entgegnete sie ihm erbost.

»Du bist eine Frau«, erwiderte er und sah sie kopfschüttelnd an. »Ihr heiratet und werdet von eurem Ehemann versorgt. Du musst das hier nicht tun. Das ist nur Spielerei für dich. Deine Eltern werden mir da sicher zustimmen.«

»Meine Eltern …«, wiederholte sie schweren Herzens. Was wusste er schon von ihnen?, dachte sie und musste sich zurückhalten, ihn nicht zurechtzuweisen.

»Meine Eltern haben ihre Ersparnisse aufgebraucht, um mich nach Hamburg zu schicken«, erklärte er weiter. »Ich darf diese Stelle auf keinen Fall verlieren.«

»Und du denkst, hier wäre nur Platz für einen Lehrling?«, schlussfolgerte sie.

»Genauso ist es.« Sein scharfer Tonfall ging ihr unter die Haut.

Die angespannte Stimmung entging auch Konni nicht, der just aus dem Lager zu ihnen zurückgekehrt war. »Also gut«, verkündete er gereizt. »Ich hatte da so ’ne fixe Idee, die ich euch vorschlagen will.«

»Und was soll das sein?« Hannes rieb sich durchs Haar und der Puderzucker umschwirrte ihn wie Blütenpollen.

Kurz musterte Konni ihn irritiert. »Ein Wettbewerb. Ich möchte je eine neue Süßigkeit von euch. Herr Spiegel will was ganz Besonderes für die Messe in Amsterdam.«

Helene horchte auf. Die Süßwarenmessen waren so eine notwendige wie außergewöhnliche Möglichkeit für die Fabriken, um neue Produkte vorzustellen. Das könnte mein Durchbruch werden, dachte sie und war ganz Ohr. »Gibt es Vorgaben?«, fragte sie mit wild klopfendem Herzen.

Konni zuckte die Schultern. »Entwerft was Frisches, seid kreativ! Überzeugt mich von eurer Idee und ich werde die Beste in zwei Wochen Herrn Spiegel vorstellen. Dann werden wir sehen. Kann sein, dass einer von euch mal in meine Fußstapfen tritt. Wobei das natürlich schwer werden wird. Ich bin nämlich unschlagbar in dem, was ich tue. Oder will mir da einer widersprechen?« Er schaute erst Helene, dann Hannes grimmig an. Beide schüttelten die Köpfe.

»Na also. Und ich hab auch noch nicht vor, den Löffel abzugeben. Noch nicht.« Ein Grinsen huschte über sein Gesicht, bevor er die bisherige Arbeit seiner Schüler begutachtete. Im Folgenden machte er seine übliche Runde durch die Werkstatt.

»Weißt du schon, was du machen wirst?«, fragte Helene Hannes, als hätte es ihren Streit nicht gegeben.

»Sag ich dir doch nicht.« Er schlug mit der flachen Hand so fest gegen die Form, dass alle Geleebonbons auf einmal rausfielen. Mit einer breiten Schaufel sammelte er sie ein und schüttete sie in eine Kiste. Auch Helene wandte sich wieder ihren Formen zu. Sie hatte schon zahlreiche Süßigkeiten entworfen, Rezepte erdacht und Notizen dazu gesammelt. Aber über Hannes wusste sie nur, wie sorgfältig er war. Er kam immer pünktlich und beherrschte blind Spiegels Hausrezepte. Wie ausgeprägt seine Fähigkeiten waren, wenn es um eigene Kreationen ging, wusste sie jedoch nicht. Und offenbar hatte er auch nicht vor, sich von ihr dabei über die Schulter blicken zu lassen.

⋙ Kapitel 8 ⋘

Als Helene am Abend in ihre Unterkunft zurückkehrte, erwartete sie ein Brief. Die freudige Aufregung, die sie deswegen empfand, verpuffte, sobald sie die Handschrift ihres Vaters erkannte. Zögerlich öffnete sie den Umschlag und las:

Helene,

Deine Mutter hat Deinen Aufenthaltsort preisgegeben und ich muss sagen, dass mich nichts mehr verwundert. Sei versichert, ich habe nicht vor, Dich mit diesem Brief zur Verantwortung zu rufen. Offenbar siehst Du Dich im Recht, da Du denkst, wir hätten Dich ungerecht behandelt. Ich kenne Dich gut genug, um zu wissen, dass du Dich nicht vom Gegenteil überzeugen lässt. Von niemandem.

Nichts liegt mir ferner, als Dich zu kritisieren, dennoch will ich Dir sagen, dass Du in einem Punkt falschliegst. Mit Deinem Fortgehen hast Du nicht allein die Freiheit für Dich gewählt. Ich weiß, Du wirst es so nennen, Du hattest schon immer ein störrisches Wesen und einen Hang zur Melodramatik, da bist Du Deinem Bruder gleich. Obwohl er sich nicht einfach von uns losgemacht hat. Henri nimmt seine Verpflichtungen wahr. Aber indem Du Köln verlassen hast, hast Du das Augenmerk auf unsere Familie gerichtet. Vielmehr, als Du es zweifellos je wolltest. Deine Mutter belastet diese Situation, hat sie sich doch stets für unser Ansehen starkgemacht und alles zusammengehalten. Du hast Dich entschieden zu gehen und damit nicht nur Deinen Verlobten diffamiert, sondern uns alle. Es ist an der Zeit, dass Du für Deine Entscheidungen einstehst und die Tatsache akzeptierst, dass Du den Bruch mit uns zu verantworten hast. Bitte siehe zukünftig davon ab, Henri oder Deine Mutter zu behelligen. Das ist für niemanden gut.

Leb wohl
Vater

Helene schluckte schwer, während sie die Zeilen immer und immer wieder las. Sie versuchte, darin Verständnis oder gar Liebe zu finden, doch es waren nur kalte, harte Worte. Was hatte sie anderes erwartet?

Dass er Henri erwähnt und auf seine Seite gezogen hatte, hatte einen faden Beigeschmack. Sie konnte sich nicht vorstellen, dass sie beide mittlerweile miteinander konspirierten. Sie hatten sich nie viel zu sagen gehabt. Henris Sanftmut hatte ihr Vater immer als Schwäche abgetan, ihn deshalb verurteilt. Dennoch war der Zeitpunkt, zu dem sie den Brief erhalten hatte, seltsam. War es möglich, dass ihr Vater gelesen hatte, was für Henri bestimmt gewesen war? Sie hatte Vertrauen zu ihrem Bruder, niemals hätte er ihre Zeilen ausgehändigt. Jedenfalls nicht freiwillig.

Helene sank auf den Hocker, stützte die Ellenbogen auf den Frisiertisch und vergrub das Gesicht unter ihren Händen. Sie fühlte sich verstoßen und spürte einen stechenden Schmerz in ihrem Herzen, als ihr der Gedanke kam, dass der Brief genau das bezwecken sollte. Fassungslos starrte sie darauf. Wort für Wort kam er einer Waffe gleich, die ihr Vater einzusetzen wusste. Viele Male hatte er auf diese Weise Geschäftspartner und Lieferanten unter Druck gesetzt und meistens gewonnen. Nie hätte sie gedacht, dass er so weit gehen würde und seine verletzende Rhetorik bei ihr anwandte – als gehöre sie nicht länger zur Familie. Dem Brief nach zu urteilen, tat sie das auch nicht mehr.

Tränen drängten sich unter ihren geschlossenen Lidern hervor und trafen auf das Papier. Der Kummer hielt sie so fest umklammert, dass sie nicht hörte, wie Magda hereinkam.

»Was hast du?«, fragte ihre Freundin besorgt, eine Hand an Helenes Schulter.

»Mein Vater«, stammelte diese. »Mein Vater … Ich kann nie mehr zurück.«

Magda strich ihr tröstend über den Rücken. »Dann bist du wie ich. Eine Gestrandete. Wir helfen einander. Du bist nicht allein.«

Sie nahm sie in den Arm, anschließend ging sie zu ihrem Nachttisch und kramte darin. Ein Knistern und Rascheln war zu hören, dann holte sie einen roten Lutscher in Herzform hervor und reichte ihn Helene. »Gleich geht es dir besser«, versprach Magda, als wäre die Süßigkeit ein altbewährtes Mittel gegen Kummer.

Helene lächelte dankbar.

»Als ich herkam, ging es mir genauso wie dir.« Knarzend gab das Bett unter Magdas Gewicht nach, als sie sich setzte. »Mein Vater wollte nicht, dass ich nach Deutschland gehe. Wollte, dass ich in Krakau bleibe. Aber Landleben und Ackerbau ist nichts für mich. Ich konnte mir nicht vorstellen, so zu leben. Ich wollte in die Stadt und neue Menschen treffen. Freunde finden.«

»Und deine Mutter?«, fragte Helene, zog die Nase hoch und schloss ihre Lippen um den Lutscher, der intensiv nach Kirschen schmeckte.

»Sie ist gestorben, als ich noch klein war«, erzählte Magda mit leiser werdender Stimme.

»Oh, das tut mir sehr leid!« Es war das erste Mal, dass Magda ihr etwas so Persönliches anvertraute. Mit einem Mal erschien ihr die für gewöhnlich stets gut gelaunte Freundin in einem ganz anderen Licht.

Magdas Blick war nach vorn gerichtet. »Sie hätte gewollt, dass ich mein Leben lebe, wie ich es will. Es ist wichtig, zu machen, was richtig ist. Nicht das, was andere sagen, was du tun sollst.«

Helene stimmte ihr still nickend zu. Magda hatte recht. Den eigenen Weg einzuschlagen bedeutete, ihn notfalls allein gehen zu müssen. Helene hatte damit gerechnet, dass ihr Vater ihren Entschluss missbilligen würde, und obwohl sie innerlich nicht dafür gewappnet gewesen war, hatte sie auch geahnt, dass er sie deswegen verachtete. Immerhin hatte sie seine Pläne durchkreuzt, die Familie des Zuckerhändlers an sich zu binden. Das stille Abkommen zwischen den von Ratscheks und Langens, das beide Firmen noch mächtiger gemacht hätte, war geplatzt. Zweifelsohne investierte der brüskierte Armin Langen nicht mehr in die Süßwarenfabrik ihrer Familie, hatte womöglich sogar den Rohstoffpreis für sie angehoben. Ihr Vater, der es gewohnt war zu gewinnen, hatte also allen Grund frustriert zu sein. Als Helene das aufging, spürte sie Genugtuung in sich aufwallen. Sein Brief war also nichts weiter als ein Zugeständnis. Sie war diejenige, die diesmal gewonnen hatte. Vielleicht, so dachte sie, als sie später im Bett lag und die Nacht den Wohnblock in eine seltene Stille hüllte, würde sein Groll nicht ewig andauern. Möglicherweise würde er vergehen, wenn sie ihrem Vater genügend Zeit ließ, darüber nachzudenken, was er wirklich verloren hatte.

In den darauffolgenden Tagen stürzte sich Helene in ihre Arbeit. Zwischen den Lehrstunden des Meisters wälzte sie in der hauseigenen Bibliothek der Spiegels Bücher über exotische Gewürze und Geschmacksrichtungen fremder Kulturen und ferner Länder. Die Nachmittage verbrachte sie häufig in der Stadt, wo sie auf dem Markt nach Inspiration für ihr Wettbewerbsbonbon suchte. Sie ließ sich von französischen und norwegischen Produkten anregen, die die Händler an ihren Ständen feilboten. Von italienischen Kräutern und belgischer Schokoladenkunst, auf die sie in den Läden in der Altstadt traf.

Wenn Helene nach einem ihrer Streifzüge in die Werkstatt zurückkehrte, experimentierte sie mit den unterschiedlichsten Lebensmitteln und manchmal besuchte Frederik sie. Er sah ihr zu, blieb still an der Tür stehen, um sie nicht zu stören. Helene arbeitete wie im Rausch. Der Wunsch danach, etwas Außergewöhnliches zu schaffen, trieb sie an. Daran konnte auch Magda nichts ändern, die sie überreden wollte, Straßenfeste, Tanzabende oder Geburtstagsfeiern mit ihr zu besuchen. Stattdessen kochte Helene hochkonzentriert Zucker ein, gelierte, probierte, verwarf Ideen und fing von vorne an. Wo und wann Hannes an seiner Süßigkeit arbeitete, wusste sie nicht. Konni jedoch hatte durchblicken lassen, dass er ebenso hart wie sie an etwas Unvergleichlichem arbeitete. Ein großer Stein fiel ihr vom Herzen, als sie, erst kurz vor Ablauf der Frist, endlich etwas gefunden hatte, das ihren Erwartungen entsprach. Die schlaflosen Nächte, in denen sie akribisch danach gesucht hatte, waren vergessen.

Als der Tag der Entscheidung gekommen war, stand Helene stolz vor dem Tisch, auf dem ihre neuste Kreation unter einer Tortenhaube auf ihren Auftritt wartete: mundgerechte Pyramiden aus schokoladenüberzogenem Weingummi mit Karamellkern – eher eine Praline als ein Bonbon. Etwas Vergleichbares gab es nicht auf dem Markt, da war sie sicher.

Um den Wettbewerb der beiden Lehrlinge so neutral wie möglich zu gestalten, hatte Konni drei Kollegen gebeten, ihm bei der Entscheidung zu helfen. Magda, die als Helenes Adjutantin mitgekommen war, übernahm das Servieren.

»Tada.« Gleichzeitig hob sie die Hauben an. Zwei Platten mit köstlich aussehender Zuckerware kamen darunter zum Vorschein. Hannes schneckenhausförmige Präsentation aus violetten Kaubonbons imponierte dem Preisgericht. Selbst Helene konnte ein Raunen nicht zurückhalten. Offenbar hatte sie seine Fähigkeiten unterschätzt – jedenfalls was das Anrichten betraf.

»Also wenn es nach der Optik geht, habt ihr beide gewonnen.« Konni schob sich zwischen seine Kollegen, die bereits von den Süßigkeiten kosteten und griff zuerst nach Helenes Weingummi-Schokolade. Unmerklich zuckte sie zusammen, als er sie sich in den Mund schob und mit geschlossenen Augen langsam zu kauen begann. Magda zeigte ihr euphorisch einen Daumen hoch. Doch ihr Optimismus konnte Helenes vor Aufregung wild klopfendes Herz nicht beruhigen. Die Zeit, in der die Männer die Naschereien probierten und deren Aussehen stillschweigend begutachteten, kam ihr wie eine Ewigkeit vor. In kurzen Abständen schielte sie zu Hannes hinüber, der auffällig oft blinzelte und sich in einer ebenso übertriebenen Regelmäßigkeit an den Schirm seiner braunen Schiebermütze fasste.

Einstimmiges Nicken und Murmeln signalisierte, dass Konni und seine Kollegen einen Favoriten hatten. Noch einmal stieg Helenes Puls an, als sich die Männer ins Lager zurückzogen.

»Was das nun zu bedeuten hat?« Magda schaute ihnen verunsichert nach. Hannes atmete hörbar aus.

»Wenn ich das nur wüsste«, murmelte er, als hätte er dasselbe gedacht. Helenes Mund war inzwischen so trocken, dass sie kein Wort herausbrachte.

Nach wenigen Minuten kehrte Konni mit den Preisrichtern zurück. Im Vorbeigehen schenkte er Helene ein zuversichtliches Lächeln.

»Wenn das nicht eindeutig ist«, flüsterte ihr Magda zu.

Die Männer positionierten sich vor ihnen. Abgesehen von dem identischen grauen Kittel, den sie trugen, hatten sie auch denselben zufriedenen Ausdruck im Gesicht.

»Wir haben uns nun eingehend beraten und eure Vorschläge diskutiert«, begann Konni. »Ihr wart beide richtig gut. Das schon mal vorweg. Und wir sind uns einig, dass ihr, trotz aller Unterschiede und Differenzen, völlig zurecht hier seid.« Er sah erst Helene dann Hannes an. Helene hielt die Anspannung kaum noch aus. In dem Versuch, ein Glucksen zu unterdrücken, gab Magda ein leises Fiepen von sich, das Konnis Bekanntmachung unterbrach.

»Die Entscheidung fiel uns nicht leicht und sie war denkbar knapp.« Sein Blick haftete einige Sekunden lang auf Helene und sie spürte, wie ihr Herz einen Sprung machte. Gleich würde er ihren Namen sagen, dachte sie und sie konnte ein breites Lächeln gerade noch im Zaum halten.

»Wir denken jedoch, dass sich eine Süßigkeit auf der Messe besonders bewähren könnte«, sprach Konni weiter. »Und zwar die von Hannes.«

Helenes Lächeln versiegte augenblicklich. Sogleich öffnete sich ihr Mund vor Verwunderung und Empörung, ehe sie einen Blick mit ihrer Freundin tauschte, die ebenso überrascht von dem Ergebnis des Wettbewerbs war wie sie.

»Gut gemacht, Junge.« Konni klopfte Hannes väterlich auf die Schulter. Daraufhin gratulierten ihm auch die anderen Männer.

Helene stand wie versteinert da. Sie war sich so sicher gewesen, dass die Entscheidung auf ihre Weingummi-Schokolade fallen würde. Nun kam sie sich unendlich klein vor. Unzählige Fragen drängten sich ihr auf: Hätte sie auf Weingummi verzichten sollen? Auf Schokolade? Auf Karamell? Es war gewagt gewesen, die gummiähnliche Substanz mit der geschmeidigen Süße zu kombinieren, doch sie dachte, Konni würde das als mutig empfinden. Als köstliches Wagnis, an das sich noch niemand herangetraut hatte. Wie hatte sie so falschliegen können?

Hartnäckig blendetet Helene die Glückwünsche und das freudige Getue von Hannes aus. In diesem Moment war sie unfähig, ihm den Sieg zu gönnen. Sich als guter Verlierer zu zeigen, schien ihr unmöglich. Verzögert nahm sie Konni wahr, der sich neben sie gestellt hatte und ihren Blick suchte.

»Woran lag es?«, fragte sie bitter. »Sind sie zu süß, ist der Geschmack zu aufdringlich?« Sie wollte unbedingt verstehen, warum sie so entschieden hatten.

Konni lächelte bedauernd. »Sie schmecken wundervoll. Sie sind wundervoll. Und einzigartig.«

Gedankenversunken ließ sie das Händeschütteln der drei anderen Kittelschürzenträger über sich ergehen, die sich anschließend wieder ihrer eigentlichen Arbeit widmeten. Unwillkürlich drängte sich ihr die Theorie auf, dass es an ihr gelegen hatte. Nicht an der Schokolade, sondern einzig daran, dass sie eine Frau war.

»Heute Abend sollten wir diesen Erfolg mit einem Bier in der Kaschemme feiern«, hörte sie ihren Meister sagen. Helene spürte die Wut in sich kochen. Für den Moment hatte sie ihren Glauben an Gerechtigkeit eingebüßt. Noch nie hatte sie den Klang der Pausenglocke mehr herbeigesehnt.

»Ich muss kurz weg«, murrte sie und stürmte aus der Werkstatt. Im Gehen warf sie sich ihren Mantel um und eilte zum Hafen. Zwergmöwen zischten über sie hinweg und ließen sich auf einem Frachtschiff nieder. Helene ging zum Anlegesteg. Während ihr Blick das Weite suchte, wollte ihr Verstand herausfinden, was geschehen war. Hatte wirklich ihr Geschlecht ihren Triumph über Hannes vereitelt? Ihr verletzter Stolz versuchte ihr das einzureden, doch etwas in ihr widersprach dem vehement. Konni hatte ihr bisher nie das Gefühl gegeben, dass es ihm etwas ausmachte, dass sie eine Frau war. Und als Helene sich ein wenig beruhigt hatte und die kühle Hafenluft ihre Lungen füllte, hatte sich das Chaos in ihr gelegt. Lakritz und Fruchtgummi, darüber definierte sie sich und wahrscheinlich fiel es ihr deswegen so schwer, anzunehmen, dass es andere gab, die ihr Handwerk ebenso gut beherrschten – oder gar besser. Ihre Bereitschaft zur Einsicht verschaffte ihr einen Augenblick der absoluten Klarheit. Nein, dachte sie. Diskriminierung war nicht der Grund für die Entscheidung zugunsten von Hannes.

Der Wind spülte den Duft von Salz in die Hafengassen. Er begleitete sie auf ihrem Weg zurück in die Fabrik. Nun, da sie am Wasser zur Ruhe gekommen war, fühlte sie sich stark genug, den zweiten Platz zu akzeptieren. Zwar war sie gescheitert, aber nicht verzweifelt. Sie würde es einfach wieder versuchen. Durch die Hintertür gelangte sie in den kleinen Arbeitsraum, der zur Werkstatt gehörte. Zwischen aufgestapelten Formen und leeren Kisten standen die Platten mit Hannes' und ihren Süßigkeiten. Vorsichtig lugte sie durch die halb geöffnete Tür in die Werkstube. Weder Hannes noch Konni waren zu sehen. Für einen Sekundenbruchteil starrte sie sich an Hannes' Kaubonbons fest, bevor sie sich eines nahm und es zwischen ihre Lippen gleiten ließ. Sofort schmeckte sie die Himbeere heraus, dann ein kräftiges Zitronenaroma. Doch anders als alle Fruchtgummis, die sie zuvor gekostet hatte, waren Hannes weich und nachgiebig. Er hatte die Zutaten hervorragend abgestimmt, sein Fruchtgummi schmeckte angenehm süß und war leicht im Abgang. Der letzte Rest seiner Leckerei zerschmolz im Mund, ohne an den Zähnen hängen zu bleiben – eine Besonderheit in der Textur, die mit Sicherheit gewinnentscheidend gewesen war.

»Ach, hier bist du.« Hannes war wie aufs Stichwort aufgetaucht und musterte sie flüchtig. »Konni hat nach dir gesucht. Du bist zu spät aus der Pause gekommen.« Er zog seinen Kittel aus und hängte ihn an den Haken.

»Mist«, murmelte sie, als ihr aufging, dass er recht hatte. »Ich gehe gleich hin und erkläre es ihm.«

»Wird nicht nötig sein. Wir machen für heute Feierabend«, ergänzte er ungewöhnlich milde. »Anweisung des Meisters.« Er schlüpfte in seine Jacke und richtete den Kragen auf.

Helene vermied es, ihn anzusehen. Den Geschmack seiner Fruchtgummis noch auf der Zunge, dachte sie über den bisherigen Verlauf ihrer Ausbildung nach.

»Bist wohl stumm geworden«, sagte er und wollte schon aus der Tür gehen, da hielt Helene ihn zurück.

»Warte mal. Ich habe dir noch gar nicht gratuliert.« Diese Worte fielen ihr nicht leicht, aber sie wusste, dass sie angemessen waren.

Skeptisch sah er auf ihre hingehaltene Hand hinab.

»Meinen Glückwunsch!« Helene zwang sich, ihn anzuschauen und ein Lächeln aufzusetzen.

»Ernst gemeint?«, fragte er stockend und legte zögerlich seine Hand in ihre.

Sie nickte mit zusammengepressten Lippen. »Du hast verdient

gewonnen. Deine Fruchtgummis sind …« Sie holte Luft und ihr Blick glitt zurück zu den Süßigkeiten, die den schwelenden Kampf zwischen ihnen entschieden hatten. »Sie sind sehr gut.«

»Ach ja?« Über sein Gesicht huschte der Schemen eines süffisanten Grinsens. »Dann hast du sie also probiert?«

»Habe ich. Ja.«

Er nickte zufrieden.

»Was ist das Geheimnis? Ich habe noch nie Fruchtgummi gekostet, das so weich war. Wie hast du die Gelatine …«

Seine Augen strahlten, dann lehnte er sich zu ihr vor. »Keine Gelatine«, flüsterte er geheimnisvoll. »Bienenwachs.«

Sie hob erstaunt die Brauen. Er schob sich die Hände in die Hosentaschen.

»Erstaunlich!«

»Na ja«, druckste er herum. »Ich bin eben schon länger dabei. Deshalb kenne ich den ein oder anderen Trick.«

»Dem ist wohl so«, gab Helene einsichtig zu.

»Aber deine Weingummis sind auch nicht schlecht. Darauf wäre ich so nie gekommen.«

Sie lächelte, denn in seiner Stimme lag keine Feindseligkeit mehr.

»Frieden?«, schlug er vor.

»Frieden!« Erst jetzt wurde Helene klar, wie unnötig und belastend ihr Konkurrenzkampf mit ihm gewesen war. Sein Sieg schien ihn in seiner Stellung bestätigt zu haben. Die Offenheit, mit der sie nun miteinander umgehen konnten, ebnete für sie beide neue Möglichkeiten. Anstatt sich gegenseitig auszustechen, würden sie voneinander lernen können. Und als Helene die Vorteile dieser neuen Konstellation begriff, war sie nicht länger eine Verliererin.

Am Abend ging Helene gemeinsam mit Hannes, Konni und Magda in den *Alter Ritter*, der das Stammlokal der Produktionsmitarbeiter von Spiegel war. An der Bar spielte ein Mann, den sie als Pförtner kannte, Ziehharmonika. Unter vollem Einsatz sangen die Leute an den vorderen Tischen »De Hamborger Veermaster« mit. Magda zeigte ihr auch den Hinterraum der Kneipe, wo Ina Bähr im knielangen Rock Foxtrott tanzte. Nach zwei Korn wurde Helene von der ausgelassenen Stimmung mitgerissen, die Musik umfing sie ebenso wie das Lachen, Grölen und Jubeln. All das trug zu einer Lebensfreude bei, an die sie in Köln nicht einmal gedacht hatte. In ihrer Heimat wäre es für sie undenkbar gewesen, sich in einer solch gelösten Umgebung wiederzufinden. Nie hätte sie auch nur davon zu träumen gewagt, so frei zu sein, wie sie es in der Hafenstadt sein konnte. Völlig aus der Puste stieß sie mit Hannes an und die bis zum Rand gefüllten Biergläser schwappten über.

»Auf die Zukunft!«, rief sie aus und die Umstehenden wiederholten eifernd ihren Trinkspruch. Es wurde bis spät in die Nacht hinein gefeiert. Am nächsten Morgen hatte Helene ihren ersten richtigen Kater. Ihr Schädel brummte, aber auch das konnte ihre gute Laune nicht trüben, denn sie hatten nicht nur auf die Geburtsstunde einer Süßigkeit angestoßen, sondern auch auf den Beginn neuer Freundschaften.

⋙ Kapitel 9 ⋘

Mittlerweile hatte sich eine Routine in der Fabrik eingespielt, die Helene an manchen Tagen glauben machte, sie wäre nie irgendwo anders gewesen. Die Spiegel-Rezepte kannte sie längst auswendig, das Einkochen der Bonbonmassen beherrschte sie so gut, dass Konni nicht einmal mehr ihre Arbeit kontrollierte. In den wenigen ruhigen Momenten holten sie jedoch die Gedanken an zu Hause ein. Manchmal hielt sie beim Aufkochen der Zuckermasse inne, dann stellte sie sich vor, wie in Köln gerade der Süßholzsaft in seinen hohen Kesseln dampfte und nur darauf wartete, zu köstlichem Lakritz weiterverarbeitet zu werden. Obwohl es in der Spiegel-Fabrik zahlreiche Düfte gab, die ähnlich waren, fehlte doch der eine, der sie an ihr Zuhause in Köln erinnerte.

Wann immer sie die Frauen in ihren Kittelschürzen sah, wie sie bei einer Tasse Kaffee gemeinsam die Pause verbrachten, musste Helene an Frieda denken. Hielt sie immer noch alles zusammen? Und Helma: War sie noch so direkt und zäh wie an dem Tag, an dem sie sich zuletzt gesehen hatten?

Nicht zu wissen, was in der Kölner Fabrik vor sich ging, belastete sie auf ungeahnte Weise. Noch als sie am Nachmittag in den Hafen kam, um nach der Ruhe zu suchen, die er ihr schon einmal vermittelt hatte, ließen diese Gedanken sie nicht los. Ein Maler, der mit seiner Staffelei am Elbufer stand und die Schatten taumelnder Birkenäste einfing, erinnerte sie an Henri. Eine Dame, die ihr Gesicht den wärmenden Sonnenstrahlen entgegenstreckte, an ihre Mutter. Wie viele Weingläser waren wohl zerbrochen, seit sie sie verlassen hatte? Der Umstand, dass sie nichts von ihnen hörte, lastete wie tonnenschwerer Marmor auf ihrem Herzen und er füllte ihre Gedanken zu jeder Tages- und Nachtzeit.

Während Konni mit Hannes bei Herrn Spiegel war, um die Rezeptur seiner Bienenwachs-Gummis zu besprechen, war sie allein in der Werkstatt. Wie automatisiert verrichtete sie die Pflichten, mit denen ihr Meister sie betraut hatte, zog Bonbonmasse lang, hängte sie an den Haken, walzte und löste ausgekühlte Bonbons aus ihren Formen. Doch egal, was sie tat, ihr Gedankenkarussell drehte sich unaufhörlich. Noch immer war es für sie ein Mysterium, wieso ausgerechnet ihr Vater ihr einen Brief geschickt hatte. Hatte er ihr Schreiben an Henri abgefangen? Ihrem Bruder jedenfalls sah es nicht ähnlich, sich nicht zu melden. Helenes Puls stieg rasant an, als ihr aufging, dass ihr Vater ihre Familie mehr denn je beherrschte. Möglicherweise hatte sich seine Tyrannei auf ihre Mutter und ihren Bruder übertragen, nun, da sie nicht mehr da war.

»Verdammt!« Helene rückte blitzartig vom Kessel ab, in dem heißer Zuckersirup köchelte.

»Lassen Sie mal sehen!« Frederiks Stimme holte sie endgültig in die Wirklichkeit zurück. Überrascht von seiner Anwesenheit schaute sie ihn stumm an. Behutsam fasste er sie am Arm, brachte sie zum Spültrog und ließ kaltes Wasser über ihren Handrücken laufen.

»Das gibt eine Blase, aber im Großen und Ganzen ist es noch mal gut gegangen«, urteilte er fachmännisch wie ein Doktor.

»Ich war unvorsichtig«, schimpfte sie sich.

»Das passiert. Berufskrankheit. Sie wissen schon.«

»Nein«, widersprach sie vehement. »Ich war mit den Gedanken woanders.«

Er lachte leise und reichte ihr ein Tuch, damit sie sich abtrocknen konnte.

Einen Augenblick lang standen sie sich gegenüber. Helene spürte Frederiks forschen Blick, der auf ihr Gesicht gerichtet war, brachte es aber nicht über sich, ihm in die Augen zu schauen. Sie befürchtete, er würde sehen, dass es ihr nicht gut ging. Dass sie unkonzentriert war, weil sie immerzu an zu Hause denken musste. Und sie hasste ihre Familie dafür, dass sie sie nirgendwo zur Ruhe kommen ließ.

»Schon gut.« Er lächelte mild und sie war dankbar, dass er keine Erklärung von ihr verlangte.

»Vater bat mich, die Werkstatt zu inspizieren«, sagte er und schlenderte um den Tisch herum, der in der Mitte des Raums stand. »Er plant, zu investieren. Jetzt, da wir gleich zwei begnadete Zuckerwerkler haben.« Er beäugte die ausgehöhlten Formen und die Walze, die Helene zuletzt verwendet hatte. »Haben Sie eine Idee, was wir anschaffen könnten? Gibt es etwas, das Ihnen die Arbeit hier erleichtern würde?«

Helene überlegte. Lakritz, kam es ihr in den Sinn, sprach diesen Gedankenblitz aber nicht aus, sondern entschied sich für Bescheidenheit. »Ich finde, es ist alles gut genau so, wie es ist.«

»Dann denken Sie nicht, Maschinen könnten hilfreich sein?« Er kam auf sie zu.

»Womöglich schon.« Sie rang sich ein Lächeln ab. Frederik nickte, dabei betrachtete er sie eingehend.

»Es gibt einen Empfang heute Abend. Hauptsächlich für unsere ausländischen Kunden, aber auch Geschäftspartner werden da sein. Und Handelsvertreter für diverse Industriemaschinen.«

Helene schluckte und nickte erneut. »Klingt aufregend.«

Er verzog das Gesicht und seufzte leidend. »Meistens sind diese Abende von zutiefst langweiligen Konversationen geprägt. Aber es gibt auch Musik und Tanz sowie recht annehmbares Essen.«

»Ah«, machte sie beiläufig, während sie sich wieder der Zuckermasse zuwandte und zu retten versuchte, was zu retten war.

»Ich habe mich gefragt, ob Sie auch kommen möchten«, fragte er so frei heraus, dass Helene mit dem Schaber in der Hand innehielt. Verblüfft schaute sie zu ihm auf.

»Mein Vater hält es für nützlich, wenn ausgewählte Personen aus der Fabrik unter den Gästen sind. Sozusagen als … vorbildliches Beispiel.«

»Ausgewählte Personen?«, wiederholte sie ihn skeptisch.

»Jawohl.« Er nickte rasch und zuckte flüchtig die Achsel.

»Werden Hannes und Konni dann auch dort sein?«

Er schien kurz darüber nachzudenken, nickte dann aber erneut.

Eigentlich war Helene froh, den eintönigen Festen ihrer Familie entkommen zu sein. Jene zugeschnürten Zusammenkünfte vermisste sie nicht. »Ich weiß nicht so recht, ob das etwas für mich ist«, antwortete sie zaudernd.

»Wenn Sie sich wohler fühlen, dürfen Sie gerne noch eine Freundin mitbringen. Oder gibt es in ihrem Leben einen … einen Mann?«

Verwundert über diese Frage hob sie die Brauen. »Gibt es nicht«, antwortete sie.

Erleichterung huschte über sein Gesicht. »Nun, dann vielleicht eine Freundin. Ich wäre dankbar für jeden Gast, der nicht zu der biederen Elite gehört.«

»Biedere Elite?« Diese Bezeichnung gefiel ihr und sie spürte den Drang, ihm Beistand zu leisten. Gleichzeitig dachte sie über

Magda als ihre Begleitung nach. Bestimmt würde sie sich freuen, den feinen privaten Kreis der Spiegels kennenlernen zu dürfen.

»Gut«, entschied sie prompt und Frederik strahlte erlöst.

»Aber ich fürchte, ich habe nichts anzuziehen für einen solchen Anlass«, fügte Helene wahrheitsgemäß hinzu, denn die schicken Kleider hatte sie in Köln zurückgelassen.

»Es kommt nicht darauf an, was Sie tragen«, versicherte er ihr. »Wir würden uns freuen, Sie heute Abend begrüßen zu können.« Er machte eine Pause, in der er Luft holte und sich korrigierte. »Ich würde mich sehr freuen.«

Sein Blick war durchringend auf ihr Gesicht geheftet und Helene spürte, dass seine Freude aufrichtig war. Ihr stieg die Hitze in die Wangen und ihr Mund verselbstständigte sich. »In Ordnung. Ich komme gerne.«

Als der Wagen, den Frederik ihnen geschickt hatte, sie am Abend am Haus der Spiegels im Hamburger Nobelviertel Blankenese absetzte, fühlte sich Helene in ihre Zeit in Köln zurückversetzt. Magda war bereitwillig mitgekommen. Nun leuchteten ihre Augen vor Bewunderung für die viergeschossige Gründerzeitvilla samt Erkertürmen und Kuppeldach.

»Das ist ein Palast«, staunte sie laut. Eine breite Steintreppe, zu deren Seiten Fackeln leuchteten, führte zum Haupteingang des weißen Prachtbaus. Helene machte Frederik aus, der an der Tür stand und zusammen mit einer älteren Dame seine Gäste empfing.

»Wie sehe ich aus?«, fragte Magda, die sich bei Helene eingehakt hatte. Hastig strich sie sich das dunkelblaue Tweed-Kleid glatt, das ihre Freundin mit ihr ausgesucht hatte.

»Reizend!«

Magda fuhr sich sichtlich nervös durch ihr schulterlanges Haar. In den vergangenen zwei Stunden hatten die beiden ihre Kleiderschränke durchforstet und alles, was für den Empfang infrage kam, auf ihre Betten gelegt und anschließend anprobiert. Obwohl Helene um einen halben Kopf größer war als ihre Freundin, hatte sie etwas Passendes für sich unter Magdas Sachen gefunden. Ein grünes Samtkleid mit aufgesetztem weißem Kragen, das ihr bis knapp über die Knie reichte.

»So viele Leute!« Magda krallte sich am Arm ihrer Freundin fest, als sie einen ersten Blick ins überfüllte Vestibül des Hauses werfen konnten. »Was, wenn ich ohnmächtig werde?«

»Dann fange ich dich auf«, versprach Helene lachend. Sie kannte solche Feiern und hatte eine Vorstellung davon, was sie erwartete. Eine weniger belebte Ecke anzusteuern, sich an ein Glas Wein klammern und das Geschehen aus der Ferne beobachten. Auf diese Weise hatte sie schon so manche Feste gemeistert und sie würde auch dieses überstehen. Zumal sie im Haus der Spiegels nicht im Mittelpunkt stand. Sie würde keinen skeptischen oder abschätzigen Blicken ausgesetzt sein. Hannes hatte es gesagt: In Hamburg war sie ein Niemand und Helene genoss ihre Unsichtbarkeit.

Die Schlange vor ihnen verflüchtigte sich und Helene und Magda fanden sich plötzlich im Hausflur wieder, wo Frederik sie begrüßte.

»Schön, dass Sie es geschafft haben. Darf ich vorstellen, meine Mutter Rachel.« Die Frau neben ihm strahlte und Helene fiel sofort die Ähnlichkeit auf. Sie hatte nicht nur dieselben braunen Augen wie ihr Sohn, sondern schien auch sein herzliches Wesen zu besitzen.

»Sie sind also die junge Dame, die der ganzen Firma den Kopf verdreht«, sagte sie.

»Nun ja, ich …« Helene geriet ins Stocken. Sie war nicht sicher, wie Frau Spiegels Anmerkung gemeint war, deren heiteres Lachen Entwarnung gab.

»Verzeihen Sie.« Sie schloss Helenes Hände in ihre. »Ich bin nur so froh darüber, dass wir endlich eine Frau in der Ausbildung haben. Wir brauchen mehr wie Sie. Das predige ich meinem Mann schon seit einer Ewigkeit.«

»Danke«, sagte Helene erleichtert. »Ich bin sehr froh über die Ausbildung. Eine solche Möglichkeit habe ich mir immer erträumt.« Ihr Blick wanderte zu Frederik, der sie bewundernd betrachtete. Erst als Magda Helene mit dem Ellenbogen anstieß, rückte diese von ihm ab.

»Amüsieren Sie sich gut.« Frau Spiegel nickte freundlich.

Helene und Magda folgten der heiteren Musik in den Salon. Blumenarrangements hellten das mit Eichenholz vertäfelte Zimmer auf. Unter einem breiten Kronleuchter tanzten Paare zum Klavierspiel. Neben einem Schwan aus Eis unterhielt ein Harlekin die Gäste.

»Ich hätte nie gedacht, dass ich mal auf einer so feinen Fete sein würde«, brach es aus Magda heraus. Grazil drehte sie sich einmal um sich selbst, was sie in unmittelbare Nähe des Büfetts brachte. Gebratenes Huhn, Pasteten, Brot, Oliven und prall gefüllte Obstschalen. Das Essen, über das ihre Freundin nun unbeholfen herfiel, erinnerte Helene, wenn es auch nicht so umfangreich war, an den letzten Geburtstag ihres Vaters.

»Hier.« Magda drückte Helene einen mit Brot und Käse beladenen Teller in die Hand, dann stopfte sie sich drei Weintrauben gleichzeitig in den Mund. Ein älteres Paar musterte sie ungläubig.

»Sie hat einen gesunden Appetit«, erklärte Helene mit einem Grinsen. Die beiden wandten sich mit hochgerecktem Kinn ab. Magda und Helene kicherten, dann naschten sie Erdbeeren und Räucherlachs und tranken Champagner aus hohen Gläsern. Der Alkohol trieb Helene die Hitze ins Gesicht, beruhigte aber auch ihre Nerven. Nachdem sie bei ihrem Meister und Kollegen eine ruhige Ecke gefunden hatte, war sie gelöster. Im Gegensatz zu Hannes, dessen verkrampfte Körperhaltung Schmerzen vermuten ließ. Inzwischen hatte es auch Frederik und seine Mutter in den Salon verschlagen, wo sie weitere Hände schüttelten und ihre Gäste mit Freundlichkeit überschütteten. Herr Spiegel stand im eleganten Frack zwischen drei Herren mit akkuraten Schnurrbärten, die auf ihn einredeten. Helene war erleichtert, dass ihr die Kontaktpflege erspart blieb. Kaum jemand nahm Notiz von ihr oder ihren Freunden, so dass sie ungestört ihren Champagner genießen und einfach nur beobachten konnten.

»Alles etwas steif«, bewertete Konni nüchtern die Gesellschaft. Magda nickte und trank ihr Glas leer. Ein Kellner servierte umgehend ein volles.

»Diese Leute wissen nicht, wie man feiert«, befand sie und nahm einen großen Schluck.

»Vielleicht hat es ihnen noch keiner gezeigt.« Helene zuckte die Schultern.

Magda sah sie mit großen Augen an, in denen sich ein gewagter Einfall spiegelte.

»O nein«, raunte Helene in der Ahnung, dass ihre Bemerkung leichtfertig gewesen war.

»Wir zeigen es ihnen!« Magda leerte ihr Glas, drückte es Hannes in die Hand und zog Helene zwischen die müde Walzer tanzenden Paare.

»Nein, lieber nicht«, stammelte Helene noch, doch es war zu spät. Hannes und Konni feuerten sie an. Aus dem Mund des Bonbonmeisters ertönte ein helles Pfeifen, das das Klavierspiel unterbrach. Aufgeschreckt versammelten sich die Gäste um die Tanzfläche herum. Magda positionierte sich mittig darauf und drehte sich im Kreis. Erste verständnislose Blicke erreichten Helene, der Magdas Vorführung die Schamesröte ins Gesicht trieb. Die Empörung der feinen Leute wollte sie ihrer Freundin ersparen.

»Magda, lass uns …«, begann sie, aber diese ließ sich nicht beirren.

»Bei uns in Polen tanzen wir die Mazurka.« Sie fasste Helene bei den Händen. »Zuerst eine Vierteldrehung nach links und dann eine Drehung nach rechts«, erklärte sie ihr, während sie die Schritte vormachte. Erst langsam, dann schneller.

Um sie herum hielten die Gäste einen Sicherheitsabstand ein, beobachteten Magdas gekonnte Schrittabfolge aber mit zunehmendem Interesse. Konni und Hannes stimmten rhythmisches Klatschen an, das von anderen Gästen aufgegriffen wurde. Der Pianist begann wieder zu spielen – ein heiteres flottes Stück –, und Helenes Befangenheit war endgültig verflogen. Erste mutige Paare versuchten sich in der Mazurka, die von Magda begonnen worden war. Ohne es geplant zu haben, hatte sie die Gesellschaft aufgemischt und das Feuer der Hafenkneipen im Salon der Spiegels entfacht.

»Darf ich ablösen?« Frederik kam blitzschnell zu Helene, nahm ihre Hände und wirbelte sie herum, bevor sie wusste, was geschah.

»Sie tanzen ziemlich gut«, befand er mit einem Strahlen, das auf Helene überging.

»Das Kompliment gebe ich zurück. Sie sind mir noch kein einziges Mal auf die Füße getreten.«

»Na, vielen Dank.« Er führte sie sanft, aber bestimmt durch die Drehung. »Ich muss zugeben, ich hatte Unterricht.«

»Sie haben gelernt, die Mazurka zu tanzen?« Helene musste grinsen.

»Nicht direkt. Aber sie scheint anderen Volkstänzen recht ähnlich zu sein. Da reicht es, wenn man sie beobachtet und dann einfach nachahmt.«

»Dann lernen Sie schnell und verfügen über ein außergewöhnliches Taktgefühl.«

»Ich bewege mich eben gern zur Musik, ja. Schockiert Sie das?«

»Nein. Gar nicht. Es passt irgendwie zu Ihnen.«

Kurz musterte er sie mit zusammengekniffenen Augen, als wüsste er nicht, ob ihre Bemerkung ein zweifelhaftes Kompliment war. Helene bedachte ihn mit einem entwarnenden Lächeln, das ihn erleichtert aufatmen ließ. Für die Dauer eines Stücks tanzten sie ruhig und sorglos miteinander. Helene klebte bald der Stoff ihres Kleides am Rücken und sie war außer Atem, doch sie wollte nicht aufhören. Versunken in ihrem gemeinsamen Tanz stießen Frederik und sie gegen andere Paare, kicherten und drehten sich weiter. Helene war überrascht darüber, wie schnell sie sich aufeinander eingespielt hatten. Bei ihm war alles so einfach, unproblematisch und ungezwungen, dass sie sich daran erinnern musste, dass auch er das Kind eines Unternehmers war. Wie ihre Brüder, wie sie. Doch zwischen seiner Familie und ihrer lag ein ganzer Ozean.

Als die Musik verklang, stimmten alle Gäste in ein Klatschkonzert ein. Der spontane Tanz hatte die Stimmung umschlagen lassen. Die Freude über Magdas intuitive Animation hallte noch lange nach. Plötzlich war sie umringt von jungen Männern, bei denen nicht nur das Interesse für polnische Traditionen geweckt worden war. Helene brauchte eine Verschnaufpause und ging auf den Balkon, der mit geschwungenen Balustraden aufwartete. Eine kühle Brise wehte ihr ins Gesicht, vor ihr zeigte sich die unverstellte Aussicht auf die Elbe und für einen Moment glaubte sie, sie stünde im Haus ihrer Eltern, auf ihrem Schlafzimmerbalkon mit Blick auf den Rhein. Die Parallelen zwischen Köln und Blankenese, ihr und Frederik, waren beinahe unheimlich, dachte sie, als sie in den sternenklaren Himmel schaute. Obwohl die Fröhlichkeit, die sie gerade empfunden hatte, noch in ihr glomm, drängten sich erneut die Gedanken an das, was sie zurückgelassen hatte, auf. Helene nahm einen tiefen Atemzug. Warum hatte es in Köln nicht so sein können wie hier?, fragte sie sich und spürte, wie eine Mischung aus Frustration und Bedauern in ihr verklumpte wie Karamell in einer zu heißen Pfanne. Sie hätte viel dafür gegeben, die Toleranz und die Zwanglosigkeit, die sie hier erlebte, mit nach Hause nehmen zu können. Aber das war unmöglich. Ihr Vater würde sich nie ändern und Alfred konnte seine Arroganz nicht ablegen, ebenso wenig wie ihre Mutter die Weinflasche. Verbittert über diese Erkenntnis krallte Helene ihre Hände in das Geländer und starrte in die Nacht hinaus.

»Wasser?« Frederik war neben sie gekommen und hielt ihr ein Glas hin.

»Danke!« Sie führte es an ihre Lippen und trank durstig.

Er stützte die Arme auf die Balustrade. »Ich bin sehr froh, dass ihr gekommen seid. Dein Rhythmusgefühl lässt meine teuren Tanzstunden lächerlich wirken. Das war vielleicht ein Spaß!«

Helene schluckte. Er hatte sie geduzt. Aus Versehen? Sie nahm sich vor, es nicht anzusprechen, musste jedoch schmunzeln. »Ja, Magda ist sehr … hemmungslos.«

Er lachte. »Manchmal ist es genau das, was die Menschen brauchen.«

»Sie meinen Hemmungslosigkeit?«, fragte sie mit gehobenen Brauen.

»So kann man es nennen, schätze ich«, sagte er nach einer Weile. »Es ist doch so: Die meisten reflektieren nur das Verhalten anderer. Sie trauen sich nicht, aus der Menge hervorzutreten. Um zu erkennen, dass sie Möglichkeiten haben, brauchen sie jemanden, der es ihnen vormacht.«

»Sprechen wir noch über das Tanzen oder sind wir jetzt bei der Politik?«, neckte sie ihn.

Frederik zuckte nachdenklich die Schultern. »Nun, das lässt sich auf alles übertragen. Meinst du nicht?«

Wieder hatte er Du gesagt und diesmal konnte sie es nicht ignorieren. Unschlüssig darüber, was sie davon halten sollte, riss sie sich von seinem Gesicht los und wandte sich wieder der Elbe zu.

»Habe ich etwas Unpassendes gesagt?«, erkundigte er sich behutsam.

Helene presste nachdenklich die Lippen aufeinander. In der Hierarchie der Spiegelfabrik war Frederik höhergestellt. Er entschied über das Du, und doch war Helene dabei mulmig zumute. Ein lockerer Umgangston änderte das Verhältnis zwangsläufig, weil es persönlich wurde. Nicht immer zum Vorteil für die Angestellten, wie sie von Frieda erfahren hatte. Doch diese Situation war eine andere, das rief sie sich nun ins Gedächtnis. »Nein, hast du nicht. Du hast nichts Unpassendes gesagt.« Sie schenkte ihm ein Lächeln. »Du hast recht, mit dem, was du über die Menschen meintest. Sie brauchen immer einen Vorreiter, jemanden, der sich für sie in Gefahr begibt. Sozusagen um die Lage auszukundschaften.«

»So ist es. Der Weg des Fortschritts«, pflichtete er ihr bei.

»Seid ihr ein Vorreiter? Ich meine eure Firma. Soviel ich weiß, bin ich die erste Frau in einer auszubildenden Position?«

»Ja, vermutlich ist das so.«

»Eure Firma ist etwas Besonderes. Und das sage ich nicht, um mich bei dir einzuschmeicheln.«

Er lachte.

»Wirklich nicht«, stellte sie nachdrücklich klar, weil sie den Eindruck hatte, er nehme sie nicht ernst genug. »Ich kenne mich da aus.«

»Tatsächlich?«

Helene schluckte, rasch sortierte sie ihre Worte neu. »Na ja, es wird immer viel geredet und bei allem, was ich bisher mitbekommen habe über ähnliche Unternehmen, habe ich festgestellt, dass die Mitarbeiter bei euch überaus zufrieden sind. So wie eure Kunden. Außerdem ist die Geschäftsleitung sehr bestrebt.«

Rührung und Ratlosigkeit standen zu gleichen Teilen in seinen Augen, als er sie ansah. Helene fühlte sich bestärkt, weiterzusprechen.

»Außerdem scheint euch bewusst zu sein, dass es nicht nur die Arbeit gibt. Du verstehst es zu leben, zu genießen und zu feiern, und das als reicher Unternehmersohn.« Sie schlug sich eine Hand vor den Mund, weil sie glaubte, versehentlich beleidigend geworden zu sein. »Verzeihung«, schob sie schnell nach. »Das war nicht …«

»Nicht dafür. Du darfst mir alles sagen«, versicherte er und ihre Blicke verfingen sich ineinander. »Und ich fühle mich geschmeichelt, dass du mich so siehst. Und unsere Firma. Weißt du, mein Vater hat sie als junger Mann ganz allein aufgebaut. Er musste hart dafür schuften. Seine Eltern wollten, dass er ihre Apotheke übernimmt, aber er zog das Zuckerwerk den Arzneien vor und kämpfte für seinen Traum. Jeden einzelnen Tag. Bis sich irgendwann der Erfolg einstellte. Bis zu dem Moment hatte er keine Ahnung, ob das jemals passieren würde.«

»Beeindruckend!«, hauchte Helene, auch, weil sie sich in der Geschichte seines Vaters wiederfand.

Frederik nickte stolz. »Ein jüdisches Sprichwort sagt: Wenn du lange gearbeitet hast, um etwas zu erreichen, dann nimm dir auch die Zeit, das Erreichte zu genießen.«

»Überaus weise Worte«, bemerkte sie. »Warum tun sich andere so schwer damit, sie zu befolgen?« Nachdenklich geworden, schweifte ihr Blick ins Leere.

»Ich kann es dir leider nicht sagen.« In seiner Stimme schwang tatsächlich Bedauern mit. »Ach, übrigens, unsere Gäste aus Köln sind eben eingetroffen«, fügte er nach einer kurzen Atempause hinzu. »Ich dachte, du würdest sie gern kennenlernen. Es sind Geschäftsleute.«

Helene runzelte die Stirn und wandte sich ihm zu.

»Zwei Herren von der Von-Ratschek-Manufaktur. Mein Vater denkt darüber nach, unsere Geschäfte mit den ihren zu verbinden.«

Helene wurde eiskalt.

»Du kennst doch die Firma, oder?«

»Ich, äh …« Die Antwort blieb ihr im Hals stecken, als ihr Blick auf die Terrassentür fiel. Henri stand wie angewurzelt da und starrte sie verwirrt an.

»Entschuldige mich kurz«, stammelte Helene. Sie nickte Henri höflich zu, dann rauschte sie an ihm vorbei, durch die Menge, in den menschenleeren Flur des Hauses. Helenes Herz klopfte so schnell, dass sie glaubte, sie stünde kurz vor der Ohnmacht. Wie sie es erwartet hatte, war Henri ihr gefolgt.

»Lenchen«, flüsterte er mit großen, wässrigen Augen. Hinter ihm blieb ein junger hochgewachsener Mann auf Distanz, der Helene bekannt vorkam. Sie wusste nur nicht, woher.

»Du, hier?«, stotterte sie ungläubig.

Er zuckte die Schultern, lächelte aber vor Freude darüber, seine Schwester gefunden zu haben. »Und du? Was tust du hier?«, fragte er verwirrt.

Helene schaute sich verstohlen um, umarmte ihren Bruder und hielt ihn kurz ganz fest. Das hatte sie gebraucht. Als sie sich wieder von ihm gelöst hatte, sah er sie ratlos und besorgt zugleich an.

»Ich habe dir doch geschrieben, dass ich hier bin. Also in Hamburg. Dass ich für die Spiegels arbeite«, erklärte sie mit belegter Stimme.

»Geschrieben?« Er blinzelte mehrmals hintereinander. »Ich habe keinen Brief bekommen.«

»Dann hat unser Vater es tatsächlich getan. Er hat meine Nachricht an dich abgefangen.« Helene schnaubte entrüstet.

»Wie kommst du darauf?«

»Er hat mir geantwortet. Seine Zeilen lasen sich, als wärst du damit einverstanden, mich aus der Familie zu verstoßen. Als wäre ich für alle gestorben.«

»Niemals!«, betonte er. »Damit habe ich nichts zu tun. Ich denke nicht wie er und das werde ich auch nie. Dass er wütend ist, hat er allerdings deutlich gemacht. Seine Laune ist schlimmer denn je, deshalb halte ich mich von zu Hause fern, so oft es geht.«

»Hast du mit Mutter gesprochen?«

Er lächelte verschmitzt. »Ihr verdanken wir unser Wiedersehen. Vater schenkt den Einladungen kleiner Firmen kaum Beachtung. Mutter hingegen schon.«

Helene bebte. »Wie geht es ihr?«, fragte sie aufgeregt.

»Unverändert würde ich sagen.« Henri schaute ernst zu Boden. *Unverändert* bedeutete nichts anderes als hoffnungslos. Helene senkte ebenfalls den Blick und für einige Sekunden schwiegen sie.

Ein lautes Räuspern war zu hören. Verunsichert wandte sich Helene an ihren Bruder.

»Wer begleitet dich?« Sie deutete auf den jungen Mann, der zuvor auf Abstand geblieben war und sich ihnen nun genähert hatte.

»Du kennst ihn«, sagte Henri. »Mein Freund und ehemaliger Studienkollege, Georg Kronenberg.« Er winkte ihn zu sich. Kronenberg folgte seiner Weisung, nahm Helenes Hand, bevor sie wusste, was passierte, und deutete einen Kuss an.

»Das kleine Lenchen«, sagte er strahlend. »Du erinnerst dich? Wir sind uns schon mal begegnet. Allerdings ist das eine Weile her.«

»Ich denke schon«, befand Helene, nachdem seine hellblauen Augen ihrem Gedächtnis auf die Sprünge geholfen hatten. Vor Jahren hatte er ihr den Kopf verdreht. Es war das erste Mal gewesen, dass sie für jemanden geschwärmt hatte. »Mein dreizehnter Geburtstag, richtig? Henri hat dich mit auf die Feier gebracht.«

Georg lächelte ertappt. »Du bist seitdem ziemlich gewachsen.«

»Zum Glück würde ich sagen.« Helene stimmte in sein Lächeln ein.

»Du siehst entzückend aus«, versicherte Georg, ihre Hand immer noch in seiner. Helenes Wangen fühlten sich warm an.

»Danke«, raunte sie verschüchtert. Sie hatte nicht erwartet, ihn wiederzusehen. Auch er kam ihr verändert vor. Der jungenhafte Zug um seinen Mund, der dem Grübchen im Kinn etwas Spitzbübisches verliehen hatte, war dem bestechenden Lächeln eines Mannes gewichen. Georg war groß gewachsen, schlank und besaß eine einnehmende Ausstrahlung.

Für einen Augenblick standen sie wortlos beieinander, bis Henri das Schweigen brach. »Also, woher kennen wir dich, Leni? Du bist doch sicher inkognito.«

»Aufregend!«, warf Georg in vorgebeugter Haltung ein.

Helene musste grinsen, denn ihr Treffen umgab etwas Verschwörerisches. Duldsam klärte sie die beiden darüber auf, dass sie in den Hamburger Kreisen vorgab, die Tochter eines einfachen Schuhmachers zu sein. Anschließend kehrten Henri und Georg in den Salon zurück. Helene folgte ihnen wenige Minuten später. Frederik, der sie bereits erwartet hatte, reichte ihr ein Glas Champagner. »Du hast die Abgesandten der von Ratscheks schon getroffen?«

»Sehr nette Herren«, antwortete sie und hob ihr Glas in Henris und Georgs Richtung.

»In der Tat.« Frederik prostete ihnen ebenfalls zu und sie erwiderten den freundlichen Gruß. »Wir hatten nicht erwartet, dass sie unserer Einladung nachkommen würden. Es war nicht das erste Mal, dass Vater sie hergebeten hat. Zuvor haben sie es nicht einmal für nötig befunden abzusagen«, berichtete er verhalten und ihr entging sein nachtragender Unterton nicht. Typisch, brummte sie lautlos. Im Wissen, dass ihr Vater Einladungen, von denen er sich nichts versprach, ungeöffnet dem Papierkorb übergab, kam ihr die Magensäure hoch. Bis zu diesem Abend hatte sie nicht einmal gewusst, dass ihr Vater Briefe der Spiegels ignoriert hatte.

»Ich denke, eine Zusammenarbeit wäre in beiderseitigem Interesse«, fuhr Frederik mit einer Beiläufigkeit fort, die Helene aufschreckte.

»Zusammenarbeit? Inwiefern?«

»Ach, es geht um Unternehmensanteile«, erklärte er knapp.

»Aktien? Aber ihr plant doch nicht etwa, eure Firma anteilig zu verkaufen?« Er betrachtete sie misstrauisch. Schnell erinnerte sie sich daran, dass Helene Kramer von Kapitalanlagen nichts verstand. »Wahrscheinlich bringe ich da einiges durcheinander«, schob sie nach. Mit einem nervösen Lächeln strich sie sich eine Haarsträhne hinters Ohr.

Seine Miene erhellte sich. »Du bist wahrlich verblüffend. Aber nein, wir wollen nicht verkaufen.« Frederik sah den Walzer tanzenden Paaren zu, die wieder in ihre Welt der starren Konventionen zurückgekehrt waren. Etwas wehmütig fragte sich Helene, wann der Geist der Mazurka verloren gegangen war, der doch gerade noch das Haus erfüllt hatte.

»Die von Ratscheks planen, an die Börse zu gehen.« Frederiks Worte ließen sie herumfahren.

»Wie bitte?«

»Ich weiß! Der Sohn des großen Lakritz- und Fruchtgummibarons will etwas von uns. Verrückt, oder? Deswegen sind sie hergekommen.«

Helene nickte steif, doch eigentlich wusste sie nicht, ob sie lachen oder weinen sollte. Unmerklich zuckte sie zusammen. Der Spitzname ihres Vaters war bis über die Landesgrenzen hinaus bekannt, ebenso wie sein Hang zur Größe. Immer wieder hatte er in der Vergangenheit davon gesprochen, mit dem Unternehmen an die Börse gehen zu wollen. Hatte Alfred nun den entscheidenden Anstoß gegeben?

»Sie haben uns Anteile angeboten.« Frederiks Blick war triumphierend nach vorn gerichtet. »Herr von Ratschek wünscht Branchenzugehörige unter den Abnehmern. Im Grunde keine so schlechte Idee.«

Helenes Blick hastete durch die Menge und traf dabei auf Henri, der ein Glas Wein in der Hand schaukelte und auf dessen Rand mit den Fingern im Takt zur Musik tippte. Neben seinem hochgewachsenen Freund wirkte er wie ein Schuljunge. Er sah viel jünger aus als sechsundzwanzig, was vornehmlich an seiner schmalen Statur lag. Ob auch er den Börsengang befürwortete? Helene konnte sich das nicht vorstellen. Aber vermutlich war er in Alfreds Einvernehmen nach Hamburg gekommen. Auf diese Weise konnte ihr ältester Bruder sein strenges Regime in Köln allein fortsetzen und wie sie Henri kannte, hatte er nichts dagegen gehabt, der Firma zu entkommen. Sie schluckte schwer, als ihr wieder einmal bewusst wurde, wie verletzt sie noch immer über die Entscheidungen ihrer Familie war.

Der Pianist stimmte einen Foxtrott an und Magda grinste breit, als sie Hannes auf die Tanzfläche zwang. Etwas hilflos schaute er sich nach Helene um.

»Mal sehen, ob wir da mithalten können.« Frederik reichte ihr die Hand und ihr Blick suchte nicht länger den ihres Bruders, der ihr den Grund seiner Anwesenheit verschwiegen hatte, sondern den von Frederik. Sie umfasste seine Schulter und ergab sich seiner Führung. Hamburg, dachte sie nachdrücklich, hier ist jetzt mein Leben. Frederiks Augen ruhten auf ihr. Seine Berührungen waren vollkommen, ebenso wie seine Tanzschritte. Helene war wie ein Schiff, das Zuflucht gesucht hatte, und er der sichere Hafen. Trotzdem hielt sie etwas davon ab, vor Anker zu gehen: Der Gedanke an zu Hause.

⥤ KAPITEL 10 ⥢

Frühling 1929

Verträumt betrachtete Helene die Wand- und Deckenmalereien und die kunstvollen Hinterglasfenster, die der Mellinpassage Farbe und Licht verliehen. Es war Freitagnachmittag und Magda und Hannes hatten sie zu einem Bummel durch die exquisite Einkaufsstraße überredet. Doch Helene war an diesem Tag alles andere als gesprächig. Ihre Freunde glaubten, dass Frederik Spiegel schuld daran war, weil er ihr Avancen machte. In Wahrheit beschäftigte sie Henris undurchsichtiges Verhalten. Bevor er Hamburg am Morgen nach der Feier verlassen hatte, hatte sie ihn auf den geplanten Börsengang angesprochen. Es schockierte sie nachhaltig, dass er ihn als unwesentlich abgetan hatte. Auch seine plötzliche Unnahbarkeit war ihr ein Rätsel. Beim Abschied am Bahngleis hatte sie ihm Gleichgültigkeit vorgeworfen, woraufhin er ohne ein versöhnliches Wort abgefahren war.

»Das musst du dir ansehen!« Hannes Stimme durchbrach Helenes quälendes Gedankenkarussell. Er zog sie vor das Schaufenster des Süßwarenladens, vor dem Magda überdreht auf und ab hopste. Mit zittrigem Finger zeigte Hannes auf die Auslage.

»Da ist es. Ich kann es noch gar nicht glauben.« Er presste seine Nase so fest gegen die Scheibe, das sie beschlug.

Helene las den auf ein Banner gedruckten Werbespruch. *Die Neuheit des Jahres. Spiegels weltbestes Fruchtgummi.* Dahinter stand eine große gläserne Platte, auf der Hannes' Süßigkeiten aufgetürmt waren.

»Das ist phantastisch!«, jauchzte Magda und drückte ihn fest an sich.

»Du hast es geschafft, Hannes. Du kannst stolz auf dich sein.« Helenes Worte kamen von Herzen.

»Danke!« Hannes wischte sich eine Freudenträne aus dem Augenwinkel. »Wenn das meine Eltern sehen könnten.«

»Lad sie doch ein«, schlug Magda vor.

»Das ist nicht so leicht. Ich habe ihnen natürlich geschrieben, aber die Zugfahrkarten von Dresden hierher sind teuer und dann noch das Geld für ein Zimmer. Das können sie sich nicht leisten.«

Helene hob bedauernd einen Mundwinkel an. Mittlerweile kannte sie Hannes' Familiengeschichte. Sein Vater war Ackerer, dessen Auskommen nicht reichte, um die neun Kinder zu ernähren, die noch im elterlichen Haus lebten. Sie waren auf jeden Groschen angewiesen, den Hannes ihnen schickte.

»Wie viel kosten denn zwei Fahrkarten hin und zurück? Und ein Zimmer?« Helene kramte in ihren Taschen, holte ihr Portemonnaie hervor.

Hannes sah stirnrunzelnd zu, wie sie das Geld zählte, das vom Verkauf ihres Schmucks an den Pfandleiher stammte. Sie hatte es sich für schlechte Zeiten aufheben wollen oder für einen breitkrempigen Strohhut, wie ihn die Damen in Paris trugen. Aber bei Hannes waren die Reichsmark besser investiert.

»Meinst du, das ist genug?« Sie hielt ihm einen zwanzig Markschein hin. Perplex schaute er auf das Geld, dann zu Magda, die bereits weiterflaniert war, und schließlich in Helenes Gesicht. »Das kann ich nicht annehmen.«

»Wirst du aber«, beschloss Helene resolut und drückte ihm den

Schein in die Hand. »Du schreibst ihnen noch heute Abend und schickst ihnen das Geld. Sie sollen sehen, wie erfolgreich ihr Sohn ist.«

Er seufzte betreten. »Ich habe mich nie bei dir entschuldigt, für das, was ich über dich und den jungen Herrn Spiegel gesagt habe.«

»Ach, da kräht kein Hahn mehr nach.«

»Nein«, widersprach er. »Es war nicht in Ordnung und es war auch nicht wahr. Ich hatte Angst vor dir. Vor deinen Fähigkeiten.«

»Alles gut«, versicherte sie ihm. »Ich bin nicht nachtragend.«

Er fuhr sich nervös durchs Haar. »Ich weiß noch nicht, wann ich dir das Geld zurück …«

»Mach dir darüber keine Gedanken«, unterbrach sie ihn und ging zu Magda, die vor dem Fenster der Konditorei zum Stehen gekommen war.

Hannes schloss zu ihr auf und steckte strahlend das Geld in seine Hosentasche. »Ich danke dir!«, betonte er.

»Eine Familie muss zusammenhalten, oder nicht?« Jener Satz sollte daher gesagt klingen und doch brachte er Helene ins Stocken. Hatte sie damit Hannes' Familie gemeint oder die, die sie in Hamburg für sich gefunden hatte?

»Gehen wir einen Kaffee trinken?«, fragte Magda.

»Ja«, sagte Helene und lächelte beseelt, weil sie ihre Antwort gefunden hatte. »Geht schon voraus.«

Magda nickte und hakte sich lachend bei Hannes unter. Wie ein frischvermähltes Paar kehrten sie im Caféhaus ein. Helene schaute sich nach dem Süßwarenladen um. Eines Tages, so dachte sie, als sie ihren Freunden nachging, würden es auch ihre Naschereien sein, vor denen die Menschen staunend stehen blieben.

Etwa ein Jahr nach ihrem kurzen Wiedersehen schrieb ihr Henri einen Brief, auf den viele weitere folgten. Er verlor kein Wort über ihre Auseinandersetzung bei seiner Abreise aus Hamburg und auch Helene erwähnte sie nicht in ihren Antwortschreiben. Er hatte sich ebenfalls für die Flucht aus Köln entschieden. Davon zeugten die Briefmarken und Poststempel aus den unterschiedlichsten Ländern der Welt. Ägypten, Italien und Österreich. Er war nicht oft in Köln und wenn, blieb er nie lange. Er wusste Helene dennoch zu berichten, dass sich ihr Vater tatsächlich weitestgehend aus der Firma zurückgezogen hatte. Henri ödete der Betrieb zunehmend an. Er hatte sich noch nie besonders gut mit seinem älteren Bruder verstanden und der Plan, die beiden im Geschäft zu vereinen, fand er auf ganzer Linie gescheitert. Alfred machte kein Geheimnis daraus, dass er seinen kleinen Bruder nicht respektierte, ihn nicht als gleichwertigen Partner akzeptierte. Und Henri hatte seine Bevormundung satt. Alles deutete darauf hin, dass er vorhatte, aus dem Unternehmen auszusteigen. Helene betrachtete das mit Sorge aus der Ferne, hatte sie doch kein gutes Gefühl dabei, die Firma einzig in Alfreds Händen zu wissen. Sie schrieb Henri flehende Briefe, in denen sie ihn bat, nicht voreilig zu handeln und eventuelle Schritte zuvor mit ihr zu besprechen. Helene hatte befürchtet, dass es so kommen würde. Henri war zu gewissenhaft, zu sensibel, um sich gegen Alfred durchzusetzen, der die Mitarbeiter unter ein hartes Kommando stellte und eine Reihe von Entlassungen durchgeführt hatte. Wie sehr das Personal unter dem Druck des neuen Vorgesetzten litt, davon hatte Frieda ihr berichtet, mit der sie weiterhin eine Brieffreundschaft pflegte. Alle fürchteten um ihre Stellen, niemand schien mehr sicher zu sein, seitdem Alfred weitere Maschinen angeschafft hatte, die die Arbeit der Fabrikfrauen erledigten. Helene fühlte sich furchtbar, weil sie genau das einst ihrem Vater vorgeschlagen hatte – und doch wollte ihr nicht aufgehen, wieso ihr Vater plötzlich damit einverstanden war. Hatte er nicht immer viel Wert darauf gelegt, dass dieser Maßstab eingehalten wurde? Maschinen hatten das Personal nie ersetzen sollen.

Um sich von den Gedanken an zu Hause abzulenken, arbeitete Helene fast rund um die Uhr. In den vergangenen Wochen hatte sie festgestellt, dass es ihr half, wenn sie von Idee zu Idee sprang und von Aufgabe zu Aufgabe, ohne zwischendurch Luft zu holen. Sie war fest entschlossen, ihre Sorgen um die Familie unter einem Berg an Arbeit zu ersticken. Dennoch holten sie Helene ein – meist, wenn die Müdigkeit überwog und der Schlaf alles war, wonach sie sich sehnte. Dann hielt das Unbehagen sie wach und machte jegliche Entspannung unmöglich.

Spätabends nach einem weiteren kräftezehrenden Tag saß Helene auf einem Stuhl neben der Walzanlage und notierte trotz der Anstrengungen der vergangenen Stunden hochkonzentriert ein neues Rezept, an dem sie seit einigen Stunden feilte.

Rote Sünde (Weingummidrops)
~ 150 ml Kirschwein
~ 2 EL Pfirsichnektar
~ 3 EL gemahlene Gelatine
~ 100 g gemischte rote Beeren
~ 9 EL Kristallzucker
~ 1 Prise Zimt

Entschlossen schob sie sich das zu einem Dreieck gefaltete Kopftuch zurück, fuhr sich durchs Haar und dehnte ihre verspannte Nackenmuskulatur, die nachtragend knackte. Sie war seit zwölf Stunden in der Werkstatt, hatte lange vornübergebeugt am Tisch gestanden. Meist bekam sie die Quittung dafür in der Nacht, wenn die durchgelegene Matratze ihr genaustens aufzeigte, wie sehr sie ihre Haltung am Tage vernachlässigt hatte. Ein Klopfen ließ sie aufschauen. Frederik nahm die Hand von der Tischplatte, neben der er stand, und lächelte sanftmütig.

»Ich hoffe, ich störe nicht?«

»Aber nein.« Sie legte den Kopf abwechselnd von links nach rechts, dann richtete sie sich auf.

Er ging auf sie zu. »Du hast so versunken ausgesehen. Ein neues Rezept?«

Verzögert reagierte sie mit einem Nicken, nachdem er auf das Notizbuch gedeutet hatte, das sie in Händen hielt.

»Darf ich mal sehen?«

»Natürlich.« Sie reichte ihm ihr Buch.

Er blätterte sich hindurch. »Du warst fleißig«, merkte er an, nachdem er ein Dutzend Rezepte überflogen hatte. »Was ist aus deiner Mappe geworden?«

»Da hinein schaffen es nur die Besten. Die, die ich bereits erfolgreich ausprobiert habe.« Sie nahm ihr Buch wieder an sich. Er lächelte verständnisvoll.

»Du warst weg?«, erkundigte sie sich, als er nichts weiter dazu sagte. Sie freute sich, ihn zu sehen. Immerhin war eine Weile vergangen, seit sie das letzte Mal allein gewesen waren, und sie fragte sich, ob es mit ihr zu tun hatte.

»Ich war in Spanien. Zuckerplantagen besuchen«, erklärte er und wirkte leicht nervös.

»Ah. War es schön dort?«

»O ja, sehr sogar. Du solltest sie eines Tages sehen. Also, die Plantagen.«

Sie nickte schmunzelnd. Betretenes Schweigen trat zwischen sie, ehe Helene es zu brechen wusste: »Bist du aus einem Grund hier oder …?«

»Stimmt. Ja. Ich habe gute Nachrichten. Die würde ich aber gerne woanders besprechen. Du hast nicht zufällig Zeit, mit mir essen zu gehen?«

Sie hob verwundert die Brauen. »Rein geschäftlich?«

Er versuchte vergeblich, ein amüsiertes Lächeln zurückzuhalten, schüttelte dann aber den Kopf. »Halb und halb.«

Verlegen schaute sie an sich hinunter. Er nahm die Hosen, die sie trug, mit einem Grinsen hin. Inzwischen hatten sie sich für Helene als praktischer und bequemer bei der Arbeit erwiesen.

»Darf ich mir noch was anderes anziehen?«, fragte sie.

»Darfst du. Ich fahre dich nach Hause und warte, bis du fertig bist. Wäre das in Ordnung?«

»Natürlich wäre es das.« Sie war gespannt, zu erfahren, was er ihr zu sagen hatte. Helene wünschte ihren im Betrieb verbliebenen Kollegen einen schönen Feierabend, ging mit Frederik hinaus und stieg in den Wagen.

»Ich brauche nicht lang«, versprach sie, als Frederiks Fahrer Piet vor ihrem Haus hielt. Sie hastete hinein, auf der Treppe rannte sie beinahe Frau Ploch um, die drohend mit dem Finger wedelte. »Na, na, na. Hier wird aber nicht gerannt.«

»Verzeihung«, entschuldigte sich Helene im Vorbeigehen.

»Ist schon gut, Fräulein Kramer«, hörte sie Ploch ungewöhnlich nachgiebig sagen, als sie ihren Weg auf ihr Zimmer weniger hastig fortsetzte. Dort angekommen hielt sie sich keuchend die Brust.

»Ist was passiert?« Magda lag bäuchlings auf ihrem Bett und schaute von dem Buch auf, das Helene ihr gegeben hatte, damit sie ihr Deutsch verbessern konnte.

»Möglicherweise. Ich bin nicht ganz sicher. Wie gefällt dir die Geschichte?« Helene wies auf den mit Illustrationen versehenen Roman in ihren Händen.

Magda rümpfte die Nase. »Dieser verrückte Hutmacher erinnert mich an meinen Onkel Bolek. Und Alice ist absolut tollkühn. Ich wäre niemals in einen dunklen Kaninchenbau gekrabbelt. Abgesehen davon finde ich es toll.«

Helene lachte.

»Oh, oh. Den Gesichtsausdruck kenne ich.« Magda klappte *Alice im Wunderland* zu, kam in den Schneidersitz und beobachtete, wie sich ihre Freundin ungeduldig aus der Arbeitskleidung befreite.

»Du gehst aus!« Es war keine Frage, sondern eine Feststellung. »Und du strahlst wie Honigkuchenpferd.«

»Ich muss mich beeilen«, erklärte Helene schnell, wandte sich Magda zu und hielt zwei Kleider zur Auswahl vor sich. »Das Rote oder das Grüne?«

»Kommt drauf an, wen du triffst.« Magda grinste unverhohlen.

»Frederik. Ich meine … Herrn Spiegel. Wir gehen essen.« Helene gelang es nicht, ihre Aufregung zu verbergen.

»Ich wusste es!«

Helene zuckte leicht die Schultern. »Es ist geschäftlich, jedenfalls unter anderem.«

Magda pfiff durch die Vorderzähne, hopste vom Bett, riss ihr das grüne Kleid aus der Hand und hängte es in den Schrank zurück. »Das Rote. Unbedingt.«

Helene nickte nervös, dann schlüpfte sie in das Kleid, das Magda empfohlen hatte, und in ihre schwarzen Riemchenschuhe. Bevor sie ging, trug ihre Freundin ihr den leuchtend roten Lippenstift auf, den diese nur für ganz besondere Anlässe aus der Schublade hervorholte.

»Erzähl mir morgen alles! Und wehe, du lässt was aus.« Magda war unerbittlich. Helene presste die Lippen aufeinander, damit sich die Farbe gleichmäßig verteilte und nickte gehorsam.

Im Treppenhaus begegnete ihr erneut die Verwalterin. Mit einem Besen in der Hand beäugte Ploch sie kritisch von Kopf bis Fuß. Helene drosselte ihre Geschwindigkeit. Als sie aus dem Haus trat, schlug ihr das Herz bis zum Hals. Was, wenn ihre Aufmachung unangemessen war? Sie wollte auf keinen Fall, dass Frederik glaubte, sie habe sich für ihn aufgerüscht. Oder vielleicht doch?

Sein Blick erfasste sie und ein Lächeln umgab seinen Mund, das sie nicht zu deuten wusste. Aufgeregt stieg sie in den Wagen. Ihr schwirrte der Kopf, so dass sie auf der Fahrt in die Altstadt ungewöhnlich still war. Frederik sprach sie jedoch nicht darauf an. Auch er war auffallend ruhig.

Das Clair de Lune war ein elegantes Restaurant, mit unverstelltem Blick auf die Alster. Frederik hatte einen Tisch auf der Terrasse reserviert. Ein Violinist spielte sanfte Hintergrundmusik. Es gab Austern, Kaviar und Champagner, und Frederik hatte nur Augen für sie, was Helenes Wangen zum Glühen brachte.

»Du siehst wirklich sehr schön aus heute Abend«, betonte er.

»Danke«, antwortete sie zaghaft. Es war das erste Mal, seit sie in Hamburg war, dass sie in einem so noblen Lokal speiste. Ein wenig hatte sie das Gefühl, wieder in ihrer alten Haut zu stecken. Sie war umgeben von der Noblesse ihres früheren Lebens, ohne danach gesucht zu haben.

»Du wunderst dich sicher, warum ich dich hergebracht habe.« Frederik fasste sich an den Kragen seines Jacketts.

Helene hatte die Hände vor sich auf dem Tisch übereinandergelegt und hörte ihm aufmerksam zu.

»Es ist so«, fuhr er fort und drehte den Stiel seines Glases zwischen zwei Fingern. »Wir haben entschieden, dein Weingummi-Schokoladen-Rezept umzusetzen und es in unsere Produktion aufzunehmen.«

Helene brachte keinen Ton hervor. Damit hatte sie nicht gerechnet.

»Freust du dich?«, hakte er unschlüssig nach.

»Natürlich!«, brach es aus ihr heraus. »Aber … wie?«

»Konni hat darauf bestanden, dass wir deiner Kreation Aufmerksamkeit entgegenbringen«, erklärte er. »Und jetzt, wo mein Vater sogar Lakritz gegenüber offener geworden ist, ist einfach die richtige Zeit gekommen.«

»Das ist ja wunderbar!« Helenes Freude war grenzenlos, auch, weil sie keine Erwartungen mehr gehegt hatte. Von Henri wusste sie, dass sich die Spiegels gegen Aktienkäufe entschieden hatten. Trotzdem schien das Angebot bei ihnen ein zunehmendes Interesse am Lakritz geweckt zu haben. Zu Helenes Freude hatten sie Rohlakritz geordert und erste Rezepte ausprobiert.

»Voraussichtlich werden wir im Sommer mit der Produktion deiner Süßigkeit beginnen. Dann ist sie noch vor dem Jahreswechsel im Handel.«

»Das ist super. Ich danke euch!« Helenes Herz fühlte sich auf einmal unglaublich schwerelos an. Die Wertschätzung, die sie bei ihm erfuhr, stellte alles Vorherige in den Schatten. Frederiks Blick blieb auf ihr Gesicht gerichtet.

»Helene, bist du glücklich?«, fragte er schließlich zögerlich. Er wirkte, als hätte er lange überlegt, ob diese Frage angemessen war.

Helene nippte an ihrem Glas und dachte nach. »Na ja, Glück ist selten. Es ist kurzweilig, oder nicht?«

Er sah sie verunsichert an.

»Aber jetzt gerade«, holte sie nochmals aus, »in diesem Augenblick. Ja. Ich bin glücklich. Ich habe alles, was ich brauche.«

»Das ist schön«, sagte er und atmete tief durch. »Ich nämlich auch.« Er lehnte sich vor und griff nach ihrer Hand, die locker auf dem Tischtuch lag. »Ich hatte nie vorgehabt, mich zu binden«, begann er und Helenes Herz klopfte wie wild. Sie war wie paralysiert. Frederik schluckte sichtbar, suchend nach den richtigen Worten.

»Ich dachte immer, ich bräuchte das nicht. Jedenfalls noch nicht. Bis ich dich getroffen habe.« Frederik fesselte sie mit seinem durchdringenden Blick. »Helene, ich möchte dich bitten, nein, dich fragen, ob du dir vorstellen könntest, bei mir zu bleiben. Als meine Frau.«

Ihr Herz setzte einen Schlag aus. Hatte sie richtig gehört?

»Du hast nicht nur meine Liebe zu meinem Beruf neu geweckt, sondern auch meine Wünsche für die Zukunft verändert.« Frederiks dunkle Augen leuchteten vor Zuversicht. Sie ließen sie schwach werden und Helene wurde klar, dass dies nicht nur diesem Moment geschuldet war. Sie empfand eine innige Zuneigung für ihn.

Unverhofft reichte er ihr nun auch noch seine Hand. Intuitiv verschränkte sie ihre Finger mit seinen. Als hätte er nur darauf gewartet, lächelte er erleichtert, zog ein Kästchen aus der Innentasche seines Jacketts und steckte ihr einen goldenen Ring an, daran funkelte ein Stein, reinweiß und glitzernd wie Kristallzucker. Ein Diamant, dachte sie innerlich bebend vor Rührung und Begeisterung, aber auch vor Sprachlosigkeit. Denn obwohl sie sich zu ihm hingezogen fühlte, überkamen sie Zweifel. Hatte er sich das alles auch gut überlegt?

»Ich weiß nicht, was ich sagen soll«, hauchte sie und war froh, überhaupt ein Wort aus ihrer plötzlich staubtrockenen Kehle hervorgebracht zu haben. »Das geht doch alles etwas schnell, meinst du nicht auch?«

Fragend schaute sie vom Ring auf und in sein Gesicht. Frederik zuckte nicht einmal, er schien ihre Meinung nicht zu teilen. Und auch Helenes Herz wollte ihm mit einem deutlichen Ja antworten, doch der Verstand zögerte. Zum einen, weil es einen endgültigen Schlussstrich unter ihr Leben in Köln ziehen würde. Zum anderen, weil Frederik sich in ein Gespenst verliebt hatte. Helene Kramer existierte nicht. Und als sie sich diese Tatsache ins Gedächtnis rief, spürte sie das schlechte Gewissen in sich aufwallen und es drohte sie wie eine Flutwelle niederzudrücken.

»Ich habe dich überrumpelt«, befand er selbstkritisch.

»Ja. Nein. Es ist nur …«

»Du fühlst nicht dasselbe wie ich?« Er klang verletzt.

Sie sah ihn an, schaute in seine lieben Augen und sein Lächeln, ließ ihren Puls anschwellen, jedes Mal. »Das ist es nicht«, widersprach sie. »Aber … ich bin nicht die, für die du mich hältst.«

Er schüttelte den Kopf. »Das kann ich mir nicht vorstellen. Ich denke, ich sehe dich, Helene. Sehe das, was du bist und noch werden kannst. Es ist mir egal, dass wir aus unterschiedlichen gesellschaftlichen Schichten kommen. So etwas interessiert mich nicht und du wirst sehen, meine Eltern auch nicht. Sie wollen, dass ich glücklich bin. Außerdem hast du meine Eltern ohnehin schon für dich eingenommen.«

Helene war gerührt. Frederik und seine Familie waren wundervoll.

»Sag ja!«, flehte er sie an und schenkte ihr wieder dieses umwerfende Lächeln, das ihre Knie weich werden ließ. Als sie nicht reagierte, umschloss er sanft ihre Hand noch ein wenig fester. »Überleg es dir. Ich kann warten.«

»Das tue ich. Gibst du mir zwei Tage Bedenkzeit?«

»Sicher!«, antwortete er. Dankbar legte sie ihre Hand über seine und verlor sich in seinem liebevollen Blick. Einen kurzen Moment lang war sie tatsächlich versucht gewesen, seinen Antrag sofort anzunehmen. Euphorisch taumelnd als die Helene Kramer, die sie erschaffen hatte. Fast hatte sie sich aus ihr herausgelöst und verselbstständigt. Umso mehr sehnte sich Helene jetzt, da sie ihm nicht uneingeschränkt ihr Ja schenken konnte, nach Geborgenheit, nach dem Anker in ihrem Leben.

»Du würdest es nicht bereuen.« Frederik strahlte.

»Das weiß ich«, murmelte sie leise, doch wurde von Frederik übertönt, der geräuschvoll seinen Stuhl zurückschob. Er ging um den Tisch herum, lehnte sich mit fragenden Augen zu ihr hinab und küsste sie schließlich zärtlich auf den Mund. Augenblicklich stieg in Helene ein unsagbares Glücksgefühl auf. Wie kleine Bläschen tanzte es durch ihren Körper und hinterließ eine Gänsehaut auf ihren Armen. Und mit dem Moment, in dem sich ihre Lippen voneinander lösten, wünschte Helene nichts sehnlicher, als ihre Vergangenheit und ihr altes Ich hinter sich zu lassen.

⋙ KAPITEL 11 ⋘

Am darauffolgenden Morgen war Helene himmelhochjauchzend zumute, ehe sie ein bedrückendes Gefühl von Schuld überfiel. Sie hatte kaum geschlafen. Der Ring strahlte an ihrem Finger. Sie bewegte ihre Hand und der Stein funkelte im weichen Licht der aufgehenden Sonne, die durch das Dachfenster drang. Noch vor einem Jahr hatte sie nicht damit gerechnet, ernsthaft lieben zu können. Die Vorstellung von ihr als Ehefrau hatte sie schier krank gemacht. Doch dann hatte sie unerwartet in Frederik einen Partner gefunden, dem sie auf Augenhöhe begegnete. Das hatte sie zuvor für unmöglich gehalten. Aber wie konnte sie ernsthaft in Erwägung ziehen, seinen Antrag anzunehmen? Frederik hatte sich in eine Frau verliebt, die sie nicht war, jedenfalls nicht, wenn man einem Namen Bedeutung schenkte.

»Wir müssen los!« Magdas Drängeln ließ Helene zusammenzucken. Schnell nahm sie den Ring vom Finger und verstaute ihn wieder zwischen der Unterwäsche in ihrer Nachttischschublade. Doch Magda entging ihre Heimlichtuerei nicht.

»Was hast du da?«

»Nichts«, beteuerte Helene.

Magda stand hinter ihr, die Hände in die Hüfte gestemmt. Ihre aufgewühlte Miene verriet, dass sie nicht vorhatte, klein beizugeben.

»Ist das etwa …?« Sie stoppte mitten im Satz und schlug sich beide Hände vor den Mund.

»Ist es«, murmelte Helene, die wusste, dass sie ihre Freundin nicht abwimmeln konnte. Magda entfuhr ein Quieken.

»Er will dich heiraten?« Sie setzte sich neben Helene aufs Bett und deutete auf deren Versteck. »Darf ich, darf ich sehen?«

Zögerlich holte Helene den Ring wieder hervor. Magda probierte ihn an und ihre Augen strahlten mit dem Stein um die Wette. »Er ist umwerfend. Ein absoluter Traum! So was Schönes habe ich noch nie gesehen. Er muss ein Vermögen gekostet haben.«

Helene zuckte die Schultern und nickte knapp.

»Du hast seinen Antrag angenommen!«

»Noch nicht.«

Widerwillig gab Magda ihr den Ring zurück. »Wieso das?«

»Es ist … kompliziert«, stammelte Helene.

»Nix kompliziert. Er ist der perfekte Mann. Ich verstehe nicht, warum du zögerst!«

Helene überlegte. Ihr die Wahrheit über sich zu verraten, wäre ein Befreiungsschlag. Gleichzeitig hatte sie Angst vor einer Zurückweisung. Immerhin hatte Helene sich als einfaches Mädchen ausgegeben. Jemand, der Armut und Heimatlosigkeit kannte. Und vielleicht hatte sich Magda ihr gerade deshalb so nah gefühlt. Was, wenn diese ihre Geheimniskrämerei als eine Verspottung ihres Standes ansah? Nein, sie konnte sich ihr nicht anvertrauen. Noch nicht. Wenngleich ihre Freundin zweifelsohne eine Ahnung hegte, dass Helene etwas zurückhielt. Es waren Kleinigkeiten, die Magda schon ein paarmal skeptisch dreinschauen ließen. Wie etwa das zweite Paar Lederhandschuhe oder die feinen Seidenstrümpfe, die Helene bei ihrer Ankunft getragen hatte.

»Was hast du jetzt vor?«, wollte Magda wissen, nachdem Helenes Antwort ausgeblieben war.

Helene zuckte seufzend die Schultern.

»Erzähl Frederik von deinen Gefühlen. Er wird dir deine Zweifel ausreden.«

»Was, wenn er mich gar nicht will? Wenn ich nicht die Frau bin, die er zu sehen glaubt?« Helene kam sich wie eine Hochstaplerin vor.

»Unsinn, Leni«, widersprach Magda streng. »Du bist wie immer viel zu bescheiden. Nur, weil du nicht vermögend bist, macht es dich nicht zu einem schlechteren Menschen. Du bist es wert, geliebt zu werden, mehr als viele andere, die mit ihren Pelzen und Goldringen protzen.« Sie strich Helene sanft über die Wange und lächelte. »Frederik ist ein netter Mann, der dich so sieht, wie du bist. Solange du ehrlich zu dir selbst bist, kann nichts schiefgehen.«

Ehrlich zu mir selbst, dachte Helene und nickte wie in Trance. »Du hast recht.«

»Ich weiß. Habe ich immer. So, jetzt müssen wir aber wirklich gehen.« Magda stand auf und warf Helene den Mantel zu. Während sie das Haus verließen und wie jeden Morgen mit dem Tross der Fabrikarbeiterinnen zum Werk gingen, spürte Helene eine unerschütterliche Zugehörigkeit. Sie war dankbar, eine Freundin wie Magda gefunden zu haben und Erfahrungen machen zu können, die weit über das hinausgingen, was sie in Köln erwartet hätte. Gleichzeitig hatte sie furchtbare Angst das zu verlieren, was sie so unverhofft gefunden hatte.

Noch am selben Abend suchte sie Frederik auf. Magdas Ratschlag, aufrichtig zu sich selbst sein, hatte Wellen in ihr geschlagen. Während sie in der Werkstatt an Bonbons und Zuckermasse gearbeitet hatte, hatte sie reiflich nachgedacht und festgestellt, dass es so nicht weitergehen konnte. Vielleicht hätte sie als Helene Kramer alles hinter sich lassen können. Die notwendigen Dokumente für die Hochzeit wären schon irgendwie zu beschaffen gewesen. Sicher gab es in der Hamburger Unterwelt Fälscher, die ihr einen neuen Ausweis verschaffen konnten. In Köln war das, laut Henri, der in allen möglichen Kreisen Bekanntschaften hatte, jedenfalls kein Problem. Doch die Rolle der Lügnerin stand ihr nicht. Sie war weder so durchtrieben wie ihr Vater noch so abgebrüht wie ihr Bruder Alfred. Helene wollte die Gutgläubigkeit der Menschen nicht für ihre Zwecke nutzen. Auch wenn es bedeutete, alles zu verlieren, so würde sie dennoch zu gegebener Zeit beruhigt sein, in dem Wissen, das Richtige getan zu haben.

Nervös nestelte sie am Kragen ihrer Bluse, als sie Frederiks Büro betrat. Sobald er sie sah, kam er hinter seinem Schreibtisch hervor.

»Leni!« Sein Lächeln umfing sie, doch Helene erwiderte es nicht. Besorgt machte er einen Schritt zurück und wurde ernst.

»Ich nehme an, du hast dich entschieden?«, fragte er zurückhaltend.

Sie holte tief Luft. »Deswegen bin ich nicht gekommen. Jedenfalls nicht direkt.«

»Oh. Na gut, dann …« Er schürzte die Lippen. »Möchtest du dich setzen?«

Unschlüssig schaute sie auf den Sessel, auf den er deutete, und nahm schließlich Platz. »Vielleicht willst du dich auch lieber hinsetzen?«

Mit bedrückter Miene kam er ihrem Vorschlag nach und sank zurück in seinen Stuhl.

»Du trägst meinen Ring nicht.«

»Nein, ich …« Sie holte erneut Luft, doch die Worte wollten einfach nicht kommen.

»Schieß los. So schlimm kann es schon nicht sein«, ermunterte er sie.

»Wie man es nimmt.« Helene wich seinem Blick aus, der abwartend auf ihr Gesicht gerichtet war. »Du solltest etwas wissen. Etwas, das mich betrifft.«

»In Ordnung.« Er lehnte sich gespannt vor.

»Ich hätte es dir schon längst sagen sollen. Dass ich es nicht getan habe, bereue ich zutiefst. Ich würde verstehen, wenn du mich lieber wegschicken willst.«

»Wegschicken? Wovon redest du bitte?«

Sie sah ihn an. »Ich war nicht ehrlich zu dir, Frederik.«

»Ich denke, ich verstehe.« Er seufzte resigniert. »Du fühlst nicht dasselbe.«

»Das ist es nicht. Es ist …« Sie musste sich zwingen weiterzusprechen. »Ich bin nicht die, für die du mich hältst.«

»Leni, das ist …«

»Bitte hör mir zu!« Es grämte sie, dass er sie nicht ernst nehmen wollte. »Mein Nachname ist nicht Kramer. Ich heiße Helene Elisabeth Isabella Wilhelmine …«

»Das sind ganz schön viele Namen«, schob er mit einem verhaltenen Lächeln ein.

Sie schluckte schwerfällig und sprach weiter: »… von Ratschek.«

Reumütig schaute sie ihn an. In seinem Gesicht stand eine Mischung aus Verwunderung und Verstörung und noch etwas anderes, das Helene nicht deuten konnte.

»Ich weiß, ich hätte von vornherein ehrlich zu dir sein sollen. Aber ich hatte Angst. Angst davor, was mein Name anrichten könnte.«

»Du bist die Tochter des Fruchtgummi- und Lakritzbarons?«, fragte er mit zusammengezogenen Brauen.

Sie stieß ein Seufzen aus und nickte.

»Bist du … bist du so etwas wie eine Wirtschaftsspionin?«

»Nein. Natürlich nicht!«, widersprach Helene und beschloss, ihm die ganze Wahrheit zu erzählen. Er sollte wissen, dass sie ihren Fehler aufrichtig bereute. »Ich habe meiner Familie den Rücken gekehrt. Wir hatten einige Differenzen. Ich bin fortgelaufen, weil mein Vater sich weigerte, mich neben meinen Brüdern als gleichberechtigt anzuerkennen. Und vor einer arrangierten Ehe.«

Frederik schaute sie ungläubig an.

»Meine Familie ist nicht wie deine«, fuhr sie erbittert fort. »Meine Eltern sind überaus altmodisch, wenn es um Geschlechterrollen geht. Hamburg war für mich eine Möglichkeit, den Fesseln zu entkommen, die mir von ihnen angelegt worden sind.«

»Und da kamst du ausgerechnet hierher? Zu uns?« Frederiks Miene war eisig. Helene lief es kalt den Rücken hinunter. Nie zuvor hatte er sie so angesehen. »Dann war das auf dem Empfang dein Bruder?«

»Ja«, antwortete sie heiser.

Kopfschüttelnd schnaubte er aus.

»Ich hatte keine Ahnung, dass er da sein würde. Und er hat auch nicht mit mir gerechnet.«

»Das klingt absurd.«

Nickend stimmte sie ihm zu. »Du hast recht. Es klingt absurd. Aber du musst verstehen, dass alles, was ich je wollte, war, meine eigenen Süßigkeiten zu entwickeln und zu erleben, wie sie den

Menschen Freude bereiten. Ich wollte lernen, was mir von meiner Familie verboten worden war, und wissen, ob es ein anderes Leben für mich gibt. Und doch war ich nicht darauf eingestellt, dass meine Träume eines Tages wahr werden könnten. Es grenzt an ein Wunder, aber, ich glaube, ich habe mein Glück gefunden.«

Ihre Stimme brach ein und ihr Zaudern brachte Frederik dazu, sie anzusehen. »Hier bei euch erlebe ich tagtäglich Freundschaft, Wertschätzung und … Liebe.«

Frederik seufzte unterdrückt und seine Züge wurden wieder weicher.

»Ich wollte dich nicht belügen.« Helene kämpfte mit den Tränen. »Es tut mir unendlich leid, es doch getan zu haben, denn du bist einer der wenigen wahrhaft aufrichtigen Menschen, der gütigste und fehlerfreiste.«

»Niemand ist fehlerfrei«, entgegnete er tonlos.

»Dann bist du aber nah dran, es zu sein.«

Er hob überrascht die Brauen und über sein Gesicht huschte die Andeutung eines Lächelns, bevor er wieder ernst wurde und neben Helene ins Nichts schaute. Lange, in Stille gehüllte Sekunden vergingen.

»Du musst mich nicht auffordern zu gehen«, sagte Helene, nachdem sie die Hoffnung aufgab, dass er ihr vergeben könnte. »Ich verstehe das. Das tue ich wirklich. Ich werde meine Sachen packen.« Sie stand auf und ging zur Tür.

»Leni!« Er hatte ihren Namen nur gehaucht und doch hatte es ausgereicht, um ihr Herz mit Zuversicht anzufüllen. Langsam drehte sie sich wieder um. Frederik kam zu ihr.

»Ich will nicht, dass du gehst!« Seine dunklen Augen tasteten sich über ihr Gesicht. »Du bist also eine von Ratschek.«

Helene nickte matt.

»Nun, irgendwie habe ich es wohl sogar geahnt«, sagte er todernst. »Für eine Schustertochter kennst du dich einfach zu gut aus. Süßigkeiten und Aktien? Ich fürchte, du warst unachtsam. Es wäre nicht mehr lang gut gegangen.«

»Nein«, raunte sie frustriert und senkte den Blick. »Vermutlich nicht.«

Wieder wurde es still zwischen ihnen. Helene glaubte noch immer gehen zu müssen, aber ihre Füße bewegten sich nicht vom Fleck. Unvermittelt legte Frederik seinen Daumen an ihr Kinn und brachte sie auf diese Weise dazu, ihn anzusehen. »Nun, wir werden das meinen Eltern schonend beibringen müssen. Aber ich denke, sie werden Verständnis haben.«

»Du bist … gar nicht wütend?« Helene blinzelte ihn verwundert an.

»Wieso sollte ich wütend sein? Du hast getan, was du musstest. Und nun ist alles klar. Ein Name ist nicht mehr als ein Name.« Er nahm ihre Hand in seine. »Jetzt musst du dich nur noch entscheiden, wie du in Zukunft heißen möchtest.« Er lächelte sanft. Helenes Herz stolperte. Sie konnte nicht glauben, dass er ihr die Unehrlichkeit nachsah, und im ersten Moment hatte sie das Gefühl, seine Nachsicht nicht zu verdienen. Niemand, jedenfalls keiner der Männer, die sie kennengelernt hatte, hätte sie überhaupt noch angesehen. Frederik hingegen schien bereits zu vergessen, dass sie unter falschen Voraussetzungen zu ihm gekommen war.

»Ich bin deiner Güte nicht würdig«, platzte es aus ihr heraus und sie schlang die Arme um ihre Brust.

»Das ist nicht wahr.« Er näherte sich ihr. Helene spürte, wie ein warmes Gefühl in ihr aufstieg, das sich in einem Kribbeln in der Magengrube entlud. Sobald Frederik ihre Wange berührte, war es, als hätte sie Feuer gefangen. Sie ließ die Arme sinken, lehnte sich an ihn und atmete erleichtert durch. Sein Hemd duftete nach Sandelholz und Zitronen. Sie schaute zu ihm auf, blickte in sein gütiges Gesicht und konnte sich nicht länger zurückhalten. Helene küsste ihn hingebungsvoll und zärtlich, und er erwiderte ihren Kuss auf dieselbe Weise. Sanft legte er die Hände um ihre Taille und zog sie an sich. Sämtliche Zweifel, die Helene zuvor zurückgehalten hatten, schienen wie fortgewischt zu sein. Frederik war der großherzigste Mann, dem sie je begegnet war. Wie konnte sie ihn nicht lieben?

Konni überprüfte das Maß der Weingummischnur und nickte brummend. Helenes Prototyp war genau fünf Zentimeter lang. So hatte es sich der Vertrieb vorgestellt. In eingerolltem Zustand hatte die Süßigkeit eine mundgerechte Größe. Die einzelnen Arbeitsschritte hielt der Meister in einem schwarzen Notizbuch fest. Helene konnte immer noch nicht glauben, dass ihre Kreation bald die Schaufenster der Süßwarenhandlungen zieren würde. Im Glück schwelgend mischte sie den Kakao mit Milchpulver an.

»Die Glasur muss eine Temperatur von genau 35 Grad haben, bevor sie auftragen wird«, diktierte sie ihrem Lehrmeister. »Nur so hat sie die ideale Fließfähigkeit. Und wird nach dem Trocknen nicht rissig.«

»Gibt es eigentlich schon einen Termin?«, fragte Konni und kritzelte in sein Buch.

Helene stellte die Schüssel beiseite und rollte sorgfältig das Weingummi ein. Es war warm und weich, so dass es sich mühelos formen ließ.

»Noch nicht.« Sie hatte ihm und Hannes von der Verlobung mit Frederik erzählt.

»Das gibt eine ordentliche Fete.« Konni grinste, als habe er bereits eine lebhafte Vorstellung der Feierlichkeiten.

»Wahrscheinlich.« Helene teilte seine Euphorie mit Zurückhaltung, denn sie hatte sich noch nicht ganz an die neuen Umstände gewöhnt. Damit war sie nicht allein. Im Gegensatz zu vielen Fabrikarbeiterinnen, die ihr Vorsatz vorwarfen, hatte ihr Meister kein Problem damit, dass sie schon bald Frau Spiegel sein würde. Konzentriert tunkte sie den Finger in die flüssige Schokolade und probierte. »Perfekt!«, urteilte sie und begann, mit einem Pinsel eine ebenmäßige Schicht auf das Weingummi aufzutragen.

»Dann haben wir's.« Konni setzte einen Punkt unter das Rezept und reichte Helene das Notizbuch, dem ein loses Blatt auflag. »Du musst hier unterschreiben.« Er tippte mit dem Stift auf die untere Hälfte des Papiers. »Wegen der Urheberrechte und so.«

Helene wischte ihre Hände mit einem Tuch ab und betrachtete kurz die leere Zeile, die für ihren Namen vorgesehen war. Sobald sie ihre Unterschrift unter das Formular gesetzt hatte, würden ihre Weingummi-Pralinen auf die Firma Spiegel übergehen und damit auch das Recht zur Vervielfältigung. Für einen Moment drängte sich ihr der Gedanke auf, dass es ebenso die Manufaktur ihres Vaters hätte sein können. Aber er hatte sich nie für ihre Arbeit interessiert.

»Leni?« Konni holte sie aus ihren tiefen Gedanken. Noch einmal hielt Helene mit dem Stift in der Hand inne, aber nur kurz, dann setzte sie ihren Namen unter das Dokument. Unmerklich schüttelte sie den Kopf, als sich ihr die Ironie dahinter aufdrängte. Die Tochter des Fruchtgummi- und Lakritzbarons verkaufte ihr Rezept an dessen Konkurrenten. Erstaunlicherweise fühlte sie weder Scham noch Reue. Stattdessen Genugtuung und Vorfreude auf das, was kommen würde. Ein Bote aus der Geschäftsabteilung sammelte das Dokument ein und brachte es in die obere Etage, damit ihre Idee in Masse Gestalt annehmen konnte. Obwohl sie keine Zweifel hatte, dass dieser Schritt richtig gewesen war, entfuhr ihr ein Seufzer. Es gab etwas in ihr, das sich gewünscht hätte, dass ihre Süßigkeit einen Platz unter den Von-Ratschek-Produkten erhalten hätte. Ein Kloß hatte sich in ihrer Kehle festgesetzt, der sie daran erinnerte, dass sie noch nicht vollständig losgelassen hatte. Ihre Hochzeit würde das hoffentlich ändern, ein für alle Mal.

»Ich bin stolz auf dich, Leni.« Konni tätschelte ihre Schulter und sie spürte eine Last von sich abfallen. In seinen braunen Augen, die sich im Schatten seiner buschigen Brauen befanden, stand aber auch Mitgefühl. Spürte er etwa ihren Zwist?

»Du hast es dir verdient. Gut gemacht«, betonte er nochmals, zog seine Pfeife aus der Westentasche und schob sie sich in den Mundwinkel. »Und jetzt geh. Hast ja noch was Wichtiges zu erledigen.«

Helene warf einen nervösen Blick auf die Uhr und schreckte zusammen. Sie war spät dran. Frederik hatte ein Mittagessen mit seinen Eltern arrangiert, bei dem sie ihnen von der Verlobung erzählen wollten. Er hatte alles akribisch vorbereitet und ihr ein atemberaubendes Kleid aus einer der teuersten Boutiquen der Stadt aufs Zimmer schicken lassen. Cremeweiß mit Spitzenbesatz. Damit hatte er exakt ihren Geschmack getroffen. Es verblüffte Helene, wie gut er sie zu kennen schien. Deshalb vertraute sie auch darauf, dass er den richtigen Zeitpunkt gewählt hatte, mit seinen Eltern zu sprechen. Dennoch ließ die Aufregung ihren Puls in regelmäßigen Abständen in die Höhe schnellen.

Auf der Treppe des Mietshauses angekommen, nahm sie immer zwei Stufen gleichzeitig bis in ihr Stockwerk. Sie zog ihren Schlüssel aus der Tasche. Ehe sie ihn jedoch ins Schloss steckte, merkte sie, dass die Tür bereits offen war. Vorsichtig trat sie ein.

»Hallo Leni!« Ihre Mutter drehte sich im Stand zu ihr um.

»Mama?« Helene blinzelte ihr entgegen. Es war, als stünde ein Geist vor ihr.

»Deine Hausverwalterin war so freundlich, mich gegen einen Obolus hereinzulassen.« Klara glättete den Kragen ihres Silberfuchs-Pelzmantels.

»Warum bist du hier?«

»Ich hatte schon längst kommen wollen. Um zu sehen, wie du so lebst«, überging sie Helenes Frage. »Und ich muss sagen … es ist ziemlich unprätentiös.« Sie ließ ihren Blick im Zimmer umherschweifen.

»Mir reicht es vollkommen.« Helene verschränkte die Arme vor der Brust.

Klara lächelte angestrengt. »Ich dachte, du könntest mir ein wenig die Stadt zeigen. Es ist ewig her, dass ich in Hamburg war. Bestimmt hat sich einiges verändert. Wir gehen was essen, ja? Ich bezahle.« Sie wandte sich zur Tür, als könne sie es nicht erwarten, das winzige Zimmer zu verlassen.

»Ich freue mich, dass du mich besuchst«, sagte Helene. »Aber es ist gerade ungünstig. Ich bin bereits zum Mittagessen verabredet.« Sie ging zielstrebig zu ihrem Schrank und holte das Kleid hervor, das ihr Frederik gekauft hatte. »Vielleicht können wir uns heute Abend sehen. In welchem Hotel wohnst du?«

Ihre Mutter atmete hörbar aus, dann sank sie auf Helenes Bett. »Ehrlich gesagt, habe ich noch keins«, sagte sie und klang selbst verwundert über diese Tatsache.

Langsam drehte sich Helene zu ihr um und sah sie unverwandt an. Unvorbereitet zu verreisen, sah ihrer Mutter gar nicht ähnlich.

»Ich bin eben erst eingetroffen, weißt du?«, rechtfertigte diese sich und strich erneut ihren Pelzkragen glatt.

»Na dann. Ich werde dich auf dem Weg zum Restaurant in einem Hotel absetzen, das deinen Bedürfnissen entspricht.«

Klara nickte hastig und mit zusammengepressten Lippen. Helene wurde das Gefühl nicht los, dass etwas nicht in Ordnung war. Sie hatte sich jedoch vorgenommen, die Familienprobleme nicht mehr an sich heranzulassen. Rasch zog sie ihre Arbeitskleidung aus und nahm das teure Kleid vom Bügel, kam jedoch nicht gegen alte Gewohnheiten an. »Was ist los, Mama? Du bist doch nicht den weiten Weg gekommen, nur, um mich zu besuchen. Du reist nicht gern allein. Und ich sehe weder einen meiner Brüder noch meinen Vater.« Vor dem Spiegel stehend knöpfte Helene ihr Kleid zu.

Schluchzend presste sich ihre Mutter ein Taschentuch vors Gesicht.

»Mama?« Helenes Mauer der Strenge zerbröselte, als sie ihre Mutter weinen sah. »Was ist denn? Ist es wegen Vater? Du solltest einen Schlussstrich ziehen und gehen. Er hat dich nicht verdient. Das hatte er nie.«

Klara schaute mit großen Augen zu ihrer Tochter auf. Entsetzt von der Härte ihrer Worte unterbrach sie ihr Schluchzen. »Warum sagst du so etwas?«

»Weil es die Wahrheit ist.« Helene wandte sich ihrem Frisiertisch zu und kämmte sich das Haar. »Du wärst besser dran ohne ihn. Und das weißt du auch.« Sie sah im Spiegel, wie ihre Mutter betroffen die Schultern hängen ließ.

»Ich erkenne dich nicht wieder, Leni. Du bist …« Klara machte eine Pause, verzweifelt nach der richtigen Formulierung suchend.

»… erwachsen geworden«, fand sie sie schließlich und klang beinahe bestürzt.

»Wir alle werden erwachsen, Mutter. Die einen früher, die anderen später.« Helene atmete ihre Enttäuschung weg, dann setzte sie den schwarzen Kajalstift an ihrem unteren Lid an.

»Dein Vater leidet große Qualen.« Klara stopfte sich ihr Taschentuch zurück in den Ärmel. »Er kann es nicht zeigen, nicht zugeben, aber ich weiß, es ist wegen dir. Weil du uns verlassen hast.«

Helene hielt mit dem Stift in der Hand inne, die zu zittern begonnen hatte. Hatte sie einen Vorwurf herausgehört?

Ihre Mutter sprach ungerührt weiter. »Ich mache mir ernsthafte Sorgen, um seinen geistigen Zustand. Er lacht nicht mehr, will kaum etwas essen, scheint immerzu in Gedanken vertieft. Ich glaube, er steckt fest in einer Art von Melancholie, die der Verlust seiner einzigen Tochter hervorgebracht hat. Und ich denke, ich trage eine Mitschuld daran. Weil ich dein Fortgehen unterstützt habe.« Wieder schluchzte sie.

»Das alles kann ich nur schwer glauben.«

»Und doch ist es so. Deine Brüder machen die Situation nicht besser. Alfred und Henri … sie bekämpfen einander. Die Trostlosigkeit in der Fabrik ist kaum auszuhalten.«

»Das ist nichts Neues«, stellte Helene klar. »Es wundert mich jedoch sehr, dass es euch überrascht.« Sie umfasste ihr rechtes Handgelenk, um den Lidstrich fertig zu ziehen.

»Sie brauchen dich, um zu vermitteln.«

Helene ließ den Stift sinken. Gemächlich drehte sie sich zu ihrer Mutter um. »Ach so. Dafür bin ich also gut genug?«

»Du missverstehst mich.« Schlichtend hob Klara eine Hand an. »Ich meinte lediglich, dass … nun, deine Brüder haben stets auf dich gehört, wenn sie nicht mehr miteinander reden konnten. Ohne dich, befürchte ich, haben sie den Sinn für den jeweils anderen gänzlich verloren.«

Einen Moment lang starrte Helene nachdenklich in die Luft, ehe sie fragte: »Hat er dich hierhergeschickt? Vater? Damit ich zurückkomme und glattbügele, was die Männer unserer Familie zerstört haben? Damit ich wieder nach seiner Pfeife tanze? Wann verstehst du es endlich, Mutter? Du, ich, meine Brüder, wir müssen alle dem Weg folgen, den er für uns vorgesehen hat. Da mache ich nicht mehr mit.«

Klara schüttelte den Kopf. »Er weiß nicht, dass ich hier bin.«

»Ich nehme an, es fällt ihm auch nicht auf, dass du weg bist. Jedenfalls fürs Erste.« Helene gelang es nicht, sich zu zügeln.

»Warum bist du so herzlos?« Ihre Mutter brachte nur noch ein Flüstern hervor, das nahtlos in ein weiteres Schluchzen überging.

»Verzeih, ich wollte nicht zynisch werden. Aber ich war nicht diejenige, die entschieden hat, dass es keinen Platz für eine Frau in dem Unternehmen unserer Familie gibt. Vater wollte mich an diesen Langen verkaufen wie eine Zuchtstute. Ich habe ihn angefleht, es nicht zu tun. Mir die Möglichkeit zu geben, mich in der Firma zu beweisen. Aber er hat nicht eingelenkt, obwohl er wusste, wie unglücklich ich war. Ich habe mich immer für unser Unternehmen starkgemacht. Und wie wurde es mir gedankt? Alfred hat mein Rezept als seines hingestellt, und das, obwohl alle wissen, dass er nichts von der Herstellung von Süßigkeiten versteht. Niemand hat dem irgendetwas entgegengesetzt. Auch du nicht.«

»Aber wir alle wissen doch, dass es deine Idee war.«

»Und was bringt mir das?« Helene schaute ihrer Mutter direkt ins Gesicht, diese senkte kurz den Blick.

»Dein Vater und Alfred wollten dich nur beschützen. Du weißt doch, eine Frau, die geschäftlich involviert ist, erhält keinen Respekt. Die Vertriebsleitung hätte deine Idee nicht umgesetzt, hätte Alfred sie nicht unter seinem Namen in die Produktion aufgenommen.«

»Merkwürdig. Du glaubst nicht, was ich eben unterschrieben habe. Ich habe ein Rezept verkauft – an die Spiegels. Sie werden meine Süßigkeit in ihr Programm aufnehmen, unter meinem Namen, ganz problemlos.«

Klaras Brauen hoben sich unmerklich und für wenige Sekunden schien sie sprachlos zu sein. »Nun ja«, stammelte sie. »Hier herrschen andere Sitten.«

»Und welche anderen Sitten sollen das sein?« Helene fand diese Argumentation haltlos.

»Na ja. Die Spiegels sind Juden.«

»Und was genau hat das damit zu tun?« Empört stand Helene vom Stuhl auf.

»Nichts. Was ich meinte, ist, dass Juden eine lockerere Auffassung der Dinge haben.«

»Ist dem so? Ganz egal, denn ich schätze es. Hier bin ich jemand. Was bitte bin ich schon bei euch in Köln?«

»Du bist unsere Tochter! Und wir wollen, dass du nach Hause kommst.« Klara schlug mit der flachen Hand auf ihren Oberschenkel, trotzig wie ein kleines Mädchen.

»Ich bin mir nicht mehr sicher, wo das ist – zu Hause.« Helene ging zur Tür. »Ich muss jetzt los.« Sie bedeutete ihrer Mutter, das Zimmer zu verlassen. Zögerlich kam diese ihrer Weisung nach.

Auf dem Weg zum Hotel redeten sie kaum miteinander. Helene versprach, am Abend noch einmal zu ihr zu kommen. Vielleicht, so dachte sie, hätten sich ihre Gemüter bis dahin beruhigt. Im

Grunde freute sie sich nämlich über den Besuch und darüber, sie wiederzusehen. Nur die Themen, die ihre Mutter angeschlagen hatte, waren für sie nicht verhandelbar. Warum war ihr Vater nicht selbst gekommen, wenn es ihm doch so wichtig war, dass sie nach Köln zurückkehrte? Diese Frage beschäftigte sie noch während des Mittagessens. Sie war ungewöhnlich still. Dabei hatten Igor und Rachel Spiegel sie herzlich aufgenommen. Frederik hatte seine Eltern bereits vorbereitet. Es schien ihnen nichts auszumachen, dass sie eine von Ratschek war. Wie Frederik es vorhergesagt hatte, brachten sie Mitgefühl und Verständnis für ihr Handeln auf. Ohne zu zögern waren sie bereit, Helene in die Familie aufzunehmen und ihr den Schutz zu bieten, den der Name Spiegel für sie mit sich bringen würde. Helene genoss die Harmonie dieser Familie und vergaß darunter beinahe die Probleme, die ihre Mutter aus der Heimat zu ihr gebracht hatte.

Das Hotel Vier Jahreszeiten lag nur zwei Querstraßen vom Restaurant entfernt. Trotzdem vermied es Helene, direkt nach dem Treffen mit den Spiegels dorthin zu gehen. Zuvor wollte sie das Chaos lichten, das in ihr herrschte. Der Besuch ihrer Mutter hatte Gefühle zum Vorschein gebracht, von denen sie geglaubt hatte, sie wären überwunden – die Verantwortung ihrer Familie und der Firma gegenüber, der Drang, den ewigen Konflikt ihrer Brüder zu schlichten. Für Henri da zu sein, der zu sanft für diese Welt war, und für ihre Mutter, die es nicht schaffte, sich gegen ihren Ehemann zu behaupten. Helene überlegte angestrengt, ob diese in Bezug auf dessen Zustand die Wahrheit sagte. Sollte er nach all der Zeit wirklich bemerkt haben, wie sehr seine Tochter fehlte? Ihm, aber auch dem Gesamtkonstrukt der Familie von Ratschek? Sie kam zu keiner Antwort. Nur, wenn es um Frederik ging, schien ihre Welt sicher zu sein. Gedankenverloren betrachtete sie seinen Ring, der an ihrem Finger wie gemalt aussah. Beinahe unwirklich.

Der Wind jagte Blätter über die Straßen, als sie sich am späten Nachmittag auf den Weg ins Hotel machte. Helene hatte beschlossen, ihrer Mutter von ihren Zukunftsplänen zu erzählen. Davon, dass sie sich entschieden hatte, Frederik zu heiraten und nicht an den Rhein zurückzukehren. Die Streitigkeiten in Köln sollten nun andere austragen. Doch als sie die Zimmernummer ihrer Mutter an die Hotelpforte erfragte, erfuhr sie, dass diese schon wieder abgereist war.

»Aber sie ist doch heute erst gekommen«, murmelte Helene wie zu sich selbst. Bedrückt machte sie kehrt. Ihr Herz fühlte sich unvermittelt leer an und sie bereute es, nicht mehr mit ihrer Mutter gesprochen zu haben. Sie hatte ihre Fehler, aber trotzdem liebte sie sie.

Auf dem Weg nach Hause blies der Wind Helene entgegen, krampfhaft hielt sie sich den Mantelkragen zu. Dass ihre Mutter überstürzt abgereist war, passte nicht zu ihr. Sie verabscheute lange Reisen und wenn sie dennoch welche unternahm, benötigte sie mehrere Tage, um sich davon zu erholen. Wieso hatte sie mit ihren Gewohnheiten gebrochen? Helene machte sich Vorwürfe. Sie hätte ihr aufmerksamer zuhören, ihre Worte ernster nehmen sollen. Unabsichtlich hatte sie ihr das Gefühl gegeben, nicht willkommen zu sein.

Herzlos, schoss Helene das Urteil ihrer Mutter über sie durch den Kopf, als sie wenig später in ihrem Zimmer saß und in reuiger Zustimmung schwer schluckte. Mit einem Mal drängte sich ihr ein Verdacht auf: Ihre Mutter war nicht wegen ihres Vaters hergekommen, sondern weil sie nicht mehr weiterwusste. Was war geschehen? Stand es um die von Ratschek schlimmer, als sie hatte verlauten lassen?

Kapitel 12

November, 1929

Der Herbst färbte die Baumkronen golden. Helenes Weingummi war inzwischen in den Läden eingetroffen und stellte sich binnen kürzester Zeit als Kundenliebling heraus. Sogar in Norwegen waren ihre Süßigkeiten gefragt, so dass das Werk nur zwei Monate nach Markteinführung mit der Produktion kaum noch hinterherkam. Die Kunden wollten mehr, weshalb die Spiegels Helene beauftragten, weitere Rezepte für sie zu kreieren. Unter anderem mit Lakritz. Endlich schien sich ihr Leben in die Richtung zu entwickeln, die sie sich stets erträumt hatte. Einzig ihre Familie schmälerte ihre Freude. Sie hatte ihre Eltern zu ihrer Hochzeit eingeladen, die für Ende Mai geplant war. Die Spiegels hatten für die Feier ein Kreuzfahrtschiff gemietet, das bei Sonnenuntergang auslaufen würde. Sämtliche Mitarbeiter würden kommen ebenso wie Freunde und Verwandte. Tante Astrid und Laurie hatten zugesagt. Henri würde sein Erscheinen einrichten. Nur ihre Eltern und Alfred hatten über ihre Sekretärin in einem nüchternen Antwortschreiben ausrichten lassen, das sie anderweitig verpflichtet seien. Helene bemühte sich, ihre Enttäuschung nicht zu zeigen. Sie fand Trost und Halt bei Frederik und glaubte, nach vorn sehen zu können. Bis zu dem Tag, an dem die Stimmung in der Fabrik einen Tiefpunkt erreichte.

»Es ist ein Desaster!« Konni knallte die Zeitung auf den Tisch im Pausenraum, an dem Helene ihren Kaffee trank. Zwei Kollegen aus der Produktion beugten sich sorgenvoll über die Schlagzeile.

Nach kollabierter Börse,
Aktienindex geht weltweit in den Keller.
Inflation droht.

Auch Helene überflog nun die Titelseite, dann hob sie schockiert den Blick.

»Was heißt das? Ich verstehe gar nichts«, murrte einer der Fabrikarbeiter.

»Das ist seit Tagen auf jeder Zeitung.« Konni tippte ungehalten auf den Artikel. »Sie nennen ihn den Schwarzen Donnerstag. Wie das schon klingt. Der Tag, an dem es zu massiven Kursverlusten an der New Yorker Börse gekommen ist.«

»Und was haben wir mit New York zu tun?«, warf Hannes ein.

»Anscheinend ’ne Menge.« Konni strich sich besorgt über den Bart. »Der ganze Schiet ist zu uns nach Europa rübergeschwappt.«

»Es bedeutet, dass sich die Großinvestoren verkalkuliert haben«, raunte Helene beim Lesen des Artikels.

»Die Staatsgeschäfte machen uns bankrott«, sagte einer der Männer hinter ihr. »Unser Geld wird wertlos sein. Lebensmittel nicht mehr bezahlbar.«

»Ist das sicher?« Helene fragte sich, wieso sie erst jetzt erfuhr, wie ernst es aussah. »Ich muss sofort zu Frederik«, stieß sie aus und machte sich auf den Weg. Eilig nahm sie die Treppe ins Obergeschoss und erreichte sein Büro vollkommen außer Atem.

»Herein«, hörte sie ihn sagen, nachdem sie angeklopft hatte. Sie rauschte ins Zimmer, die Zeitung noch in ihren Händen. Er betrachtete sie verwundert. »Guten Morgen, Leni.«

»Hast du die Schlagzeilen gesehen?«, fragte sie, ohne auf seine Begrüßung einzugehen. Sein Lächeln erstarb, als er die Tageszeitung an sich nahm, doch er warf nur einen flüchtigen Blick darauf und sank in seinen Lehnstuhl. »Ich habe davon gehört, ja.«

»Und?«, fragte sie aufgewühlt.

»Für uns wird sich nicht viel ändern.« Seine Sorglosigkeit kam ihr befremdlich vor.

»Aber die Rohstoffpreise …«

»Werden anziehen, das stimmt.« Er beugte sich zu ihr vor, nahm ihre Hand und zog sie auf seinen Schoß. »Doch darauf sind wir vorbereitet. Unsere Lager sind voll. Vorläufig werden wir zurechtkommen. Für eine Weile werden wir weniger produzieren, aber die Wirtschaft wird sich erholen und in der Zwischenzeit werden sich die Menschen an die höheren Preise gewöhnen. So ist es immer.«

»Dann gibt es vorerst keine Entlassungen?«, fragte sie, weil sie das mit am meisten beschäftigte.

Er schüttelte den Kopf. »Nein. Wir werden das meistern. Allerdings …« Er machte eine Pause, in der er einen tiefen Atemzug nahm. »Wir sind mit unserem Unternehmen auch nicht an der Börse.«

Helene machte sich von ihm los. Wochenlang hatte sie kaum an Köln gedacht. Nun hatte die Wirtschaftslage sie unwillentlich gedanklich wieder zu dem Unternehmen zurückgeführt, das sie verstoßen hatte.

»Der ist heute für dich angekommen.« Frederik öffnete seine Schublade und holte einen Brief hervor. »Er war an die Werkstatt adressiert. Ich habe ihn für dich entgegengenommen, weil ich dich vorwarnen wollte. Ich dachte, du möchtest lieber nicht allein sein, wenn du ihn liest. Er ist von …«

»Meinem Bruder.« Sie nahm ihm den Brief ab und studierte den Absender. Ungeduldig öffnete sie den Umschlag.

Liebes Lenchen,
ich wünschte, es gäbe einen freudigeren Grund für diesen Brief. Du hast verdient, Dich auf die glanzvolle Zeit der Ehe vorzubereiten, die Dir gewiss bevorsteht. Ich schätze Deine Wahl, wie Du weißt, und stehe voll und ganz hinter Dir. Und doch kenne ich Dich gut genug, um zu wissen, dass Dich die Ereignisse interessieren werden, die sich in diesen Tagen in Köln zutragen.
Bestimmt hat Dich die Nachricht vom Börsenkrach erreicht. Der Aktienmarkt ist im Keller. Süßholz droht unbezahlbar zu werden. Alfred hat nicht auf mich gehört und sich verspekuliert. Unsere Firma ist nahezu wertlos geworden. Wir sind gezwungen, uns zu verkleinern, Personal zu entlassen, das seit dreißig Jahren für uns arbeitet. Ich habe das nie gewollt, diese Verantwortung und die Nähe zu Alfred. Du weißt, wie stur er ist. Eines ist mir durch die Zusammenarbeit mit ihm klar geworden: Unser Bruder ist verlogen. Er geht über Leichen, um seine Ziele zu erreichen, und unser Unternehmen bedeutet ihm nichts. Er will es verkaufen, Leni! Mir ist ein Schreiben eines Schweizer Investors in die Hände gelangt, aus dem hervorgeht, dass er bereits in Verhandlungen steht. Kein Wort hat er darüber verloren. Er weigert sich, mich miteinzubeziehen, und will über den Verkauf allein entscheiden, denn unser Vater ist krank. Dir gegenüber wurde ich angehalten, Stillschweigen darüber zu bewahren, doch es geht Dich ebenso etwas an. Vater hat seit Tagen das Bett nicht verlassen, kann kaum sprechen, das Essen muss ihm angereicht werden. Mutter wacht immerzu an seiner Seite. Der Arzt meint, er hätte einen Schlaganfall erlitten. Die Nachricht von der Börse hat ihn schwer getroffen. Nun spielt Alfred sich auf, als wäre unser Vater bereits tot. Seinetwegen hat es Aufstände im Werk gegeben. Die Menschen sind aufgebracht. Sie fürchten

um ihre Zukunft, ihre Existenz. Kann man es ihnen verdenken? Frieda musste von jetzt auf gleich ihre Sachen packen. Vielleicht hast Du es schon gehört? Alfred sind die Belange unserer Mitarbeiter egal, seien sie auch noch so viele Jahre bei uns beschäftigt. Nach allem, was ich weiß, bin ich mittlerweile überzeugt, dass er nie vorhatte, die Firma in die Zukunft zu führen. Er hat den Verkauf von langer Hand geplant. Mutter will davon nichts hören, sie ist zu beschäftigt, unserem Vater zu zeigen, wie sehr sie sich um ihn bemüht. Doch ich bin sicher, dass Alfred nichts Gutes im Schilde führt. Dabei gibt er vor, alle Entscheidungen in Vaters Sinne zu treffen. Kannst Du das fassen? Wir beide wissen, dass Vater die Firma niemals verkaufen wollte. Er wollte, dass sie weiterexistiert und unter dem Namen von Ratschek geführt wird. Das war sein Wunsch! Jetzt sieht es so aus, als würde Alfred sein Lebenswerk und das unseres Großvaters begraben wollen.

Ich will Dich nicht überreden nach Hause zu kommen, denn ich weiß, Du lebst nun in Hamburg und nach allem, was Du mir erzählt hast, bist Du dort sehr glücklich. Dennoch möchte ich Dir sagen, dass ich denke, dass Vater womöglich diesen Winter nicht mehr übersteht. Und ich weiß, dass es insgeheim sein sehnlichster Wunsch ist, Dich noch einmal zu sehen. Bedenke auch, dass es für Euch beide ein Trost wäre, nicht im Streit auseinandergegangen zu sein, sondern im Wissen darum, sich miteinander versöhnt zu haben. Ich weiß, daran ist auch Dir gelegen.

Es tut mir leid, dass ich Dir keine besseren Nachrichten überbringen kann.

Dein Henri

Helene sank kraftlos in den Sessel, den Frederik ihr zurechtgerückt hatte. Sie ließ den Brief in ihren Schoß fallen und schlug eine Hand vors Gesicht.

»Ist es so schrecklich?« Frederiks Stimme drang gedämpft zu ihr vor.

»Das ist kein Ausdruck.« Von einer inneren Unruhe getrieben, stand sie auf und ging einige Schritte im Raum umher. »Mein Vater ist krank und nach allem, was mein Bruder schreibt, ist Alfred drauf und dran, unsere Firma zu verkaufen.«

»Alfred? Dein ältester Bruder?«, hakte Frederik nach. Helene nickte. Sie hatte ihm von ihm erzählt und auch davon, wie schwierig das Verhältnis zwischen den Brüdern war.

»Das ist eine verfahrene Situation«, urteilte er grübelnd.

»Es ist schlimmer, als du ahnst.« Sie drückte ihm den Brief in die Hand und schaute ihm in die Augen. »Ich muss zu ihnen fahren. Abgesehen von den Plänen meines Bruders, könnte es auch das letzte Mal sein, dass ich meinen Vater sehe. Henri neigt nicht zu Übertreibung. Es geht ihm wohl sehr schlecht. Ich will nicht, dass mich unser Streit auch noch nach seinem Tod verfolgt.«

Frederik nickte verständnisvoll. »Willst du, dass ich dich begleite?« In seinem Blick standen Mitgefühl und Sorge.

Helene seufzte schwer. Sie überlegte einen Moment, schüttelte dann aber den Kopf. »Nein. Bleib du nur. Es gibt hier gerade genug zu tun. Ich komme wieder, so schnell ich kann.«

Sie umarmte ihn. Bevor sie sich lösten, küsste er sie lange auf den Mund. Helene spürte seine Fürsorge, als er ihre Taille umschlang und sie festhielt. »Ich bringe dich zum Bahnhof, wenn du willst.«

»Dann fällt mir der Abschied noch schwerer und ich schaffe es womöglich nicht, in den Zug zu steigen.«

Er lachte leicht, nahm ihr Gesicht zwischen seine Hände und wurde ernst. »Bitte pass auf dich auf. Versprich mir das.«

Sie lächelte und küsste ihn erneut. Dabei spürte sie eine Wehmut in sich aufsteigen. Gerade jetzt, da sich die Wirtschaft in einem Umbruch befand, hatte auch er ihren Beistand nötig. Umso schwerer fiel es Helene, ihrer Familie Vorrang zu geben.

»Wirst du zurechtkommen?«, hakte sie vorsichtig nach, weil er so traurig auf sie wirkte.

Er setzte ein Lächeln auf, das jedoch eine Spur von Kummer nicht verschleiern konnte. »Ich komme klar«, versicherte er dennoch und strich mit Daumen und Zeigefinger über ihr Kinn.

»Vor Weihnachten bin ich zurück«, versprach sie.

»Nimm dir die Zeit, die du brauchst.«

Sie nickte knapp, in der Befürchtung, dass sie länger am Rhein verweilen musste. Doch ihre Welt in Köln war eine andere und während sie aus seinem Büro ging, dachte sie, dass auch sie in ihrer Heimat eine andere war. Verletzlich und unsicher. Frederik sollte sie so nicht sehen. Sie wollte sich nicht für die Person schämen müssen, die sie nie wieder hatte sein wollen. Doch die Wahrscheinlichkeit, dass sie umgeben von den Strukturen ihrer Familie in diesen Zustand zurückfallen würde, war groß. Nicht umsonst hatte sie sich für ein neues Leben entschieden.

Widerstrebend packte sie wenig später ihren Koffer und ging gedanklich die Aufgaben durch, die vor ihr lagen. Sie würde in den nächsten Zug nach Köln steigen, um Abschied zu nehmen von ihrem Vater. Bei Alfred würde sie auf Diplomatie setzen und hoffentlich mit ihrem neu gewonnenen Selbstbewusstsein überzeugend genug sein, damit er vom Verkauf der Firma absah.

Magda begleitete sie zum Bahnhof, über den sich eine dunkle Wolkendecke gespannt hatte.

»Ich hab kein gutes Gefühl dabei, dass du gehst«, gestand sie, nachdem Helene ihre Fahrkarte am Schalter gekauft hatte. Diese hatte ihr lediglich erzählt, dass die Krankheit ihres Vaters einen

Besuch in Köln erforderlich machte. Für einen Moment kam es Helene jedoch so vor, als kenne Magda die ganze Wahrheit.

»Deine Familie wird versuchen, dich zum Bleiben zu überreden. Das ist dir klar, oder?« Magda rieb sich die kalten Hände, nahm sie vor den Mund und hauchte in sie hinein.

»Ich mache meine Entscheidungen nicht länger von ihnen abhängig«, beteuerte Helene und nahm sich vor, ihre Freundin baldmöglichst aufzuklären.

»Bist du sicher?«

Sie nickte zögerlich.

Magda stieß ein Stöhnen aus. »Ich kenne deine Familie nicht, aber nach allem, was ich über dich weiß, verstehen sie nicht, was du brauchst. Ich denke, sie werden alles versuchen, um dich ihrem Willen fügsam zu machen.«

»Ach, Magda, darüber bin ich längst hinausgewachsen.« Helene hatte sie beruhigen wollen, spürte aber sogleich die eigenen Zweifel, die sich wie eine Schlinge um ihren Hals legten.

Magdas Miene drückte Bedauern und Sorge aus. »Ich wünschte, ich könnte mitkommen und auf dich aufpassen«, murmelte sie und hauchte erneut in ihre Hände.

»Ich schreibe dir, wenn es länger dauert.« Helene zog ihre weißen Stulpenhandschuhe aus der Tasche und gab sie Magda. »Jede Dame sollte ein Paar besitzen, das sie wärmt.« Sie drückte ihre Freundin noch einmal an sich.

»Und etwas, was das Licht für sie einfängt.« Magda streifte eines ihrer Bernsteinarmbänder über Helenes Handgelenk. Zischend fuhr der Zug in den Bahnhof ein. Die Lok stieß eine Rauchschwade aus und für einen Moment hüllte sie das Gleis mit den sich umarmenden Freundinnen in einen grauen Nebel.

»Gute Reise«, wünschte Magda. Helene schenkte ihr ein Lächeln, dann nahm sie ihren Koffer und stieg in den Waggon. Sie winkte Magda zu, bis sich der Zug in Bewegung setzte und ihre Freundin nicht mehr zu sehen war. Der Abschied von Hamburg fiel Helene unglaublich schwer. Sie hätte nicht gedacht, dass es ihr solchen Kummer bereiten würde, in die Heimat zurückkehren zu müssen. Die Angst davor, was sie in Köln erwartete, brachte ihr Herz zum Stolpern. Unwillentlich fragte sie sich, ob sie all dem gewachsen war.

⋙ Kapitel 13 ⋘

Köln, Ende 1929

Eiskalter Wind peitschte Helene ins Gesicht, als sie aus dem Auto stieg, das sie vom Bahnhof zur Villa ihrer Eltern gebracht hatte. Mittlerweile war es Abend. Die Straßenlaternen schickten ihr warm-weißes Licht über das Pflaster. Helene hatte sich nicht angekündet. Doch obwohl sie nicht erwartet wurde, öffnete sich die Haustür, bevor sie die erste Stufe zum Eingang hinauf genommen hatte. Ihre Mutter stand in der Zarge. Aufgeregt hob und senkte sich ihr Brustkorb, als sie ihre Tochter erblickte.

»Du bist zu Hause!« Klara fiel ihr um den Hals. Erleichtert drückte sie Helene an sich.

»Ich bin sofort gekommen, als ich Henris Brief erhalten habe«, sagte Helene und machte sich von ihr frei. »Wie geht es Vater?«

Klara schlug seufzend die Augen nieder.

»Mama? Bitte, sei ehrlich.«

»Komm. Du musst erschöpft sein von der langen Reise.«

»Es geht schon.« Im Flur legte Helene Mantel, Hut und Schal ab und reichte sie dem Dienstmädchen, das damit davontrottete. Noch immer wartete sie auf Antwort von ihrer Mutter, die elegant wie eh und je gekleidet war. Helene sah, dass sie ein Fendi-Kostüm trug. Eines der teuersten Stücke, das ihre Garderobe hergab. Dazu Schuhe des italienischen Modeschöpfers Yantorny, dessen Designs Helene erkannte, weil es der Favorit ihrer Mutter war, seit sie denken konnte.

»Bist du hungrig?«, wechselte Klara das Thema. »Käthe kann uns etwas zubereiten. Eine gute, heiße Fleischbrühe oder vielleicht lieber Pilzomelette? Kaviar auf Ei?« Ihre Mutter führte sie in den vom Kerzenlicht erhellten Salon, als wäre sie Gast auf einer ihrer vielen Soireen.

»Nein, danke.« Helene ließ ihren Blick schweifen. Sie nahm von der aufgeschlagenen Sofadecke Kenntnis und der angebrochenen Weinflasche, die Flecken auf dem Glastisch hinterlassen hatte. »Ich würde gern zu Vater. Ich muss ihn dringend sprechen.«

»Er schläft.« Ihre Mutter setzte sich auf die Couch und schenkte sich nach. »Möchtest du auch?«

Helene nahm ihrer Mutter das Glas aus der Hand, stellte es ab und betrachtete sie auffordernd. »Was ist hier los, Mama?«

»Das Geld …« Klara stockte und Helene sah, dass ihre grünen Augen wässrig wurden. »Es ist weg«, sprach sie mit belegter Stimme weiter.

»Was meinst du damit?«

»Wir sind verarmt, Leni«, erklärte sie leise, holte ein Taschentuch unter einem der samtbezogenen Sofakissen hervor und schnäuzte sich.

»Das glaube ich nicht.«

»Hier hat sich alles verändert, seit du fortgegangen bist. Dein Vater ist am Frühstückstisch einfach kollabiert. Zuvor hatten sich Alfred und Henri wieder einmal gestritten. Der ewige Stress, das war wohl zu viel für ihn. Gott bewahre, ich gebe deinen Brüdern die Schuld daran, was mit deinem Vater passiert ist. Nicht einmal jetzt, da er sich nicht mehr bewegen kann, sind die beiden bereit, sich die Hand zu reichen.«

»Es ist nicht Henris Schuld.« In dieser Hinsicht war Helene ohne Zweifel.

»Du und Henri.« Ihre Mutter gab ein leises keuchendes Lachen von sich. »Ihr wart schon immer gut darin, die Probleme ausschließlich in anderen zu sehen.«

»Das sagst du nur, weil wir unser eigenes Leben führen wollen. Ohne Zwang und Vorschriften.«

Klara deutete ein Schulterzucken an, trank ihren Wein und wischte sich mit dem Handrücken über den Mund. »Nicht alle Regeln sind schlecht, Liebes. Diese Familie braucht Zusammenhalt und ihr weigert euch vehement, euren Beitrag zu leisten, damit alles funktioniert. Ist es denn so schwer, seine eigenen Bedürfnisse für ein größeres Wohl zurückzustellen?«

»Ja. Wenn es das ist, was uns ausmacht. Henri wollte nie Teil unserer Firma sein. Ich dagegen schon! Alles, was er wollte, war zu malen, zu erfinden. Seine Kunst ausleben zu dürfen, wie da Vinci vor ihm.«

»Du kannst deinen Bruder doch nicht mit da Vinci vergleichen. Henri ist ein Traumtänzer. Er muss endlich ein Mann werden! Da hat dein Vater recht.« Nachdenklich wirkend schwenkte sie ihr Glas in der Hand.

»Dann seid ihr jetzt auf Alfreds Seite, du und Papa? Er hat Frieda entlassen. War sie nicht das Herz der Fabrik?«

Klara verzog den Mund. »Ich weiß nicht, was Henri dir erzählt hat, aber Frieda ist von allein gegangen.«

»Das glaube ich nicht.« Helene sah sie entrüstet an.

»Warum sollte ich dich belügen?«

Helene hatte genug gehört. »Ich werde jetzt nach Vater sehen.«

Klara erhob keinen Einspruch, als Helene den Salon verließ. Was auch immer Henri in ihren Augen falsch gemacht hatte, es rechtfertigte jene Bosheit nicht, mit der sie ihn bedachte. Das hatte er nicht verdient und Helene schmerzte es, zu erkennen, dass sich die altmodische Norm in den Köpfen ihrer Eltern so hartnäckig hielt. Aufgebracht stieg sie die Stufen hinauf und bog in den rechten Flurflügel ein, in dem sich das Zimmer ihres Vaters befand. Ernsthafte Zweifel überkamen sie, als sie vor seiner Schlafzimmertür eintraf. Was, wenn sie umsonst gekommen war? Was, wenn sie nur hilflos zusehen konnte, wie alles, was ihr Großvater aufgebaut hatte, im Tosen der andauernden Wirtschaftskrise verging und in der Weigerung ihrer Eltern, das Offensichtliche zu sehen? Sie fasste sich an ihr wild klopfendes Herz und ermahnte sich, keine voreiligen Schlüsse zu ziehen.

Der Raum war nur vom Licht einer flackernden Kerze erhellt. Die Luft war stickig, als wäre ewig kein Fenster geöffnet worden. Helenes Vater lag in seinem Bett und hatte den Kopf leicht zur Seite geneigt. Das Dienstmädchen, das auf ihn achtgeben sollte, war auf einem Stuhl in der Ecke eingenickt. Helene rüttelte es sanft an der Schulter.

»Verzeihung … ich …«, stammelte das Mädchen schlaftrunken. Helene schickte sie hinaus, dann näherte sie sich ihrem Vater. Erschrocken stellte sie fest, wie blass er war, das Gesicht eingefallen. Die Arme, die locker auf der Decke auflagen, sahen schmaler aus. Er hatte stets ein paar Kilos zu viel gehabt, jetzt aber wirkte er dünn und ausgemergelt. Sein Atem ging laut und röchelnd, Speichel tropfte aus seinem Mundwinkel auf das Kissen. Helene lief es eiskalt den Rücken hinunter.

»Papa?« Sie zog sich einen Stuhl heran und setzte sich zu ihm ans Bett. »Ich bin es. Leni.«

Gequält öffnete er seine Augen einen Spaltbreit. Er bewegte seine Lippen, doch sie brachten keine Worte hervor. Sein aufgeregt umherwandernder Blick verriet jedoch, dass er überrascht war, sie zu sehen.

Helene legte ihre Hand über seine. »Wie geht es dir, Papa?«

Er gab ein leises Stöhnen von sich.

»Willst du etwas trinken?«

Er schloss kurz die Augen, um seiner Zustimmung Ausdruck zu verleihen. Helene nahm das Glas vom Nachttisch und stützte seinen Nacken. Er brachte einen schwerfälligen Schluck herunter und hustete. Intuitiv richtete Helene ihn auf und der Anfall ging vorüber. Er fixierte sie mit seinem Blick. Seine Augen wirkten müde. Abgeschlagen.

»Wird sich denn gut um dich gekümmert?«, fragte sie. Wieder schloss er kurz die Augen. Sie brachte es nicht über sich, ihn mit dem Streit, der sie fortgejagt hatte, zu belästigen oder mit den Belangen der Firma. Sie fürchtete, dass er von dem geplanten Verkauf gar nichts wusste. Ihn jetzt aufzuregen, schien ihr nicht sinnvoll zu sein, und Helene wünschte sich, dass er wieder gesund werden würde, auch wenn sein Zustand wenig Anlass zur Hoffnung gab. Diese Erkenntnis schob jeglichen Argwohn in den Hintergrund. Er war ihr Vater und er würde es immer sein, egal, was passierte. Verwundert stellte sie fest, dass sie nicht länger wütend auf ihn war. Sie sah ihn vor sich, als alten kranken Mann, der auf Hilfe angewiesen war, und ihr Zorn gehörte der Vergangenheit an.

»Du brauchst Ruhe, Papa. Damit du wieder auf die Beine kommst.« Sie drückte seine Hand und spürte, dass auch er mehr Kraft aufwendete.

»Ich weiß, du bist nicht so leicht kleinzukriegen«, schärfte sie ihm ein, weil sie ahnte, wie sehr seine Seele unter der körperlichen Einschränkung litt. »Schlaf jetzt weiter. Wir reden morgen, ja?« Sie wollte schon aufstehen, da hielt er ihre Hand ganz fest und brachte sie auf diese Weise dazu, ihm wieder ins Gesicht zu schauen. Ein schiefes Lächeln umspielte seinen Mund.

»Ich weiß«, hauchte sie, denn sie glaubte, zu verstehen, was er ihr zu sagen versuchte. »Ich bin auch froh, dass wir uns wiedersehen.«

Die Tage verstrichen und wurden zu Wochen, ohne dass sich eine Möglichkeit für Helene ergab, mit Alfred zu sprechen, der geschäftlich vereist war. Auch Henri hatte nicht mit Helenes sofortigem Aufbruch gerechnet und war deshalb noch in Paris, um seinen Lehrgang auf der Kunsthochschule abzuschließen. Im Gegensatz dazu war Alfreds Aufenthaltsort unbekannt. Doch die Befürchtung, dass seine Reise etwas mit dem Schweizer Investor zu tun hatte, lag nahe.

In der Fabrik erfuhr Helene von Helma, die Friedas Stelle übernommen hatte, dass sich ihre älteste Freundin momentan in Koblenz bei ihrem Sohn aufhielt. Unfreiwillig verbrachte Helene folglich so viel Zeit mit ihren Eltern wie noch nie und es überraschte sie, wie mühelos sie sich in ihrem alten Leben zurechtfand. Wider Erwarten schlief sie die Nächte durch. Ihr Körper hatte sich schnell an ihr Bett erinnert und die weiche Matratze tat den Rest. Sobald sie sich am Abend hinlegte, war sie von einem heimatlichen Gefühl umschlossen, das sie an längst vergessen geglaubte, sorglose Tage ihrer Kindheit zurückdenken ließ.

Inzwischen war eine Krankenschwester für ihren Vater eingestellt worden. Frau Geißler versorgte ihn rund um die Uhr und nahm sein grummeliges Verhalten mit einer schier unermüdlichen Geduld hin.

»Du wirst dich daran gewöhnen müssen, Theodor«, trichterte Klara ihm ein, wenn ihm das Gesicht beim Versuch, allein aus dem Bett zu kommen, tomatenrot anlief.

Helene nahm ihre fürsorgliche Strenge mit einem Schmunzeln hin. Ihre Mutter gab nun den Ton an. An die geänderten Verhältnisse im Hause von Ratschek musste sie sich erst noch gewöhnen. Auch ihrem Vater sah sie manchmal an, wie erniedrigend es für ihn war, plötzlich gewaschen, angezogen und gefüttert werden zu müssen wie ein Kleinkind. Sie empfand Mitleid mit ihm, der für sie stets der Starke gewesen war und nun all seine Macht verloren hatte, und verlangte keine Entschuldigung mehr von ihm. Auch wenn nie ein Wort darüber verloren wurde, glaubte sie, dass er es bedauerte, sie mit Armin Langen verheiratet haben zu wollen. Ein laut ausgesprochenes Schuldbekenntnis brachte er einfach nicht übers Herz.

»Weiter rechts«, hörte Helene ihre Mutter eines Morgens ungeduldig sagen. Wie immer fand sie einen reich gedeckten Frühstückstisch vor. Duftende, noch warme Brötchen, Aufschnitt, Marmelade, Orangensaft, zwei Gedecke. Der köstliche Geruch von frisch aufgebrühtem Kaffee und Käthes legendären Butterhörnchen schlug ihr zusätzlich entgegen und sie erwischte sich dabei, wie sie den Luxus genoss, den sie in Hamburg entbehrt hatte.

»Da doch nicht«, tadelte Klara Katharina, die auf einer Trittleiter stand und goldbedeckte Strohsterne in die Tannengirlande steckte, die den breiten Türrahmen zum Salon schmückte.

»Ist es nicht zu früh für Weihnachtsdekorationen?« Helene

schenkte sich Kaffee ein. »Die fängt doch noch vor Heiligabend an zu rieseln.«

»Aber nein«, widersprach ihre Mutter gedehnt. »Die hält sich. Außerdem, es sind nur noch zwei Wochen bis dahin.«

»Drei, um genau zu sein.« Helene konnte nicht fassen, wie schnell die Zeit vorübergegangen war. Sie gab sich Milch in ihre Tasse und nippte vom Rand.

»Deinem Vater wird es guttun, wenn er sieht, wie festlich alles ist. Du weißt doch, wie sehr er Weihnachten mag.«

Helene schluckte die Bemerkung herunter, dass es vielmehr das brummende Weihnachtsgeschäft war, das ihr Vater mochte.

»Lenchen!« Henri betrat den Raum und Helene sprang auf. Sie fiel in seine Arme und er drückte sie fest an sich.

»Verzeih mir, dass ich erst jetzt komme«, sagte er.

»Schon geschehen.«

Er strahlte sie an. »Ich bin so froh, dass du da bist!«

»Wie hätte ich in Hamburg bleiben können, wenn ich weiß, dass du mich brauchst?«, erklärte sie sich.

Für einen Augenblick standen sich die Geschwister schweigsam gegenüber.

»Nicht so dicht«, blökte Klara das Dienstmädchen an.

Helene konnte ein Lachen nicht zurückhalten.

»Komme ich ungelegen?« Georg trat aus dem Schatten des Flurs und gesellte sich zu ihnen.

»Was für eine schöne Überraschung!« Helene ließ von Henri ab und reichte ihm die Hand. »Ich hatte keine Ahnung, dass du auch wieder in Köln bist«, betonte sie.

»Dein Bruder bestand auf meine Unterstützung in der Firma, während er seiner Malerei verpflichtet war. Als sein Freund konnte ich sie ihm nicht verwehren. Also bin ich bis auf Weiteres hier.«

»Ein wahrer Freund!« Helene legte ihre Hand über seine und drückte sie dankbar. »Ich werde versuchen, mit Alfred zu reden, aber ich kann nichts versprechen«, beteuerte sie seufzend.

»Er ist endlich aus Bern zurück, nimmt jedoch keine Ratschläge entgegen«, fuhr Henri niedergedrückt fort. »Dabei hat Georg Betriebswirtschaft studiert. Er hat bereits einigen Firmen den Hals gerettet. Ich hatte gehofft, dass Alfred sich zumindest anhören würde, was er zu sagen hat. Aber bisher lässt er niemanden vor.«

»Mich wird er anhören! Und ich setze mich für Georgs Rat ein.« Helene war fest entschlossen.

»Wie geht es Vater?«, fragte Henri.

»Der Doktor ist gerade da«, brachte sich Klara spröde ein.

Helene nickte knapp. »Ich fahre in die Firma. Sofort.«

»Wir kommen später nach«, versprach Georg und Henri nickte zustimmend. »Viel Glück.«

»Hm«, brummte Klara. »Mehr mittig!«

Der Winter hatte Köln erreicht. Frost glitzerte zwischen den Pflastersteinen der Straße. Warm eingepackt in Mantel und Handschuhen verließ Helene das Haus und stieg in den Wagen, der für sie bereitstand.

»Guten Morgen, Fräulein von Ratschek.« Der Fahrer ihres Vaters begrüßte sie herzlich. Helmut stand seit vielen Jahren im Dienst der Familie und sie war erleichtert zu sehen, dass er noch da war.

»Das hat er nicht verdient«, sagte er, nachdem er sich nach dem Befinden seines Vorgesetzten erkundigt und Helene ihn auf den neusten Stand gebracht hatte.

»Es ist ungerecht, ja«, stimmte Helene zu, während sie über die Deutzer Brücke fuhren. »Aber vielleicht wird er wieder gesund. Wir müssen beten, dass es so kommt.« Zwar war sie nicht besonders fromm, wusste aber, dass Helmut im Glauben Trost fand.

Nach der zwanzigminütigen Fahrt parkte er den Wagen vor dem Hauptgebäude der Manufaktur. Helene schlug ihren Mantelkragen hoch und ihr Atem stieg vor ihr als dampfende Wolke auf. Sie holte tief Luft, doch weder Lakritzduft noch der von heißem Fruchtsirup strömte ihr entgegen. Eine steril wirkende Atmosphäre hatte sich um die Fabrik gelegt. Helenes Magen verkrampfte sich, als sie sich endlich hineinzwang. Im Flur erfasste ihr Blick als Erstes die Walze ihres Großvaters und sie musste schwer schlucken.

»Guten Morgen, Fräulein von Ratschek«, begrüßte Charlotte Trost sie bemüht freundlich. Die leicht untersetzte Empfangsdame stand seit mehr als zehn Jahren im Dienst der Familie und wusste genaustens über die Hierarchien Bescheid.

»Guten Morgen. Ich will zu meinem Bruder.« Helene blieb nicht bei ihr stehen, sondern ging schnurstracks zum Aufzug.

Trost eilte ihr auf hohen Absätzen hinterher. »Er hat eine Besprechung.«

»Gut. Dann werde ich mich einklinken.«

»Aber Herr von Ratschek möchte nicht gestört werden. Das hat er ausdrücklich gesagt.« Sie klang fast verzweifelt.

»Ich störe ihn sicher nicht.« Helene stieg in den Fahrstuhl und die Tür schloss sich vor der empört dreinblickenden Trost.

Auf dem Weg in den dritten Stock hämmerte Helenes Herz heftig in ihrer Brust. Sie befürchtete, sich in der Gegenwart ihres ältesten Bruders wieder klein und unwichtig zu fühlen. Für einen Moment schloss sie die Augen und versuchte, sich in Erinnerung zu bringen, was sie in Hamburg gelernt hatte. All das Positive, das ihr die Menschen dort entgegengebracht hatten, sollte ihr nun helfen, sich gegen Alfred zu behaupten.

»Es gibt nichts, wovor du Angst haben musst«, redete sie sich leise ein. Als sich die Aufzugstür öffnete, verzog sie das Gesicht. In der Geschäftsetage roch es penetrant nach Zigarren. Abstrakte Kunst hing an den Wänden. Die Bronzeskulptur einer sich in anzüglicher Pose rekelnden nackten Frau ließ Helene nach Luft schnappen. Sie hatte das Gefühl, in der Fremde angekommen zu sein. Der Ärger darüber, dass Alfreds ominöser Stil den ihres Vaters so schnell aus dem Stockwerk verdrängt hatte, schürte ihre Entschlossenheit, ihm die Meinung zu sagen.

Sie betrat sein Büro, ohne angeklopft zu haben, und erntete die verblüfften Blicke dreier Männer, die sich um den Schreibtisch gescharrt hatten.

»Helene.« Alfred schnellte aus seinem Stuhl hoch. Seine erschrockene Miene verriet, dass er ahnte, warum ihn seine Schwester förmlich überfiel. Doch er sammelte sich schnell. »Meine Herren, wenn Sie uns kurz entschuldigen würden?« Höflich lächelnd bedeutete er den Männern, sie allein zu lassen. Nachdem sich die Tür hinter ihnen geschlossen hatte, ging Helene auf Alfred zu.

»Niemand hat mir gesagt, dass du zurück bist. Was tust du hier?«, erkundigte er sich müde lächelnd.

»Mutter hat dir sehr wohl geschrieben, dass ich wieder in Köln bin.«

»Hat sie?« Mit gespielter Bestürzung strich er sich das dünne, hellbraune Haar hinter die Ohren. »Ist mir wohl entgangen. Wie dem auch sei, ich hatte nicht mit dir gerechnet. Willst du dich nicht setzen?« Er schob einen Stuhl heran.

Helene verneinte und kam sofort auf den Punkt. »Henri bat mich um Beistand.«

Alfred ließ ein lang gezogenes Stöhnen hören, dann grinste er herablassend. »Unser kleiner Pinselschwinger. Das sieht ihm wieder mal ähnlich.«

»Er hat mir erzählt, was du hier treibst und dass du dich aufspielst, als seist du unser Vater.«

»Nun, ich vertrete ihn, so gut ich kann. Ich leite dieses Unternehmen. Etwas, wozu unser Bruder nicht fähig ist.«

»Wir haben Personal verloren, das, seit ich denken kann, bei uns gewesen ist.«

»Wenn du von Frieda sprichst, die hat freiwillig das Feld geräumt.«

»Wenn, dann nur aus Angst vor deiner Unberechenbarkeit.«

Er lehnte sich zurück und schlug lässig ein Bein übers andere.

»Von deiner Firmenführung halte ich gar nichts, Alfred. Durch deine Aktienverkäufe hast du das Unternehmen gefährdet. Weiß Vater eigentlich davon? Weiß er, wie schlecht es um seine Firma steht?«

Er seufzte laut. »Es ist nicht länger seine Firma. Mir gehört mehr als die Hälfte davon. Und was deinen lieben Henri angeht, der ist drauf und dran, mir seine Hälfte zu überlassen. Wir alle wissen, dass ihn der Betrieb überfordert.«

»Er hat mir gesagt, du willst die Firma verkaufen und dass die Verhandlungen schon laufen. Ist das wahr?« Sie stemmte die Hände in die Hüften.

»Es gibt die Überlegung. Ja«, gestand er nüchtern.

»Wie kannst du nur?«, empörte sie sich. »Das Lebenswerk unseres Großvaters, unseres Vaters!«

»So, wie es aussieht, haben wir keine andere Wahl. Die Wirtschaft ist im Keller und wird sich auch so schnell nicht erholen. Es wäre frevelhaft, etwas anderes zu behaupten. Um ehrlich zu sein, ich hoffe, dass wir kurzfristig verkaufen können, um nicht alles zu verlieren. Oder willst du diejenige sein, die unserer Mutter beibringt, dass sie aus der Villa in eine Dachgeschosswohnung in Kalk ziehen muss? Es regt sie ja schon auf, wenn ich sage, sie solle vorerst keine neuen Pelze kaufen.«

»Ich weigere mich, zu glauben, dass dies die einzige Lösung ist. Es gibt immer einen anderen Weg.« Helene spürte, wie ihre Beine wegknickten, und setzte sich jetzt doch.

»O ja, stimmt, *dein* anderer Weg. Hamburg und der Sohn dieses jüdischen Kleingewerblers. Spiegel, richtig? Nicht die fetteste Beute, aber immerhin. Gratuliere zur Verlobung.«

»Du bist unverschämt!«, schmetterte sie ihm entgegen.

Für einen Moment sah er sie finster an, dann wurden seine Züge unvermittelt weicher. »Ich bedauere das mit unserem Unternehmen, aber ich fürchte, es ist die einzige Option. Und da du mir nicht glaubst … sieh selbst.« Er reichte ihr ein Dokument. »Wir schreiben rote Zahlen, und das nicht erst seit dem Zusammenbruch der Börse. Die Kunden haben das Interesse an unserer Ware verloren. Sie sind längst zur billigeren Konkurrenz übergelaufen. Aus dem Norden oder das, was aus dem Ausland importiert wird. Wir müssen uns den Fakten stellen, Helene. Der Name von Ratschek versinkt allmählich in der Bedeutungslosigkeit. Bevor es so weit ist, müssen wir das Unternehmen abstoßen. Andernfalls zieht es uns alle mit sich hinunter.«

Helene studierte das Papierstück mit den Absatzzahlen der vergangenen fünf Jahre. Die Auflistung hinterließ keinen Zweifel. Er sagte die Wahrheit.

Sie rang um Fassung. »Wieso hat Vater das nie erwähnt? Er als erfahrener Geschäftsmann hätte die Entwicklung sehen, darauf reagieren müssen.«

Alfred lehnte sich vor und verschränkte die Hände miteinander auf dem Schreibtisch. »Vielleicht wollte er es nicht wahrhaben. Er war erfolgsverwöhnt und verblendet. Tatsache ist, dass wir in Schwierigkeiten stecken, die wir nicht so leicht beheben können.«

»Der Grund dafür ist die Weigerung, sich der modernen Zeit anzupassen.« Für Helene war das glasklar.

»Ein anderer Grund ist Armin Langen, der seine Zuckerpreise für uns angehoben hat.« Er bedachte sie mit einem vorwurfsvollen Blick.

Helene schüttelte verständnislos den Kopf, dann stieß sie einen Seufzer aus. »Bruder, ich bitte dich. Gewähr uns einen Aufschub bei den Verhandlungen.«

»Wofür?«, fragte er ablehnend.

»Für einen letzten Versuch.«

»Der Aufsichtsrat ist sich bereits über den Verkauf einig.«

»Dann lass ihn uns umstimmen. Lass mich ein Konzept entwerfen. Neue Rezepturen, einen völlig anderen Plan, die Produkte zu umwerben. Wir können diese Firma nicht einfach aufgeben, Alfred. Das sind wir Vater schuldig. Wir sind es uns allen schuldig.«

Er lachte auf. »Du magst eine passable Bonbonmacherin sein, aber von Reklame oder Absatzzahlen verstehst du nichts.«

»Nein, ich nicht. Georg Kronenberg hingegen schon.«

»Das Anhängsel unseres Bruders?« Der verächtliche Ton in seiner Stimme verriet, was er von ihm hielt.

»Er ist sein Freund!«, korrigierte Helene ihn. »Und auch ich schätze ihn. Er kann uns helfen. Bitte, Alfred, setz dich nur einmal über deinen Stolz hinweg und lass es uns probieren.«

Es wurde still zwischen den Geschwistern. Alfred trommelte mit seinen Fingern auf dem Tisch. Er schien wahrhaft über ihren Vorschlag nachzudenken.

»Von mir aus«, knurrte er nach einer Pause.

Helene fiel ein Stein vom Herzen. Erleichtert atmete sie aus. Sie hatte auf ein Entgegenkommen gehofft, aber nicht daran geglaubt. »Danke, Alfred!«

»Aber ich kann euch nicht mehr als zwei Wochen geben. Jeder neue Tag bedeutet ein wirtschaftliches Risiko.«

»In Ordnung. Das schaffen wir!« Strahlend sprang sie aus dem Sessel auf. »Du wirst es nicht bereuen!«

Zurück in der Villa erzählte sie Henri, Georg und ihrer Mutter von den guten Neuigkeiten. Helene konnte nicht glauben, was sie bei Alfred bewirkt hatte. Noch nie hatte sie ihn zum Umdenken gebracht. Schon jetzt war sie stolz auf sich, weil sie der Firma eine Möglichkeit verschafft hatte, weiterhin zu existieren. Nun galt es, sie zu nutzen.

Noch am selben Abend richteten sie sich im Esszimmer ein. Gemeinsam mit Henri und Georg besprach Helene die Vorgehensweise. Sie notierten sich Ideen für neue Reklame und hielten die Eigenschaften der Süßigkeiten fest, auf die Kunden auch in Krisenzeiten nicht verzichten wollten. Günstig mussten sie sein und besser als die der Konkurrenz. Keiner von ihnen sprach aus, wen das unter anderem betreffen würde. Dennoch schwebte der Name der Familie, in die Helene schon bald einheiraten würde, immerzu im Raum. Nicht zum ersten Mal wurde Helene dabei bewusst, wie schwierig es war, zwei Süßwarenfirmen mit Herz und Verstand gleichermaßen zu dienen. Würde sie sich irgendwann für eine entscheiden müssen?

Kapitel 14

»Wie wunderbar.« Frederiks Worte, nachdem sie ihn angerufen hatte, waren verhalten, aber aufrichtig. Er freute sich für sie und ihren Erfolg.

»Und du trägst es mir nicht nach, wenn ich über Weihnachten bleibe?«, erkundigte sie sich dennoch, weil sie seinetwegen ein schlechtes Gewissen hatte.

»Nicht doch. Überzeuge sie. Sie alle. Du bist dabei, euer Familienunternehmen zu retten. Wie könnte ich dir da Vorhaltungen machen? Sie brauchen dich in Köln – deinen Kampfgeist, den liebe ich so an dir.«

Sie seufzte in den Hörer. Es war schön, seiner Stimme zu lauschen, aber sie ließ auch ihre Sehnsucht nach ihm und Hamburg aufflackern. »Ich bin zurück, ehe das neue Jahr anbricht. Bis dahin ist sicher alles geklärt und Henri und Georg sind unbestreitbarer Teil der Firma. Mein Bruder ist noch etwas zurückhaltend, aber das wird. Ich weiß, er kann sich gegen Alfred behaupten. Wenn ich es doch auch kann …«

»Da bin ich sicher. Viel Glück für euch. Und melde dich, wenn ich etwas tun kann.«

»Danke.«

»Mach's gut, Leni.«

»Ja. Du auch.« Sie legte auf und ein Räuspern hinter ihr ließ sie zusammenzucken. Sie drehte sich um. Georg stand in der Tür. »Wir können weitermachen. Die Tafel ist fertig. Wenn du so weit bist?«

»Ich komme.« Sie betrat vor ihm die Küche und zog sich ihre Schürze an. Neben einem Wirtschaftsdiplom hatte Georg auch eine Ausbildung als Lebensmitteltechniker abgeschlossen. Er kannte sich mit der Verarbeitung industriell gefertigter Produkte aus und war deshalb der perfekte Partner, wenn es darum ging, neue Süßigkeiten zu machen.

»Wie geht es deinem Vater?«, fragte er freundlich und beobachtete, wie sie Löffel, Rührschüssel und Kessel zurechtschob.

»Etwas besser, denke ich.« Helene hatte ihren Vater kurz vor ihrem Telefonat mit Frederik besucht. Sie hatte an seinem Bett gesessen und ihm erzählt, dass sie noch bleiben und bei ihren Brüdern für eine Aussöhnung sorgen würde. Von den Problemen in der Fabrik hatte sie nicht gesprochen. Darauf hatte sie sich mit ihrer Mutter geeinigt. Obwohl unverständlich und verwaschen, hatte Helene geglaubt, das Wort »Danke« aus dem Mund ihres Vaters zu vernehmen, und das bedeutete ihr viel.

»Kommt Henri auch?«, fragte Helene, während sie sich einen ersten Überblick verschaffte. Heimische Früchte, Zucker, Geliermittel, Salz, Sirup und Lebensmittelfarbe. Zutaten, die sie als beliebt und ebenso erschwinglich beurteilt hatten. Auf Lakritz hatten sie wegen der angestiegenen Preise zunächst verzichtet.

»Er besucht heute seinen Professor.« Georg half ihr beim Zubinden ihrer Schürze. »Wir sollen ohne ihn beginnen. Er stößt später zu uns.« Seine Hände ruhten länger als nötig auf ihren Schultern. Helene warf ihm einen scheuen Blick zu, als er um sie herumging und die Liste mit den Rezepten studierte, die sie entworfen hatte.

»Hast du einen Favoriten? Etwas, das du als Erstes ausprobieren möchtest?«, fragte er, ohne vom Papier aufzusehen.

Sie zuckte unschlüssig die Achseln.

Er sah sie an, abwartend und geduldig. »Darf ich dir einen Vorschlag machen?«

»Gerne!« Helene war neugierig.

Er nahm sich einen Stift zur Hand und setzte Zahlen von eins bis sechs vor die Süßigkeitenideen. »Ich denke, diese hier haben Priorität.«

Sie kam neben ihn. Weil sie nur knapp bis über seine Schulter reichte, musste sie ihren Kopf recken, um ihm ins Gesicht sehen zu können.

»Wenn das für dich in Ordnung ist?«, vergewisserte er sich mit einem sanften Lächeln.

Helene merkte, wie ihre Wangen unter seinem Blick erröteten. Sie nickte und besah sich seine Vorauswahl.

»Diese Naschereien sind einfach, jeder kann sich darunter etwas vorstellen«, erklärte er fachmännisch. »Dennoch haben sie etwas Besonderes. Etwas, das nur sie besitzen – ein Aushängeschild für uns, für die Firma. Wesentlich ist, dass wir uns von der Masse abheben. Wir sollten mit den ersten drei beginnen. Ich könnte mir vorstellen, dass darunter schon unser Nonplusultra ist. Das, was wir dem Vorstand zeigen werden.«

»Ich verstehe«, sagte sie und machte sich entschlossen ans Werk. Sie gab Zucker mit roten Früchten in einen Topf und ließ beides aufkochen. Akribisch arbeitete sie sich weiter vor. Georg ging ihr zur Hand, wo sie es zuließ, und beobachtete, wie sie die Fruchtmasse routiniert in Form goss. Nach nur anderthalb Stunden kühlten zwei von drei Fruchtgummigelees aus und sie machte sich an das letzte Rezept.

»Ich sehe schon«, sagte Georg und musterte sie bewundernd. »Offenbar hattest du einen guten Lehrer in Hamburg.«

»Das hatte ich.« Helene dachte an Konni. Unter ihm hatte sie gelernt, Arbeitsabläufe zu perfektionieren. Jeder Handgriff saß und ging nahtlos in den nächsten über. Sie grinste leicht ob der Aussicht, dass ihr Lehrmeister mitverantwortlich wäre, sollte es ihr gelingen, den Aufsichtsrat von ihren Kreationen zu überzeugen.

Am Ende dieses Nachmittags stand für Helene fest, dass Georg nicht nur die richtige Auswahl an Süßigkeiten getroffen hatte, sondern auch eine wahre Unterstützung war. Er zwang ihr nichts auf, stattdessen erarbeiteten sie ihr Konzept gemeinsam. Die darauffolgenden Tage verbrachte Henri wieder mehr Zeit im Betrieb. Ermuntert von Helene und Georg sich dort präsenter zu zeigen, schaute er seinem Bruder über die Schulter. Unterdessen verbrachten Helene und Georg viel Zeit gemeinsam in der Küche oder dem Arbeitszimmer ihres Vaters, wo sie bis spät in die Nacht an ihrem Geschäftsplan feilten. Wenn sie den Aufsichtsrat überzeugen wollten, musste alles perfekt sein.

⁂

Es war Abend. Konzentriert errechnete Georg die erste Produktionsmenge für die neue Süßigkeit. Helene wärmte sich die Hände an ihrer Tasse mit heißer Schokolade, die Käthe ihnen hingestellt hatte, und bestaunte sein Rechengeschick.

»Wie gewissenhaft du bist. Deine Eltern sind sicher sehr stolz auf dich.«

Kurz sah er zu ihr auf, sagte aber nichts.

Von Henri wusste Helene, dass Georg aus einer alten Bonner

Familie stammte, die Kontakte zum preußischen Königshof gepflegt hatte. Sein Vater war ein General im Deutsch-Französischen Krieg gewesen. Anders als dieser hatte sich Georg gegen eine militärische Laufbahn entschieden. Er hatte ein Händchen für lohnenswerte Projekte und Investitionen, durch die er ein Vermögen angehäuft hatte. Helene begeisterte seine Sorgfalt und die Kraft, die er aufwendete, um ihre Firma vor dem Verkauf zu bewahren, als wäre es seine eigene.

»Hat sich Henri eigentlich gut geschlagen in der Universität?«, fragte sie frei heraus.

Georg hielt mit dem Kauen am Ende seines Bleistifts inne und schaute sie an. »Das hat er«, antwortete er mit einem leichten Lächeln. »Er hat eine Auffassungsgabe, von der so mancher nur träumen kann. Henri musste nie viel für Prüfungen büffeln, ganz im Gegensatz zu mir.«

»Wenn es ihm so leichtgefallen ist, warum hat er aufgehört?« Helene hatte ihren Bruder nie selbst danach gefragt. Sie war der Meinung gewesen, die Antwort zu kennen. Doch aus irgendeinem Grund war sie sich jetzt nicht mehr sicher.

Georg ließ den Stift aufs Papier sinken und atmete hörbar aus. »Er ist ein kreativer Mensch. Betriebswirtschaft war für ihn immer etwas trocken. Außerdem hat er sich dort nicht wohlgefühlt. Es gab einige Leute, die …«, er holte Luft, bevor er weitersprach, »die ihn nicht verstanden haben.«

Helene wurde aus seinen Worten nicht richtig schlau. Bevor sie nachhaken konnte, hatte er sich schon aufgerichtet.

»Wir sollten für heute Schluss machen. Es ist spät.« Er rieb sich mit Zeigefinger und Daumen die Augen.

Zögernd schob Helene ihren Stuhl zurück und stand ebenfalls auf. »Machen wir morgen weiter?«

Er klemmte sich seine Berechnungen unter den Arm, nickte und lächelte müde. »Gute Nacht, kleine Leni.«

»Gute Nacht«, hauchte sie und sah ihm nach, bis er auf dem dunklen Flur verschwand.

⁂

Am Samstag hatte Klara zu einem festlichen Abendessen geladen, bei dem auch Alfred und seine Frau anwesend waren. Zu Helenes Freude hatten sie ihren kleinen Sohn mitgebracht. Viktor war inzwischen fast zwei Jahre alt und kam äußerlich ganz nach seinem Vater. Dunkelblonde Locken, große braune Augen. Das Benehmen schien er aber eher von Eva geerbt zu haben. Brav saß er zwischen ihr und seiner Großmutter am Tisch und aß seine Kartoffeln. Helene freute sich, ihre Schwägerin wiederzusehen. Sie hatte stets das Gefühl gehabt, dass sie einander ähnlich waren.

»Ihr kommt also voran, ja?«, erkundigte sich Alfred zwischen zwei Bissen Kalbsfilet.

»In der Tat«, antwortete Henri.

»Schön.« Alfred klang wenig interessiert. Grob wischte er sich mit der Serviette über den Mund. »Aber macht euch nicht zu große Hoffnungen. Das kann ich nur raten. Seid darauf vorbereitet, dass der Vorstand seine Entscheidung nicht revidieren wird. Der Markt ist ungemein träge und die Vision einer Frau, daran etwas zu verändern, wird im Allgemeinen eher als lächerlich eingestuft.«

»Ich sehe das nicht so«, entgegnete Georg umsichtig. »Die Welt hat sich gedreht, die Menschen sind offener geworden, was die Ideen von Frauen angehen. Denken wir nur mal an Margarete Steiff und ihre Spielwaren. Sie erfreuen sich in der ganzen Welt großer Beliebtheit.«

Alfred plusterte die Backen auf. »Spielwaren«, tönte er abfällig.

»Genau. Wer hätte gedacht, dass sich damit ein Vermögen machen lässt«, wandte Georg ein. »Ich sicher nicht. Aber was uns dieser Fall zeigt, ist doch eines: Wir sollten die Visionen einer Frau nicht unterschätzen. Und Helene hier ist ungemein talentiert. Sie hat ein Gespür dafür, was diese Firma braucht. Wie die Grundfesten sein sollten.«

Alfred verschluckte sich fast an seinem Fleisch. »Ihre Schmeichelei ist nett, aber ich warne Sie davor, meine Schwester zu sehr zu ermuntern. Am Ende glaubt sie noch, sie könne das Unternehmen leiten.«

»Bei allem Respekt, das würde ich unterstützen.«

»Natürlich würden Sie das«, gab Alfred durch zusammengebissene Zähne zurück. Klara ließ sich Wein nachschenken und die beiden Männer funkelten sich über den Tisch hinweg an.

»Warum eigentlich nicht?«, drängte sich Henri in das Gespräch. »Helene ist widerstandsfähiger als die meisten, die ich kenne, und, wie Georg bereits richtig sagte, sie hat Sinn fürs Geschäft.«

»Weil sie eine Frau ist.« Klara warf ihm einen entnervten Blick zu. »Euer Vater hatte recht. Es ist vermessen, zu glauben, Männer würden sich von ihr herumkommandieren lassen.«

»Vielen Dank, Mutter, dass du dich so für dein Geschlecht einsetzt.« Helene schüttelte tief enttäuscht den Kopf.

Klara seufzte. »Schätzchen, es ist nicht unsere Aufgabe, die Geschicke großer Unternehmen zu lenken.«

»Und was ist dann unsere Aufgabe?« Helene ließ die Gabel sinken. Klirrend traf sie auf ihren Teller.

»Du kannst Süßigkeiten entwerfen, du kannst sie kochen, oder wie auch immer man das nennen will«, warf Alfred ein. »Das ist schon weit mehr als Eva darf oder kann.«

»Ich weiß nicht, was erschreckender ist. Dein Frauenbild oder die Art und Weise, wie du über deine Gattin sprichst – als sei sie nicht da«, erwiderte Helene, bevor sie sich an ihre Mutter wandte. »Mama, du hast mir deinen Segen für Hamburg gegeben. Ich sollte gehen und lernen, was es bedeutet, ein vollwertiger Mensch zu sein.«

Für einen Moment wurde es vollkommen still am Tisch. Alfreds Blick haftete strafend auf seiner Mutter. Es war offensichtlich, dass er davon zum ersten Mal hörte.

Klara schluckte sichtbar. »Ich ließ dich gehen, weil ich glaubte, es täte dir gut, etwas Neues zu lernen. Allerdings ging ich davon aus, du würdest zurückkommen und wieder Teil dieser Familie sein.« Ihre Worte kamen einer Rechtfertigung ihrem ältesten Sohn gegenüber gleich. Sie spurte, wie zuvor vor ihrem Mann.

»Ich war immer Teil dieser Familie!«, stellte Helene erbittert und mit zittriger Stimme klar. Ein Raunen entfuhr Eva und Klara, als sie im nächsten Moment aufstand und aus dem Esszimmer rauschte. Dass ihre Mutter keine Stellung beziehen konnte, schmerzte Helene auf unsägliche Weise. Sie konnte es nicht ertragen, zu der Person zurückgekrempelt zu werden, die sie nie wieder hatte sein wollen. Zu erkennen, dass ihre Familie nach wie vor die Macht besaß, ihr das Gefühl zu geben, minderwertig zu sein, machte sie wütend. In ihrem Zimmer angekommen, lehnte sie sich mit dem Rücken gegen die Tür und wischte sich die Tränen aus dem Gesicht, die sie nicht hatte zurückhalten können. Warum hatte sie sich das angetan? Wieso war sie wieder hier, wo ihr doch so wenig Respekt entgegengebracht wurde?

Es klopfte an der Tür, zunächst sanft, dann etwas kräftiger. »Darf ich reinkommen?«, hörte sie Henri fragen.

»Ja.«

Die Hände in die Hosentaschen vergraben, betrat er den Raum und betrachtete sie voll Mitgefühl. »Er ist ein absoluter Idiot. Das wussten wir schon immer.«

Helene zog die Nase hoch.

»Alfred unterschätzt dich und er hat keine Ahnung, wie sehr. Und das nach allem, was du ihm bewiesen hast – das ist schon 'ne Kunst.« Er legte den Arm um sie und drückte seine Schwester an sich. »Du wirst es ihm zeigen. Ihm und Mama. Ich verlass mich auf dich! Wir machen das so: Offiziell darf ich meinen Posten nicht an dich abtreten, aber inoffiziell …« Er zuckte die Achseln.

Sie sah ihn an, blinzelte mehrmals. Hatte sie ihn richtig verstanden?

»Wir beide wissen, dass du besser für das Geschäft geeignet bist als ich. Es muss ja niemand erfahren, dass du die Entscheidungen triffst. Ich führe sie dann nur aus. Wenn du damit leben kannst? Jedenfalls vorerst?«

Er entlockte ihr ein Lächeln. »Du bist ein so, so guter Mensch, Henri! Aber ich kann nicht zu lange bleiben. Unsere Familie raubt mir meine Kraft. Seit ich wieder hier bin, entferne ich mich mit jedem Tag mehr von der Frau, zu der ich in Hamburg geworden bin.«

Er schüttelte vehement den Kopf. »Nein, Schwesterchen. Du bist nicht erst in Hamburg stark geworden. Du warst es schon immer. Doch offenbar war das in den Augen derer nicht genug, die das hätten sehen sollen.«

»Da sind wir uns wohl ähnlich«, murmelte sie gerührt.

Er lächelte. »Schlagen wir sie mit ihren eigenen Waffen. Geben wir ihnen für eine Weile das, was sie sehen wollen. Nur, um zu zeigen, dass wir es können. Was hältst du von der Idee?«

»Klingt hinterhältig. Ich liebe es.«

Kapitel 15

Frühnebel stieg wie Dampf aus einem heißen Kessel über dem Rhein auf. An den ufernahen Bäumen war Raureif gegen den Wind gewachsen und funkelte in der Wintersonne.

»Du wirkst bedrückt.« Helene stellte sich neben Frieda, mit der sie sich zu einem morgendlichen Spaziergang getroffen hatte. Erst am Vorabend war sie aus Koblenz zurückgekehrt. Helene hatte es nicht erwarten können, sie zu sehen und ihr die Neuigkeiten über die Fabrik zu erzählen. Doch ihre langjährige Freundin hatte mit unerwarteter Zurückhaltung reagiert.

»Du könntest wieder für uns arbeiten. Alle in der Fabrik vermissen dich«, sagte Helene.

Friedas Blick löste sich nicht von dem Frachtschiff, das mystisch aus dem Nebel auftauchte.

»Letztes Jahr war der Rhein um diese Zeit mit Eisschollen übersät«, erzählte sie gedankenversunken. »Es war ein so ergreifender wie erschreckender Anblick.«

»Ich hätte es gerne gesehen.« Helene lächelte wehmütig, während sie langsam Schulter an Schulter weitergingen.

»Viele aus der Fabrik sind fortgegangen. Freiwillig.« Frieda griff nun endlich das Thema auf, das Helene angesprochen hatte. »Die meisten, die noch da sind, suchen nach einer anderen Stelle. Das solltet ihr wissen. Eine, die mehr Sicherheit einbringt.«

Helene schnappte nach Luft. Versuchte sie nicht alles in ihrer Macht Stehende, um das Unternehmen und seine Arbeitsplätze zu retten? »Warum tun sie das? Es ist noch nichts verloren.«

»Die Menschen haben Angst, Leni. Angst, dass es so wird wie vor dem Weltkrieg. Die Lage spitzt sich überall zu. Ich hörte, wie die Leute auf dem Markt reden. Sie fürchten die Inflation. Einige Gewerbe haben bereits die Drei-Tage-Woche angekündigt. Aber leben kann von dem geringen Verdienst doch niemand.«

Helene wurde klar, dass sie die Situation nicht ernst genug genommen hatte. Mit Frieda darüber zu sprechen, war etwas ganz anderes, weil sie die Perspektive der Arbeiterklasse mitbetrachtete. Was, wenn es die falsche Zeit für eine Erneuerung der Firma war? Helenes Herz hämmerte in aufwallender Panik. Möglicherweise hatten sie den Absprung verpasst und damit die Chance auf eine Rehabilitation.

»Gab es einen bestimmten Grund für den Besuch bei Jupp?«, fragte sie zögerlich, weil sie das Gefühl hatte, Frieda verschweige ihr etwas.

»Den gab es.« Ihre Freundin sah sie mit traurigen Augen an. »Wir haben eine Überfahrt nach New York gebucht. Peters Cousine arbeitet dort in einer Schuhfabrik. Sie kann uns unterbringen. Uns alle drei.«

»New York?« Helene wurde schwindelig bei dem Gedanken, sie zukünftig auf einem anderen Kontinent zu wissen. »Ihr wollt Deutschland verlassen? Das verstehe ich nicht. Die Wirtschaftskrise betrifft Amerika genauso.« Sie war kreidebleich geworden. Der Schock über diese Neuigkeit stand ihr ins Gesicht geschrieben.

»Ja. Und niemand weiß, wie schlimm es werden wird. Dennoch, uns geht es auch um einen Neubeginn. Du weißt, wir denken schon lange über das Auswandern nach, und wenn wir es nicht bald wagen, dann ist es zu spät.«

In der Vergangenheit hatte Frieda die Auswanderungsidee zwar mal erwähnt, bis jetzt hatte Helene jedoch nicht viel darauf gegeben. »Wenn ich die Firma retten kann, dann brauche ich dich als Vorarbeiterin«, sagte sie, weil sie nicht wahrhaben wollte, dass es ihrer Freundin ernst war. »Du bist die gute Seele des Werks. Du müsstest auch weniger arbeiten, für mehr Geld.«

»Wie soll das gehen?«

Helene fuhr sich betreten mit der Zunge über die Unterlippe und suchte nach der richtigen Antwort, die es aber nicht gab.

»Es ist sehr wahrscheinlich, dass ihr Mühe haben werdet, das Personal zu bezahlen, das ihr habt«, erinnerte Frieda sie.

Helene schlug die Augen nieder. In diesem Punkt gab sie sich geschlagen. »Willst du nicht noch warten? Zumindest, um zu sehen, ob ich Erfolg habe?«

»Das würde ich gern, Liebelein. Aber es wird nicht gehen.« Frieda legte den Kopf schief und ihr Lächeln wurde sanftmütig. »Ich bin dreiundfünfzig Jahre alt. Ich werde nicht jünger. Was, wenn ich eines Tages auf dem Sterbebett bereue, nie mehr gesehen zu haben als das hier.« Sie zeigte mit einer flinken Handbewegung den Rhein hinunter. Helene nickte langsam. Sie konnte nicht anders, als Verständnis zu zeigen, auch wenn sie ihre mütterliche Freundin auf ewig vermissen würde. Amerika war so weit weg und die Wahrscheinlichkeit eines gegenseitigen Besuchs gering.

»Wann legt das Schiff ab?« Helene hakte sich bei Frieda unter und sie setzten bedächtig ihren Spaziergang fort.

»In sechs Tagen.« Frieda bettete ihre Hand über die ihres Schützlings. Gemeinsam gingen sie durch eine Gasse, die sie in die Altstadt führte. Sie kehrten in ein Café ein, wo sie Kakao tranken und Waffeln mit Puderzucker und heißen Kirschen aßen. Helene erzählte Frieda von Hamburg, ihrer Ausbildung und von Frederik, der sie auf Händen trug.

»Halt es fest! Besinn dich darauf, was diese Menschen dir geschenkt haben«, riet sie ihr anschließend, und ihre Worte waren nie eindringlicher. »Geh zurück, sobald du hier alles geregelt hast. Warte keinen Tag länger.«

Helene runzelte die Stirn.

»Je länger du hierbleibst, desto schwerer könnte es dir fallen, nach Hamburg zurückzugehen«, erklärte Frieda. »Ich weiß, dein Herz hängt an dieser Fabrik. Aber oft sind es die Dinge, die wir am meisten lieben, die uns den größten Kummer bereiten.«

Für einen Moment war Helene erstarrt. Erstaunt darüber, mit welcher Deutlichkeit Frieda ihre Bedenken geäußert hatte. Und sie fragte sich selbst: War sie imstande dem Strudel aus Verantwortung und Missgunst innerhalb ihrer Familie zu entkommen?

Sie fand keine Antwort.

Weihnachten stand kurz bevor. Das Haus der von Ratscheks war festlich geschmückt. Trotz der unruhigen wirtschaftlichen Lage wollte Klara nicht auf die Tradition verzichten. Wie jedes Jahr kamen Freunde und Bekannte, Geschäftspartner und Familie am dritten Adventssonntag zusammen. Für Helene und Henri war es nicht einfach gewesen, ihre Mutter davon zu überzeugen, dass eine luxuriöse und verschwenderische Feier weder dem Zeitgeist noch ihrem Geldbeutel entsprach.

»Hach, es wirkt alles ein wenig plump.« Klara nahm kritisch den Tisch in Augenschein. Kuchen, Pasteten, Kristallschalen mit Weingummi und Lakritzkonfekt, auf der Anrichte ein prall gefüllter Brotkorb und Mettwürstchen auf einem Silbertablett.

»Es ist mehr als genug«, sagte Henri, der atemlos an seiner zu eng gebundenen Fliege zerrte.

»Die Leute werden reden«, jammerte Klara und zupfte an Helenes rückenfreiem Kleid.

»Die Leute reden immer, Mama«, erwiderte Helene und schüttelte ihre Hand von sich ab. »Außerdem sollte jeder Gast wissen, wie es um die Wirtschaft momentan bestellt ist. Bestimmt haben alle Verständnis, dass das Büfett kleiner ausfällt.«

»Sollten sie jedenfalls. Alles andere wäre ein Hohn für die Arbeiterklasse«, ergänzte Henri.

Klara nahm einen hastigen Schluck Wein. Sie war einen gesellschaftlichen Kompromiss eingegangen, der sie sichtlich stresste.

»Willst du dich nicht etwas zurückhalten?«, fragte Helene in gesenkter Lautstärke. Während sie in Hamburg gewesen war, hatte ihre Mutter angefangen, bereits vormittags Alkohol zu trinken.

»Ich weiß nicht, was du meinst.« Klara wickelte sich ihre überlange Perlenkette um den Finger und Helene sah von einer Erklärung ab.

»Sie macht mir Sorgen«, kommentierte Henri den Anblick seiner Mutter, die in die Eingangshalle stolzierte, um erste Gäste willkommen zu heißen. »Da bekommt sie fast einen Blutsturz wegen des dezenteren Menüs, gleichzeitig ersetzt sie alle Mahlzeiten durch Chardonnay.«

Helene kräuselte die Stirn. Henri hatte recht. »Ich werde morgen mit ihr darüber reden.«

»Du weißt, das hat keinen Sinn. Solange sie nicht einsieht, dass sie ein Problem hat.«

Helene nickte unmerklich. Doch die Frage, wie sie ihrer Mutter dann helfen könnten, musste sie nun beiseiteschieben, denn die Gäste strömten zu ihnen in den Salon. Henri setzte eine gelassene Miene auf, als hätte er auf einen Knopf gedrückt. Er hatte ein Talent dafür, Freundlichkeit zu heucheln. Nur Helene erkannte den Unterschied. Als Georg jedoch den Raum betrat, entlockte das nicht nur ihm ein aufrichtiges Lächeln, sondern auch ihr.

»Wie sieht es aus?« Georg kam zu ihnen und blickte sich um.

»Es sind weniger gekommen als erwartet«, befand Henri nach eingehender Betrachtung.

»Das wundert mich nicht.« Georg sprach mit gesenkter Stimme. »Die Wirtschaftskrise verdirbt so manch einem die Weihnachtsfreude. Die lokalen Politiker nehmen es euch übel, dass ihr feiert. Ihrer Meinung nach besteht kein Grund dazu. Es heißt, ihr weigert euch, zu erkennen, dass eine Eskalation bevorsteht, die Millionen Arbeitsplätze kosten wird.«

Erst jetzt fiel Helene auf, dass keiner der geladenen Politiker gekommen war. Ebenso wenig wie Tante Astrid. Aber welchen Grund hatte sie, nicht zu erscheinen?

»Ich hielt die Idee von Anfang an für schlecht.« Henri nestelte erneut an seinem Kragen.

»Ist alles in Ordnung?«, fragte Helene und deutete auf die nun schief sitzende Fliege ihres Bruders.

»Sie ist nur furchtbar eng heute. Ich bekomme kaum Luft.«

»Komm mit.« Georg wies zum Flur hin. »Ich helfe dir, sie zu lockern.«

»Und du bezirzt so lange unsere Geschäftspartner«, ermunterte Henri seine Schwester. »Und behalt Mutter im Auge.«

Helene salutierte, wurde aber schnell wieder ernst.

Wie an Ort und Stelle festgewachsen, stand Klara neben einem der Kellner, der ihr Glas auffüllte, als wäre er ihr persönlicher

Mundschenk. Es war ein fragwürdiger Anblick, so dass Helene sich gezwungen sah, die Aufgaben ihrer Mutter als Hausherrin zu übernehmen. Alfred prostete ihr vom Durchgang zum Esszimmer aus zu. Noch während sie sich fragte, wann er eingetreten war, erkannte sie weiter links die Vorstandsmitglieder Alois Mayer, Wilhelm Baur und Friedrich Schilling, die mit ihren Ehefrauen gekommen waren. Helene sah eine günstige Gelegenheit und gesellte sich hinzu. »Ein schöner Abend, nicht wahr?«, fragte sie und erntete zustimmendes Nicken.

»Ein Jammer, dass Ihr lieber Vater nicht anwesend sein kann«, klagte Frau Baur.

»Wird er denn wieder gesund werden?«, erkundigte sich Frau Schilling freundlich.

»Wir sind guter Dinge«, versicherte Helene, bevor sie sich an deren Ehemänner wandte. Das Gespräch ging um die baldige Vorstellung des neuen Geschäftskonzepts. Sie machte sie mit den bisherigen Fortschritten vertraut und sprach geplante Reformen an. Doch die Reaktionen waren verhalten.

»Ich bin nicht sicher, ob wir uns auf dieses Wagnis einlassen sollten.« Mayer biss herzhaft von einer Wurst ab.

»Die Zeiten verlangen harte Maßnahmen«, fügte Schilling hinzu.

Baur pflichtete brummend bei.

»Aber das Konzept ist trotz allem Erfolg versprechend.« Helenes Versuch, auf die Firma zurückzukommen, scheiterte. Die Männer ignorierten sie förmlich. Sie schluckte enttäuscht und verschränkte hilflos ihre Finger miteinander.

»Guten Abend zusammen.« Georg stellte sich neben sie. Sofort wurden begeistert Hände geschüttelt. Helene betrachtete ihn von der Seite. Seine Wirkung auf Menschen war verblüffend. Sie rissen sich um seine Aufmerksamkeit.

»Wann dürfen wir die Vorstellung Ihres neuen Modells erwarten?«, fragte Baur höchstinteressiert. »Wir sind schon sehr gespannt auf Ihre Ausarbeitung.«

»Nun, schon sehr bald, würde ich sagen.« Georg tauschte einen siegreichen Blick mit Helene, die immer noch verwundert darüber war, mit welcher Leichtigkeit er unter Vorstandsleuten Gehör fand.

»Fräulein von Ratschek und ich haben bereits einen ersten Entwurf erstellt. Und ich muss sagen, ich bin überaus zufrieden«, fuhr Georg überschwänglich fort.

»Ist dem so?« Nun hatte er auch Frau Schillings Interesse geweckt, die sich gespannt vorlehnte.

»Was haben sie denn für Süßigkeiten ausgewählt?«, fragte ihr Mann, der sich nun genötigt fühlte, Helene Beachtung zu schenken. Diese begann zu erzählen. Ohne alles offenzulegen, schürte sie Neugier auf ihre Kreationen und versetzte die Baurs, Mayers und Schillings gleichermaßen ins Staunen. Damit erfuhr sie zum ersten Mal Akzeptanz, die sie aus den Kölner Kreisen nicht gewohnt war. Lag es an Georg? An seiner Seite fühlte sie sich stärker. Sie wurde wahrgenommen. Unverhohlen sah sie zu ihm auf, nachdem sich das Gespräch auf andere Gäste verlagert hatte und sie mit Georg allein war.

»Was ist?«, erkundigte er sich schmunzelnd.

»Gar nichts. Es ist nur … du bist wirklich außergewöhnlich.« Dieses Kompliment war einfach aus ihr herausgeplatzt. Für einen Moment betrachtete er sie unschlüssig, dann lächelte er gerührt und seine Wangen nahmen einen rötlichen Teint an.

»Wo hast du nur gelernt, so mit Menschen umzugehen?«, wollte sie wissen.

Er hob ratlos seine Brauen. »Was meinst du denn?«

»Ich meine … alle sind nach kurzer Zeit in dich verliebt.«

Er lachte auf. »Denkst du, ja?«

»Es ist so.« Sie berührte ihn am Arm und wurde ernst. »Ich möchte, dass *du* dem Vorstand das Konzept präsentierst.«

»Aber es ist dein Projekt. Das alles gibt es nur wegen dir. Ich bin nur dein Assistent.«

»Ohne dich wäre das überhaupt nicht möglich gewesen. Außerdem denke ich, dass sie eher ihre Zustimmung geben werden, wenn du es ihnen vorstellst. Jemanden, den sie respektieren. Ein Mann …«

Georg kam näher auf sie zu. Er stand nun direkt vor ihr, hielt den Kopf geneigt, so dass sie sich in seinen hellblauen Augen spiegelte. »Du, Helene, bist außergewöhnlich.« Seine Worte klangen aufrichtig und sein durchdringender Blick ließ ihr die Hitze in die Wangen steigen.

»Und jeder, der das anzweifelt, ist ein Dummkopf«, fügte er überzeugt hinzu.

Helene benetzte ihre Lippen und rührte sich nicht. Ihr Verstand trieb unerwartet ihr Herz an, und umgekehrt.

Georg führte seine Hand an ihre Wange und schob eine Haarsträhne hinter ihr Ohr. Seine Berührung löste ein Kribbeln auf ihrer Haut aus.

»Wir machen es, wie du möchtest«, versprach er.

Ihr Herz schlug noch schneller. Sie schaffte es gerade so zu nicken, ehe Henri zu ihnen stieß.

»Ich habe Mutter nach oben gebracht«, teilte er mit und wirkte angestrengt. »Ich hielt es für besser, wenn die Gäste nicht merken, dass sie kaum mehr stehen kann.«

»Danke«, sagte Helene. Dass er Mutter, ohne Aufmerksamkeit zu erregen, von der Feier entfernt hatte, kam nicht nur der Familienehre zugute, sondern auch dem Geschäft. Denn wenn sie sich irgendetwas gerade überhaupt nicht leisten konnten, dann waren es Skandale – Risse im Antlitz, die den Vorstand eventuell von einer Rehabilitation des Unternehmens abhalten würden.

»Könntest du nach ihr sehen? Ich glaube, es geht ihr nicht besonders. Und ich kann das nicht so gut.« Henris Bitte war eher ein Flehen.

»Klar«, sagte Helene leise und in schlimmer Vorahnung.

Oben schlug ihr sofort ein saurer Geruch entgegen. Die Badezimmertür war einen Spaltbreit geöffnet. Helene schob sie weiter auf und sah ihre Mutter würgend über die Toilettenschüssel gebeugt. Katharina hielt ihr das Haar zurück und strich ihr fürsorglich über den Rücken. »Dat wird, gnädige Frau. Dat wird. Lassen Sie alles raus.«

Für einen Moment überlegte Helene das Dienstmädchen abzulösen, doch dann überkam sie ein Gefühl heftigster Abneigung. Sie empfand kein Mitleid mehr, sondern nur noch Scham. Helene machte kehrt. Beim Passieren der offen stehenden Schlafzimmertür hörte sie das Schlabbern und Schlecken von Goldie, die Erbrochenes aufleckte. Von einem Würgereiz übermannt, presste Helene sich eine Hand auf den Mund und beschleunigte ihren Gang. Die Krankheit ihrer Mutter hatte nicht nur deren Grenze der Intimsphäre, sondern die der gesamten Familie gesprengt.

Zurück im Salon fasste sich Helene angespannt in den Nacken. Sie nahm die elegante Atmosphäre wahr, die Köstlichkeiten auf den Tischen und musste erneut ein Würgen unterbinden. Die Kontraste in diesem Haus waren so gravierend, dass sie sich selbst oft fragte, was echt war und was nicht. Wenn die Leute nur wüssten. Jener Satz drängte sich ihr zum wiederholten Mal auf.

Der ganze Prunk war ihr nie inszenierter, nie lächerlicher vorgekommen.

»Hast du nach deiner Mutter gesehen?« Georgs Frage drang verzögert zu ihr vor.

»Hab ich.«

»Geht es ihr gut?«

Sie schaffte nur ein mühsames Nicken. »Ich wünschte nur, der Abend wäre endlich überstanden.«

Georg legte seine Hand auf ihren Rücken und da, wo sein Zeigefinger ihre nackte Haut streifte, erzitterte sie unter seiner Berührung.

»Du machst das großartig«, flüsterte er ihr ins Ohr und Helene wurde von einer einnehmenden Gänsehaut erfasst, die jedwede Beschämung aus ihren Gedanken vertrieb. Für einige Sekunden stand sie einfach da, sah ihm nach, wie er sich erneut unter die Gäste mischte, lächelte und Hände schüttelte. Er hatte sie bewegungsunfähig gemacht. Aber wieso?

Als sie sich endlich wieder rühren konnte, setzte sie sich im Flur auf die Treppenstufen und fächerte sich mit einer Hand Luft zu. Georg verwirrte sie auf unerklärliche Weise. Sein ruhiges Wesen und sein Intellekt gefielen ihr. Sie fühlte sich in seiner Nähe ähnlich geborgen wie in Frederiks. Und doch war irgendetwas anders. Seit Jahren gehörte Georg als Henris Freund quasi zur Familie. Vielleicht war das der Grund, weshalb er sich derart für die Firma aufopferte. Was auch immer Helene ihm gegenüber empfand, es ging über Dankbarkeit hinaus, wurde ihr urplötzlich bewusst. Das erschreckte sie – mehr noch als die Tatsache, dass sie zum ersten Mal seit Tagen an ihren Verlobten gedacht hatte.

Kapitel 16

Es war ein kühler Freitagmorgen. In wenigen Stunden fand die Anhörung vor dem Vorstand statt und ein Teil von Helene nahm Frieda es übel, dass sie sie ausgerechnet jetzt allein ließ.

Trotz des entscheidenden Termins, oder gerade deshalb, hatte sie es sich nicht nehmen lassen, ihre Freundin und deren Familie am Bahnhof zu verabschieden. Für Helene war es immer noch surreal. Sie würde Frieda nicht mehr sehen können, ihre Briefe würden Wochen brauchen, bis sie den Atlantik überquert hätten.

»Ich glaube an dich. Immer!« Jene Worte hatte Frieda ihr mitgegeben. Sie hatte Helene fest in den Arm genommen und ihre Stirn geküsst, bevor sie in den Zug gestiegen war, der sie bis Kiel bringen würde, von wo aus sie ein Schiff nach Amerika besteigen würden. Obwohl Helene sich vorgenommen hatte, stark zu sein, hatte sie ihre Tränen nicht zurückhalten können. Würde sie Frieda je wiedersehen?

Schon in der Nacht hatte Helene kein Auge zugetan. Immer wieder war sie innerlich den Vortrag durchgegangen, hatte nach Fehlern im Werbe- und Produktionsplan gesucht, aber keine gefunden. Um vorbereitet zu sein, war sie direkt vom Bahnhof in die Firma gefahren. Im Konferenzraum in der unteren Etage des Geschäftshauses legte sie mit Hand an, platzierte Tische und Stühle so, dass die Vorstandsmitglieder einen perfekten Blick auf ihr Modell haben würden. Der Tafelschreibblock mit den Diagrammen und Markteinschätzungen, die Georg vorgenommen hatte, kam auf dem staffeleiartigen Gestell am besten zur Geltung. Eine zusätzliche Lampe war darauf gerichtet und sorgte für ideale Lichtverhältnisse. Zwei Angestellte deckten die Tische mit Wasserflaschen, Gläsern und Tellern mit belegten Broten und Plätzchen ein. Dazwischen gab es Erdbeerweingummi und Lakritzherzen auf silbernen Etageren. Von ihrem Vater hatte Helene gelernt, dass das Wohlbefinden nicht zu vernachlässigen war, wenn es darum ging, etwas schmackhaft zu machen. Er nannte es: die Zustimmung erschleichen. Nach dem Prinzip war er bei Großkunden vorgegangen, oftmals mit Erfolg.

Hinter einer Sekretärin, die einen Servierwagen in den Raum rollte, traten Henri und Georg ein. Sie warfen sich unschlüssige Blicke zu, sobald sie Helene sahen.

»Warst du überhaupt im Bett?« Henri musterte seine Schwester von oben bis unten. Diese zuckte die Achseln, als erinnere sie sich kaum. »Jedenfalls nicht lange.«

Henri half der Sekretärin, die Kaffeetafel einzudecken. Unterdessen ging Georg zu Helene, die verbissen auf den Tafelschreibblock starrte. Er nahm ihre Hände und drückte sie bestärkend. »Du bist ja eiskalt.«

Sie schluckte bemüht, um Angst und Panik beiseitezuschieben und nicht daran zu denken, was auf dem Spiel stand. Doch es gelang ihr nicht.

»Das wird schon«, redete er ihr gut zu, rubbelte ihre Hände warm und drückte anschließend seine Lippen zu einem Kuss darauf. »Wir schaffen das!« Seine Augen leuchteten optimistisch auf. Sofort spürte sie eine Art innere Ruhe, die sie nicken ließ. Wie machte er das nur?

»Du siehst übrigens entzückend aus«, merkte er an, während er am Rädchen des Gestells drehte und die Schreibtafel auf seine Größe anpasste.

Der Raum füllte sich. Reflexartig strich Helene ihren knielangen Rock glatt, dann reichte sie jedem Vorstandsmitglied die Hand. Henri hatte ihr den Platz neben seinem zugewiesen und sie setzte sich nervös hin. Fünf Minuten zu spät stieß Alfred zu ihnen, ließ sich am Ende des langen Tisches nieder und forderte zunächst einen starken Kaffee.

»Alles in Ordnung, Bruder?«, fragte Henri besonnen. Erhielt jedoch nur ein mürrisches »Ja« zurück. Er machte kein Geheimnis daraus, dass er wenig erpicht auf diese Vorstellung war und sie für Zeitverschwendung hielt.

Helene nahm einen tiefen Atemzug nach dem anderen. Mittlerweile war sie froh, dass Georg das Reden übernehmen würde. Ihr Mund war so trocken, dass sie fürchtete, keinen Ton herauszubringen.

»Wir lassen uns nicht einschüchtern«, sagte Henri mit gesenkter Stimme zu ihr.

Sie nickte, wenn auch verhalten. Helene hatte nicht damit gerechnet, dass die Ansammlung der Männer in teuren Anzügen sie derart verunsichern würde. Georg begann mit einer herzlichen Begrüßung und stieg souverän in die Präsentation ein. Er war ungemein geschickt darin, zu überzeugen. Während er die Markteinschätzung vorstellte und ihre und seine Zukunftsversion präsentierte, ließ Helene ihren Blick dezent über die Anwesenden schweifen. Sie konnte zusehen, wie die Ablehnung aus ihren Gesichtern wich und regem Interesse Platz verschaffte. Auch Georgs Idee, ihre Süßigkeiten bereits im Vorfeld auf die Tische zu verteilen, erwies sich als genial. Dank ihm hatten sie Mayer, Baur und

Schilling bei der Adventsfeier neugierig machen können. Diese langten nun ohne Zurückhaltung zu und forderten ihre Kollegen links und rechts von ihnen auf, dasselbe zu tun. Einzig Alfred gefiel diese Entwicklung nicht.

»Das ist alles gut und schön. Aber wir sollten auch nichts glorifizieren«, unterbrach er Georg abrupt. »Die Frage ist doch, ob euer Entwurf der Wirtschaftskrise standhält. Warum sollten wir weitermachen können, während die restliche Lebensmittelindustrie nach Atem ringt?«

»Eine berechtigte Frage«, pflichtete Baur ihm bei und schob sich ein Lakritzherz in den Mund. Er gehörte zu den Mitgliedern, die von Alfred in den Vorstand geholt worden waren, und schien deshalb zu glauben, ihm etwas schuldig zu sein.

»Nun, mit dieser Frage hatte ich gerechnet.« Georg reagierte gewissenhaft und selbstsicher. Er blätterte um und ein Diagramm kam zum Vorschein, das für Helene neu war. Eine Statistik über die Nachhaltigkeit von traditionellen Süßigkeiten und ihr Überdauern auf dem Markt im Vergleich zu Konzernen mit weniger Erfahrung. Was für eine Rückversicherung, dachte sie und konnte ein zuversichtliches Lächeln nicht unterdrücken.

»Schätzungen haben gezeigt, dass sich Unternehmen wie unseres gegenüber anderen durchsetzen und dass sie, im Vergleich zu weniger bekannten Firmen eine um siebzig Prozent erhöhte Wahrscheinlichkeit haben, auch konjunkturschwache Episoden zu überstehen. Bekanntheit, meine Herren, ist etwas von unschätzbarem Wert. Der Name von Ratschek steht für Größe, er steht für Qualität. Wir werden mit neuen Süßigkeiten den Markt zurückerobern. Neu, außergewöhnlich, dabei aber erschwinglich. Eine Kostprobe davon haben wir Ihnen heute Morgen bereitgestellt.«

Murmeln war zu hören. Zustimmend, staunend, beeindruckt.

»Dennoch sollten wir nichts überstürzen«, warf Alfred hastig ein und stand plötzlich kerzengerade am Tisch. »Was, wenn es misslingt? Wir können keine großen Investitionen tätigen. Darüber sollten wir sprechen.«

»Mein lieber Herr von Ratschek«, sagte Schilling und betrachtete ihn eindringlich. »Man erhält beinahe den Eindruck, als missbilligen Sie Herr Kronenbergs Vorschlag und den ihrer geschätzten Schwester zur Restaurierung des Familienunternehmens.«

Zähes Schweigen hing im Raum. Alfred schaute sich betreten unter den Mitgliedern um und setzte sich wieder hin. Doch die Stille war noch nicht vertrieben. Helene nahm all ihren Mut zusammen, trat neben Georg und übernahm das Reden. »Es ist ein Wagnis, dem ist so«, begann sie ernst. »Aber wir alle sollten uns fragen: Können wir es mit unserem Gewissen vereinbaren, dieses Unternehmen, das wir alle wertschätzen, aufzugeben, weil es gerade schwierig ist? Sollten wir uns nicht gemeinsam dafür einsetzen, dass es fortbesteht? Die meisten von Ihnen kennen uns seit vielen Jahren. Sie sind Teil dieser Firma und damit Teil unserer Familie. Im Laufe der Jahre haben wir uns immer mal wieder anpassen müssen, aber Adaption ist nichts weiter als eine Überlebensstrategie. An dieser Stelle spreche ich für meinen Vater und meinen Großvater, denn beide haben ihr Leben dem Unternehmen gewidmet. Diese Firma ist mehr als nur eine Fabrik für Lakritz und Weingummi. Sie ist das Herz aller süßen Dinge. Deshalb bitte ich Sie: Lassen Sie es weiterschlagen.«

Verhaltener Applaus stellte sich ein und Helene sank zurück auf ihren Stuhl. Sie schlug die Beine übereinander und knetete nervös die Finger auf ihrem Schoß. War es richtig gewesen, das Wort an die Männer zu richten?

Baur schnalzte laut mit der Zunge. »Also …«, begann er und deutete auf die Etagere vor ihm auf dem Tisch. »Diese Süßigkeiten stammen von Ihnen?« Er schaute mit gehobenen Brauen zu Helene.

»Ja«, antwortete sie vorsichtig.

Baur lehnte sich mit undurchsichtiger Miene zurück. Helenes Magen rebellierte vor Anspannung.

»Sie sind köstlich«, urteilte Schilling und die Gemüter der anderen hellten sich schlagartig auf. Sie nickten beipflichtend.

»Meine Stimme haben Sie«, verkündete Schilling. Ehe Alfred Einspruch einlegen konnte, schüttelte er ihm die Hand. »Die richtige Entscheidung, definitiv.«

»Dann steht es fest. Der Verkauf ist erst einmal vom Tisch«, resümierte Mayer und schob seinen Stuhl zurück.

»Äh, ja.« Alfred nickte verdattert. Ihm blieb nichts anderes übrig. Helene fiel ein Stein vom Herzen. Sie konnte nicht glauben, dass sie tatsächlich etwas bewirkt hatten.

»Ich bin schon sehr gespannt auf weitere neue Kreationen.« Schilling schüttelte auch Henri und ihr die Hand, dann Georg. »Eindrucksvolle Präsentation. Sehr eindrucksvoll«, lobte er im Weggehen und fügte an Helene und Georg gewandt hinzu: »Ich will Sie beide auf der Süßigkeitenmesse, um *von Ratschek* zu präsentieren.«

Helene und Georg schauten einander verblüfft an. »Danke! Es wäre uns eine Ehre«, entgegnete Helene erleichtert.

Nach und nach verließen die Männer den Konferenzsaal. Als Letzter erhob sich auch Alfred aus seinem Sessel.

»Ich bin froh, dass es so gut gelaufen ist«, sagte Henri an ihn gewandt.

»Freu dich nicht zu früh«, antwortete Alfred, dabei sah er nicht seinen Bruder an, sondern Helene. »Aufgeschoben ist nicht aufgehoben.« Ohne ein weiteres Wort ging er aus dem Saal.

Helene wollte seine Missgunst nicht an sich heranlassen. Nicht heute. Überglücklich fiel sie Henri in die Arme und stoppte auch vor Georg nicht.

»Ist das nicht großartig?« Sie strahlte.

»Das ist es.« Georg hielt Helene fest und schaute ihr tief in die Augen. Sie spürte eine Freude in sich, die sie so nicht kannte. Die Tatsache, dass sie den Vorstand auf ihrer Seite hatte, ließ ihr Herz vor Glück überschäumen.

»Ich könnte Bäume ausreißen!«, jubelte sie.

»Die Bäume lassen wir stehen.« Henri packte Georg und sie an der Schulter. »Aber wir sollten unbedingt feiern. Geht auf mich.«

Am Heumarkt tanzten Schneeflocken im Licht der Straßenlaternen. Verspielt reckte Helene den Kopf hinauf und ließ den Schnee auf ihr Gesicht regnen. Ihre Wangen waren vom Bier so heiß, dass die Eiskristalle schmolzen, sobald sie ihre Haut berührten. Hinter ihr im Brauhaus war die Feier noch in vollem Gange. Stimmengewirr und laute Musik, dazwischen Grölen und das Aneinanderklirren von Krügen. Die Nacht war frostig. Obwohl Helene nur eine dünne Strickjacke trug, spürte sie die Kälte kaum. Sie war zu erfüllt von dem Wunder, das an diesem Tag geschehen war.

»Soll ich dich nach Hause bringen?« Georg legte ihr sein Jackett um die Schultern.

»Nein«, sagte sie und drehte sich zu ihm um. »Ich bin nicht müde. Aufgekratzt, wie ich bin, werde ich wahrscheinlich nie wieder schlafen.«

»Schlaf wird überbewertet.« Er steckte sich eine Zigarette an.

»So ist es.« Sie lallte leicht. »Ohne dich hätte ich das heute nicht geschafft. Ich weiß gar nicht, wie ich dir danken soll.«

»Das ist nicht der Rede wert.« Georg lächelte gerührt, dann schaute er zu Boden.

»Doch, das ist es! Ohne dich hätten sie sich keineswegs überzeugen lassen. Dein Wissen, deine Erfahrung und deine Menschenkenntnis. Lernt man die eigentlich auch im Studium?«, witzelte sie.

Lachend blies er Zigarettenrauch in die Nacht.

»Weißt du, ich war früher furchtbar in dich verknallt«, gestand sie kichernd.

»Ehrlich?«

Sie nickte. »Jetzt erinnere ich mich auch wieder wieso. Du weißt immer ganz genau, wie du mit Leuten umgehen musst, damit sie so reagieren, wie du es brauchst.«

»Oh.« Er kniff die Augen zusammen. »Das klingt aber nicht sehr nett.«

»Verzeihung.« Peinlich berührt presste sie eine Hand auf ihren Mund. »Ich denke, der Alkohol hat meine Zunge gelockert«, nuschelte sie reumütig.

»Das denke ich auch.«

Beschämt senkte sie ihren Blick.

»Lass uns reingehen.« Er warf seine Zigarette auf den Boden und drückte sie mit der Schuhspitze aus, dann wies er mit dem Kinn zur Kneipentür. »Du brauchst jetzt einen starken schwarzen Kaffee.«

Sie hakte sich bei ihm unter und gemeinsam kehrten sie ins überfüllte Brauhaus zurück. Drinnen schlug ihnen das Johlen betrunkener Gäste entgegen. Henri stand in einer Gruppe von Personal aus der Fabrik, darunter war auch Helma.

»Hier sind sie. Die Gewinner des Tages«, rief sie aus und drückte Georg und Helene je ein Glas Bier in die Hand. Angespornt von der heiteren Gesellschaft trank Helene es in einem Zug leer.

»So viel zum Kaffee«, bemerkte Georg baff. Helene geriet leicht ins Straucheln. Er schlang den Arm um ihre Hüfte und stützte sie.

»Und? Wie fühlt es sich an, die Firma in ein neues Zeitalter zu führen?« Helmas Frage ließ den Rest der Truppe gespannt innehalten und die Musik verklingen. Helene schaute zu Georg auf. Er lächelte breit.

»Großartig!«, antwortete Helene, warf die Arme in die Luft und verlor erneut das Gleichgewicht.

Georg reagierte blitzschnell. Er hielt sie fest und ihre Blicke verfingen sich ineinander. Sein Gesicht war nun genau über ihrem. Hatte er schon immer solch blaue Augen gehabt? Helene schluckte und folgte einem Impuls, der sie urplötzlich überkam. Sie küsste ihn, einfach so. Nahm sein Gesicht zwischen ihre Hände und zog es zu ihren Lippen heran. Und sobald sie seinen Mund auf ihrem spürte, glaubte sie, der Raum unter ihren Füßen finge an sich zu drehen.

Zunächst schien Georg überrascht, umfasste sie dann aber fester. Er erwiderte ihren Kuss nicht nur, er übernahm die Kontrolle und Helene merkte, wie sich nun ein flaues Gefühl in ihrer Magengrube breitmachte. So hatte sie das nicht geplant. Doch dieser Gedanke verflog schnell, sie war wie berauscht. Ihr kräftiger Herzschlag ließ sie für einen Moment vergessen, wo sie sich befand. Um sie herum war schallender Jubel ausgebrochen. Es wurde geklatscht und gepfiffen. Mittendrin in dem Trubel spürte Helene Georgs heißen Atem an ihrem Ohr. »Heirate mich!«

Sie verstand ihn klar und deutlich. Völlig verwundert sah sie ihm ins Gesicht, doch sie brachte kein Wort über die Lippen. Ihr

Herz pumpte so schnell Blut durch ihren Körper, dass sie sich schlagartig nüchtern fühlte. Während ein Schlager gespielt wurde und die tanzende Meute weiterfeierte, schaute Helene auf ihre Hände hinab. Georg hielt noch immer ihre Rechte, drückte sie, als warte er auf eine Antwort. Aber … war das wirklich gerade passiert?, fragte die Stimme in ihrem Kopf. Das konnte er unmöglich ernst gemeint haben.

Helene fühlte sich wie benebelt. Und ohne weiter darüber nachzudenken, schmiegte sie sich an Georg – und für die Dauer eines Augenblicks war alles, wie es sein sollte. Sie dachte nicht an morgen und daran, was dieser Tag alles verändert hatte.

⋙ Kapitel 17 ⋘

»Sie sind ja so guter Laune, Fräulein von Ratschek«, befand Katharina, während sie am darauffolgenden Sonntagmorgen das Laken strammzog.

»Das bin ich wohl.« Helene tänzelte im Nachthemd durch ihr Zimmer, nahm an ihrem Frisiertisch Platz und bürstete sich das Haar, bis es glänzte.

»Das hat nicht zufällig etwas mit einem gewissen Herrn zu tun?« Katharina schielte vom Bett zu ihr herüber.

Zweifelsohne dachte sie, dass Helenes gute Laune ihrem Verlobten gebührte, den sie nach dem gestrigen Erfolg nun endlich wiedersehen könnte. Ein Schmunzeln überkam Helene, aber sie bestätigte nichts. Stattdessen hörte sie in sich hinein und erwischte sich dabei, wie sie die Verpflichtung, nach Hamburg zurückzufahren, von sich wegschob. Sie genoss ihren Erfolg, sie hatten es tatsächlich geschafft! Sie, Henri und Georg. Plötzlich tauchten Bruchstücke von Erinnerungen aus der Nacht zuvor vor ihren Augen auf und ließen sie schlucken. Hatte sie Georg wirklich vor aller Augen geküsst? Augenblicklich breitete sich ein unwohles Gefühl in ihrem Magen aus. Das war ein Fehler gewesen, einer, von dem sie hoffte, er würde folgenlos bleiben. Sie hatte sich von der fröhlichen Stimmung mitreißen lassen und kopflos gehandelt. Ja, so war es gewesen, redete sie sich ein.

»Bist du ausgeruht, Lenchen?« Ihre Mutter betrat das Zimmer und Katharina ging summend hinaus.

In Helene wirkten noch die Gedanken an den verbotenen Kuss nach. Sie nickte verzögert.

»Frederik hat angerufen. Dreimal, um genau zu sein«, sagte Klara gelassen.

»Oh …« Helene war selbst überrascht, wie wenig sie dazu zu sagen hatte.

»Du solltest ihn besser zurückrufen, sobald du … nun ja …« Ihre Mutter lächelte gezwungen. »Zieh dich an und komm runter. Henri sitzt schon längst am Tisch.«

Helene nickte beklommen. Sie hatte noch keine Möglichkeit gehabt, mit ihrem Bruder über die Feier im Brauhaus zu sprechen. Nun starrte sie sich an der Tür fest, die ihre Mutter hinter sich zugezogen hatte, und überlegte. Bestimmt würde Henri sie beruhigen können, was den Kuss anging. In Windeseile schlüpfte Helene in ihre Sachen und band auf der Treppe ihr Haar zu einem Knoten zusammen. Unten begrüßte sie als Erstes ihren Vater, der in seinem Rollstuhl saß und die Tageszeitung las. Seit er die Kontrolle über seinen linken Arm wiedererlangt hatte, war er wesentlich ausgeglichener.

»Wie hast du geschlafen?«, fragte Helene ihren Bruder.

Henri sah nur kurz von seinem Frühstücksei auf, antwortete ihr aber nicht.

»Wie unartig!«, schimpfte Klara Goldie, die schwanzwedelnd neben ihr bettelte.

»Das im Brauhaus …«, begann Helene und Henri nahm einen lauten Atemzug. »Du denkst doch nicht, dass ich unserem Ruf geschadet habe?«

Ihre Eltern tauschten irritierte Blicke.

»Ich weiß nicht, was über mich gekommen ist. Ich hatte wohl ein Bier zu viel«, fuhr sie reumütig fort.

»Mehr als eins.« Henri schälte sein Ei so grob, dass er es dabei in seine Einzelteile zerlegte.

Klara schaute skeptisch zwischen ihren Kindern hin und her, während sie Goldie auf ihren Schoß hob. Blind verfütterte sie den Rest Leberpastete an sie. »Sollte ich etwas wissen?«, erkundigte sie sich verhalten.

»Es war nichts.« Henri machte eine beschwichtigende Geste mit der Hand.

»Na ja, ich habe es mit dem Feiern etwas zu gut gemeint.« Helene spülte eine Aspirin mit einem großen Schluck Wasser hinunter, dann fasste sie sich an die hämmernden Schläfen.

Henri schaute zu ihr auf. »Weißt du, Leni, du musst nicht immer alles bekommen, was du willst.«

Verwundert über seinen schroffen Ton, zuckte sie unmerklich zusammen. Henri stemmte sich hoch und rückte seinen Stuhl brüsk an den Tisch.

»Wohin gehst du?«, fragte Klara, nachdem sie einen weiteren ernsten Blick mit Theodor getauscht hatte.

»Hab noch was zu erledigen«, murrte Henri widerwillig.

»Wird Georg wie geplant an unserem morgigen Weihnachtsessen teilnehmen?«, wollte seine Mutter wissen. »Käthe hat eine gewaltige Gans auf dem Markt ergattert.«

Henri stützte die Hände auf die Stuhllehne und schnaubte. »Davon gehe ich aus.«

»Gut.« Klara nippte an ihrer Tasse und Henri stürzte förmlich aus dem Haus. Hinter ihm fiel die Tür schallend ins Schloss.

»So habe ich ihn ja noch nie gesehen«, bemerkte Helene bedrückt. »Ich muss ihn ziemlich blamiert haben.«

Ihre Mutter erwiderte nichts, stattdessen wechselte sie erneut einen undurchdringlichen Blick mit ihrem Mann. Theodors Sprachschwierigkeiten nach seinem Schlaganfall zwangen ihn dazu, nicht auf alles einzugehen, was im Hause von Ratschek geschah. Und Helene hatte das Gefühl, dass er das auch gar nicht mehr wollte. Die Krankheit hatte ihm unerwartet zu mehr Gelassenheit verholfen. Dafür beneidete sie ihn.

Am nächsten Abend war die Villa vom Duft des Festessens erfüllt. Es roch nach gebratener Gans, Rotkohl und Klößen, Zimtsternen und Glühwein. Käthe stand seit den frühen Morgenstunden in der Küche und alles ließ darauf schließen, dass sie sich selbst übertroffen hatte. Gegen Mittag hatte Helene Frederik angerufen, ihn aber nicht erreicht. Laut seiner Mutter war er außer Haus. Sicher war er wütend, weil sie sich tagelang nicht gemeldet hatte. Andererseits war sich Helene nicht sicher, ob jemand, der so gutmütig war, überhaupt Wut empfinden konnte. Sie hatte sich vorgenommen, nach den Weihnachtstagen abzureisen. Von Hamburg aus würde sie über Henri die Geschäfte abwickeln und bei der Umsetzung des neuen Konzepts auch weiterhin auf Georg vertrauen.

Der Weihnachtsbaum war mit Äpfeln und Nüssen behangen. An seiner Spitze war der goldgelockte Engel im weißen Gewand angebracht, der seit Generationen im Familienbesitz war. Klara hielt auch dabei an ihren Traditionen fest. Sie schienen ihr Halt zu geben. Und so hatte sie es sich nicht nehmen lassen, Familienangehörige einzuladen, die jedes Jahr die Feiertage mit ihnen verbrachten. Nichts an diesem Weihnachtsfest ließ vermuten, dass die finanzielle Lage der Familie angespannt war. Alles schien wie immer zu sein. Prächtig, glanzvoll und exquisit. Tante Astrid war am Nachmittag mit einer Wagenladung voll mit Geschenken angereist. Alfred und Eva waren mit Viktor gekommen.

»Tschu-tschu«, machte der Kleine und zog unaufhörlich Kreise mit seiner Eisenbahn unter dem Christbaum. Theodor sah ihm mit einem verklärten Gesichtsausdruck dabei zu. Helene befürchtete, dass es trotz seiner Fortschritte sein letztes Weihnachtsfest sein könnte. Es war wie eine innere Gewissheit, die sie anhielt, so viel Zeit wie möglich mit ihm zu verbringen. Gegenüber Georg hatte sie nur ein scheues »Hallo« herausgebracht. Auch Henri war auffallend still. Helene verspürte den Drang, sich ihm zu erklären und sich für ihr ungezügeltes Verhalten im Brauhaus zu entschuldigen, doch er war zu beschäftigt mit seinem Patenkind, das dankbar für seine Aufmerksamkeit war. Viktor lachte und strahlte ihn die ganze Zeit über an.

»Du kannst wirklich gut mit ihm«, befand Eva, als sie mit dem Essen fertig waren. Das Kindermädchen brachte Viktor ins Bett. Der Rest wechselte in den Salon.

»Kein Wunder, dass er was von Kindern versteht«, neckte Alfred nach einer Weile. »Er ist ja selbst noch eins.« Seine spitze Bemerkung trieb Helene die Wut ins Gesicht.

»Entschuldige dich bei Henri!«, forderte sie ihn auf.

Alfred gluckste nur, setzte sich in einen tiefen Sessel und schlug ein Bein über das andere. Helene stellte sich vor ihn, die Hände in die Hüften gestützt.

»Das war ein Witz«, rechtfertigte Alfred sich. »Hast du neuerdings deinen Humor verloren, Schwester?«

»Zufälligerweise kenne ich den Unterschied zwischen einem Witz und einer Beleidigung«, erklärte sie aufgebracht.

Henri fasste sie am Arm. »Lass nur.«

Sie machte sich los und schaute Alfred an, der ihren drohenden Blick provokativ erwiderte.

»Darf ich euch daran erinnern, dass Weihnachten ist?«, griff Klara in den Zwist ein. »Wenigstens heute Abend könntet ihr euch zusammenreißen. Ich bitte euch, eurem Vater zuliebe.« Sie deutete auf Theodor, der in diesem Augenblick von Frau Geißler aus dem Raum geschoben und auf sein Zimmer gebracht wurde.

»Verzeih, Mutter«, hauchte Henri.

Im Nachgang sorgten Punsch und Glühwein doch noch für eine harmonische Atmosphäre, die selbst Alfreds Ernsthaftigkeit bröckeln ließ. Aus dem Grammophon tönte Edith Bach. Eine Originalaufnahme, die fester Bestandteil eines jeden Weihnachtsfestes bei den von Ratscheks war. Tante Astrid hatte Henri zu einem Walzer aufgefordert, zu dem er nicht hatte Nein sagen können. Sogar Alfred drehte Eva im Kreis. Es war einer der seltenen Momente der Harmonie in der Familie.

»Nanu!« Klara sah sich mit leerem Glas in der Hand um, dann fiel ihr ein, dass sie den Dienstboten für den Rest des Abends freigegeben hatte.

»Ich geh schon.« Helene machte sich aus der fröhlichen Gesellschaft los und eilte in den Weinkeller. Suchend nach dem Lichtschalter, tastete sie sich die grob gemauerte Wand entlang. Sie schreckte kurz zusammen, als ihre Hand auf etwas stieß. Das Licht wurde angeschaltet und sie stand Georg gegenüber.

»Hast du mich aber erschreckt!« Sie wandte sich an ihm vorbei und nahm einen Château Valandraud aus dem Weinschrank.

»Du bist mir aber nicht gefolgt, oder?« Sie betrachtete ihn mit einem verschmitzten Lächeln.

»Wir sollten reden«, sagte er.

»Worüber?«

»Über das, was im Brauhaus passiert ist.« Er kam auf sie zu und stand nun unmittelbar vor ihr.

Helene schluckte nervös. »So? Was … ist denn passiert?«

»Da ist etwas zwischen uns.« Als er sie unverblümt ansah, überfiel sie eine Gänsehaut. »Wir haben ähnliche Interessen, dieselben Ziele. Des Weiteren, ich kenne die Bücher eurer Firma und weiß, wie es um die finanzielle Lage bestellt ist.«

Helene biss sich in düsterer Vorahnung fest auf die Unterlippe. »Dann weißt du, dass …«

»Es unmöglich ist, sie ohne weiteres Kapital zu halten.«

»Und seit wann weißt du es?«, bohrte sie mit kraftloser Stimme nach.

»Seit Monaten«, gab er seufzend zu.

»Also hast du den Vorstand hinters Licht geführt.«

Er nickte und blickte zu Boden. Beinahe sah er beschämt aus.

Sie hob die Brauen, war sich aber nicht sicher, ob sie das beeindruckte oder verärgerte. »Und wieso das Ganze? Wenn dir doch klar war, dass kein Konzept der Welt die Firma retten kann?«

Er machte einen Schritt auf sie zu. »Es gibt etwas, das es könnte.«

Helene horchte auf.

»Wir geben ein gutes Paar ab, meinst du nicht auch?«

Eine gedehnte Stille trat zwischen sie, in der Helene überlegte, worauf er hinauswollte.

»Du hast gesagt, du hättest einmal etwas für mich empfunden.« Er suchte energisch ihren Blick.

»Da war ich noch jung.«

»Was hat sich geändert?«, verlangte Georg zu wissen.

Sie schluckte nervös.

»Ich könnte in die Firma investieren«, sagte er, als wäre nichts leichter als das.

Helene schwieg mit wild klopfendem Herzen. Für sie klang das wie ein unmoralisches Angebot. Was genau wollte er von ihr hören? Sie hielt die Flasche mit beiden Händen vor sich, als könne sie ihn davon abhalten noch näher zu kommen.

»Georg, ich habe einen Verlobten«, erklärte sie, doch er nickte nur mit einem zielstrebigen Lächeln und kam ihr nah.

Helene ging rückwärts. »Ich muss zurück nach Hamburg.«

»Wieso?«

»Na, weil ich … muss.« Sie merkte selbst, wie wenig überzeugend sie klang.

»Du musst nicht gehen. Nur, wenn du unbedingt willst. Willst du denn?« Er schaute ihr direkt in die Augen und ihre Beine fühlten sich wie Wackelpudding an.

»Ich gab jemandem ein Versprechen.« Sie hielt ihm die Hand hin, an der ihr Verlobungsring glänzte.

Georg strich zärtlich über ihren Finger und ihre Haut begann zu kribbeln. Stockend schnappte sie nach Luft.

»Elegant«, machte Georg seine Expertise kund. »Der Mann hat Geschmack. Das muss ich zugeben.«

»Georg … ich …« Helene brachte keinen anständigen Satz heraus.

Er schüttelte leicht den Kopf und führte seinen Zeigefinger an ihre Lippen. »Du bist mir keine Erklärung schuldig.«

Sie sahen einander an. Helenes Herz klopfte so heftig in ihrer Brust, dass ihr das Blut in den Ohren dröhnte. Georg berührte ihre Wange und schob ihr das Haar hinter das Ohr. »Frohe Weihnachten, kleine Leni.« Sein Atem auf ihrer Haut brachte ihr erneut einen wohligen Schauder ein. Und wie er so dicht bei ihr verharrte, da verspürte sie den Drang, seine Lippen wieder auf ihren zu wissen. Bevor sie aber Gelegenheit hatte, sich diesem Impuls zu widersetzen, nahm er ihr die Entscheidung ab. Sein Mund schloss den ihren mit einer Zärtlichkeit, die ihr ein Seufzen entlockte. Georgs Hände tasteten sich kundig über ihren Körper. Sanft, aber bestimmend drückte er sie gegen das Weinregal, so dass ihr der Château Valandraud aus der Hand rutschte. Scheppernd traf die Flasche auf den Fußboden und zersprang. Doch der Krach unterband die Leidenschaft nicht, die sich zwischen ihnen entlud. Sie war heftiger, als Helene es jemals zuvor erfahren hatte. Und für sie war klar, er wusste, was er tat. Sie ließ sich auf ihn ein, weil ihr Herz mit jeder Faser danach verlangte. Bei Georg fühlte sie sich stärker denn je, gleichzeitig so schwach, als lenke er jeden ihrer Gedanken. Eine Mischung, von der sie nie geglaubt hatte, sie sei möglich, und dass sie sich einmal danach verzehren würde.

⋙ KAPITEL 18 ⋘

Der Jahreswechsel kam mit einer seltsamen Leichtigkeit. Helene hatte Frederik einen langen Brief geschrieben, in dem sie ihm erklärte, warum sie noch in Köln bleiben müsse. Sie hatte beteuert, dass sie die Umsetzung des neuen Konzeptes überwachen und Zeit mit ihrem Vater verbringen wolle. Doch das war nur die halbe Wahrheit. Der unerwartete, leidenschaftliche Moment mit Georg hatte sie vollkommen aus der Fassung gebracht. Mit einem Mal stand sie nicht nur zwischen zwei Unternehmen, sondern auch zwischen zwei Männern. Sie glaubte, beinahe um den Verstand zu kommen.

»Es war richtig, ihm zu schreiben«, betonte Eva, die Helene den Vorschlag, von einem Telefonat abzusehen, unterbreitet hatte. Seit Frieda fort war, suchte Helene ihre Schwägerin gelegentlich in deren Reihenhaus im Rheinuferviertel von Marienburg auf. Im Gegensatz zu Magda, der Helene die Wahrheit über sich nach wie vor vorenthielt, war Eva bestens informiert. Sie hatte die verliebten Blicke wahrgenommen, die sich Helene und Georg mit naiver Bedenkenlosigkeit zuwarfen, und ihre Schwägerin darauf angesprochen. Diese hatte ihr anschließend alles gebeichtet und Eva hatte versprochen, ihr Geheimnis für sich zu behalten.

»Frederik hat sich noch nicht gemeldet.« Helene umschloss mit beiden Händen ihre Kaffeetasse. »Und ich kaltherziges Ding bin sogar froh darüber. Ich ahne, dass er mir nicht glaubt, habe aber keinen Antrieb, ihn zu überzeugen, dass er sorglos sein kann.«

»Was wird er nun tun?« Eva schaukelte Viktor auf ihrem Schoss und der Junge schmiegte müde das Gesicht an die Wange seiner Mutter.

»Ich weiß es nicht«, hauchte sie. Hilflosigkeit lag in ihrer Stimme. Helene schämte sich für die Unehrlichkeit ihm gegenüber – das hatte er nicht verdient. Doch es war nicht alles erlogen, was sie ihm geschrieben hatte. Sie steckte tatsächlich bis zum Hals in Arbeit. Häufig war sie von morgens bis abends im Betrieb und wies die Mitarbeiter in die Herstellung der neuen Süßigkeiten ein. Wenn sie nicht gerade die Fabrikation beaufsichtigte, verbrachte sie Zeit mit Georg. Sie berieten sich über den Geschäftsplan und die Werbemittel für ihre Erdbeer-Taler, die als Erstes in Produktion gehen sollten. Insbesondere zu später Stunde endeten diese Treffen allerdings in leidenschaftlicher Ekstase. Davon hatte Helene Frederik natürlich nicht berichtet.

»Irgendwann wirst du mit ihm reden müssen.« Eva erinnerte Helene nicht zum ersten Mal daran, dass es so nicht weitergehen konnte. Helene haderte mit sich. Sie war süchtig nach Georgs Nähe. Daneben fühlte sie sich verpflichtet, zu Frederik zurückzukehren. Er verdiente ein klares Bekenntnis. Georg sprach es zwar nicht an, aber Helene spürte, dass auch seine Unsicherheit über die Heimlichtuerei von Tag zu Tag wuchs.

»Du musst eine Entscheidung fällen«, sagte Eva nachdrücklich, aber so leise, dass sie ihren Sohn nicht weckte, der auf ihrem Schoß eingeschlafen war.

Helene nickte schwach. Sie schob diese Pflicht schon viel zu lange vor sich her, weil sie niemanden verletzen wollte. Doch im Grunde tat sie genau das. Eva hatte recht. Wenn Helene sich nicht entschied, würde sie alle beide verlieren. Den gutmütigen, charmanten Frederik und den faszinierenden, charismatischen Georg.

Der Winter hüllte den Morgen in ein eisiges Grau. Schatten tanzten über die rauen Wände der Fabrik. Die Werkstube war in das fahle Licht der Glühbirnen getaucht, die von der hohen Decke baumelten. Sie gehörten zu Alfreds Modernisierungen, über die sich Helene einen Überblick verschaffte.

»Wie kommt ihr mit der Beleuchtung zurecht?«, erkundigte sie sich bei Helma.

»Könnte besser sein. Unsere Augen ermüden schnell. Viele von uns haben am Ende des Tages Kopfschmerzen.« Helma ging mit Helene das Band ab. Alfred hatte ihr Friedas Stelle überlassen. Und auch wenn Helma nicht viel von Helenes ältestem Bruder hielt, hatte sie sein Angebot angenommen. Was Alfred jedoch nicht wusste, war, dass Helma vor einigen Jahren als Verfechterin des Frauenwahlrechts in vorderster Reihe gestanden hatte. Und mit derselben Inbrunst widmete sie sich nun ihrem Posten und hielt sich bei Missständen nicht zurück.

»Ich werde sehen, was ich tun kann«, versprach Helene, die Helmas Anmerkungen in einem Notizbuch festhielt.

»Meinem Bruder ist sehr daran gelegen, dass ihr zufrieden seid«, fügte sie hinzu. Es musste niemand wissen, dass sie nicht in Henris Auftrag im Werk war, sondern ausschließlich aus Eigeninteresse. Mittlerweile hatte sie sich an den Umstand gewöhnt, in seinem Schatten zu fungieren, und kam mit ihrer Rolle erstaunlich gut zurecht. Ein Botenjunge rannte an den Maschinen und Kesseln vorbei. Abgehetzt kam er vor ihnen zum Stehen. »Da ist ein Herr, der Sie sucht, Fräulein von Ratschek.«

Die Rotoren der elektrischen Walze dröhnten so laut, dass sie Mühe hatte, ihn zu verstehen.

»Er wartet im Foyer auf Sie«, schrie der Junge regelrecht, um gegen den Lärm anzukommen.

Helene nickte. »Ich komme später noch mal wieder«, sagte sie zu Helma und verabschiedete sich.

Schwarzer Dampf stieg aus dem Bottich mit dem Süßholzsaft, an dem sie vorbeiging. Seit der Wirtschaftskrise wurde er nur noch einmal wöchentlich eingekocht. Sein herber Duft begleitete Helene, als sie über einen Korridor den Vorraum des Hauptgebäudes erreichte. Ihre Absätze klackerten auf dem frisch gebohnerten Parkett. Den Blick auf ihr Buch geheftet, ging sie nochmals ihre Anmerkungen durch und überlegte bereits, was sie unbedingt verbessern sollten.

»Leni!«, hörte sie eine Stimme, die ihr wohlvertraut war. Sie hob verwundert den Blick und machte große Augen. Frederik kam auf sie zu. Ansehnlich und attraktiv wie eh und je. Er umarmte sie, ehe sie begriffen hatte, was sein Besuch zu bedeuten hatte.

»Ich dachte, ich komme mal vorbei und sehe nach, wie alles so läuft«, erklärte er. »Du hast mir gefehlt.«

»Frederik, was … für eine Überraschung«, stammelte sie und setzte ein Lächeln auf, um ihre Angst zu verbergen.

Seine dunklen Augen erforschten ihr Gesicht. »Du siehst erschöpft aus. Du arbeitest zu viel. Ich sehe es dir an.«

»Nein. Das geht schon. Ich bin nur so …« … panisch, schoss es ihr durch den Kopf. Sie nahm sich zusammen. »Es ist schön, dich zu sehen.«

Sein Lächeln brachte ihr Herz zum Galoppieren. Unwillkürlich rief es ihr in Erinnerung, was sie gefährdet hatte, und sie schnappte nach Luft.

»Um ehrlich zu sein.« Er umfasste sanft ihre Arme. »Ich habe es nicht mehr ausgehalten ohne dich. Ich musste dich einfach sehen.«

Für einen Moment standen sie sich still gegenüber.

»Was ist nun, zeigst du mir eure Fabrik? Ich muss gestehen, ich habe auf eine private Führung gehofft und bin überaus neugierig.«

»Aber ja doch.« Sie hakte sich bei ihm unter und sie gingen einige Schritte. »Aber du bist doch sicher müde von der Reise?«

»Nein, gar nicht. Wo fangen wir an?«

Helene lächelte matt, dann deutete sie zum Korridor hin, über den sie gekommen war. »Da entlang«, sagte sie und zeigte ihm die Produktionshalle. Nach einer ausführlichen Besichtigung ließ er verlauten, dass ihn selten etwas mehr beeindruckt habe. Helene glaubte ihm jedes Wort.

Ein wenig bedrückt, weil er ohne Ankündigung aufgetaucht war, stellte sie Frederik am Nachmittag ihren Eltern vor, die ihn gleichermaßen interessiert wie skeptisch beäugten.

»Sie sind also einer der Spiegels«, hakte Klara in undurchsichtigem Tonfall wiederholt nach, als sie gemeinsam bei Tee und Kaffee im Wohnzimmer saßen.

»So ist es«, antwortete Frederik geduldig.

»Wissen Ihre Eltern, dass Sie hier sind?« Klara roch an ihrem Tee, bevor sie davon trank.

»Gewiss doch, und sie baten mich, Ihnen ihre besten Grüße auszurichten.« Er hatte schon viele Fragen über sich ergehen lassen, doch keine war merkwürdiger gewesen als diese.

»Das ist aber nett«, befand sie. »Dieser Meinung bist du doch auch, oder, Theodor?«

Er nickte.

»Ich hatte die Freude, Helenes jüngsten Bruder in Hamburg kennenzulernen. Ist er auch hier?« Frederik löste Stirnrunzeln bei Theodor und Alfred aus. Zu Helenes Unbehagen war ihr ältester Bruder anwesend und sie glaubte nicht, dass das Zufall war.

»Henri ist noch unterwegs«, antwortete Klara flatterig.

Frederik, der bemerkt hatte, dass seine Frage ein Fehler gewesen war, schluckte befangen. Kurz blieb es still, bis Alfred ein anderes Thema anschnitt. »Wo genau liegen eigentlich die Schwerpunkte ihrer Fabrik, Herr Spiegel?«

»Nun, im Grunde sind unsere Produkte den Ihren recht ähnlich«, antwortete Frederik. »Wir machen Fruchtgummi, Bonbons und neuerdings auch des Öfteren Lakritz.« Er bedachte Helene mit einem warmherzigen Blick.

Alfred kniff die Brauen zusammen. »Interessant.«

»Na ja, unsere Firma ist natürlich kleiner als Ihre«, fügte Frederik schulterzuckend hinzu.

»Natürlich. Weshalb Sie auch nicht an der Börse sind.«

»Frederik ist zu bescheiden«, warf Helene ein, um Alfreds Verhör zu unterbrechen. »Die Spiegel-Süßwaren erfreuen sich allergrößter Beliebtheit. In Hamburg gibt es kaum etwas anderes in den Geschäften.«

Frederik lächelte ihr dankbar zu.

»Das erstaunt mich doch sehr, liebe Schwester.« Alfred schaute zwischen ihr und Frederik hin und her, als nehme er keinen von beiden ernst.

»Was genau, lieber Bruder?«

»Dass du dich so für die Konkurrenz starkmachst. Hast du nicht erst kürzlich vor unseren Vorstandsmitgliedern behauptet, dass keine Firma an die unsere heranreicht?«

Helene funkelte Alfred an, der unschuldig dreinblickte. Doch sie rang ihre Wut auf ihn nieder. Nicht hier und nicht jetzt, ermahnte sie sich gedanklich.

»Für sie als Tochter dieser Firma ist das zweifellos auch so«, sprach Frederik für sie. »Ich habe erlebt, wie hart sie gekämpft hat, um die Zukunft Ihres Unternehmens zu retten. Das ist bemerkenswert. Dafür bewundere ich sie. Wir alle sollten das.«

Klaras Blick ruhte nun weicher auf Frederik als zuvor. Auch Theodor hatte die Antwort des jungen Spiegel beeindruckt. Seine linke Braue hatte sich verwundert angehoben und kehrte nur langsam in ihre vorherige Position zurück.

Katharina betrat das Wohnzimmer. Hinter ihr kamen Henri und Georg herein.

»Bruder«, begrüßte Alfred Henri nüchtern. »Wir haben eben noch von dir geredet. Setzt euch doch zu uns.«

Frederik stand auf und reichte Henri die Hand. »Wie schön, dass wir uns wiedersehen, Herr von Ratschek.« Übergangslos ging er zur Begrüßung Georgs über. »Und auch Sie, Herr Kronenberg. Wie ich hörte, haben sie ein außerordentliches Talent, mit Zahlen umzugehen.«

»Nicht nur damit«, murmelte Alfred und erntete zornige Blicke. Nur Frederik zeigte sich von dem Einwurf unbeeindruckt. »Helene schwärmte in den höchsten Tönen von Ihnen«, fügte er hinzu.

»Vielen Dank. Aber das war in dieser Situation selbstverständlich. Wer kann unserer Leni schon einen Wunsch abschlagen?«

»So spricht nur ein Ehrenmann«, befand Frederik, nahm Helenes Hand und drückte sie liebevoll.

»Wir müssen dann auch wieder gehen«, sagte Henri und stieß Georg sanft mit dem Ellenbogen an, dessen Blick in peinlicher Indiskretion auf Helene haftete.

»Aber ihr seid doch gerade erst gekommen.« Alfred gab sich enttäuscht.

»Ja, aber … wir sind dummerweise verabredet. Wir sehen uns später.« Henri schüttelte erneut Frederiks Hand. »Herr Spiegel, es war mir eine Freude, Sie wiederzusehen.«

Frederik nickte Georg freundlich zu. Für wenige Sekunden starrten sie einander an. Etwas Herausforderndes lag in Georgs Blick, das nicht nur Frederik, sondern auch Helene sichtlich irritierte. Das Lächeln schwand aus Frederiks Gesicht und schlug in Verwirrung um.

»Wir gehen!« Henri zog Georg am Arm, der wie angewurzelt dastand. Übereilt verließen sie das Haus.

Alfred tat Henris fluchtartige Verabschiedung mit einem läppischen Grinsen ab. Frederik lächelte dünn. Helene sah ihm seinen Gemütswandel an, doch zähmen konnte sie seinen Unmut nicht. Sie war wie gefangen zwischen zwei Welten.

»Dann wirst du uns ja bald verlassen, Leni«, bemerkte Alfred und gab ein gespielt theatralisches Seufzen von sich. »Was für ein Verlust. Aber ich denke, Herr Spiegel wird sich gut um dich kümmern. Immerhin ist er deinetwegen aus dem Norden angereist. Ich hoffe doch, er ist nicht allzu erschlagen von so viel rheinischem Frohsinn, wie er hier zugegen ist.«

Frederik musterte erst ihn, dann Helene abwartend. Diese spürte ebenfalls die ratlosen, strafenden Blicke ihrer Eltern auf sich. Verlegen sah sie schließlich Frederik an, bekam jedoch kein Wort heraus. Er half ihr aus. »Wir sind verlobt, wie Sie alle wissen.« Er legte seine Hand über ihre.

»Sicher«, antwortete Alfred verzögert.

»Bedauerlich, dass Sie es nicht einrichten können, zur Hochzeit zu kommen.« Frederik schaute sich unter Helenes Eltern um.

»Das ist in der Tat schade.« Klara schob ein Seufzen nach, das zu Helenes Verwunderung ehrlich klang. »Essen Sie mit uns zu Abend, Herr Spiegel?«

»Ich will mich nicht aufdrängen.«

»Nicht doch.« Klara schüttelte entschieden den Kopf. »Es wäre uns eine Freude. Ist dem nicht so, Alfred?« Sie wandte sich ernst an ihren Sohn, dessen Miene blieb jedoch angespannt.

»Nun ja, wegen der Hochzeit«, kam Alfred auf das vorherige Thema zurück. »Wir sind hier stets sehr beschäftigt, Herr Spiegel. Ich hoffe, Sie haben dafür Verständnis.«

»Aber natürlich«, gab Frederik gefasst zurück. Alfred lächelte falsch und für den Rest des Abends ließ er Helene nicht aus den Augen, was ihr ein mulmiges Gefühl verlieh. Niemand wusste, was in seinem Kopf vorging. Vermutlich wälzte er irgendwelche Rachepläne, weil sie die Zustimmung des Vorstands eingeholt hatte. Es war offensichtlich, dass er nicht damit gerechnet hatte. Und nun, da er erkannt hatte, dass sie zwischen zwei Männern stand, schien er neue Hoffnung geschöpft zu haben, sie doch noch loszuwerden. Denn er hatte etwas gegen sie in der Hand und das war gefährlich.

Die Erleichterung, die Helene überkam, als sich Frederik am späteren Abend ins Hotel verabschiedete, sprach Bände. Sie war nicht darauf vorbereitet gewesen, sich ihren Gefühlen zu stellen. Vielleicht, so dachte sie, während sie wach in ihrem Bett lag und an die Decke starrte, war dieser Ort schuld. Ihre Heimat drängte sie zu einem Bekenntnis zugunsten ihrer Wurzeln – für die Menschen, unter denen sie aufgewachsen war. Und Alfreds Zynismus gab dieser Neigung Nahrung. Sie konnte den Gedanken daran kaum ertragen, zu gehen und ihm die Firma zu überlassen. Alles in ihr sträubte sich dagegen. Es war die pure Ironie, dass sie ausgerechnet jetzt, da sie im Begriff war, ein rechtschaffenes Leben in Hamburg anzunehmen, jene Akzeptanz in ihrer Familie fand, die sie sich immer gewünscht hatte.

Beunruhigt wälzte sie sich umher, strampelte ihre Bettdecke weg und schlug die Fäuste ins Laken, bis sie sich schließlich aufsetzte. Der Schnee klopfte an ihr Fenster und sie folgte seinem Ruf. Eine weiße Wand senkte sich über die Stadt und leuchtete geheimnisvoll in der Dunkelheit. Helenes Gedanken kehrten zurück zu Georg, der sich am Nachmittag merkwürdig aufgeführt hatte. Und obwohl Henri ihr gegenüber nichts dergleichen geäußert hatte, schien ihm das, was sich zwischen seinem Freund und seiner Schwester entwickelt hatte, zu missfallen. Im Gegensatz zu Alfred, der darin einen Vorteil für sich sah. Er hatte die Liebschaft gewittert wie ein Wolf seine Beute. Manchmal machte ihr die Gerissenheit ihres Bruders Angst.

Lechzend nach Ablenkung beschloss sie, in der Bibliothek nach der *Odyssee* zu suchen und zu lesen, bis ihr die Lider schwer wurden. Helene warf sich ihren Morgenrock über und trat auf den Flur. Weißes Mondlicht traf durch das große Buntglasfenster oberhalb der zweiflügeligen Haustür. Auf der Treppe blieb sie ruckartig stehen. Sie hörte Henri, der sich mit ihrer Mutter in gedämpfter Lautstärke unterhielt. Dass sie sich stritten, war nichts Neues. Henris Lebensstil war Klara schon oft sauer aufgestoßen. Meinungsverschiedenheiten hatte es zwischen den beiden, seit Helene denken konnte, immer wieder gegeben, doch diesmal war etwas anders. Ihre Mutter klang weniger fordernd als beschwörend.

»Du darfst das nicht zulassen!«, appellierte sie an ihn.

»Was soll ich deiner Meinung nach tun?«

»Schick ihn weg, Henri!«, krächzte Klara. »Sag ihm, du willst ihn nie wiedersehen. Es muss geschehen, bevor er noch unsere gesamte Familie zerstört.«

Stille. Helene stand mit angehaltenem Atem auf der Treppe.

»Das kann ich nicht!« Henris Schritte hallten durchs Vestibül und Helene duckte sich in den Schatten des Treppengeländers. Ihr Bruder riss seinen Mantel vom Kleiderständer, rauschte hinaus und hinter ihm krachte die Haustür ins Schloss. Verhalten hörte Helene ihre Mutter im Wohnzimmer schluchzen. Über wen hatten sie gesprochen? Einen Moment überlegte Helene, ob sie zu ihr gehen sollte. Sie stieg bereits einige Stufen hinab, als sie sich umentschied und zurück in ihr Zimmer schlich. Es gab genug, was sie beschäftigte. Schon jetzt wusste sie kaum, wo ihr der Kopf stand. Ihr Blick fiel auf den Verlobungsring, den sie auf den Nachttisch gelegt hatte. Als sie versuchte, ihn überzuziehen, blieb er am Gelenk hängen. Es war, als passte er ihr plötzlich nicht mehr. Stirnrunzelnd legte sie ihn zurück.

An ihren Gefühlen zu Frederik hatte sich nichts geändert. Seltsamerweise empfand sie für Georg jedoch sehr ähnlich. War es allein der Tatsache geschuldet, dass er zu ihrem Gönner im Unternehmen geworden war? Ihr Herz geriet kurz aus dem Rhythmus, als die Frage in ihr aufkam, ob das Streitgespräch, dessen Zeugin sie unfreiwillig geworden war, vom ihm gehandelt haben könnte. Womöglich befürchtete ihre Mutter, Georg würde sich zu sehr ins Unternehmen einmischen und Alfred vom Thron stoßen, dachte sie. Hört sich ganz nach ihr an, schloss Helene zynisch. Dann löschte sie das Licht.

⋙ KAPITEL 19 ⋘

Am nächsten Morgen war der Salon vom süßen Duft von einem Dutzend Rosen erfüllt, deren leuchtend rote Farbe auf dem Kaminsims zur Geltung kam.

»Wie aufmerksam er ist.« Klara reichte ihrer Tochter die Karte, die den Blumen beigelegen hatte. »Frederik lädt dich zum Abendessen ein«, fügte sie strahlend hinzu. Natürlich hatte sie die Nachricht gelesen.

Helene hob verdutzt die Brauen. »Ich dachte, du magst ihn nicht.«

»Wie kommst du nur darauf?«, trällerte Klara, während sie ihre feingegerbten Lederhandschuhe überstreifte. »Er scheint mir von tadellosem Charakter zu sein. Anständig und noch dazu recht wohlhabend. Was könnte eine Mutter mehr von einem Schwiegersohn erwarten? Du hast unseren Segen. Dein Vater und ich sind uns da einig«, betonte sie. »Und, wer weiß, womöglich können wir im Mai einen Termin verschieben. Ich wäre wirklich gern dabei, wenn du heiratest.«

»Wie schön!«, brachte Helene perplex hervor.

Klara küsste ihre Tochter auf die Wange. Die Krankenschwester schob Theodor in den Flur. Er war dick eingepackt, in Mantel und Schal, ein Überwurf aus Schafswolle bedeckte seine Beine.

»Ihr geht aus?« Helene beugte sich zu ihm hinunter und er gab ein zustimmendes Brummen von sich.

»Dein Vater braucht frische Luft«, antwortete Klara.

»Sie zwingt mich«, erläuterte Theodor schwer verständlich und mit einem schiefen Grinsen im Gesicht.

»Ach was. Doktor Wunderlich sagt, Sauerstoff und Tageslicht fördern die Genesung.« Klara kam hinter den Rollstuhl. »Ich mach das.«

Frau Geißler trat beiseite und Klara legte ihre Hände um die Griffe des Stuhls. Entschlossen schob sie ihren Mann hinaus. Helene schaute ihren Eltern verblüfft nach. Ihr Vater schien sich mit seinem Schicksal arrangiert zu haben, und sein Zustand gab ihrer Mutter endlich die Möglichkeit, Zeit mit ihm zu verbringen. Die Lebensumstände hatten beide verändert. Es war, als hätten sie erst durch sie gemerkt, was sie aneinander hatten.

Allein gelassen neigte sich Helene über die Rosen und inhalierte deren Duft. Blüten aus Weingummi, dachte sie – was für eine schöne Idee.

Mit Feuereifer stürzte sie sich an diesem Tag in die Arbeit. In der Fabrik lief die erste Charge ihrer Erdbeer-Taler an, die Kalkulationen stimmten und wenn nichts dazwischenkam, würden sie schon bald in den Läden sein. Sie konnte es kaum erwarten. Das Glück umspülte sie förmlich. Umgeben von Zuckerwaren und übersprudelnd vor Ideen für neuartige Kreationen fühlte sie sich wie auf Wolke sieben. Nur ein Wermutstropfen blieb: Ihre bevorstehende Rückkehr nach Hamburg. Zu der Firma, in der sie einheiraten und damit ihre eigene verlieren würde. In diesen Tagen hatte Helene eine Freundin nötiger denn je. Jemand, der ehrlich zu ihr war und ihr einen guten Rat in dieser verzwickten

Situation erteilte. Doch Magda antwortete ihr bereits seit Wochen nicht mehr, Frieda war längst auf dem amerikanischen Kontinent und Eva plagten die heftigen Beschwerden einer Frühschwangerschaft.

»Ein Dutzend Säcke.« Helmas tiefe Stimme drang kaum zu ihr durch. »Fräulein von Ratschek?«

Helene schüttelte unmerklich den Kopf.

»Haben Sie gehört? Es sind noch ein Dutzend Zuckersäcke vorrätig.«

»Ja. Gut.« Fahrig notierte Helene das Inventar, rutschte jedoch mit dem Stift ab, der klappernd auf den Boden traf.

Helma bückte sich danach. »Ist mit Ihnen alles jut?«

Helene reagierte verzögert. »Was?«

»Na ja, Sie wirken schon ein bisschen neben der Spur. Wenn ich das mal so sagen darf.« Helma schob ihre Hände in die Taschen ihrer zu weiten Latzhose.

Helene räusperte sich und versuchte die Fassung zurückzuerlangen. »Alles in Ordnung. Es ist nichts.«

Helma lehnte sich mit einer Hand lässig gegen eines der Regale, die fast bis unter die hohe Decke reichten, und machte schmale Augen. »Es ist aber nicht so, dass Sie uns irgendwas nicht sagen wollen, das mit der Firma zu tun hat, oder?«

Helene schnappte hastig nach Luft, weil sie endlich verstand, worum es Helma ging. »Nein«, versicherte sie. »Was das angeht, braucht ihr euch nicht zu sorgen.«

Helma betrachtete sie noch kurz, dann nickte sie. »Dann ist jut. Ihnen vertraue ich.« Sie zeigte mit dem Finger auf sie. »Aber Ihrem Bruder nicht.« Ihre Offenheit machte Helene stutzig.

»Sie meinen Alfred?« Die Frage war überflüssig.

Helmas zustimmendes Nicken brachte Helene jedoch ein Gefühl von Genugtuung ein. Sie richtete ihren Blick wieder auf die Liste und grinste leicht.

»Ich spreche im Namen aller«, fuhr Helma fort. »Wir sind froh, dass Sie jetzt hier das Sagen haben.« Sie legte ihr die Hand auf die Schulter, drückte kurz, aber kräftig zu, bevor sie aus dem Lager ging. Helene folgte ihr stirnrunzelnd. »Sie wissen, ich werde bald nach Hamburg zurückkehren?«

Langsam drehte sich Helma zu ihr um. Helene sah die Sorge in ihren Augen und musste schlucken.

»Aber mein jüngerer Bruder wird sich gut um euch kümmern. Er ist für euch zuständig. Das haben wir so vereinbart«, erläuterte sie.

Helma strich sich über das kurzgeschnittene dunkle Haar. »Na, dann. Ist aber schade, dass Sie gehen.«

Helene presste die Lippen aufeinander. »Das finde ich auch.« Für einen Moment blieben sie sprachlos beieinander stehen.

»Erlauben Sie mir eine Frage?«, begann Helma nach einer Pause. »Was ist in Hamburg?«

Helene nahm einen tiefen Atemzug und überlegte, was sie antworten sollte. Und während sie angestrengt nachdachte, spürte sie wieder diese Beklemmung in sich, die sie einholte, wann immer ihr Bauchgefühl ihr etwas mitzuteilen versuchte. Sekunde um Sekunde verstrich und Helene blieb unfähig, ihr einen Grund zu nennen, wieso sie ihrer Heimat und ihrem Unternehmen den Rücken kehrte.

Unvermittelt wurden Helmas Gesichtszüge nachsichtiger, als hätte sie durch Helenes Schweigen alles erfahren, was sie wissen musste. »Ich mach mich dann mal wieder an die Arbeit.« Sie wandte sich um und trat ans Fließband, über das die noch warmweichen Lakritzschnüre rollten.

Helene stand regungslos da. Hatte Helma genau eine solche Reaktion beabsichtigt, als sie ihr diese unangenehme Frage gestellt hatte? Damit ihr klar wurde, dass sie Köln und die Firma nicht verlassen wollte?

Die Last der Entscheidungsfindung wog so schwer auf ihr, dass sie sich nur mühevoll in Bewegung setzen konnte. Sie schnappte sich zwei Edelstahlformen, füllte einen Eimer mit Zucker auf und eilte in die Großküche, um zu experimentieren. Vielleicht würde das ihre Gedanken wieder ins Reine bringen. Sie schloss die Tür hinter sich, um ungestört zu sein. Willkürlich schlug sie ihr Notizbuch mit den gesammelten Rezepten auf, brachte Zucker zum Schmelzen, erwärmte Weinsäure, Pflaumen und Äpfel und verkochte das entstandene Mus mit Geliermittel. Dampf stieg auf und der süße Duft von fruchtiger Weingummimasse kroch ihr in die Nase. Davon angespornt mischte sie weitere Zutaten, probierte sich aus, holte Nachschub an Vorräten und Formen und schloss sich erneut in der Küche ein. Wie von Sinnen arbeitete sie und verschmolz buchstäblich mit ihren Ideen, die nach vier Stunden eifrigen Werkelns auf den stählernen Tischen auskühlten.

Helenes Rücken schmerzte von der vorgebeugten Haltung. Doch die Früchte ihres Fleißes, die sie in insgesamt neun Varianten vor sich sah, linderten ihre Beschwerden. Das Gefühl, etwas erschaffen zu haben, verdrängte den ziehenden Schmerz in ihrem Nacken. Zufrieden sank sie auf einen Stuhl und dehnte ihre Handgelenke, als jemand an der Tür rüttelte. Sie machte auf und wich sofort einen Schritt zurück.

»Georg! Hallo.«

Er ließ seinen Blick durch den Raum wandern. »Du arbeitest noch?«

»Ich bin gerade fertig geworden.«

Prustend stemmte er die Hände in die Hüften. »Was für ein Chaos.«

»Ja«, stimmte sie zähneknirschend zu, denn erst jetzt nahm auch sie das Durcheinander wahr.

»Ich bin gekommen, um auf Wiedersehen zu sagen«, fuhr er leise fort.

Sie blinzelte irritiert. »Du gehst weg?«

»Ja.«

»Warum?«

»Ihr schafft das jetzt auch ohne mich. Henri … er kommt klar. Es wird Zeit, dass ich mich aus eurem Unternehmen zurückziehe und mich wieder anderen Dingen widme. Ich habe eine Stelle in Düsseldorf in Aussicht«, erklärte er und vermied es, sie anzusehen. Helene hatte den Eindruck, dass er nicht ganz ehrlich zu ihr war.

Sie ging auf ihn zu. »Georg, wenn es wegen mir ist, dann …«

»Nein.« Er schaute zu Boden, schluckte, rang nach den richtigen Worten. »Ich glaube, ich stehe deiner Familie näher, als es gut ist.«

»Was redest du denn da?« Sie konnte ihm nicht folgen. »Wir beide haben eine intensive Zeit zusammen gehabt. Da ist es ganz natürlich, wenn man sich näherkommt. Jedenfalls für eine Weile. Aber das sollte kein Grund für dich sein, zu gehen. Ich bin bald fort. Wir brauchen dich hier. Diese Firma braucht dich.«

Er schaute auf und sein Blick traf ihren. »Was ist mit dir?«

»Was soll mit mir sein?« Sie zuckte naiv die Schultern.

Er wartete einen Moment ab. Als sie nichts hinzufügte, wandte er sich an ihr vorbei zum Gehen.

»Georg!« Helene rief seinen Namen so laut, dass er durch die Küche hallte. Er blieb stehen, drehte sich zu ihr um.

»Ich will nicht, dass du gehst!« Sie ließ sich von ihren Gefühlen leiten, stürmte zu ihm und zog seine Arme um sich. Georg bettete seine Stirn gegen ihre und seufzte leise. Helenes Herz tobte, weil sie den Gedanken nicht ertragen konnte, dass er sie verließ. Doch welches Recht hatte sie, ihn zum Bleiben zu überreden?

Beim schleifenden Geräusch der sich öffnenden Schiebetür löste Helene sich von Georg. Nur einen tiefen Atemzug später betrat Frederik die Küche. Er drehte seinen Hut in der Hand, während er sich ihr mit aufgelöster Miene näherte.

»Deine Mutter meinte, ich könne dich hier finden«, sagte er tonlos.

»Ich empfehle mich«, murmelte Georg und hastete unter Frederiks strafendem Blick aus dem Raum.

»Unser Abendessen!« Helene fuhr sich verlegen durchs Haar, fieberhaft versuchend, die Situation zu retten. »Unter der Arbeit habe ich völlig die Zeit vergessen.« Unsicherheit lag in ihrer Stimme.

Frederik warf einen Blick auf die Weingummis und Lakritzbonbons, die in ihren Formen auskühlten, und die heillose Unordnung, die drumherum entstanden war.

»Wann hattest du vor, es mir zu sagen?« Sein Finger strich ziellos über den Rand des mit dunkelroter Zuckermasse verklebten Kessels.

Helene schluckte schwerfällig. Sie brauchte nicht erst zu fragen. Sie sah ihm an, was in ihm vorging. Er war zutiefst verletzt.

»Ich hätte noch mit dir darüber gesprochen«, brachte sie heiser hervor. »Ich wusste nur noch nicht, wie ich es dir erklären soll. Es tut mir leid.«

»Mir was erklären?« Er schaute sie an und Helene bebte unter seinem Blick.

»Wie ich empfinde«, flüsterte sie beschämt.

Er nickte angespannt.

»Fred, als ich bei dir in Hamburg war, war alles so klar«, erklärte sie sich. »Du hast mir so viel gegeben. Vertrauen und Möglichkeiten. Aber hier gehöre ich hin. Auch wenn es mich zerstören kann – diese Familie mit ihren endlosen Problemen.« Ein müdes Lächeln umspielte ihren Mund. »Eigentlich weiß ich selbst nicht, was mit mir los ist. Ich muss verrückt geworden sein, mir das anzutun, obwohl ich es bei dir so gut haben könnte.«

Er hörte ihr aufmerksam zu.

»Du musst mich für furchtbar undankbar halten«, schloss Helene leise und voller Reue.

Frederik schlug die Augen nieder, dann, nach einer Pause, schüttelte er den Kopf. »Ich halte dich für unendlich tapfer. Du hast dich für deine Familie eingesetzt, für eure Firma. Deine Eltern und deine Brüder sollten stolz auf dich sein. Ich kann dir wirklich nicht zum Vorwurf machen, dass du hier weitermachen möchtest. Wäre ich an deiner Stelle, würde es mir wahrscheinlich genauso gehen.«

Helene betrachtete ihn verwirrt. Er sprach nicht an, was zwischen ihr und Georg war. Wieder zeigte er deutlich seinen anständigen Charakter. Dass sie ihn betrogen hatte, schien nicht in sein Weltbild zu passen. Und doch war es so. Helene fühlte sich miserabel.

»Hier.« Sie gab ihm den Ring zurück, den sie während des Einkochens in ihrer Schürzentasche verwahrt hatte und blickte durch einen Tränenschleier zu ihm auf. »Den solltest du wiederhaben.«

Frederiks Mund zuckte kurz, dann schob er ihn von sich weg. »Behalte ihn. Bitte. Er war ein Geschenk.«

Eine Gänsehaut legte sich eiskalt in ihren Nacken. Sie hatte seine Freundlichkeit nicht verdient.

»Bitte mach weiter«, sagte er. »Hör nie auf, zu tun, was du liebst.«

Ungläubig nahm sie seine Umarmung an und den sanften und langen Abschiedskuss, den er ihr gab. Ihr brannten die Tränen in den Augen, als er sie verließ. Ein Teil von ihr wollte ihm folgen, aber sie hatte das Recht auf ihn verwirkt. Sie wischte sich die Tränen von den Wangen, hielt schluchzend die Hände vor ihr Gesicht. Zu weinen fühlte sich befreiend an. Frederik hatte ihr die Entscheidung abgenommen, die sie nicht hatte treffen können, und sie war dankbar für seine Stärke. Helene benötigte einen Augenblick, um zu realisieren, was das bedeutete. Sie sank auf einen Stuhl und starrte ins Nichts. Eine Leere breitete sich in ihr aus. Am Ende wusste sie nicht, wie lange sie so in der Küche verharrte, nur, dass das Tageslicht bereits verblasst war, als sie endlich wieder zu sich kam. Georg, rief die Stimme in ihrem Kopf, erst leise, dann lauter werdend. Sie musste zu ihm und ihm sagen, was sie wollte. Bevor es zu spät war.

Mit wild pochendem Herzen irrte sie durch die Geschäftsräume, rannte hinauf in sein Büro, doch er war schon weg und mit ihm all seine Sachen.

»Wo finde ich Herrn Kronenberg?«, erkundigte sie sich atemlos bei Frau Trost, die ebenfalls auf dem Weg in ihren Feierabend war.

»Er hat vor wenigen Minuten das Gebäude verlassen. In diese Richtung. Vielleicht holen Sie ihn noch ein.« Sie deutete zum Bahnhofsweg hin. Helene hastete hinaus. Schneeflocken, dicht wie gesponnener Zucker, wehten ihr entgegen. Verzweifelt reckte sie ihren Kopf in die Höhe. Zwischen den Passanten, die auf dem Bürgersteig vor ihr gingen, entdeckte sie einen Mann im dunklen Mantel. Sein Schirm stach deutlich in die Höhe. Helene nahm die Beine in die Hand.

»Georg!«, keuchte sie und rüttelte an seinem Arm, als sie zu ihm aufschloss. »Oh, Verzeihung. Ich dachte, Sie wären …«

Der Mann schüttelte verständnislos mit dem Kopf, bevor er seinen Weg fortsetzte. Helene japste nach Luft und stemmte die Hände in die Hüften. Sie hatte Georg verpasst.

Der Schnee umwehte sie. Binnen weniger Sekunden bedeckten dicke Flocken das Kopfsteinpflaster. Helene stand wie festgefroren da, den Blick versunken auf die Straße gerichtet, wo sich ein Auto im Schritttempo durch das Gestöber manövrierte. Angestrengt hielt der Fahrer es in der Spur. *Was habe ich nur getan?* Helene fasste sich strafend an die Stirn. Am Morgen noch hatte sie sich zwischen zwei großartigen Männern nicht entscheiden können. Nun, nur wenige Stunden später, hatte sie beide verloren.

Kapitel 20

Spätsommer 1931

Alle zwei Jahre verwandelte sich München in ein Schlaraffenland aus Zuckerwerk. Für die Dauer von fünf Tagen stand der September ganz im Zeichen von Süßigkeiten. Zuckerstangen, gemischte Bonbons, Pralinentürme aus belgischer Schokolade und Fruchtgummi in grell leuchtenden Farben lösten die deftig-bayrische Hausmannskost ab, wenn Hersteller aus aller Welt hier ihre Leckereien präsentierten. Seit dem Vormittag war Helene am Von-Ratschek-Stand, an dem der neue Katalog mit ihren Kreationen auslag, und bot den Messebesuchern Kostproben der Lakritzherzen und Geleebonbons an. Des Weiteren waren drei Damen mit Tabletts in der Halle unterwegs, um Kunden anzulocken. Hunderte strömten an diesem letzten Messetag durch die Gänge. Vertreter von Zwischenhändlern nahmen die Präsentationen der Aussteller in Augenschein, auf der Suche nach den neusten Trends. Mit wachsender Nervosität nahm Helene die Verkaufsgespräche ihrer Konkurrenten zur Kenntnis. Die Tatsache, dass Georg sie, gegen den Wunsch des Vorstandes, nicht nach München begleitet hatte, brachte unvorhergesehene Komplikationen mit sich. Bis zuletzt hatte sie gehofft, er würde sich bei ihr melden und diesen wichtigen Termin wahrnehmen, auf den sie sich lange vorbereitet hatten. Aber das Wiedersehen mit ihm blieb aus. Und Helene konnte es ihm nicht einmal verdenken, dass er sie versetzte. Doch Georg war das Geschäftsgenie, derjenige, der sich im Reden und Verhandeln verstand. Für Helene war es das erste Mal, dass sie ihre Produkte allein anpries und für deren Vermarktung verantwortlich gemacht wurde. Ihre neue Rolle hatte allerdings einen faden Beigeschmack. Nach Georgs Absage hatte sie beim Vorstand dafür kämpfen müssen, mit Henri auf die Messe fahren zu dürfen. Mayer und Schilling hatten zunächst auf einen annehmbareren Ersatz gepocht. Als der sich nicht zeitnah finden ließ, brachte das den Termin, auf den alle akribisch hingearbeitet hatten, in Gefahr. Letztlich hatte sich ihr Vater und dann sogar Alfred dafür eingesetzt, Helene und Henri gemeinsam nach München zu schicken. Den Geschwistern war jedoch klar, dass Alfred auf ihr Scheitern spekulierte. Helene hatte folglich beschlossen, ihrem ältesten Bruder zu beweisen, dass er sie erneut unterschätzte. Doch bisher hatte sie die hohen Erwartungen nicht annähernd erfüllen können. Es stellte sich heraus, dass die Von-Ratschek-Waren unter den Handelsvertretern kaum Interesse hervorriefen. Zwar schien das Firmenlogo immer noch eine gewisse respekteinflößende Wirkung zu erzielen, im Zusammenhang damit hörte Helene jedoch Bezeichnungen wie »festgefahren« und »destruktiv«. Es war, als hätte sich dieser neue Ruf wie ein Schleier um ihren Namen geschlossen, der die Leute davon abhielt, aufmerksam hinzuschauen und das polierte Antlitz der Firma zu erkennen. Vertreter stürzten sich lieber auf Bonbonmacher aus dem Westen. Emporkömmlinge, deren Waren auf Zusatzstoffen basierten – qualitätslos, aber günstig im Einkauf.

All das schlug auf Helenes Stimmung. Sie knetete ihre Finger, bis sie schmerzten, lächelte in die Menge, in dem Versuch so leicht und locker zu wirken wie das Himbeer-Baiser, das unter anderem die Titelseite des neuen Katalogs schmückte. Der Druck, unter dem sie stand, war kaum mehr zu ertragen, aber niemand durfte ihr die Anspannung ansehen.

»Puh, ganz schön heiß hier drin. Und wo ist überhaupt der Sauerstoff? Als wäre er komplett weggeatmet worden.« Henri ließ sich hinter seiner Schwester auf einen Stuhl plumpsen und wedelte sich mit einer Hand Luft zu.

Helene nickte mürrisch. Sie war seit Stunden auf den Beinen. Ihre Füße brannten in den engen Pumps und da war dieses Stechen im Rücken, das vom langen Stehen herrührte. Dennoch wagte sie es nicht, sich auch nur eine Minute auszuruhen oder das Dauergrinsen abzulegen, aus Angst, sie könne die Gelegenheit verpassen, einen Handelsvertreter anzuwerben, der für die finanzielle Zukunft der Firma entscheidend sein würde.

»Ich schwöre dir, nachher im Hotel falle ich tot ins Bett«, fuhr Henri gähnend fort.

Kann ich mir vorstellen, dachte Helene und schluckte missmutig ihren Groll hinunter. Krampfhaft lächelte sie ihre Enttäuschung darüber hinweg, dass ihr Bruder sich auf dem Messegelände herumtrieb, anstatt sie am Stand zu unterstützen.

»Ich vermute, es hat noch kein Abgesandter einer Handelskette bei uns haltgemacht?« Henri klang, als interessiere ihn die Antwort gar nicht.

»Nein«, grummelte Helene mit neidvollem Blick auf den Nachbarstand, eine Kieler Lakritzfirma, deren Geschäftsführer gerade selbstzufrieden die Hand des KaDeWe-Einkäufers schüttelte.

»Wir haben doch unsere Stammläden in Köln. Und den Werksverkauf«, wandte Henri unbekümmert ein. »Das können die wenigsten hier von sich sagen. Wahrscheinlich sind Messen gar nicht mehr so ausschlaggebend für den Erfolg.« Er goss sich Wasser in ein Glas und trank durstig.

»Doch. Das sind sie«, erwiderte Helene schroff. »Und würdest du dich etwas mehr einbringen und eine einladendere Figur machen, dann hätten wir vielleicht auch das ein oder andere Gespräch.«

»Du bist ziemlich verbissen.« Henri schaute stirnrunzelnd zu ihr auf, dann rieb er sich stöhnend die Augen.

»Ich will, dass es funktioniert! Wir können nicht nach Köln zurückkehren, ohne ein einziges Angebot bekommen zu haben. Verstehst du das nicht? Wir sind hergekommen, um neue Kontakte zu knüpfen, Geschäftspartner zu finden. Wenn wir das nicht können, dann enttäuschen wir alle, die bereit waren, uns zu unterstützen.« Angespannt fuhr sie sich über ihre Frisur, strich die feinen Strähnen zurück, die sich aus dem Haarknoten gelöst hatten.

»Du weißt, ich bin nicht dafür geschaffen, mich hervorzutun«, murmelte Henri entschuldigend und kam an ihre Seite. »Ich kann nicht gut verkaufen. Nicht mich selbst, geschweige denn irgendetwas anderes. Das alles hier, das ist mir zu viel.« Seine zurückhaltend vorgetragene Ehrlichkeit brachte sie auf den Boden der Tatsachen zurück. Er war ihretwegen mitgekommen. Weil der Vorstand Helene eine solche Verantwortung nicht zugetraut hatte. Weil nur ein Mann das Unternehmen repräsentieren konnte. Er hatte seine Schwester nicht im Stich lassen wollen.

Helene nahm seine Bedrückung wahr. Sein Blick verlief sich ins Leere und er presste mühsam die Lippen aufeinander.

»Ich bin froh, dass du da bist. Das bin ich wirklich. Und dankbar«, raunte sie und es tat ihr leid, ihn kritisiert zu haben. Trotzdem kam sie sich alleingelassen vor. Nicht von ihm, denn ihr war klar geworden, dass sie etwas von ihm verlangt hatte, das er nicht war. Etwas, das er nicht sein konnte. Georg war für ihren Missmut verantwortlich. Kein einziges Wort hatte er seit seiner Flucht aus Köln an sie gerichtet. Nicht einmal eine Notiz hatte er für sie hinterlassen. Dass er die Messe nicht wahrnehmen würde, hatte sie von Alfred erfahren, der eine sichtliche Befriedigung beim Übermitteln seiner Nachricht verspürt hatte.

»Hast du … hast du irgendetwas von ihm gehört?«, fragte sie ihren Bruder zögerlich nach einer Weile.

Seufzend senkte Henri das Gesicht. Er schien genau zu wissen, wen sie meinte. »Nein. Leider nicht«, antwortete er bedauernd und eine Stille trat zwischen sie, die das Stimmengewirr und geschäftige Treiben in der Halle zu übertönen schien.

»Wie du weißt, haben wir uns nicht gerade geeint voneinander verabschiedet«, fügte Henri leiser hinzu.

Helene spürte, wie Tränen in ihre Augen stiegen. Sie fühlte sich schlecht. Immerhin hatte sie, wenn auch unabsichtlich, einen Keil in die Freundschaft ihres Bruders mit Georg getrieben. Die Menschenmassen verschwammen vor ihren Augen und sie schloss sie kurz, aber bestimmend. Eine Träne jedoch konnte sie nicht zurückhalten. Sie bahnte sich den Weg ihre Wange hinab. Schnell wischte sie sie fort, blinzelte mehrmals und zog die Nase hoch.

Henri nahm ihre Hand. »Er wird wieder auftauchen, Lenchen. Aber er braucht Zeit. So ist er eben. Er kann nicht mit Niederlagen umgehen. Da seid ihr euch ähnlich. Georg jedoch ist noch dazu … überaus impulsiv.«

»Denkst du, es war richtig, dass ich nicht auf ihn eingegangen bin?«, fragte sie, weil es das war, was sie nachhaltig beschäftigte.

»Hm.« Henri wirkte traurig. Entschlossen suchte er ihren Blick. »Es war richtig«, bestätigte er ihr schließlich und kein Zweifel lag in seiner Stimme. »Und vernünftig.«

»Vernünftig?«, wiederholte sie ihn wankend. »Ich bin nicht sicher, ob das das richtige Wort für mein Handeln ist.«

»Es war das Beste, ihn gehen zu lassen. Georg ist halsstarrig, launenhaft und durchaus etwas egozentrisch. Das darfst du ihm nicht einmal nachtragen. Er kann nichts für seine Natur.«

»Ich versuche es.« Sie schmunzelte, als ihr aufging, was er soeben preisgegeben hatte. »Es ist das erste Mal, dass ich dich Georg kritisieren höre. Ich dachte immer, er sei für dich unantastbar.«

»Na ja, alles hat zwei Seiten, oder? Und Georg kann sehr überzeugend sein. Aber das ist nicht immer vorteilhaft für jene, die zu ihm aufschauen. Im Gegenteil sogar. Es kann … vernichtend sein.« Seine Stimme war müde geworden. Helene hatte das nachdenklich gestimmt. Bisher hatte sie gezögert, mit Henri darüber zu sprechen, was aus ihr und Georg hätte werden können. Aus Angst, er könne sie für flatterhaft und unbeständig halten – jemand, der aus einer Laune heraus Entscheidungen fällt. Es war noch nicht lange her, da hatte sie Frederik Spiegel ein Versprechen gegeben. Mitunter fragte sie sich, ob dies genauso übereilt geschehen wie gebrochen worden war. Die Art und Weise, wie sie sich voneinander getrennt hatten, nagte noch an ihr. Würde sie je wieder etwas von ihm hören? Auf der Messe jedenfalls waren die Spiegels nicht vertreten. Wegen ihr? Bei der Vorstellung, dass Frederik sie mied, dass er für immer aus ihrem Leben verschwunden sein könnte, spürte sie, wie sich ihr das Herz zuschnürte. Und dann konspirierte ihr Verstand mit ihrem Gewissen, und ein heiseres Flüstern verschaffte sich Raum: Es war ein schrecklicher Fehler, Frederik, diesen gutherzigen, anständigen Mann, gehen zu lassen. Sie hatte ihn förmlich davongejagt. Genauso, wie sie es mit Georg getan hatte.

»Manchmal glaube ich, Alfred hat recht«, murmelte sie wie zu sich selbst.

Henri grunzte kopfschüttelnd. »Schwer vorstellbar, dass unser Bruder in irgendetwas recht hat.«

»Er meinte einmal, ich sei kindisch und naiv«, fuhr Helene flüsternd fort. »Womöglich lag er in diesem Punkt nicht falsch.«

»Du bist unvoreingenommen, Leni. Und voller Träume und Hoffnungen, die du wahr machen willst. Das ist nicht dasselbe. Alfred ist eifersüchtig. Weil wir das Leben nicht nur in Schwarz und Weiß sehen. Unsere Welt ist wie ein riesiger Topf voll bunter Bonbons.« Er lächelte sie an und seine großen glänzenden Augen strahlten so viel Wärme aus, dass sie sich sofort besser fühlte.

Das Gespräch hatte Helene erfolgreich abgelenkt, so dass sie überrascht aufblickte, als sie ein Räuspern vernahm. Der Mann, der vor ihnen stand, war jung, ungefähr in Helenes Alter, mit dunklem Haar, das sich über seinen Ohren kräuselte. Interessiert durchblätterte er den Katalog.

»Dieser Topf voll bunter Bonbons«, begann er, ohne von Helenes Fruchttrio auf Seite 3 aufzuschauen. »Das hört sich vielversprechend an.«

Helene und Henri tauschten einen unschlüssigen Blick. »Verzeihung, aber …?«, hakte Henri nach und ein Lächeln huschte über sein Gesicht.

»Oh. Natürlich.« Der Mann reichte ihm die Hand. »Josef Merzbach mein Name.«

»Sie sind Einkäufer?«, schloss Helene zaghaft.

»In der Tat, das bin ich. Und ich bin auf der Suche nach einem Partner, der unsere Filialen langfristig mit Süßwaren versorgt. Extraordinäre, qualitativ hochwertige Produkte. Nicht dieses Industriezeugs aus der Massenproduktion.«

Helene strahlte und ihr Herz begann schneller zu schlagen. »Ist das so?«, brachte sie gedämpft hervor.

»Mit welchem Unternehmen haben wir das Vergnügen?«, fragte Henri.

Merzbach griff in die Innenseite seiner dunkelbraunen Anzugjacke und reichte ihm eine Karte.

Henri las mit zusammengekniffenen Augen: »Einkaufsgenossenschaft der Kolonialwarenhändler im Halleschen Torbezirk zu Berlin.«

»Kurz EDEKA«, fügte Merzbach stolz grinsend hinzu.

»Nie davon gehört.« Henri verzog das Gesicht.

»Nun ja, meine Auftraggeber sind auch noch recht neu in der Branche, wenn Sie verstehen«, erklärte Merzbach. »Ein unwesentliches Detail. Und doch scheint es viele der Fabrikanten hier abzuschrecken.«

Helene lehnte sich skeptisch vor.

»Nun, man kann niemanden zu seinem Glück zwingen.« Merzbach zuckte selbstgefällig die Schultern. »Offenbar fehlt ihnen die nötige Weitsicht. Es ist doch nunmehr so, dass wir uns in einem Umbruch befinden. Der Glanz der kleinen Läden ist dabei zu verblassen. Wir sollten uns fragen, was wollen die Kunden wirklich? Abgezählte Ware, überschaubares Sortiment … und diese Warterei, bis die Verkäuferin einem endlich alles zurechtgemacht hat.«

»Ermüdend!«, pflichtete Henri ihm bei.

Merzbach nickte. »Ganz genau. Ich meine, warum trauen wir den Kunden so wenig zu?«

»Sehr richtig.« Henri war von Merzbachs Ansprache sichtlich angetan. Helene zeigte sich nicht minder interessiert. Obwohl sie seine Strategie durchschaut hatte, musste sie zugeben, er war ein Verkaufstalent. Auch deshalb wollte sie mehr von ihm erfahren. »Bitte. Reden sie weiter«, bat sie ihn gelassen.

Merzbach stützte lässig eine Hand auf den Tisch. »Also in unseren Läden wählen die Kunden selbst aus, was sie wollen, und werden dabei automatisch auf neue Produkte aufmerksam.«

»Klingt modern«, ließ Henri etwas zu leidenschaftlich verlauten.

»Und es sind bereits Vergrößerungen in Planung«, holte Merzbach aus. »Schon in ein paar Jahren wird es in ganz Deutschland EDEKA-Märkte geben.«

»Sie denken groß.« Helene nickte anerkennend. »Das gefällt mir.«

»Wunderbar!« Merzbach lehnte sich zu ihr vor und lächelte charmant. »Und Sie, schönes Fräulein, sind?«

»Helene von Ratschek. Wir sollten uns unterhalten.« Sie bedeutete ihm, ihr hinter den Stand zu folgen, wo sich eine kleine Sitzgruppe befand.

Bei Kaffee und Plätzchen tauschten sie sich aus. Helene war überrascht festzustellen, wie unangestrengt das Gespräch verlief, das die Geschwister mit Merzbach am Abend ungezwungen im Brauhaus weiterführten. Henri zeigte sich so aufgeschlossen wie nur selten. Am Ende waren sich alle einig, dass gemeinsam Großes erreicht werden könne. Und auch der Vorstand, dem Theodor in Vertretung für Alfred beiwohnte, zeigte sich von Helene und Henris Bericht von der Messe begeistert. Folglich dauerte es keine Woche, da hatten sie die Zustimmung, den Vertrag mit der Handelskette zu unterzeichnen. Helene schwebte förmlich vor Glück, weil sich der Messebesuch doch noch als Erfolg herausstellte.

Am Montagmorgen erstrahlte der Himmel über dem Werk in glühenden Farben. Vereinzelte Wolken hoben sich dunkler hervor, als hätten sie das Rot der aufgehenden Sonne wie Schwämme in sich aufgesogen.

»Du bist wohl nicht mehr ganz bei Trost!« Alfred riss die Tür des Wagens auf, der Helene vor die Produktionshalle gefahren hatte.

»Guten Morgen, Bruder. Schön, dass du zurück bist«, entgegnete sie ruhig. »Wie war deine Reise?«

»Recht aufwühlend, wie du dir sicherlich vorstellen kannst!«, erwiderte er ungehalten und so laut, dass Bedienstete, die gerade ihre Schicht antraten, erschrocken innehielten.

»Lass uns das im Büro besprechen«, bat Helene ihn gelassen. Sie hatte kein Verständnis für seinen Ärger, erahnte aber dessen Ursprung.

»Das gehört mit mir abgesprochen«, stellte Alfred klar. »Mit niemandem sonst.« Aufgebracht folgte er ihr durch die Tür, hinein in den weißen, süßlich duftenden Dunst, vorbei an den ratternden Walzen. Als Helene nicht auf ihn reagierte, packte er sie unvermittelt am Arm und zog sie in den Personalraum, in dem eine junge Arbeiterin für die Frühschicht den Kaffee zubereitete. Verunsichert schaute sie in die Gesichter ihrer Vorgesetzten.

»Raus!«, brüllte Alfred. »Sie werden nicht fürs Rumstehen bezahlt.«

»Bitte«, schob Helene milder nach und die Frau kehrte mit gesenktem Kopf ans Band zurück. Alfred warf die Tür hinter ihr zu. Dann drehte er sich bedrohend langsam zu seiner Schwester um. Sein Gesicht war rot angelaufen. Seine Hände zitterten, als habe er sich nicht länger unter Kontrolle. Helene schluckte, weil sie sich ausgeliefert fühlte. Seinem Eifer, dem falschen Stolz und der Hitzköpfigkeit, die ihr Bruder ungeniert nach außen trug. Für einen Moment hatte sie Angst, ihm würde die Hand ausrutschen, doch das würde er nicht wagen. Helene nahm sich zusammen, drückte die Schultern durch. Sie erinnerte sich daran, dass sie sich nicht mehr fürchten musste. Weder vor ihm noch vor sonst einem Mann.

»Ihr werdet das rückgängig machen«, zischte er, den Finger drohend auf sie gerichtet. »Dieses Abkommen mit dieser Handelskette …«

»Nein. Das geht nicht«, erklärte sie ihm mit fester Stimme. »Es ist bereits alles auf den Weg gebracht.«

»Dann finde ein Schlupfloch, verdammt nochmal. Du und deine Ideen …« Er schüttelte abfällig mit dem Kopf. »Dieser Vertrag kostet uns mehr, als er einbringen wird. Die Handelskette trägt sich momentan allein durch Darlehen. Warst du darüber im Bilde, als du unseren kranken Vater zu diesem wahnwitzigen Geschäft überredet hast?«

Helene stockte der Atem. Offenbar hatte er sich über das Warenhaus informiert, mit dem sie zusammenarbeiten würden. Aber konnte sie ihm glauben, was er zu wissen vorgab? Immerhin lag er in einer entscheidenden Sache daneben.

»Ich habe unseren Vater nicht überredet, Alfred«, erklärte sie. »Außerdem, was nimmst du dir heraus? Papa mag körperlich angeschlagen sein, doch sein Verstand funktioniert fehlerfrei. Dieser Vertrag wird uns langfristig Sicherheit geben. Wir müssen für die Zukunft planen.«

Er lachte auf. »Du hältst dich für sehr schlau, Schwester. Bedauere, aber einer muss es dir sagen: Du bist es nicht! Sonst wäre dir aufgefallen, dass wir unsere Waren in Kommission geben sollen. Das heißt, wir verdienen erst einmal nichts an diesem Vertrag. Wir zahlen nur. Und das können wir nicht. Uns fehlen die Mittel. Binnen sechs Monaten werden wir dichtmachen müssen. Ich dachte, ich hätte mich bezüglich Investitionen klar ausgedrückt, als wir über den Neubeginn unserer Firma sprachen – über deinen letzten Versuch.«

»Das kann nur ein Irrtum sein.« Helene glaubte ihm kein Wort.

»Ist es nicht. Ich habe mir eine Abschrift des Vertrags schicken lassen. Hast du ihn überhaupt gelesen, ehe Henri seine Unterschrift darunter gesetzt hat? Bevor du dir das Einverständnis unseres Vaters erschlichen hast?«

Ihr wurde schlecht. Sie hatte die Ausarbeitung der Vertragskonditionen Henri überlassen, weil dieser einen Draht zu Merzbach hatte, wie er es nannte. Und weil sie dachte, dass er dank seines Studiums und Georg gelernt hatte, worauf es dabei ankam. War dies ein Fehler gewesen? Perplex sank sie auf einen Stuhl und stierte vor sich hin.

»Weißt du, das Problem ist Folgendes.« Alfred stemmte seufzend die Hände in Hüfte. »Du und Henri, ihr seid überzeugt davon, ich sei euer Feind. Das war schon früher so, als wir Kinder waren. Ein Urteil, so endgültig wie einfach gefällt. Aber hast du eigentlich je in Erwägung gezogen, dass ich es auch gut meinen könnte? Dass ich Henri nicht schlechtmachen will, aber eben um seine Defizite weiß. Ihr seid so festgefahren, ihr beide. Ich habe doch gar keine Chance.«

Helene schaute mit zerknitterter Miene zu ihm auf. Tatsächlich erkannte sie in seinem Gesicht so etwas wie Bedauern und Zerrüttung. Sie wusste nicht warum, aber in diesem Moment nahm sie ihrem ältesten Bruder ab, dass er auf seine Weise darunter litt, der Ausgestoßene der Geschwister zu sein, und ein Funken von Mitgefühl schlich sich in ihr Herz.

»Nun gut«, raunte sie nickend und in dem Versuch, ihn zu besänftigen. Möglicherweise war es an der Zeit, dass sie zusammen, statt gegeneinander arbeiteten. Sie stand auf und hielt ihm die Hand hin – ein Friedensangebot. »Was schlägst du vor? Was sollen wir jetzt machen?«

»Wir?«, wiederholte er sie spöttisch und sah über ihre Hand hinweg, bevor er sie brüsk korrigierte: »Du! Du wirst etwas machen! Du trägst dafür die Verantwortung. Ich werde diese Suppe nicht für euch auslöffeln.«

Wütend stürmte er zur Tür hinaus.

⇛ KAPITEL 21 ⇚

»Katharina, würdest du bitte …«, murmelte Klara mit halb herabgesunkenen Augenlidern.

»Sie ist heute nicht da, Mama«, erinnerte Helene sie sanft. »Weißt du nicht mehr?«

»Ach, Gottchen, ja. Ich vergaß es schon wieder.« Klara schnalzte mit der Zunge. Die freien Tage ihres Lieblingsmädchens gehörten zu Alfreds Sparmaßnahmen, an die sie sich bisher nicht hatte gewöhnen können. Helene nahm die Änderungen im Haushalt billigend und schuldbewusst hin. Es hatte Tage gedauert, ehe sie sich hatte überwinden können, ihrem Vater zu beichten, die Vertragsvereinbarungen mit der neuen Handelskette nicht sorgfältig genug studiert zu haben. Helene hatte ein Donnerwetter erwartet, war jedoch zu ihrer Verwunderung auf Milde gestoßen. Henri war es im Vorfeld gelungen, die Vorzüge des Vertrages derart hervorzutun, dass Theodor den langfristigen Erfolg witterte und dafür bereitwillig Einsparungen zustimmte. Seine Frau hingegen konnte sich nur schwer damit abfinden, sich an drei Tagen in der Woche allein an- und auskleiden und auf Kaviar beim Sonntagsfrühstück verzichten zu müssen. Dass sie nicht gänzlich in der Melancholie versank, war dem Versprechen ihres Gatten darüber geschuldet, dass die Einschränkungen nur vorübergehend seien.

Leidend schob Klara Goldie von ihrem Schoß und erhob sich aus dem Ohrensessel. Sie wollte gerade hinaufgehen, da wurde vor der Haustür das Knattern eines Automobils lauter. Kurz darauf hörten sie die Klingel. Elise, das Küchenmädchen, das an diesem Abend auch für die Stube zuständig war, führte den späten Besuch ins Kaminzimmer. Augenblicklich ließ Helene ihr Skizzenbuch sinken. Der Bleistift glitt aus ihren Fingern und fiel auf den fein geknüpften Teppich zwischen ihre Füße. Sie war unfähig, sich zu bewegen oder etwas zu sagen. Sie stand einfach nur da, den Blick auf die Tür geheftet, aus der ein Mann trat, ähnlich einer Erscheinung.

»Herr Kronenberg, welch Überraschung, Sie zu sehen!«, hieß Klara den unerwarteten Gast überschwänglich willkommen. »Nach all der Zeit. Wie lange ist es her?«

»Ein Jahr, sieben Monate und sechs Tage. Um genau zu sein.« Helene fasste sich an die Brust. Ihr war nicht bewusst gewesen, wie penibel sie mitgezählt hatte.

»Leni!« Klara bedachte ihre Tochter mit einem scharfen Blick, pikiert über das, was soeben aus dieser herausgesprudelt war.

»Dann ist wohl eine Entschuldigung angebracht«, sagte Georg nach kurzem Innehalten schuldbewusst. »Ich war nicht eher abkömmlich. Geschäfte hielten mich auf. In Düsseldorf und Bern, Berlin. Zeitweise in Marokko. Aber meine Reisen sind hierbei nicht von Belang.«

»Nein! Sind sie nicht«, pflichtete Helene ihm streng bei. Sie biss sich auf die Zunge, um ihm nicht vorzuhalten, dass er sie im Stich gelassen hatte. Dass er wegen seines geknickten Ehrgefühls aus ihrem Leben und Wirken verschwunden war, als wären ihre gemeinsamen Errungenschaften bedeutungslos gewesen.

»Mein Besuch ist schändlich überfällig.« Er lächelte verlegen in

Helenes Richtung und ihr wurde ganz heiß. Schnell senkte sie den Blick.

»Bedauerlicherweise fürchte ich, Henri ist nicht zugegen«, berichtete Klara ihm mit einem bühnengerechten Seufzen. »Er ist in Augsburg. Zum Austausch mit unserem neuen Geschäftspartner. Einem Herrn Merzbach. Die Fachmesse war ein voller Erfolg. Eine Handelskette hat unsere Produkte in ihr Sortiment aufgenommen.«

»Ich hörte davon. Meine Gratulation.« Er klang ein wenig freudlos.

»Bedauerlicherweise hat sich mein Gatte für heute bereits zurückgezogen«, ergänzte Klara, als das Gespräch ins Stocken geriet. »Er hätte Sie bestimmt gern angetroffen.«

»Selbstredend. Es ist ja auch bereits spät. Wie geht es ihm?«, erkundigte er sich höflich.

»Oh, mit jedem Tag besser. Er arbeitet eisern daran, seine Kondition wiederherzustellen, und er befindet sich auf einem vortrefflichen Weg, wie ich finde.«

»Er war stets ein Kämpfer.«

»Wie wahr!« Sie lächelte breit.

»Nun, das freut mich sehr zu hören«, betonte er und sein Blick glitt erneut zu Helene, die zaghaft aufschaute.

»Kann ich Henri etwas ausrichten oder meinem Gatten?«, erkundigte sich Klara nach einer Pause, in der nur das Knistern der Holzscheite im Kamin zu hören gewesen war.

»Nein, ich … bin nicht«, stammelte Georg und unterbrach sich räuspernd. »Ich meine, das wird nicht nötig sein. Ich will nicht weiter stören.« Mit einem angespannt wirkenden Lächeln drehte er sich um und ging.

»Wie sonderbar!« Klara grübelte offenkundig kurz, dann schüttelte sie ihre Bedenken mit einem lang gezogenen Stöhnen ab.

»Nun denn, ich ziehe mich ebenfalls zurück. Bleib nicht zu lange auf, Leni.«

Sie verschwand im oberen Stockwerk und eine bedrückende Ruhe kehrte ein. Helene hob Skizzenbuch und Bleistift vom Boden auf, dann sank sie zurück in ihren Sessel. Noch immer raste ihr Herz. Bis eben war ihr nicht klar gewesen, wie sehr sie sich danach gesehnt hatte, Georg wiederzusehen. Sein plötzliches Erscheinen hatte sie erstarren lassen wie ausgekühlte Zuckermasse. Nichts hatte sie ihm entgegengebracht außer Unfreundlichkeit und Vorwürfe, was zweifelsohne für sein eiliges Fortgehen verantwortlich war. Hatte sie sich nicht vorgenommen, nicht nachtragend zu sein? Es erschütterte sie festzustellen, dass die vergangenen Monate nichts geändert hatten. Auch jetzt noch löste Georg dieses Sehnen nach dem Unbekannten, dem Wagemutigen in ihr aus, und zugleich war da diese Anziehung. Georg war für sie wie ein Suchtmittel. Die Erinnerungen an seine zärtlichen Berührungen suchten sie noch regelmäßig heim. Sie überrollten sie sogar jetzt wie eine Welle aus heißer Lava. Hastig ging sie zum Fenster, schaute hinaus auf die Straße und schreckte beim Anblick seines Wagens zusammen, der vor dem Haus parkte. Georg stand gegen die Motorhaube gelehnt, sah gedankenverloren in die Sterne und schwängerte die kühle Nachtluft mit Zigarettenrauch, der in weißgrauen Schwaden zum Licht der Straßenlaternen aufstieg.

Helene beobachtete ihren Freund genau. Impulsiv und egozentrisch. Das hatte Henri über ihn gesagt. Doch von diesen Eigenschaften hatte sie heute nichts gesehen. Stattdessen war Georg ihr reumütig vorgekommen und ein wenig verloren. Sollte sie zu ihm gehen? Mit ihm sprechen und ihn fragen, was ihn in Wahrheit hergeführt hatte? Geistesgegenwärtig drehte sie die Bernsteinperlen an ihrem Handgelenk, was sie unabsichtlich zurück nach Hamburg, zu Magda führte. Sie vermisste ihre Freundin und es quälte sie, ihr so vieles vorenthalten zu haben. Anstatt ihr die Wahrheit zu gestehen, hatte Helene ihr Dutzende Briefe mit Floskeln geschickt. Sie hatte einen Besuch von ihr abgewimmelt und sie auf ein Wiedersehen im nächsten Jahr vertröstet. Kein Wunder, dass Magda ihr nicht mehr antwortete. Sie hatte allen Grund dazu. Was sie ihr in Bezug auf Georg wohl raten würde?

Unverwandt schaute Helene durch die schweren Samtvorhänge aus dem Fenster und als Georg den Kopf hob, trafen sich ihre Blicke. Lange Sekunden verstrichen, in denen sie verfangen ineinander schienen, bis Helene zurückwich. Die Vorhänge bewegten sich noch, da hörte sie das Aufheulen des Motors. Hastig kehrte Helene ans Fenster zurück. Die Geräusche verebbten und die bedrückende Ruhe setzte wieder ein. Georg war weg. Sie hatte ihn nicht aufgehalten. Es nicht einmal versucht. Helenes Finger schlossen sich so fest um ihr Buch, dass der Einband in ihre Haut einschnitt. Warum um alles in der Welt hatte sie Georg gehen lassen? Er war vielleicht ihre letzte Chance.

Zwei Wochen später ließ Alfred vor dem Vorstand verlauten, dass er vorhatte, den Verkauf des Unternehmens erneut voranzutreiben. Er sah den Versuch, die Firma zu retten, als gescheitert an. Und nachdem ein Drittel der Kommissionsware ihren Weg zurück in die Von-Ratschek-Lagerhallen gefunden hatte, pflichteten ihm die meisten Mitglieder bei. Jegliche Versuche, sie umzustimmen, waren bisher vergeblich gewesen. Helene musste sich eingestehen, dass es nunmehr hoffnungslos war, denn es fehlten die Mittel, die für ein erneutes Aufrichten nötig wären. Die Konten waren überzogen, beinahe täglich befanden sich Briefe ihrer Gläubiger in der Post, deren Ton inzwischen über Ungeduld hinausging und die gängigen Höflichkeitsformen vermissen ließ. Am Vortag waren Helene bei einer Sitzung des Aufsichtsrates die letzten Argumente zwischen den Fingern zerflossen. Kurz vor Schluss hatte sie also Alfreds Entscheidung für das Abstoßen aller Firmenanteile schweigsam hingenommen. In einem Monat wären letzte Reserven verbraucht und die Firma ihrer Familie würde Entlassungen vornehmen müssen. Helene war am Ende. So hatte sie sich das nicht vorgestellt. Der Kummer zerrte an ihren Nerven. Sie schlief kaum noch, nahm nur wenig zu sich, so dass ihre Kleider an ihrem Körper schlackerten und ihre Wangenknochen deutlicher hervortraten. Doch aufgeben kam für sie nicht infrage.

»Du wälzt schon wieder die Bücher?« Henri hatte ohne Vorwarnung das Büro des Vaters betreten, in dem Helene über den Zahlen der vergangenen Monate brütete. Sein Begleiter ließ sie kurz skeptisch aufschauen.

»Herr Merzbach.« Zähneknirschend senkte sie ihren Blick wieder.

»Josef«, erinnerte er sie daran, dass sie längst per Du waren. Doch sein breites Grinsen war nicht das, wonach ihr war.

»Du bist besorgt wegen der Kosten«, stellte Henri scharfsinnig fest.

»Natürlich bin ich das«, zischte sie ungehalten.

Henri schickte Merzbach einen vielsagenden Blick über die Schulter. »Bitte, lass uns mal eben allein.«

Merzbach nickte und schloss leise die Tür hinter sich.

»Das wird schon, Leni. Du weißt, solche Dinge brauchen Zeit. Ist ja nicht so, als hätte Jo uns das nicht vorher gesagt.«

»Jo«, ahmte Helene ihn spitz nach. »Was macht der überhaupt hier?«

Henri lehnte sich im Sessel zurück und schlug ein Bein übers andere. »Er ist mein persönlicher Gast. Ich habe versprochen, ihm Köln zu zeigen.«

Sie betrachtete ihn mit ausdrucksloser Miene. Dass er seine Amüsements vor die Interessen des Familienbetriebs stellte, war nicht neu. Dass er ihr gegenüber so gleichgültig tat, hingegen schon. »Wo zum Henker bist du gewesen? Ich hätte dich gestern bei der Sitzung des Aufsichtsrates gebraucht. Die Vasallen unseres Bruders hätten mich beinahe zerfleischt.«

»Nun ja. Ich hatte zu tun«, antwortete Henri ausweichend.

Helene verschränkte die Hände auf dem Tisch und sah ihren Bruder durchdringend an.

»Ich weiß, diese ganze Sache ist unschön«, sagte er leise. »Aber vielleicht sollten wir uns zufriedengeben. Wir haben es schließlich versucht.«

»Du willst kapitulieren?« Helene glaubte so etwas wie Erleichterung in seinen Augen aufblitzen zu sehen.

»Das ist nicht das Ende der Welt, Leni.«

»Hm«, knurrte sie und wusste nicht, ob sie lachen oder weinen sollte.

»Du musst es so sehen: Du könntest dich endlich auf andere Dinge konzentrieren. Ich meine, du hast allen bewiesen, dass du keine Bevormundung brauchst. Niemand würde dir mehr vorschreiben, was du zu tun hast. Und als Bonbonmacherin wirst du mit deinen Referenzen sicher eine Anstellung finden. Ist es nicht das, was du immer wolltest?«

»Du glaubst, es ging mir nur darum, anderen etwas zu beweisen?«, erkundigte sie sich verständnislos. Das konnte unmöglich sein Ernst sein. Er, der vorgab, sie zu kennen, wie kein anderer. Er, den sie stets auf ihrer Seite glaubte. Mit einem Mal fühlte sie sich unendlich alleingelassen.

Henris Miene blieb undurchschaubar. »Es ist keine Schande, mal zu versagen, Leni.«

Sie stieß laut den Atem aus, lehnte sich zurück, blickte zur Zimmerdecke hinauf und blinzelte wütend die Tränen weg. »Für mich schon!«

»Ja«, murmelte er widerwillig und verdrießlich. »Das dachte ich mir.« Er raffte sich auf.

»Hast du gewusst, dass Georg wieder in der Stadt ist?«, fragte sie, ehe er verschwinden konnte. Langsam drehte er sich noch einmal um. In seinem Blick erkannte sie, dass er davon Kenntnis hatte.

»Ich überlege, mit ihm zu reden. Über das alles hier.« Helene stand nun entschlossen am Schreibtisch.

»Ach, was ...« Henri verzog den Mund zu einer schmalen Linie, dann schüttelte er energisch den Kopf. »Also das würde ich sein lassen.«

»Wieso?«

»Nun, ich halte es nicht für vernünftig, ihn einzuweihen. Ihn wieder ins Boot zu holen. Es ist nicht sein Problem, weißt du?«

Helene hatte das Gefühl, als sprühe er innerlich vor zurückgehaltenem Zorn. Aber warum? Hatte sein Streit mit Georg, in dem es um sie gegangen war, tatsächlich die Freundschaft der beiden Männer unwiderruflich zerstört? Eine Freundschaft, die so eng und aufrichtig gewirkt hatte?

Sie deutete ein Nicken an, versprach aber nichts.

⋙ KAPITEL 22 ⋘

Anfang 1932

In der Schildergasse drängten sich die Kauflustigen vor das Schaufenster des Süßwarenladens, das just enthüllt worden war. Türme aus roten und gelben Schleckmuscheln, Schalen mit Puderzucker bestreuten Erdbeergelees, Lakritzschnecken und daumengroße Fruchtgummi-Bären versetzen nicht nur die Kinder ins Staunen, sondern auch die Erwachsenen. Abseitsstehend verfolgte Helene die Reaktionen. Die spürbare Begeisterung zauberte ihr ein Lächeln ins Gesicht und für die Dauer eines Augenblicks kehrte die Freude in ihr Herz zurück.

»Es ist schon traurig, dass sie bald schließen werden«, ließ ein Mann verlauten.

»Bankrott, wie so viele Firmen«, stimmte sein Begleiter zu. Helene zog den Hut tiefer ins Gesicht, um nicht erkannt zu werden, als die beiden an ihr vorbeigingen. Dann nahm sie den kleinen Jungen wahr, der mit einem vorfreudigen Grinsen aus dem Laden kam, eine Tüte mit gemischten Süßigkeiten in der Hand. Sie sog die kühle, klare Februarluft ein und setzte einen Fuß vor den anderen. Die Türglocke läutete noch, als sie den Blick schweifen ließ und die farbenprächtigen Köstlichkeiten bewunderte, die ihr so wertvoll waren. Die Vorstellung, dass das alles bald nicht mehr da sein würde, schmerzte sie unsäglich.

»Kann ich Ihnen helfen, Fräulein?«, durchschnitt der Verkäufer aufmerksam ihre Gedankengänge. Als sie sich ihm zuwandte, schreckte der hagere Mann mittleren Alters, mit Halbglatze und Brille, unmerklich zusammen. Seine grauen Augen glänzten vor Überraschung.

»Sie sind ja … Fräulein von Ratschek.« Er verneigte sich demütig.

»Ich sehe mich nur ein bisschen um«, verriet Helene konspirativ.

»Sehr wohl«, entgegnete er freundlich und strich sich über seine reinweiße Schürze.

Helene musterte die Regale. Sie waren prall gefüllt mit Bonbons und Konfekt in Gold- und Silberpapier. Dazwischen standen hohe Gläser mit Weingummi, Lakritzrauten und Dauerlutschern. Vor einer Etagere mit ihrer neusten Kreation, den Fruchtgummi-Kirschen, verharrte sie und der Kummer über die Zukunft der Firma überkam sie erneut.

»Das da sind meine Lieblinge«, hörte sie plötzlich eine vertraute Stimme hinter sich. »Die haben Suchtpotenzial.«

Helene fuhr herum und ihr schlug das Herz bis zum Hals. Georg stand vor ihr, groß und ansehnlich. In seinem dunkelblauen Zweireiher sah er aus wie ein Prinz.

»Ich hatte nicht damit gerechnet, dich hier zu sehen«, sagte er.

Helene brachte nichts außer einem unsicheren Lächeln zustande.

Er neigte sich zu ihr vor und kam nah an ihr Gesicht heran. »Aber ich habe es gehofft.«

Helene räusperte sich, um ihre Stimme zu festigen. »Und ich hatte gehofft, du würdest deinen Besuch bei uns wiederholen.«

»Nun ja, ich hatte es erwägt. Allerdings kam ich mir zuletzt …«

»Unwillkommen vor?«, unterbrach sie ihn.

Er zuckte die Schultern, nickte leicht.

»Das habe ich nicht gewollt.«

»Du musst dich nicht entschuldigen. Ich hätte mich ankündigen sollen. Mein Besuch muss euch wie ein Überfall vorgekommen sein.«

»Ein wenig vielleicht.« Helene musste lächeln, Georg stimmte mit ein.

»Darf ich … kann ich dich zu einem Kaffee überreden?«, fragte er zögerlich. Helene nahm dankend an. Ein wenig Abwechslung kam ihr gelegen. Und als sie kurz darauf im Kaffeehaus saßen, fühlte sie sich sogar erleichtert, ihrem scheidenden Traum entkommen zu sein – wenn auch nur kurz.

»Du bist sehr still.« Georg musterte sie besorgt.

»Es ist nichts«, erwiderte sie und spürte sogleich, dass sie nicht glaubhaft klang.

»Leni, ich muss dir etwas beichten«, setzte er ernst an. »Ich kenne den Grund. Ich weiß, wie es um die Firma steht.«

»Ach ja?« Ihre Stimme war nunmehr ein Flüstern.

Er nickte. »Vor einiger Zeit traf ich Alois Mayer. Er hat mir erzählt, dass er sich nach einer anderen Arbeitsstelle umsieht.«

Helene biss missmutig die Zähne aufeinander. So standen die Dinge also bereits? Vergangenen Montag hatte Mayer kein Wort davon verlauten lassen, als sie ihn um einen Aufschub der Verkaufsverhandlungen angebettelt hatte.

»Er wäre kein Verlust«, murrte sie und spürte, wie sich ein Kloß in ihrem Hals festsetzte.

»Es tut mir aufrichtig leid, dass es nicht funktioniert hat.«

Helene schluckte schwer. »Es tat dir aber nicht leid, mich mit allem sitzen zu lassen.« Ehe sie sich's versah, war ihr dieser Vorwurf einfach herausgerutscht.

Georg seufzte bitter. »Auch das bedaure ich. Glaub mir, Leni, ich bedaure es zutiefst.«

Helene schwieg. Sie wagte es nicht, weiter auszuholen, weil sie erkannt hatte, dass es nichts ändern würde. Es war nicht seine Schuld, dass sie alles verloren hatte. Das Vertrauen ihres Vaters, die Männer in ihrem Leben, die ihr etwas bedeuteten. Letztlich würde sie auch ihren Beruf verlieren.

»Wenn ich irgendetwas tun kann, dann sag es bitte.« Georgs Worte kamen einer Aufforderung gleich. Was wollte er von ihr hören? Es gab doch kein Zurück mehr. Nicht, nach all der Zeit.

»Ich will dich nicht mit unseren Sorgen behelligen«, sagte sie schließlich, weil ihr aufging, dass Henri nicht unrecht gehabt hatte. Der Bankrott ihres Unternehmens war nicht Georgs Problem. Sie stand auf. »Bestimmt bist du anderweitig eingespannt.«

»Das bin ich nicht!«, versicherte er eiligst und schaute sie an. Bittend, flehend, hoffnungsvoll. Helene versuchte, einen Moment aus ihm schlau zu werden. Ihr Herz klopfte schneller, sie konnte es nicht abstellen. Der Wunsch, unter seinen Mantel der Geborgenheit zu schlüpfen, war im Begriff, ihre kluge Vorsicht unter sich zu begraben.

»Ich muss jetzt gehen«, sagte sie daher rasch. »Danke für den Kaffee.« Sie preschte hinaus, lief die Straße hinunter und hielt eine Hand über ihr immer noch heftig klopfendes Herz. Helene spürte den kühlen Wind auf ihren glühenden Wangen, dann die Verzweiflung, die sie nach wenigen Schritten übermannte. Atemlos verharrte sie auf dem Bürgersteig und ließ die Passanten an sich vorüberziehen. Warum diese Härte?, schalt sie sich innerlich. Was war so falsch daran, bei Georg Trost und Schutz suchen zu wollen?

»Kleine Leni.«

Augenblicklich erstarrte Helene und auch ihr Puls beruhigte sich augenblicklich. Zaghaft drehte sie sich um und sah Georg auf sich zu kommen. Im ersten Moment war ihr, als habe er ihre Gedanken gehört. Sein zärtlicher Blick tastete sich über ihr Gesicht.

»Ist etwas passiert?«, fragte sie behutsam.

»Nein.« Er japste nach Luft. »Mir ist nur eingefallen, dass ich vergessen habe, dir etwas zu sagen.«

Sie lächelte halb. »Was denn?«

Er legte den Kopf leicht schief, so wie er es in seinen seltenen verlegenen Momenten tat.

Helene bibberte, aber sie wusste nicht, ob es ihrer Nervosität oder der anziehenden Kälte geschuldet war. Georg zog seine Jacke aus und legte sie ihr um die Schultern. Sie roch seinen herben maskulinen Duft, in den der Stoff sie augenblicklich hüllte.

»Meine herzlichsten Glückwünsche zur Hochzeit«, raunte er. »Ich hatte sie bereits längst ausrichten wollen, aber …«

»Oh. Nein, nein. Ich bin nicht verheiratet.« Sie musste beinahe lachen, als ihr aufging, dass diese Information neu für ihn war.

Georg musterte sie ungläubig blinzelnd.

»Es war nicht das Richtige für mich«, erklärte sie sich rasch.

Er nickte bedächtig und sah aus, als bräuchte er noch etwas Zeit, die neuen Umstände zu begreifen.

»Hier bin ich zu Hause«, stellte Helene klar. »Hier werde ich gebraucht und jetzt endlich auch gehört. Obwohl es nicht von Dauer ist.«

Er betrachtete sie skeptisch und erleichtert zugleich. »Das könnte es aber doch sein.«

Helenes Augen wurden schmal.

»Gemeinsam könnten wir die Firma wieder aufrichten«, erklärte er.

Sie schnappte nach Luft. Kurz glaubte sie zu taumeln. Georgs Hände umfassten sanft ihre Schultern.

»Ich weiß, das kann uns gelingen«, fügte er entschieden hinzu.

»Du meinst, du wärst tatsächlich bereit, in unser Unternehmen zu investieren?«

»In uns«, verbesserte er sie ernst.

Sie konnte nicht fassen, dass er ihr dieses Angebot machte. Ebenso wenig, dass sie insgeheim darauf gehofft hatte.

Helene dachte laut nach: »Du magst meine Familie. Das weiß ich. Du musst verrückt sein, aber andererseits, das bin ich auch. Weil ich mich für sie entschieden habe.«

Sein Lächeln wurde breiter. »Verrückt ist definitiv das richtige Wort für uns beide.«

Helene murmelte Zustimmung. Langsam tastete sich Georg unter seiner Jacke hindurch, schlang seine Arme um Helenes Taille und zog sie an sich. »Bist du dir sicher?«

Sie nickte rasch, ohne eine Spur von Zweifel. In diesem Moment fühlte sich alles richtig an.

»Dann frag ich dich noch mal.« Er benetzte seine Lippen mit seiner Zunge und kam mit dem Gesicht nah an ihres. Er blickte ihr tief in die Augen und schob ihr das Haar zärtlich hinter das Ohr. »Heiratest du mich?«

»Ja!«, hauchte sie.

Ein zarter, aber langer Kuss folgte. Er war leicht wie der Wind, der sie umwehte, während sie einander zugeneigt auf dem Pflaster standen. Fußgänger gingen um sie herum, als wären sie unveränderbar. Etwas Ewiges und Beständiges in einer sich wandelnden Zeit.

KAPITEL 23

Der Frühling brachte das frische Grün zurück an den Rhein und die Singvögel feierten lautstark die wärmeren Temperaturen. Im Garten der von Ratscheks leuchteten Pfingstrosen und Flieder in satten Farben und mit wohlduftenden Blüten. Helene stand an der Terrassentür und bewunderte den Zauber dieser Jahreszeit. Sie liebte den Frühling, weil er ihr jedes Mal aufs Neue zeigte, dass ein Ende auch immer einen Anfang bereithielt.

»Hast du was von Henri gehört?« Ihr Vater blätterte raschelnd zum Wirtschaftsteil der Zeitung vor. Inzwischen war seine Stimme wieder kräftiger geworden, doch das Gehen bereitet ihm nach wie vor Schwierigkeiten, so dass er noch auf den Rollstuhl angewiesen war.

»Nein, Papa. Habe ich nicht.« Helene setzte sich zu ihm an den Tisch.

»Alfred ist gar nicht erfreut darüber, dass er sich so rarmacht.« Theodor klemmte sich eine Zigarre zwischen die Zähne.

»Und ich nicht davon, dass du immer noch rauchst. Hat Doktor Wunderlich dir nicht mehrmals gesagt, wie schlecht es für deine Gesundheit ist?«

»Ach, der Mann wäre auch besser Priester geworden, so gern wie der predigt.« Er wechselte ein Grinsen mit Katharina, die ihm Kaffee nachschenkte.

Helene schüttelte den Kopf ob seiner Unbelehrbarkeit, dann fiel ihr Blick auf die Zeitung, die er neben seine Tasse gelegt hatte. »Du liest den ›Westdeutschen Beobachter‹?«

»Alfred hat sie mir mitgebracht«, sagte Theodor. »Es ist meine wohlüberlegte Meinung, dass man recht daran tut, jedwede Entwicklung im Auge zu behalten. In diesen Tagen bewegt sich einiges in unserem Land, und ich interessiere mich für den Fortschritt. Warst du nicht diejenige, die mir dazu geraten hat?«

Helene legte den Kopf schief. Sie wollte ihn nicht belehren, doch das Blatt wurde von der jungen Volkspartei NSDAP verlegt, deren radikale Ansichten sie abschreckten. »Ich bin nicht sicher, ob das, was in dieser Zeitung verlegt wird, den Fortschritt bewirkt, den wir uns wünschen. Es gibt immer mehr Unruhen in den Städten, die Leute fühlen sich ohnehin schon von der Regierung alleingelassen, da ist es nicht unbedingt förderlich, wenn sie von einer Partei aufgewiegelt werden. Egal, von welcher.«

»Lensche, das ist nur eine von vielen. Wir werden sehen, ob sich dieser Hitler bei den Wahlen durchsetzen kann. Bis es so weit ist, solltest du lieber deinem Bruder Henri Ratschläge erteilen. Ich habe das Gefühl, er hält sich wieder überall raus.«

»Er braucht Zeit für seine Kreativität. Und Alfred weiß, dass ich Henri vertrete«, antwortete sie. »Er kann mich fragen, wenn es Probleme im Betrieb gibt. Oder Georg natürlich.«

Ihr Vater betrachtete sie forsch, inhalierte tief und blies unförmige Rauchringe in die Luft.

»Alfred ist besorgt wegen der Aktien. Er steht deswegen sehr unter Druck«, mischte sich Klara ein, die soeben das Wohnzimmer betreten hatte. Katharina brachte ihr Tee.

»Trotzdem könnte sich Henri hin und wieder sehen lassen«, kam Theodor zum eigentlichen Thema zurück. »Wir alle wissen, dass er sein Atelier nur ungern verlässt, aber das Geschäft geht nun mal vor.« Seit seinem Schlaganfall war er nachgiebiger geworden, was das Verhältnis zu seinen Kindern verbessert hatte. Was Henri betraf, so machte sich Helene wohl die meisten Sorgen. Er ging auf Distanz zu ihr, seit er von ihrer Verlobung mit Georg erfahren hatte. Es war deutlich, dass er sie nicht guthieß, ebenso wenig wie Klara, die nicht müde wurde, Helene darauf aufmerksam zu machen, dass sie Frederik ihm vorgezogen hätte. Doch einen triftigen Grund, der gegen ihre Ehe mit Georg sprach, nannte ihr niemand und Helene verlangte auch keine Erklärung. In ihrer Familie hatte es stets Dinge gegeben, über die nicht gesprochen wurde. In Georgs Fall glaubte sie, die Hintergründe zu kennen. Ihre Mutter befürchtete, eine Änderung der Verhältnisse. Dass Alfreds Macht und Einfluss im Unternehmen neben Georg schwinden würden und Helene letztlich doch noch ihren Platz in der Geschäftsleitung bekäme. Helene sparte es sich, ihr mitzuteilen, dass das der Plan war, auf den sie hinarbeitete. Nie zuvor war sie ihrem Ziel näher gewesen.

»Wahrscheinlich ist es das ewige Problem«, spekulierte Helene, als sie am Nachmittag mit Eva in der Schneiderei Klasen war, wo sie ihr Brautkleid in Auftrag gegeben hatte, und das Thema auf Henris Abkehr von ihr kam. »Auch er scheint es mir nicht zu gönnen.«

»Glaubst du das wirklich? Das ist recht traurig, meinst du nicht?« Eva hatte sich nie auf eine Seite geschlagen. Sie war zu vernünftig, zu diplomatisch und zu klug, um Partei zu ergreifen für ein Mitglied der Familie, in die sie eingeheiratet hatte.

»Bei Henri allerdings, da wundere ich mich doch sehr«, dachte Helene laut. »Er war sonst nie so zu mir.«

»Vielleicht hat er Angst, dass sein bester Freund nun keine Zeit mehr für ihn hat?«

Helene dachte nach. »Die beiden sind längst nicht mehr so eng wie vorher. Außerdem, das wäre auch etwas kindisch von ihm.«

»Männer sind ewige Kinder. Da hatte Alfred nicht ganz unrecht. Allerdings fällt er ebenso darunter.«

Helene zog den Vorhang zur Seite und trat aus der Umkleidekabine heraus. Evas Lachen ging in ein Staunen über. Helene hatte ein schlichtes cremefarbenes Kleid gewählt, das ihre schlanke Silhouette betonte. Eine A-Linie mit feinem Spitzenbesatz bis zu den Schlüsselbeinen. Sofort war die Schneiderin zur Stelle und verschloss die glänzenden Perlenknöpfe am Rücken.

»Es passt Ihnen wie angegossen. Da müssen wir kaum etwas ändern«, nuschelte Hanna Klasen mit Stecknadeln zwischen ihren Vorderzähnen.

»Und? Was sagst du?«, fragte Helene Eva nervös, weil deren Meinung für sie Gewicht hatte.

Eva hievte sich aus dem tiefen Sessel hoch. Eine Hand auf ihren sich rundenden Bauch gelegt, strahlte sie ihre Schwägerin an. »Es ist unglaublich schön, Leni. Du siehst darin aus wie eine Fürstin.«

Helene seufzte erleichtert und verlegen zugleich. »Diesmal wird alles gut«, raunte sie vor dem Standspiegel stehend zu sich selbst. »Es ist so, wie ich es mir vorstelle.«

»Das ist wunderbar, Leni. Ich freue mich für dich«, meinte Eva.

»Ich werde es für Sie fertig machen und es Ihnen bringen lassen.« Frau Klasen hielt den Vorhang geöffnet und Helene huschte zurück in die Kabine. Sie war zufrieden mit ihrer Entscheidung, die Stammschneiderei der Manufaktur für das Anfertigen ihres

Kleides ausgewählt zu haben. Während Klara über diesen Entschluss den Kopf geschüttelt hatte, befand Helene ihre Hochzeit als genau den richtigen Anlass, Hanna Klasens Arbeit zu würdigen.

»Ich habe noch nie jemanden gekannt, der sich so schnell auf etwas festgelegt hat«, bemerkte Eva, als sie den Laden wenig später verließen und in Richtung Dom spazierten.

»Wenn ich mir bei etwas sicher bin, dann brauche ich nicht lange.« Helene zuckte die Schultern.

Schmunzelnd hakte sich Eva bei ihr unter. »Kaffee?«

»Ich lechze förmlich danach«, willigte Helene freudig ein.

Dunkle Wolken am Himmel kündeten von Regen. Helene und Eva beschleunigten ihren Gang in die Altstadt. Am Bahnhofsvorplatz hatte sich eine große Menschenmenge versammelt. Schilder wurden hochgehalten, Rufe schallten über das Kopfsteinpflaster: »Nieder mit den Reparationen!«

Helene und Eva hielten inne und beobachteten das Geschehen aus sicherer Entfernung.

»Es gibt wohl eine öffentliche Kundgebung der KDP und der Arbeiterpartei«, meinte Helene. »Ich habe etwas in der Zeitung darüber gelesen. Vielleicht sollten wir …«

»Ich will schnellstmöglich hier weg«, wandte Eva ein, bevor Helene ihre Idee aussprechen konnte, sich anzuhören, was die Redner zu sagen hatten. Doch beim Anblick des schimpfenden und schubsenden Pulks, der sich ihnen unaufhaltsam näherte, wurde auch ihr nun die Brust eng. Ehe sie aber reagieren konnten, fanden sie sich umringt von Demonstranten wieder.

»Die falsche Demokratie ist der wahre Feind«, proklamierte ein Junge, kaum älter als acht Jahre. Er drückte Helene im Gedränge ein Flugblatt in die Hand.

Eva beugte sich darüber. »Was ist das?«

Helene blieb aufgrund der Botschaft unterhalb einer Karikatur, die Männer vor der Wall Street zeigte, sprachlos zurück.

»Internationales Finanzjudentum?«, las Eva mit gerunzelter Stirn. Helene lief eine Gänsehaut den Nacken hinab. Ihre Finger waren mit einem Mal ganz steif.

Eva riss ihr das Papier aus der Hand. »Was soll das denn sein?«

»Ein Hetzblatt«, antwortete Helene missfällig. »Du hast recht. Wir sollten hier weg.«

Der Auflauf, in den sie versehentlich geraten waren, wirkte zunehmend bedrohlich. Männer reckten ihre Fäuste in die Luft. Fahnen wurden geschwenkt, unter anderem das Reichsbanner. Nur wenige Meter davon entfernt zündete jemand unter gellenden Anfeuerungsrufen die Parlamentsflagge der Weimarer Republik an. Rauchend ging sie unter dem Jubel der Menge in Flammen auf.

»Wir gehen außen herum«, beschloss Helene, legte eine Hand beruhigend auf Evas und führte sie an der Domplatte vorbei. Doch auch dort waren Menschen zusammengekommen. Weitere schlossen sich dem Demonstrationszug an, der sich langsam Richtung Rathaus bewegte.

»Dass Adenauer so etwas billigt«, meinte Eva verständnislos.

»Ich denke nicht, dass sie den Oberbürgermeister um Erlaubnis gefragt haben.«

»Ob es wirklich so schlimm ist?« Eva hatte Zweifel in der Stimme.

»Ich weiß nur eins: Sie gehen nicht grundlos auf die Straße«, erwiderte Helene, während sie einen großen Bogen um das Getümmel machten. »Das System der Weimarer Republik ist erschüttert. Die Arbeiterklasse fühlt sich betrogen und ausgebeutet. Um ehrlich zu sein, ich denke, das hier ist erst der Anfang.« Helene wollte

Eva nicht beunruhigen, konnte ihre Gedanken jedoch nicht für sich behalten.

»Aber bei uns in der Firma ist doch alles wieder in Ordnung, oder nicht?« Eva sah Helene von der Seite an.

Helene legte die Stirn in Falten. Alfred hatte sie gewarnt, seine Frau keinesfalls aufzuregen. Die ersten Wochen der Schwangerschaft waren kritisch gewesen und nach ihrer Fehlgeburt durfte Eva nicht noch ein Kind verlieren. Es hatte sie zu sehr mitgenommen.

»Momentan ist bei uns alles gut. Ja«, bekräftigte Helene, nach einer Pause.

»Aber die Situation ist instabil?«, schloss Eva aufgeweckt. Helene nickte, überrumpelt von deren scharfsinniger Feststellung. Ihr wurde klar, dass ihre Schwägerin sich mehr mit der Fabrik beschäftigte, als alle annahmen. Helene sah keinen Grund, sie weiterhin von etwas abzuschirmen, das sie längst begriffen hatte.

»Du hast recht«, gestand sie schließlich. »Diese Leute hier bangen nicht nur um ihre Arbeitsstelle, die meisten von ihnen haben schon gar keine mehr. Auch wir haben einen Aufnahmestopp verhängen müssen, um dem Personal Sicherheit gewährleisten zu können. Aber … Georg hat mir erzählt, dass er kürzlich mit einem Geschäftsführer aus dem Stahlbau gesprochen hat, der sich Hilfe suchend an ihn wandte.«

»Wieso?«

»Aus Mitleid«, antwortete Helene gedämpft.

»Aus Mitleid? Mit wem?«

»Den Männern, die zu ihm kommen und ihn um Arbeit anflehen.« Helene lief es eiskalt den Rücken hinunter, als sie die Geschichte weitergab. »Sie können ihre Familien nicht ernähren. Ihre Kinder hungern.«

»Wie grauenhaft!«, stieß Eva aus.

»Ja. Auf eine Stelle kommen Dutzende Bewerber. Aber in der Textilbranche sind es noch weit mehr. Man kann es ihnen nicht verdenken, dass sie eine Lösung fordern.«

»Ein Glück, dass wir nicht betroffen sind.« Eva stöhnte leise. »Ist es nicht wie ein Wunder?« Sie musterte ihre Schwägerin skeptisch von der Seite.

»O ja.« Helene schluckte eine Richtigstellung hinunter. Dass sie von der Wirtschaftskrise verschont geblieben waren, entsprach nicht der Wahrheit. Alfreds Börsengang hatte nur einen Teil zur Misswirtschaft des Unternehmens beigetragen, das tief in den roten Zahlen gesteckt hatte. Ohne Georgs finanzielle Zuwendung, auf die sich Helene letztendlich doch eingelassen hatte, wäre der Bankrott der Firma nicht abzuwenden gewesen. Und eine Neuordnung des Von-Ratschek-Unternehmens damit unmöglich. Dass es noch existierte, war einzig Georg und seinen Eltern zu verdanken, die eine Art voreheliche Aussteuer aufgewendet hatten. Georg wollte nicht, dass jemand davon erfuhr. Niemand sollte beunruhigt werden oder das Gefühl haben, ihm etwas schuldig zu sein. Darauf hatte er bestanden.

Nachdem sie die Kölner Innenstadt verlassen hatten, kehrten sie in ein Café ein. Doch die anfänglich fröhliche Stimmung und die Vorfreude auf die Hochzeit, die in einem Monat stattfinden sollte, war getrübt. Eva schien die Lage der einfachen Bürger zu beschäftigen. Ihre großen runden Augen wirkten auf einmal blass und kummervoll.

»Weißt du, früher hätten mich gewisse Dinge nicht interessiert«, begann sie, nachdem sie eine Weile den Regen beobachtet hatte, der am bodentiefen Caféfenster hinunterlief. »Doch nun, da ich eine Mutter bin und wieder neues Leben in mir spüre, da mache ich mir mehr Gedanken über das Morgen. Und manchmal bedrückt es mich einfach, zu wissen, in was für eine Welt wir unsere Kinder schicken. Sie werden schließlich nicht gefragt, ob sie geboren werden wollen.«

»Das, was jetzt ist, ist nicht von Dauer, Eva.« Helene lehnte sich zu ihr vor. »Es wird auch wieder besser werden.«

»Weißt du das sicher?«

Helene atmete hörbar aus, denn sie konnte nicht dafür garantieren. Es war lediglich ihre Hoffnung.

Erneut glitt Evas Blick aus dem Fenster. Unter dem Vordach suchte ein elegantes Mutter-Tochter-Gespann Schutz vor dem strömenden Regen. Auf der anderen Seite schmiegte sich ein kleiner Junge nah an seinen Vater heran, der ihn mit dem Mantel vom Unwetter abschirmte. Der Kleine war triefnass, seine Hose löchrig, die zu groß wirkenden Schuhe abgetragen. Unvermittelt teilte Helene Evas Sorge um die Zukunft des Landes. Und ihr wurde klar, dass sie die grauen Gedanken daran viel zu lange verdrängt hatte. Nun fühlte sie sich schuldig aufgrund des Glücks, das sie gefunden hatte.

»Das, was wir heute gesehen haben«, fuhr Eva nachdenklich fort. »Es erinnert mich an etwas.« Sie wärmte ihre Hände an ihrer Tasse, in die sich ihr Blick verlor.

»Woran denn?« Helene war nicht sicher, ob sie die Antwort wissen wollte.

»An einen Tag in meiner Kindheit. Ich war mit meinen Eltern am Rheinufer, als eine Gruppe Arbeiter aus dem Stahlwerk an uns vorbeistürmte. Ich saß auf den Schultern meines Vaters und wäre beinahe vor Schreck heruntergefallen. Die Männer haben gegen den Kaiser demonstriert. Sie forderten mehr Lohn und machten ihrer Unzufriedenheit lautstark Luft. Ich war damals noch zu jung, um zu verstehen, was vor sich ging. Erst später habe ich begriffen, was dieser Tag, der in vielen Städten Deutschlands ähnlich verlief, bedeutete. Ich weiß, was Frustration anrichten kann. Am meisten besorgt mich aber, dass unsere Regierung scheinbar nichts unternimmt, um die Menschen zu besänftigen.«

»Sie ist mit der Wirtschaftslage beschäftigt«, vermutete Helene.

»Sie ist blind geworden für das Volk.«

Evas Eindringlichkeit verschlug ihr die Sprache. Helene fiel ein, dass ihre Schwägerin die Tochter eines ehemaligen Reichstagsabgeordneten war, mit einer eigenen politischen Meinung.

»Du weißt, worin es letztes Mal geendet hat?« Evas Augen glitzerten. So aufgewühlt hatte Helene sie noch nie gesehen.

»Es wird sicher zu keinem weiteren Krieg kommen. Du machst dir unnötige Sorgen«, tröstete Helene sie, obwohl auch sie sich davor fürchtete.

Eva betrachtete Helene halb lächelnd, dann zog sie die Nase hoch. »Du hast sicher recht. Ich bin gerade etwas zartbesaitet. Daran ist die Schwangerschaft schuld. Entschuldige bitte.«

»Dafür musst du dich nicht entschuldigen.« Helene gab ihr ein Taschentuch und Eva trocknete damit die Tränen, die ihre Wangen hinunterkullerten. Die beiden waren so vertieft, dass sie die alte Frau zunächst nicht bemerkten, die mit einem Klingelbeutel von Tisch zu Tisch ging.

»Wollen die hübschen Damen wissen, was das Schicksal für sie vorgesehen hat?«, fragte sie, als sie bei Helene und Eva haltmachte. Beide wechselten unschlüssige Blicke.

»Äh, ich glaube nicht daran«, antwortete Helene ihr und auch Eva schüttelte vehement den Kopf.

Aber die Frau ließ sich nicht abwimmeln. »Für zehn Pfennig lese ich aus Ihrer Hand, danach können Sie entscheiden, ob sie glauben oder nicht.«

Sie fixierte Helene mit dunklen Augen. Billiger Schmuck klimperte auf der Brust der krummen Alten, als sich diese zu ihr vorbeugte. Helene war mulmig zumute, Eva hingegen schien ihre Scheu verloren zu haben. »Ach, komm. Es kann ja nicht schaden.« Sie griff in ihre Handtasche, holte das Geld heraus und reichte es der Frau. Diese schnappte so schnell nach Helenes linker Hand, dass sie sie nicht mehr wegziehen konnte.

»Ah«, stieß die Alte in hellseherischer Manier aus. »Sie sind eine Künstlerin. Sie erschaffen Wunder mit ihren Händen, die die Menschen erfreuen.«

Helene tauschte einen verblüfften Blick mit Eva.

»Ich sehe, dass Sie einer Bestimmung folgen. Sie befinden sich bereits auf dem richtigen Weg. Es gibt auch eine wahre Liebe in ihrem Leben.« Die Greisin nickte angetan und schaute sich die feinen Linien auf Helenes Hand näher an. »Ich sehe, dass sich ein Traum erfüllt. Sie werden ein Kind haben. Schon bald.«

Helene wechselte einen weiteren erstaunten Blick mit ihrer Schwägerin, die ein leises Kichern nicht zurückhalten konnte. Im nächsten Moment jedoch zuckte die Alte zusammen, schnalzte mehrmals mit der Zunge, grämte sich und schüttelte den Kopf. »O weh, o weh. Arme Frau …«

»Wieso denn?« Helene fühlte sich angestachelt, nachzufragen. Aber die Vorstellung war beendet.

»Das ist ja wohl unerhört! Was machen Sie hier?« Ein schlaksiger Anzugträger mit dunklem Schnurrbart war von hinten an sie herangetreten. Er war wohl der Inhaber des Cafés. »Ich habe Ihnen doch ausdrücklich gesagt, dass unsere Gäste nicht belästigt werden wollen!«

Die alte Frau schloss mit bedauernder Miene Helenes Hand und ließ von ihr ab.

»Bitte verzeihen Sie, die Damen«, entschuldigte sich der Inhaber verschämt, dann wies er die Wahrsagerin hinaus.

»Das war ja merkwürdig«, sagte Eva.

Helene fühlte eine Beklemmung in sich, die sie nicht erklären konnte. Nachdenklich starrte sie vor sich hin.

»Alles in Ordnung, Leni?« Evas Frage brachte sie an den Kaffeetisch zurück. »Mach dir keine Sorgen. Die formulieren doch immer alles so, dass es auf möglichst viele Personen passt.« Eva räusperte sich verlegen. »Ich will dir nicht zu nahetreten und auch nicht den Spaß verderben, Leni, aber an deinen Händen erkennt man deutlich, dass du sie nicht in den Schoß legst.«

Sofort betrachtete Helene ihre Finger. Unter ihren Nägeln schimmerten Spuren von gelber und grüner Lebensmittelfarbe. Sie wusste selbst nicht, wieso sie das Gerede dieser Frau derart aus der Bahn geworfen hatte. Rasch sammelte sie sich wieder. Eva bestellte Buttercremetorte und für den Rest des Nachmittags war die bevorstehende Hochzeit das Thema, das beide abzulenken vermochte. Innerlich jedoch drängte sich Helene zunehmend die Zukunft auf. Sie wollte Kinder. Georg wünschte sie sich fast noch mehr. Der Gedanke an das Gespräch mit ihm vor zwei Tagen über ihre Familiengründung heiterte sie nachhaltig auf. Wie schön es doch ist, erwartungsvoll nach vorn schauen zu können, dachte sie und ihr Herz klopfte schneller. Dennoch konnte sie nicht verhindern, dass sie auch die Frage beschäftigte, was die alte Frau am Ende so erschreckt hatte.

Kapitel 24

Frisches Obst, Gemüse, Fleisch, Fisch und Blumen. Das Angebot am Heumarkt war reichhaltig wie eh und je. Keine Spur einer Wirtschaftskrise, die das Land bedrohte. Helene trug einen dünnen Wollmantel, der bis unter ihre Knie reichte. Sie war dabei, den Grafschafter Obsthändler Wallich aufzusuchen, in der Hoffnung, er habe die ersten Erdbeeren des Jahres an seinem Stand. Für ihre Rezeptidee benötigte sie ungefähr ein Pfund der roten Früchte. Keine große Menge, doch die hatte Wallich ohnehin meist nicht zu bieten. Er setzte auf Frische und kaufte immer nur so viel Ware bei den Bauern ein, wie er auch loswurde. Was trotz allem nicht verkauft wurde, landete am nächsten und übernächsten Tag in den Tüten nichtsahnender Kunden.

Als Helene noch ein Kind war, hatte sie mit ihrem Vater die Wochenmärkte besucht. Er hatte ihr beigebracht, genau hinzuschauen. »Lass dich nicht übers Ohr hauen, Lenchen«, waren seine Worte gewesen, als sie eine Tüte Kirschen bei einer freundlich wirkenden Dame bestellt hatte. Bekommen hatte sie schrumpelige, verwässerte Früchte. Der prüfende Blick ihres Vaters hatte die Masche der listigen Marktfrau letztlich enttarnt.

»Wollen die Leute etwas verkaufen, so werden sie dir alles sagen, was du hören willst. Das nennt sich Geschäft«, hatte er ihr eingetrichtert. »Es geht darum, die Überhand zu gewinnen. Der

Markt ist die beste Schule. Strahle Selbstsicherheit aus, zeige niemals Schwäche! Der Mensch ist ein Rudeltier. Die Schwachen werden betrogen. Einen guten Geschäftssinn zu haben, bedeutet Macht zu besitzen. Merk dir das.«

Damals war Helene sieben Jahre alt, doch noch immer hallten seine Worte in ihr nach. Sie hatte aus ihnen ihre Lehre gezogen. Mit der Zeit hatte sie gelernt, selbstsicherer aufzutreten, zu prüfen, was man ihr andrehen wollte, und zu feilschen. Bald nannte man sie im Veedel die Kleine von Ratschek, die ganz nach ihrem Vater schlug. Für die Verkäufer war sie ein Dorn im Auge, weil sie auch andere Kunden auf Mangelware aufmerksam machte. Ihr Vater hatte ihren wachsenden Geschäftssinn gelobt und sie war stolz darauf gewesen, mit ihm verglichen zu werden.

Am Obst und Gemüsestand leuchteten die Erdbeeren in sattem Rot. Von dem köstlichen Duft angezogen, trat Helene entschlossen an Wallichs Auslage heran.

»Fräulein von Ratschek! Welche Freude, Sie wiederzusehen.« Der untersetzte Wallich zog seinen Hut vor ihr und empfing sie wie eine Königin. »Ich dachte schon, Sie würden nicht mehr kommen. Was darf ich Ihnen anbieten?« Er begann, sein Sortiment aufzuzählen.

Helene unterbrach ihn prompt: »Erdbeeren, bitte.«

Er nickte leicht und griff hinter sich, wo er die beste Ware lagerte. »Ist 'ne Weile her, dass Sie hier waren.«

»Ja, ich war eine Zeit lang nicht in der Stadt.«

Wieder nickte er, dann hielt er ihr die Tüte mit den Erdbeeren hin. Helene beugte sich darüber und kostete. Die Frucht war aromatisch, fest und saftig.

»Ich weiß doch, was Sie brauchen.« Wallich bewegte geheimnisvoll die Brauen hoch und runter.

»Sieht so aus, als würde ich wieder häufiger vorbeikommen.« Sie lächelte zufrieden.

»Schön, schön«, sagte er und ließ sie die Äpfel auswählen, zu dessen Kauf sie sich kurzfristig entschieden hatte. Helene nahm vier besonders große Boskoop und verstaute sie zusammen mit den Erdbeeren in dem Korb, den sie mit sich führte.

Gemächlich ging sie anschließend die Verkaufsstände ab. Der Geruch von exotischen Gewürzen und französischem Käse stach ihr in die Nase, da glaubte sie die Stimme einer Bekannten zu hören. Helene schaute auf. Zwischen dem Käse- und Brotstand wurde sie auf ein Paar aufmerksam, dass sich in den Armen hielt. Die Frau, ein Dienstmädchen in typischer Arbeitskluft, der Mann gehörte, im feinen Sakkoanzug mit halbsteifem angenähten Hemdkragen und Krawatte, zweifellos der Oberschicht an. Obwohl sein Gesicht im Schatten lag, kam ihr die Art, wie er sich bewegte, wie er sich gab, bekannt vor. Das Paar drehte sich ihr unvermittelt zu und Helene fuhr der Schreck in die Glieder. Es war Alfred und die Frau in seinen Armen Katharina – ihr Hausmädchen.

Helene schaffte es gerade noch, am Käsestand Deckung zu suchen, als der Korb aus ihren kraftlosen Fingern glitt. Sie presste sich eine Hand auf den Mund, um ihren bestürzten Aufschrei zu unterdrücken. Die Äpfel rollten unter den Wagen des Käsevertreibers, die Erdbeeren hatten sich wie dicke rote Tränen vor ihren Füßen auf dem Pflaster verstreut. Sichergehend, dass Alfred und Katharina verschwunden waren, richtete Helene sich auf. Umstehende Kunden halfen ihr dabei, das Obst aufzusammeln. Der nette Käseverkäufer gab zwei Hände voll Erdbeeren zurück in ihren Korb. Der Rest war inzwischen unauffindbar oder von den Marktbesuchern zu Mus zerstampft worden. Von Entsetzen darüber erfüllt, was sie gesehen hatte, machte sich Helene auf den

Heimweg. Sie hätte Alfred einiges zugetraut, aber nicht das. In Eva hatte er eine liebevolle, treusorgende Ehefrau. Sie war die Mutter seiner Kinder. Wieso tat er ihr das an?

⁂

»Sieh nur, wer da ist!« Klara empfing ihre Tochter recht aufgebracht an der Tür. Sobald Helene den Flur betrat, wusste sie auch, warum.

»Leni!« Magda stürzte ihr entgegen, umarmte sie fest und lange. Mit ihr waren Hannes und Konni aus Hamburg angereist und auch sie hielten sich mit einer anständigen Umarmung nicht zurück.

»Ist das schön, euch zu sehen!« Ihr Herz sprudelte schier über vor Freude. »Warum habt ihr nicht gesagt, dass ihr kommt?«

Helene hatte sie vor Wochen eingeladen, bei ihrer Hochzeit dabei zu sein. Sie hatte Magda in einem Brief alles erzählt. Angefangen von ihrer Flucht aus Köln, bis hin zu ihrem Zwiespalt, der demütigen Rückkehr und dem unverhofften Verhängnis zwischen zwei Männern zu stehen, die gleichermaßen bereit gewesen waren, ihr die Welt zu Füßen zu legen.

»Ich dachte, ihr würdet mich nie wiedersehen wollen«, gestand Helene. »Nach allem, was ich euch verschwiegen habe.«

Magda wechselte einen Blick mit Konni und Hannes, dann lächelte sie sanft. »Das wäre übertrieben gewesen, oder nicht? Aber ich war ein wenig enttäuscht, dass du es mir nicht vorher gesagt hast.«

»Es tut mir so leid«, schwor Helene. »Ich hatte Angst, du würdest mich dann nicht mehr mögen.«

Magda nahm sie bei den Schultern und sah ihr tief in die Augen. »Mir ist egal, wie du heißt oder wer deine Familie ist. Du bist meine Freundin und daran wird sich nichts ändern.«

Helene atmete erleichtert auf. Sie hatte sich umsonst gesorgt. Nun, da ihre Freunde bei ihr waren, schien das Glück keine Grenzen zu kennen.

»Konni meinte, wir sollen dich überraschen«, verriet Hannes, neben ihm grinste der Bonbonmeister gerissen.

»Das ist euch gelungen«, lobte Helene.

»Wir haben noch kein Hotel«, ergänzte Magda mit gesenkter Stimme und es klang wie eine Bitte.

»Ihr wohnt natürlich hier bei uns.« Helene ignorierte den finsteren Blick ihrer Mutter. Hinter ihr trat Katharina in Erscheinung, die Hände vor ihrer Schürze haltend. Helene schluckte einen Kloß hinunter, der sich in ihrem Hals festsetzen wollte. Für den Bruchteil einer Sekunde dachte sie darüber nach, sie gleich hier vor allen bloßzustellen, sah dann aber davon ab.

»Bereite die Gästezimmer vor«, befahl sie Katharina stattdessen herrisch. »Und sei gefälligst gründlich.«

Katharina schaute verschämt zu ihr auf, knickste und zog sich zurück. Helene riss sich zusammen und setzte vor ihren Freunden ein Lächeln auf. »Bitte geht schon mal in den Salon. Ich lasse uns Kaffee bringen.« Sie deutete zum Wohnzimmer hin und die drei folgten ihrer Weisung. Klara trat an sie heran.

»Du hast diese Leute zu uns eingeladen?«

»Warum nicht? Es sind meine Freunde.«

»Diese Frau ist gekleidet wie eine Dirne. Ganz zu schweigen von den Männern.«

»Es sind einfache Arbeiter. Was erwartest du?«

»Du kannst einladen, wen du willst, aber ich erwarte, dass die Gäste zur Hochzeit gewaschen erscheinen.«

Helene rollte mit den Augen.

»Und was war das eben für ein Ton Katharina gegenüber? Seit wann redest du so mit unseren Bediensteten?«

Helene presste den Kiefer aufeinander. Ihr war klar, dass ihre Mutter nichts auf Katharina kommen ließ. Immerhin war sie inzwischen ihre Vertraute. Zu erfahren, dass ihr geschätztes Hausmädchen eine Affäre mit ihrem ältesten Sohn hatte, wäre für sie nur schwer zu verkraften. Aber … würde sie es überhaupt glauben? Helene zweifelte daran.

⁂

Sobald Magda, Konni und Hannes ausgepackt hatten, machte sich Helene mit ihnen auf den Weg in die Stadt. Das Wetter war herrlich. Die Sonne schien, die Temperaturen waren zweistellig und das Zentrum voller Menschen, die den Frühling genossen, indem sie draußen bei einem Glas Bier saßen.

»Ist etwas mit dir? Du wirkst, als würde dich was beschäftigen«, bemerkte Magda bei ihrem Spaziergang, als sie am Reiterdenkmal des preußischen Königs Friedrich Wilhelm vorbeikamen.

»Es ist nichts«, log Helene und schob den Gedanken an Alfreds Untreue beiseite. »Wie ist es dir ergangen?«, wollte sie stattdessen von Magda wissen. »Dein Deutsch ist noch besser geworden.«

Magda zuckte stolz die Schultern. »Na ja, ich geb mir Mühe und ich lese viel. Auch sonst geht es mir gar nicht mal schlecht. Aber wir alle vermissen dich. Selbst die alte Ploch hat mich gefragt, wann du denn endlich wiederkämst. Auf die hast du Eindruck gemacht.«

»Schwer vorstellbar, dass die Ploch jemanden mag«, sagte Helene und musste lachen.

»Sie schätzt dich eben.«

»Wohl eher meine Börse.«

Magda kicherte. Sie setzten ihren Weg zum Dom fort. Dabei fiel Helene auf, dass sich Magda und Hannes immer wieder verstohlene Blicke zuwarfen. Als der Moment passend war, machte sie ihrem Verdacht Luft. »Täusche ich mich oder ist da etwas zwischen dir und meinem ehemaligen Kollegen?« Sie deutete auf Hannes. Der stand wie gebannt vor dem goldenen Schrein der Heiligen Drei Könige.

»Wir treffen uns seit einigen Wochen«, verriet Magda und kicherte wie ein Schulmädchen. »Seit du weg bist, reden wir mehr miteinander. Anfangs sprachen wir oft von dir. Doch dann stellten wir fest, wie gut wir uns verstehen und dass wir viele Gemeinsamkeiten haben.«

»Das ist toll, Magda. Ich freue mich für euch. Hannes ist ein netter Kerl. Ihr passt zueinander.«

»Findest du?«

Helene nickte. »Auf jeden Fall.«

Magda lächelte erleichtert. »Weißt du, als Geselle verdient er gar nicht mal schlecht. Aber im Sommer, da will er auf die Meisterschule gehen. Danach kann er sich eine eigene Familie leisten.«

»So weit seid ihr schon?«

Magda zuckte mit einem verschmitzten Lächeln die Schultern. »Möglicherweise hat er mich schon gefragt, ob ich ihn heiraten will.«

»Ist das wahr?« Helene blieb abrupt stehen und schaute ihre Freundin freudestrahlend an.

»Wir haben es noch niemandem gesagt. Wir wollen nicht mit dir konkurrieren.«

»Ich kann schweigen wie ein Grab.« Helene tat, als versiegele sie ihren Mund.

»Es ist ein Segen, jemanden zu haben, der einen liebt, wie man ist.« Magdas Blick glitt zu Hannes, der soeben Konni den Gang zum Altar hinunter folgte.

»Das ist es«, stimmte Helene zu. Mit einem Mal überkam sie eine Schwermut. Die Anwesenheit ihrer Freunde erinnerte sie an die Frau, die sie in Hamburg gewesen war.

»Wie geht es ihm? Ich meine Frederik?«, fragte sie ernst. »Habt ihr etwas gehört?«

Magda zögerte. »Wir haben ihn schon länger nicht mehr in der Fabrik gesehen. Er ist wohl in Spanien.«

Helene presste die Lippen aufeinander und nickte. In Spanien befanden sich wichtige Geschäftspartner, Lieferanten der Firma seines Vaters. Einst hatte er davon gesprochen, ihr die Zuckerfabrik in San Isidro zeigen zu wollen.

»Ich habe ihn so verletzt. Das werde ich mir nie verzeihen können.« Sie starrte vor sich hin, dann spürte sie Magdas warme Hand auf ihrer.

»Du kannst nichts dafür, was euch passiert ist. Wahrscheinlich sollte es nicht sein.«

Sie gingen langsam über den Mittelgang zurück.

»Da war diese Wahrsagerin.« Helene wusste selbst nicht, wieso sie ausgerechnet jetzt damit anfing.

»Du hast dir die Zukunft vorhersagen lassen?«

»Das war eher ein Zufall. Sie war plötzlich einfach da und hatte es regelrecht auf mich abgesehen.«

Magda nickte lang anhaltend, als wäre sie dabei gewesen. »Diese Menschen spüren, bei wem das Schicksal fleißig ist. Bei uns in Polen nennen wir sie Wróżka.«

Während der gemeinsamen Nächte in Hamburg hatte Magda ihr oft von den Mythen und dem Aberglauben erzählt, der in ihrer Heimat ebenso tief verwurzelt war wie der Katholizismus.

»Was hat sie über dich gesagt? Hat sie dir ein langes Leben prophezeit?«, fragte Magda neugierig.

Helene schaute nachdenklich zu Boden. »Das nicht, nein. Aber eine große Liebe und dass ich ein Kind haben werde. So was in der Art.«

»War das alles?«

Helene dachte an das erschrockene Gesicht der Wahrsagerin, kurz bevor sie vor die Tür gesetzt wurde. »Ja. Das war alles«, log sie.

»Na, das klingt doch schön.«

Helene lächelte matt.

»Wo ist er jetzt, dein Verlobter?« Magda rückte näher an sie heran.

»Er besucht seine Eltern in deren Ferienhaus in der Schweiz. Ich erwarte ihn am Wochenende zurück.«

»Und? Wie ist er so?« Magda kannte Georg bisher nur aus Helenes Briefen. Es war offensichtlich, dass sie es kaum erwarten konnte, den Liebsten ihrer Freundin kennenzulernen.

»Jeder mag Georg. Abgesehen von Alfred und meiner Mutter. Das ist fast ein bisschen unheimlich. Ich denke, er ist einfach eine außergewöhnliche Persönlichkeit. Jemand, zu dem die anderen aufschauen. Ich tue es auch. Er scheint alles im Einklang zu haben. Sein Leben, seine Berufung, seine Familie und seinen Freundeskreis. Er ist rundherum positiv und solide.«

»Und ich hatte schon Angst, du würdest ihn wegen des Geldes heiraten.« Magda lachte, doch dann musterte sie Helene aufmerksam, als habe ihre Bemerkung einen ernst gemeinten Kern. Helene hatte ihr berichtet, dass Georg wohlhabend war und dass ihre Firma wiederum in finanziellen Schwierigkeiten steckte. Ihre Freundin zählte lediglich eins und eins zusammen, doch sie hatte unrecht.

»Es ist keine Vernunftehe, wenn du das meinst, Magda.«

»Das hatte ich auch nicht gedacht. Die Art und Weise, wie du über ihn geschrieben hast, hat mich vermuten lassen, dass da etwas zwischen euch ist. Es tut mir nur leid für den jungen Spiegel.« Magda schob die Unterlippe vor und wiegte den Kopf. »Aber er wird über dich hinwegkommen. Womöglich findet er eine Spanierin, die ihm gefällt.«

»Ja. Vielleicht.« Ein wenig schmerzte Helene der Gedanke, dass Frederik bereits in diesem Moment eine neue Frau an seiner Seite haben könnte. Hatte er sie womöglich schon vergessen? Helene schluckte. Wäre Georg nicht derart mit ihrer Firma verbunden gewesen, wäre ihre Entscheidung dann anders ausgefallen? Hätte sie dann Frederik und nicht Georg gewählt? Sie wusste es nicht.

»Wir sollten sie finden«, sprudelte es förmlich aus Magda heraus, als sie vor dem Dom auf die Männer trafen. »Diese Wahrsagerin. Dann kann sie uns allen aus der Hand lesen.«

»Von wem redest du?«, erkundigte sich Hannes und legte achtsam den Arm um sie.

»Nicht so wichtig.« Helene winkte rasch ab. »Wir sollten uns langsam auf den Weg machen. Mutter wartet ungern mit dem Abendessen.«

*

Zuerst nahm Helene die Menschen wahr, die sich auf der Straße vor der elterlichen Villa versammelt hatten, dann den Krankenwagen, der davor parkte. Ihr Herz klopfte in düsterer Vorahnung.

»Bitte nicht!«, raunte sie atemlos. Sie ließ ihre Freunde stehen und rannte ins Haus. Im Wohnzimmer fand sie ihre Brüder. Ihre Mutter saß auf dem Sofa, das Gesicht verweint.

»Was ist los?« Helene schaute aufgeregt umher.

»Dein Vater hatte einen weiteren Schlaganfall.« Eva wahrte als Einzige die Fassung.

»Aber … es ging ihm doch besser.« Helene keuchte erschrocken, bevor sie sich leise korrigierte. »Ich dachte, es ginge ihm besser.«

»Das dachten wir alle«, sagte Henri.

Helene holte Luft. »Wie … wie geht es ihm jetzt?«

»Er ist oben. Der Arzt ist noch bei ihm«, erklärte Eva bedächtig.

Magda, Hannes und Konni warfen einen erschrockenen Blick in den Salon, bevor sie von Katharina in die Gästezimmer gebracht wurden.

»Ich verstehe das einfach nicht. Er hatte so große Fortschritte gemacht.« Klara brach weinend zusammen.

Eva legte den Arm um ihre Schwiegermutter und Henri wandte sich an Helene. »Geh zu ihm, Leni. Ich glaube, er wartet nur noch auf dich.«

Alfred, der am Kamin stand, nippte wiederholt an seinem Cognac, dabei stierte er teilnahmslos vor sich hin.

Sorge, Trauer und Schmerz arbeiteten in Helene und untergruben ihren Verstand. Wie ferngelenkt stolperte sie die Treppe hinauf. Das Schluchzen und Klagen ihrer Mutter begleitete sie ins Obergeschoss. Stufe für Stufe nahm sie immer deutlicher die Schwere in ihrer Brust wahr, die ihr beinahe die Kehle zudrückte. Langsam öffnete sie die Tür zum Schlafzimmer ihres Vaters. Doktor Wunderlich kam ihr entgegen.

»Wählen Sie ihre Worte mit Bedacht. Es wird bald vorüber sein«, meinte er leise, eine Hand bestärkend auf ihre Schulter gelegt.

Nachdem er gegangen war, näherte sich Helene dem Bett ihres Vaters. Sie fühlte sich wie damals, als sie ein kleines Mädchen gewesen war und ihn die Spanische Grippe ans Bett gefesselt hatte. Unbeholfen, hilflos. Damals hatte er sämtlichen Prognosen getrotzt und war ins Leben zurückgekehrt. Doch etwas sagte Helene, dass es diesmal anders sein würde.

Theodor atmete angestrengt und ohne erkennbaren Rhythmus. Sein Brustkorb hob sich schwerfällig. Ein Röcheln drang aus seiner Lunge, als hätte er Wasser inhaliert. Helene nahm seine Hand, die kalt und fleckig war und presste ihre Lippen zu einem Kuss darauf.

»Vergib mir, Papa, dass ich nicht die Tochter war, die du dir gewünscht hast«, hauchte sie. »Dass ich deine Erwartungen nicht erfüllen konnte.« Sie schluchzte und der Tränenwall, den sie zuvor zurückgehalten hatte, brach. Mit ihm löste sich der Kummer über all die bösen Worte, die zwischen ihnen gefallen waren. Sie kam mit dem Gesicht an das ihres Vaters heran. Theodors blaue Augen wirkten verwaschen und trüb, seine Lider zuckten träge.

»Ich hab dich lieb, Papa.« Helene versuchte, stark zu klingen, aber ihre Stimme zitterte merklich.

Eine Träne löste sich aus Theodors Augenwinkel und rollte schimmernd über seine bläulich verfärbte Wange. Noch einmal zuckten seine Lider. Das Röcheln wurde weniger, verhallte schließlich völlig. Sein Brustkorb senkte sich ab und seine Augen starrten mit leerem Blick zur Zimmerdecke hinauf. Helene schnappte nach Luft, dann wurde sie von einer erdrückenden Stille umschlossen. Sie wurde zu einem stechenden Schmerz, der ihr den Hals zuschnürte. Einige Minuten vergingen und sie konnte weder schlucken noch sprechen. Den Kopf auf die Hand ihres Vaters gebettet, registrierte sie kaum, wie ihre Mutter und ihre Brüder hereinkamen. Es kam ihr vor wie ein Traum, als Henri sie unter den Armen packte und von ihrem toten Vater wegzerrte. Tiefstes Bedauern hielt ihr Herz fest umklammert, als sie an der Schulter ihres Bruders ihren Tränen freien Lauf ließ.

»Er ist fort. Für immer fort«, brachte sie gebrochen hervor.

»Ich weiß, Lenchen. Ich weiß«, flüsterte Henri bitter und wiegte seine Schwester sanft.

Helene trauerte um jede Sekunde, in der sie wütend auf ihren Vater gewesen war. Die Zeit, in der ihr Streit sie entzweit hatte, kam ihr plötzlich so sinnlos, so ungenutzt vor. Sie war auf ewig verloren.

Kapitel 25

Georg war gleich nachdem ihn Helene angerufen hatte, aufgebrochen und nur einen Tag später in Köln eingetroffen. Sie war dankbar, dass er sich mit ihr um die Beerdigung kümmerte, die am darauffolgenden Samstag stattfand. Theodors Wunsch entsprechend, wurde er im engsten Kreis beigesetzt.

Es war ein grauer nebliger Morgen, der an Helene vorbeizog, als wäre sie körperlich gar nicht anwesend. Die Predigt des Priesters hatte sie nur am Rande wahrgenommen. Georgs Arm war ihre Stütze, während sich ihre Mutter, betäubt von Alkohol und Tabletten, an Eva und Henri festklammerte. Feiner Nieselregen fiel und hüllte den Trauerzug hinter dem glänzend schwarzen Sarg aus Ebenholz in einen milchigen Schleier.

»Ich hätte mir einen anderen Anlass für unser Kennenlernen gewünscht«, beteuerte Georgs Mutter Gertrud, die Helene am Friedhof in ihre Arme schloss.

»Wir bedauern euren Verlust«, pflichtete ihr Heinz Kronenberg bei. Er war wesentlich zurückhaltender als seine Frau und dazu strahlte er eine beinahe verunsichernde Strenge aus.

»Bitte wende dich an uns, wenn ihr irgendetwas braucht.« Gertrud drückte Helene noch einmal an sich.

»Danke«, sagte Helene und sah zu, wie ihre zukünftigen Schwiegereltern durch den Regen eilten und in einen Wagen stiegen.

Keine zwei Stunden später hatte sich die Trauergesellschaft in die Villa zurückgezogen und war bereits dabei, sich aufzulösen. Helene sehnte einen Moment der Ruhe herbei. Allmählich drang die Gewissheit zu ihr vor, dass nunmehr alles anders war.

»Sie scheinen nett zu sein. Die Kronenbergs.« Magda reichte ihr ein Glas Cognac.

»Ich denke, das sind sie.«

»Georgs Mutter meinte zu mir, wie froh sie sei, dass ihr Sohn dich gefunden hat«, ergänzte Eva. »Offenbar hatte sie zwischenzeitlich die Hoffnung aufgegeben, dass er sich je binden würde.«

Helene atmete laut aus. »Ich weiß nicht, wieso man junge Menschen ständig so unter Druck setzt. Was wäre so schlimm daran, ledig zu bleiben?«

Die beiden Frauen wechselten einen alarmierten Blick.

»Du bekommst jetzt aber keine kalten Füße?«, hakte Magda nach.

Helene lächelte entwarnend. »Nein. Das war nur so ein Gedanke.«

Magda tätschelte liebevoll ihren Arm. »Wir müssen am Dienstag zurückfahren. Meinst du, wir können dich allein lassen?«

»Sie ist nicht allein«, sagte Eva und schenkte Helene ein bestärkendes Lächeln. Diese drückte dankbar ihre und Magdas Hand, bevor sie einige Schritte im Salon unternahm. Ihr Blick glitt zu ihrer Tante, die das Zepter übernommen hatte, sich um die Gäste kümmerte und für einen reibungslosen Ablauf in der Küche sorgte. Astrids Stärke war erstaunlich. Beinahe vergaß man darüber die Tatsache, dass sie gerade ihren einzigen Bruder verloren hatte. In Augenblicken, in denen sie sich unbeobachtet fühlte, konnte sie ihren Schmerz vor Helene aber nicht verbergen.

»Es war eine schöne Trauerfeier.« Astrid überblickte gefasst den Raum.

Helene nickte matt. »Das war es. Wie geht es dir?«

»Es wird nicht mehr dasselbe sein ohne ihn.«

»Nein.« Helene senkte betroffen das Gesicht.

»Hach, es ist ein Elend, dass er ausgerechnet jetzt sterben musste.« Astrid fing aufkommende Tränen mit einem Spitzentaschentuch ab.

»Hattet ihr noch Gelegenheit, miteinander zu sprechen? Hat er dir geschrieben?«, erkundigte sich Helene.

»Wir haben uns wieder angenähert, wenn du das meinst. Ja.« Astrids Lächeln verlor sich auf der mit Mürbeküchlein bestückten Platte auf dem Couchtisch. »Dir muss ich ja nicht sagen, dass dein Vater zeitlebens dem Unkonventionellen abgeneigt war. Zuletzt habe ich in ihm jedoch einen Wandel erkannt. Er schien toleranter und verträglicher. Hätten wir nur ein wenig mehr Zeit gehabt, so wären wir …« Ihre Stimme brach weg.

Helene legte den Arm um sie. »Ich bin sicher, am Ende stand nichts mehr zwischen euch.«

Astrid zog die Nase hoch. »Nun, da wirst du recht haben.« Sie klang aufgemuntert. »Was ist mit euch Geschwistern? Habt ihr endlich eure Differenzen beigelegt?« Sie betrachtete ihre Nichte hoffnungsvoll. Helene nahm einen tiefen Atemzug und unterdrückte ein Ächzen, weil sie befürchtete, dass Alfreds Geheimnis, sofern es an die Oberfläche käme, die Fronten weiter verhärten würde. Trotzdem nickte sie, um ihre Tante nicht zu belasten.

»Für heute hat sich Alfred in sein Büro zurückgezogen«, befand Astrid trocken.

Helene schürzte missmutig die Lippen. »Selbst in dieser Situation lässt er keine Gefühle zu.«

»Dein Bruder ist ein Buch mit sieben Siegeln. Ich denke, nicht einmal Eva weiß, wie es wirklich in ihm aussieht.«

»Dem ist wohl so.« Helenes Blick erfasste ihre Schwägerin. Die Schwangerschaft hatte Evas Gesicht rundlicher gemacht und feine Fältchen geglättet, was ihr gut stand. Helene verachtete ihren Bruder für das, was er hinter ihrem Rücken trieb, und für einen Moment stellte sie seine Abwesenheit infrage, denn auch Katharina hielt sich versteckt. Doch die Überlegung, die beiden könnten sich gemeinsam weggestohlen haben, erstickte Helene im Keim. Es war unpassend am Tag der Beerdigung ihres Vaters auch nur daran zu denken.

Als auch die letzten Gäste gegangen und Beileidsbekundungen ausgestanden waren, schien Klara in einem Zustand tiefer Melancholie gefangen. Die Mischung aus Alkohol und Opium in ihrem Blut hatte sie endgültig erschöpft.

»Du brauchst Ruhe, Mama.« Henri, der seiner Mutter ins Bett geholfen hatte, deckte sie zu. Helene brachte ihr ein Glas Wasser. Eine Woche nach dem Tod ihres Mannes hatte sie ihre Sprache immer noch nicht vollständig wiedergefunden, ebenso wenig wie ihre Gewohnheiten. Sie wirkte ungepflegt und nachlässig. Ohne ihn fiel sie nicht einfach nur aus der Rolle, sie schien gänzlich verloren.

»Schlaf jetzt.« Henri stand von der Bettkante auf und ging an seiner Schwester vorbei. »Ich telefoniere noch mal wegen der Traueranzeige für Vater.«

»Ist gut.« Helene hörte, wie er die Tür leise hinter sich schloss. Sie wollte auch gerade gehen, als ihre Mutter ein Stöhnen von sich gab.

»Leni.«

Klaras heisere Stimme schreckte sie auf. Rasch kehrte sie zu ihrer Mutter ans Bett zurück. »Ich bin hier, Mama.«

Ihre Mutter streifte sich den feuchten Waschlappen ab, der ihre Augen bedeckt hatte.

»Ich bin hier«, betonte Helene nochmals, das Gesicht über ihre Mutter gebeugt.

»Ihr müsst mich für furchtbar schwach halten«, raunte Klara bekümmert.

Helene schüttelte den Kopf. »Du hast deinen Ehemann verloren. Niemand macht dir einen Vorwurf. Du trauerst.«

»Ihr habt euren Vater verloren.«

»Ja«, bestätigte Helene leise.

»Habt ihr … habt ihr euch vollständig ausgesprochen? Du und er?«

Helene dachte darüber nach, was an seinem Totenbett geschehen war. Eine Aussprache konnte man es kaum nennen, und doch hatte sie das Gefühl, das sie einander am Ende verstanden und vergeben hatten. Und nur darauf kam es an. Sie nickte leicht.

Ihre Mutter legte ihr die Hand an die Wange. »Du gutes Kind. Er war so stolz auf dich. Das musst du wissen. Auch wenn er es nicht sagen konnte, war er es. Das war er wirklich.«

Helene schluckte schwer, als sie spürte, wie ihr die Tränen in die Augen stiegen. Die Beerdigung war eine Tortur gewesen. Sie hatte stark bleiben wollen, doch nun schien alles über ihr zusammenzubrechen.

»Du musst das nicht tun, Leni«, sagte Klara und ihre Stimme klang wieder fester.

»Was denn?«

»Na, diesen Mann heiraten.« Sie sah ihre Tochter durch wache

Augen an. Helene stöhnte unterschwellig. Sie glaubte, die übliche Ablehnung gegenüber ihren Entscheidungen herauszuhören.

»Ich weiß von dem Geld«, fuhr ihre Mutter unvermittelt fort und Helene blinzelte erstaunt.

Doch dann, als Trauer in Wut umschlug, schnaufte sie. »Also hast du deine Spionin auf mich angesetzt? Bemerkenswert, was sie alles in Erfahrung bringt. Ich wette, sie besitzt noch weitere Talente.« Sie bremste sich in letzter Sekunde, um nichts über Katharina und Alfred auszuplaudern.

»Es ist kein Geheimnis, dass Georg das Loch gestopft hat, das dein Vater hinterlassen hat«, erklärte ihre Mutter müde. »Alfred ist das ebenso klar wie Henri. Wir alle wissen, dass Geld nicht einfach so vom Himmel fällt. Was hast du dir denn dabei gedacht?«

»Nichts. Ich wollte einfach nur, dass es weitergeht. Die Firma ist mein Leben, Mama.«

Klara schlug die Augen nieder. »Ich weiß«, flüsterte sie. »Aber dieser Mann wird dich nicht glücklich machen.«

»Warum sagst du so etwas? Georg ist meine Wahl. Es ist nicht so wie bei diesem Armin Langen, den Vater für mich ausgesucht hat. Ich habe aus freien Stücken Ja gesagt. Von ganzem Herzen. Noch dazu ist er standesgemäß. Ich glaubte, du würdest ihn mögen.«

»Damit hat das nichts zu tun.«

»Womit dann? Was hast du gegen ihn?«

»Er … er ist einfach nicht der Richtige für dich, Leni. Ich mache mir Sorgen, du könntest es eines Tages bereuen, ihn geheiratet zu haben. Die Ehe kann wie ein Käfig sein. Einmal darin gefangen, gibt es kaum mehr ein Entkommen.«

Helene erinnerte sich, wie auch Frieda die Ehe einmal mit einem Käfig verglichen hatte. Und dennoch, so würde es ihr an Georgs Seite nicht gehen. Deswegen war sie sich sicher. »Ich bezweifle, dass es sich mit Georg wie ein Gefängnis anfühlen wird. Er lässt mir Freiraum, er bestärkt mich in meinem Tun.«

»Wirst du ihm auch Freiraum lassen?«

Die Frage ihrer Mutter löste ein Stirnrunzeln bei Helene aus.

»Nun, ich denke, Männer wie Frauen brauchen auch mal Zeit für sich«, antwortete sie nach einer Pause. »Diese Ehe wird das besiegeln, was wir ohnehin schon alle wussten: nämlich das Georg ein Teil unserer Familie ist.«

Klaras Augen glitzerten im Kerzenlicht, während sie an ihrer Tochter vorbeiblickte, als stünde dort jemand, der ihre Sorge teilte. Übergangslos deutete sie zur Anrichte hin. »Das Testament deines Vaters. Bringst du es bitte her?«

Im Glas auf der Kommode schimmerte golden ein Rest Cognac. Daneben stand die Flasche Laudanum-Tinktur, die Wunderlich verordnet hatte. Sie war fast leer.

»Die oberste Schublade.« Klara setzte sich im Bett auf.

Helene nahm das Dokument heraus und reichte es ihr. Doch ihre Mutter schob es von sich weg. »Der letzte Absatz, ganz unten auf der Seite.«

Zaghaft nahm sich Helene das Schreiben vor und las:

Hiermit übertrage ich – Theodor Karl Hans von Ratschek –
ein Drittel der Unternehmensanteile meiner Firma
an meine einzige Tochter Helene.

Verwundert schaute sie auf. »Was hat das bedeuten?«

Klara streichelte ihr die Hand. »Dass dein Vater an dich gedacht hat. Er hat dich berücksichtigt, weil er wusste, was du verdienst und dass du für unsere Firma wichtig bist. Ich lag so falsch, Lenchen. So falsch.«

Einen Moment lang wurde es still. Helene sah fassungslos auf das Dokument herab. Freude und Trauer lagen nie dichter beieinander. Sie hielt die Bestätigung darüber in der Hand, dass ihr ein Teil der Firma gehörte. Ein ebenso großer wie ihren Brüdern. Ihr Vater hatte das Unternehmen gerecht unter ihnen aufgeteilt. Warum hatte er nie ein Wort darüber verloren?

»Du könntest auf eigenen Beinen stehen, Leni.« Ihre Mutter betrachtete sie wohlwollend. »Du bräuchtest keinen Mann. Du könntest sein, wie du sein wolltest, bevor du nach Hamburg gegangen bist.«

»Das geht nicht.« Helene schüttelte erneut den Kopf.

»Das mit dem Geld lässt sich irgendwie regeln. Vielleicht wären Georgs Eltern mit einem Kredit einverstanden. Oder Tante Astrid könnte …«

»Es geht nicht um sein Geld, Mama. Es geht darum, dass … ich ihn liebe.«

»Liebe«, murmelte Klara und Helene sah, wie ihre Lider gegen die Müdigkeit ankämpften.

»Du musst etwas schlafen. Dann wird es dir besser gehen. Wir unterhalten uns später weiter«, vertröstete Helene sie.

Gehorsam sank Klara zurück in ihr Kissen und bedeckte ihre Augen wieder mit dem feuchten Tuch. Leise verließ Helene das Zimmer, das Testament, das alles veränderte, noch in Händen.

Kapitel 26

Juli 1932

Auf einen verregneten Spätfrühling folgte ein herrlicher Sommer. Mit Temperaturen von über zwanzig Grad fühlte sich Helene darin bestätigt, die Hochzeit aufgeschoben zu haben.

Im Garten der von Ratscheks stand der Baldachin bereit. Weiße Rosen und Gerbera schmückten die Tische, die für die Gäste unter dem aufgestellten Festzelt eingedeckt worden waren. Helene hatte sich eine Feier bei sich zu Hause gewünscht, weil sie das Gefühl hatte, dass ihr Vater auf diese Weise anwesend war. Außerdem hielt sie es in Anbetracht der Wirtschaftskrise für angemessen, auf ein Fest im Überfluss mit Hunderten von Gästen zu verzichten.

»Wie viele Freunde von Henri werden eigentlich da sein?«, Louises Stimme drängte sich in Helenes Gedanken.

»Ich kann es dir nicht sagen«, antwortete sie mit gespieltem Bedauern. Sie vermisste Magda, die eigentlich als ihre erste Brautjungfer vorgesehen war. Aufgrund der Terminänderung konnte sie jedoch nicht dabei sein. Ebenso wenig wie Konni und Hannes. Eva war gerade erst mit einer Tochter niedergekommen. Die Geburt war schwer gewesen und hatte fast zwei Tage gedauert. Die Prozedur hatte Eva derart ausgezehrt, dass sie sich noch nicht davon erholt hatte. Nun musste sich Helene mit ihren Cousinen als Entourage begnügen, deren Geschwätzigkeit Kopfschmerzen bei ihr auslösten.

»Aber es werden doch sicher Junggesellen kommen?«, hakte Adelheid nach, während sie den Perlenschmuck der Braut anprobierte.

»Entschuldigt mich kurz.« Helene ließ die beiden in ihrem Zimmer allein und ging hinunter. Auf der Treppe kamen ihr Diener entgegen. Blumenbouquets wurden aufgestellt, letzte Vorbereitungen für die Trauung am Mittag getroffen. Helene fühlte sich schrecklich erschöpft. Das Fernbleiben ihrer Freunde und ihrer Schwägerin hatten sie dazu verurteilt, die Vorkehrungen für die Feier allein zu überwachen. Ihre Mutter war schmaler und ruhiger geworden und Helene zweifelte daran, ob sie je wieder die Alte sein würde. Auch sie empfand die Zeitspanne zwischen der Beerdigung ihres Vaters und ihrer Hochzeit als zu kurz. Sie fühlte sich noch nicht bereit, das Glück zuzulassen, und befürchtete eine leidlich trostlose Feier. Doch Georgs Eltern hatten auf eine zeitnahe Heirat gepocht, um nach Bad Pyrmont fahren zu können, wo sie regelmäßig kurten. Auf dem Flur zur Gesindeküche schlug Helene unheilvolles Geflüster entgegen. Sie lugte hinein und sah Katharina, die eine Platte mit aufgeschnittenem Schinken abstellte, bevor sie kichernd aus Helenes Blickfeld verschwand. Ohne zu zögern, betrat Helene den Raum und wünschte sich sogleich davon abgesehen zu haben.

»Verzeihen Sie, Fräulein von Ratschek.« Katharina tippelte verlegen an ihr vorbei in den Flur. In der Nische zwischen Tisch und Schlüsselbrett stand ihr Bruder und stopfte fahrig sein Hemd zurück in die Hose. Helene war sprachlos vor Entsetzen.

»Was in aller Welt machst du hier unten?« Alfred wirkte überrascht, sie zu sehen. »Heute ist doch dein großer Tag.«

»Danke, dass du mich daran erinnerst, Bruder.«

Er tat, als begutachte er die vorbereiteten Speisen.

»Warum tust du Eva das an?«, platzte sie heraus.

»Wovon redest du?«

Sie vergewisserte sich, dass niemand in der Nähe war und lauschte, bevor sie ihn leiser aufklärte. »Ich rede von deiner Affäre.«

»Meiner was?«

»Ich habe euch beide zusammen auf dem Markt gesehen und nun hier. Du bist unvorsichtig. Ich denke, du solltest damit aufhören, bevor du noch jemanden verletzt.«

Er schaute sie an und lächelte hämisch. »Was interessiert es mich, was du denkst?«

»Dann ist es dir egal, wie es deiner Frau damit geht? Was sie dazu sagt, dass du dich mit einem Hausmädchen amüsierst? Ganz zu schweigen davon, dass Katharina fast noch ein Kind ist.«

»Sie ist zwanzig und sie weiß, was sie tut«, entgegnete er ungeniert.

»Ach ja? Was, wenn euer Techtelmechtel Folgen hat? Denkst du je über so etwas nach, Alfred?«

Er lachte zynisch. »Was weißt du schon von dergleichen? Und was weiß eigentlich dein Verlobter darüber? Hat er überhaupt auch nur eine Vorstellung davon, wie er seinen Samen in eine Frau zu pflanzen hat?«

»Schweig!« Helenes Stimme zitterte vor Erregung. Am liebsten hätte sie ihm eine Ohrfeige verpasst.

Er grinste erhaben. »Nun, ich für meinen Teil bin schon sehr darauf gespannt, wie eure Flitterwochen werden. Ich nehme an, Henri begleitet euch nach Madeira.«

»Natürlich nicht.«

»Oh, errötest du etwa? Verzeih mir, ich vergaß, Mama hat dich ja nie aufgeklärt.« Er beugte sich zu ihr vor und drosselte seine Lautstärke: »Es wird sicher ein Spaß.«

Helene nahm seinen Atem wahr. Er roch stark nach Alkohol. Angewidert drehte sie das Gesicht zur Seite. Alfred lachte sie aus, bevor er sich zum Gehen wandte.

»Was erlaubst du dir eigentlich?«, schmetterte sie ihm hinterher. Alfred machte sie krank. Sein egozentrisches Verhalten, die respektlose Weise, in der er mit ihr sprach.

»Du bist unverfroren wie immer«, sagte sie, nachdem er sich zu ihr umgedreht hatte. »Spring mit mir um, wie du meinst, aber mach reinen Tisch mit Eva. Sie hat gerade deine Tochter zur Welt gebracht. Um ein Haar wäre sie dabei gestorben.«

»Ach. Darum geht es hier also?« Er lehnte sich gegen die Arbeitsplatte und verschränkte die Arme vor der Brust. »Sie weiß es.«

»Wie bitte?«

»Wir haben eine Übereinkunft. Sie ist im Bilde.«

»Nie im Leben!« Sie glaubte ihm kein Wort.

»Es liegt nun einmal in der Natur des Mannes, Appetit zu haben. Und den sollte man nicht zügeln.«

Helene schluckte schockiert. »Du bist widerlich.«

Unbeeindruckt von ihrer Meinung zuckte Alfred die Schultern. Bevor er den Raum verließ, lehnte er sich jedoch nochmals zu ihr vor. »Ich habe das Testament gesehen. Unser Vater hat einen großen Fehler gemacht, wenn er dachte, er könne dich einschleusen. Denk ja nicht, ich würde dir die Firma einfach so überlassen.« Er funkelte sie an. Helene fuhr der Schreck in die Glieder. Er drohte ihr!

»Herzlichen Glückwunsch zur Hochzeit.« Alfred schnappte sich eine angebrochene Cognacflasche vom Tisch und ging.

Helene blieb aufgewühlt zurück. Ihr Bruder war schon immer gefühlskalt gewesen, doch soeben hatte er ihr bewiesen, dass er mehr als das war. Er war gewissenlos und ordinär. Offenbar fühlte er sich von ihr, Georg und Henri in die Enge getrieben, und dass ihr nun offiziell ein Teil des Unternehmens gehörte, machte ihn noch angriffslustiger. Nun war er endgültig zu ihrem Feind geworden.

Erst als die Standuhr zur vollen Stunde schlug und Dienstboten aufgescheucht in die Küche kamen, setzte Helene sich in Bewegung. Es war Zeit, sich auf andere Dinge zu konzentrieren. Sicher hatte Alfred sie nur verunsichern wollen, weil sie von seinem Flirt mit dem Dienstmädchen wusste. Eine halbe Stunde später saß Helene an ihrem Schminktisch und ließ sich von ihrer Friseurin das Haar hochstecken. Neben ihr saß Louisa auf einem Schemel und ging mit ihr das Gelübde durch, das Helene selbst verfasst hatte.

»Ihm werden sicher die Tränen vor Rührung kommen, wenn du diese Worte zu ihm sagst.« Adelheid tupfte sich vorsichtig mit einem Stofftaschentuch die Augenwinkel trocken, um ihre Schminke nicht zu verschmieren.

»Meinst du nicht, dass er es als lächerlich empfindet?« Helene hatte drei Tage am Gelöbnis gesessen. Immer wieder hatte sie Formulierungen geändert, Worte weggestrichen oder hinzugefügt, als ihr aufging, dass sie mit Georgs sensibler Seite kaum vertraut war.

»Papperlapapp. Er wird begeistert sein.« Louise hatte keine Zweifel. Hastig nickend pflichtete ihre Schwester ihr bei.

Helene war nicht sicher, ob sie das erleichterte.

Die Friseurin befestigte gerade die letzten Perlen in Helenes Haar, als Klara das Zimmer betrat. Sie trug ein weinrotes Kleid, mit Rüschen an den Ärmeln und einen Federreif auf dem Kopf, der ihren akkuraten Bobschnitt betonte.

Helene lächelte ihr durch den Spiegel zu, weil sie ihre Mutter in diesem Aufzug endlich wiedererkannte.

»Du siehst hübsch aus, Mama. Ist Henri endlich da? Ich weiß, er ist als Georgs Trauzeuge eingespannt, aber ich wollte unbedingt vor der Trauung noch mit ihm reden. Ich glaube, er hat sich von mir in den letzten Wochen zurückgestellt gefühlt. Dabei lag es nur an mir. Ich hatte einfach zu viele Dinge im Kopf. Ich will, dass er das weiß.«

Sie hörte ihre Mutter laut seufzen. »Lasst uns kurz allein.«

Irritiert kamen die Zwillinge und die Friseurin Klaras Bitte nach.

»Mama? Ist irgendwas?«, erkundigte sich Helene, als sie allein waren.

Klara schaute besorgt auf. »Henri wird nicht bei deiner Hochzeit dabei sein.«

Helene runzelte die Stirn. Sie drehte sich im Sitz zu ihr um.

»Was?«, hauchte sie verwirrt. Noch hatte sie die Hoffnung, sich verhört zu haben.

»Dein Bruder ist abgereist.« Klara ging unruhig umher, die Hände vor sich verschränkt.

»Abgereist? Aber das verstehe ich nicht. Wie kann er … Wo ist er denn hingefahren?«

»Nach Paris«, antwortete Klara tonlos.

Langsam drehte sich Helene wieder ihrem Spiegelbild zu. Ihr Konterfei schaute ihr ebenso enttäuscht wie ratlos entgegen. Sie schlug die Augen nieder und brachte stöhnend ihre Fassungslosigkeit zum Ausdruck. »Ich muss ihn sehr verletzt haben. Sicher gab ich ihm das Gefühl, ich stünde nicht hinter ihm.«

»Das ist noch nicht alles, Leni. Soeben habe ich etwas erfahren.« Klara kam neben sie und schaute betroffen auf sie herab. Ihr Gesicht war von einer Blässe eingenommen, die beängstigend war. »Henri hat seine Anteile an der Firma verkauft. An Alfred.«

Helene riss die Augen auf. »Er soll was getan haben?« Ihre Stimme war nur ein kraftloses Flüstern. »Das musst du missverstanden haben. Er würde doch niemals …«

»Nein. Das habe ich gewiss nicht. Frau Mayer hat es mir bestätigt.«

Helenes Mund stand offen. »Warum um alles in der Welt hat er das getan?« Sie verstand gar nichts mehr. Henri, ihr Lieblingsbruder, ihr Verbündeter, hatte sich gegen sie gestellt? Das konnte, nein, durfte nicht sein!

»Hat er dir gegenüber erwähnt, wie er zu meiner Hochzeit steht?«, wollte sie von ihrer Mutter wissen.

Klara senkte den Blick, druckste herum und seufzte laut. »Du weißt, wie er ist. Er fühlt sich allzu schnell außen vor gelassen.«

»Du warst auch dagegen«, hauchte Helene erschüttert. »Wieso?«

Klara biss sich auf die Lippe und schüttelte den Kopf. »Das ist jetzt nicht mehr wichtig«, sagte sie und drückte Helenes Schulter aufmunternd.

»Ich wünschte, Papa wäre hier.« Helene stiegen die Tränen in die Augen. »Was er wohl davon halten würde?«

Klara seufzte erneut.

»Weißt du, Mama, manchmal vergesse ich, dass er tot ist. Mich beschäftigt etwas und ich will es ihm erzählen. Ich kreiere eine neue Süßigkeit und möchte ihn davon probieren lassen. Seit ich weiß, dass er mich in der Firma bedacht hat, kommt mir vieles, was zwischen uns passiert ist, so lächerlich vor. Ich wünschte nur, er hätte schon früher aufrichtig mit mir gesprochen.«

»Das wünschte ich auch, Leni. Das wünschte ich auch.« Klara strich ihr über die Wange.

»Nun kommt es mir vor, als seien alle gegen mich. Ich bin ganz allein.« Helene schluckte schwer bei dieser Erkenntnis.

»Das bist du nicht! Du bist eine Braut. Am Ende dieses Tages bist du eine Ehefrau. Du hast deinen Mann, und ich fürchte, von nun an brauchst du ihn mehr denn je.« Klaras Worte klangen, als hätte sie keine andere Wahl. Sie ließen Helene in grauen Gedanken zurück.

»Bewahre die Fassung, Lenchen, Du schaffst das.« Ihre Mutter küsste sie auf die Stirn. »Ich schicke deine Cousinen wieder rein, damit sie dir beim Ankleiden helfen.«

Helene nickte stoisch.

Wie in Trance legte sie ihr Kleid an. Gegen ihre Tränen ankämpfend, ließ sie letzte Vorbereitungen über sich ergehen.

Warum hatte Henri das getan? Wieso hatte er sich entschieden, Alfreds Macht und dessen Einfluss zu stärken und nicht ihren? War das der Preis gewesen, den Alfred ihm für seine Freiheit geboten hatte? Helene wurde es schwindelig. Sie bekam kaum noch Luft, hyperventilierte.

»Das ist nur die Aufregung«, trällerte Adelheid. »Leg dich kurz hin, Leni.« Louise brachte sie zum Bett.

»Dein Bruder war schon immer eigensinnig.« Adelheid schob zwei Kissen unter Helenes Beine, die wenig überrascht davon war, dass die Schwestern über das Familienchaos Bescheid wussten. Wahrscheinlich hatten sie an der Tür gelauscht.

»Und wir alle wissen, dass er sich in einem Atelier wohler fühlt als hinter dem Schreibtisch«, fügte Louise hinzu.

»Das ist nicht der Grund«, flüsterte Helene kläglich. »Ich bin schuld. Ich bin nicht genug auf ihn eingegangen.«

»Aber nein!« Die Zwillinge waren sich einig.

»Einfach so zu gehen.« Louise klang hart. »Es tut mir ja leid, es dir zu sagen, aber anscheinend bist du ihm völlig gleichgültig. Ich hatte ja schon immer diesen Verdacht.«

Wieder stimmte ihre Schwester nickend zu und Helenes Herz verkrampfte sich. Selbst in diesem Moment war sie nicht vor der Boshaftigkeit ihrer Cousinen gefeit.

Die Glocken des Doms läuteten. Blumengestecke zierten den Eingang der Kirche, vor dem Helene aus dem Wagen stieg. Ihr Herz geriet ins Stolpern, als ausgerechnet Alfred sie in Empfang nahm.

»Sieht so aus, als müsstet ihr beide mit mir vorliebnehmen«, sagte er und reichte ihr seine Hand. Widerwillig kam sie an seine Seite und legte ihre Finger locker auf seinen Arm. Seine Nähe widerte sie an, aber sie hatte keine Wahl, als sie zu ertragen. Schweigend gingen sie auf den Eingang der Kirche zu. »Wir werden darüber reden müssen«, flüsterte sie, ohne ihn anzusehen. »Die Anteile, die Henri an dich abgetreten hat …«

»Dann hat er also nicht mit dir gesprochen. Er hat es hinter deinem Rücken getan. Anscheinend besitzt unser Bruder wohl doch so etwas wie Schneid. Ich bin beeindruckt.«

»Ich nicht. Ich bin enttäuscht. Zutiefst enttäuscht von euch beiden.« Sie warf ihm einen flüchtigen, aber hasserfüllten Blick zu. Doch Alfred ließ ihn an sich abprallen und lächelte selbstzufrieden.

Helene war entrüstet. Sie war verletzt, sie war traurig, aber sie war auch im Begriff, ihre Umgebung neu zu ordnen. In dem Moment, als die Musik zu spielen begann, schritt sie über den Mittelgang auf ihren zukünftigen Ehemann zu. Sie nahm die Gäste in den Bänken wahr, die zahlreich erschienen waren. Darunter Georgs Eltern, Freunde, Verwandte und Geschäftspartner. Tante

Astrid saß mit Klara in der ersten Reihe. Neben ihr die interessante Erscheinung ihrer Lebensgefährtin, in fliederfarbenem Frack und Zylinder. Für einen Moment nahm Helene all das wahr, dann spürte sie Georgs Hand, die ihre umschloss. Und dann sah sie nur noch ihn. Erst als der Pastor das Brautpaar begrüßte und mit seiner Ansprache begann, bemerkte sie, wie unsicher Georg plötzlich wirkte. Helene hatte gehofft, Halt bei ihm zu finden, doch wieder sah er sich zu seinen Eltern um. Hatte er Zweifel? Sie drückte seine Hand leicht, aber eindringlich und sein Blick fand wieder den ihren. Georg schien ihre Sorge zu spüren, denn augenblicklich lächelte er und die Ängste, die beide gerade noch gefangen hielten, waren verflogen.

Georg brachte Helenes Gelöbnis ebenso rührende Worte entgegen. Auswendig und mit der Überzeugungskraft, die sie von ihm gewohnt war. Ein Kuss besiegelte ihren Bund. Die Orgel spielte zum Auszug und Helene fiel ein Stein vom Herzen, weil es endlich geschehen war. Sie war Frau Kronenberg, die Gattin eines Mannes, an dessen Seite sie als Geschäftsfrau respektiert wurde.

Während sie gemeinsam die Kirche verließen, traf sie Alfreds argwöhnischer Blick wie ein Pfeil. Neben ihm stand ihre Mutter, deren kummervolle Miene einen Schatten über den Freudentag warf. Wie sehr hätte sich Helene gewünscht, dass ihr Vater noch da wäre. Er hätte sie zum Altar führen sollen und nicht Alfred, dachte Helene und war sicher, dass ihre Mutter ähnliche Überlegungen plagten. Hochzeit und Tod. Sie hatte befürchtet, dass jene Gegensätzlichkeit die anschließende Feier beherrschen würde. Und doch wurde sie unverhofft leicht. Irgendwann zwischen dem Anschnitt der Torte und dem Tanz trat Helene an das Gemälde ihres Großvaters heran. Auf der Anrichte daneben waren gerahmte Fotos der Familie aufgereiht. Bilder, auf denen sie mit ihren Geschwistern zu sehen war. Rechts davon ein Porträt, das sie mit ihren Eltern im Opernhaus zeigte. Mehr denn je brannte sich der Verlust ihres Vaters in Helenes Seele ein.

»Er fehlt mir!«, sagte sie und schluchzte.

Klara, die neben sie gekommen war, nahm sie fest in den Arm. »Mir fehlt er auch«, gestand sie und Helene merkte, dass ihre Mutter vollkommen nüchtern war.

Draußen dämmerte es. Jazz wurde gespielt. Eine Musikrichtung, die Georg mochte und zu der er nun ausgelassen tanzte. Helene und Klara beobachteten ihn durch die offen stehende Tür des Wintergartens. Astrid gesellte sich hinzu.

»Ihr kennt doch Laurie?«, fragte sie, in dem Moment, als diese aus dem Schatten der hohen Pflanzen im Wintergarten trat.

»Natürlich. Ich freue mich, dass Sie mitgekommen sind.« Helene schüttelte ihr die Hand.

»Nun, Astrid hat immer so glühend von Ihnen erzählt, Helene, da konnte ich nicht Nein sagen. Und jetzt, da Ihr Vater nicht mehr da ist …« Sie stockte, als sie merkte, wie versteinert die Mienen wurden. »Bitte. Verstehen Sie mich nicht falsch. Ihr Verlust tut mir sehr leid.«

»Danke«, brachte Helene leise heraus.

Für einen Moment stand das Gespräch still.

»Ich gehe schnell in die Keramik«, verkündete Astrid und schlich davon.

Klara sah mit weit aufgerissenen Augen zu, wie sich Laurie eine Zigarre ansteckte. Helene stieß ihre Mutter mit dem Ellenbogen in die Seite.

»Und was machen Sie so, Laurie?«, erkundigte sich Klara höflich.

»Kleidung«, antwortete sie. »Ich bereite gerade die Pariser Modewoche vor. Wenn Sie möchten, erzähle ich Ihnen davon.«

Das Thema schien einen Funken in Klara zu entzünden. Sie überwand sämtliche Scheu. Die beiden Frauen unterhielten sich angeregt. Unterdessen glitt Helenes Blick durch die offene Wintergartentür auf den gepflasterten Platz vor dem Festzelt.

»Selbst dabei macht er eine ansprechende Figur«, urteilte sie über ihren Frischangetrauten.

Neben ihr seufzte Astrid auf, die soeben von den Toiletten zurückgekommen war.

»Henri sollte hier sein«, stieß Helene aus.

»Mach dir seinetwegen keine Gedanken. Er ist nicht immer im Recht. Auch wenn er das nicht wahrhaben will. Er wird sich abregen und dann werdet ihr miteinander reden, als wäre nichts geschehen. Du wirst sehen.«

»Aber die Firma ... Ich habe Angst. Alfred ist so ...«

»Unberechenbar?« Astrid hatte ihren Neffen, der draußen an einem der Stehtische Champagner schlürfte, genau im Blick. »Das ist er. Aber du, Leni, bist ihm gewachsen. Und dessen ist er sich bewusst. Er hat mindestens genauso viel Angst vor dir wie du vor ihm.«

Helene dachte über die Worte ihrer Tante nach.

»Wir sollten zu den anderen zurückkehren. Meinst du nicht auch?« Astrid fasste sie am Ellenbogen.

Helene nickte. »Ich komme gleich nach.« Sie ließ sie vorgehen und blieb noch einen Moment im Wohnzimmer. Helene dachte an ihren Vater, an Henri, aber auch daran, wofür sie sich nicht entschieden hatte. Das, was sie hätte haben können. Noch einmal ging ihr durch den Kopf, was Frieda einst zu ihr gesagt hatte. Dass die Heirat die wichtigste Entscheidung im Leben sei. Helene hatte ihre getroffen. Dann zerriss ein lautes Krachen die Luft und holte sie aus ihren Gedanken.

»Wo steckst du denn, Leni?«, rief Georg abgehetzt und kam auf sie zugeeilt. »Eine Überraschung. Für dich.«

Er entführte sie hinaus, wo die Gäste sich raunend und staunend am Zaun versammelt hatten. Feuerwerkskörper explodierten über dem Rhein und setzten den Nachthimmel in Flammen. Zischend stiegen sie hinauf und entfalteten ihre goldene Funkelpracht.

Georg hatte den Arm um Helene gelegt. Er zog sie fest an sich. In seinen Augen spiegelten sich die Lichter. »Gefällt es dir?«, fragte er und wandte sich ihr aufgeregt wie ein kleiner Junge zu.

»Es ist wundervoll!«, sagte sie. Sein Blick ruhte auf ihr. Verliebtheit und Dankbarkeit lagen darin verborgen. Sie lächelte leicht. Er drückte sie an sich, stellte sich hinter sie und Helene spürte, wie sich etwas Kaltes und Schweres um ihren Hals legte. Blind ertastete sie eine Kette. Als sie hinunterblickte, sah sie tiefrote, in Gold gefasste Steine.

»Echte Rubine«, verriet Georg leise, als stammten sie aus einem verbotenen Piratenschatz.

»Die muss ein Vermögen gekostet haben.«

»Nichts könnte mir kostbarer sein als du. Vergiss das nie«, flüsterte er ihr ins Ohr, dann umschloss er von hinten ihre Taille und bettete sein Kinn auf ihr Schlüsselbein.

»Und? Was wünschst du dir noch, kleine Leni? Ein Haus am Meer? Eine Yacht?«

Die Silhouetten der Gäste flackerten im Licht des Feuerwerks. Erstauntes Raunen ging von ihnen aus. Helene dachte nach, eine Hand auf die kostbaren Steine gelegt, die langsam ihre Körperwärme annahmen, die andere Hand war über Georgs gebettet.

»Glück«, hauchte sie von einer einnehmenden Gewissheit erfüllt. »Glück wie dieses.«